Julia Arden

Unter Verdacht

Julia Arden

Unter Verdacht

Liebesroman

édition el!es

Internet: www.elles.de

E-Mail: info@elles.de

Umschlaggestaltung und Satz: graphik.text Antje Küchler, Ferrette

Coverphoto: PixelQuelle.de

Druck: Nørhaven Paperback A/S, Dänemark

ISBN 3-932499-57-3

1.

Vor einer Stunde hatte Sylvia sich lustlos in ihren Mehrteiler aus Blazer, Weste und Hose geworfen, hinreichend frisiert, leichtes Make-up aufgetragen – und fand, daß sie jetzt ziemlich überflüssig hier herumstand. Schon zweimal hatte sie sich am Büfett vergriffen, nur um die Zeit totzuschlagen.

Insgeheim verfluchte sie ihren Chef, Professor Bauer, der sie am Freitag kurzerhand zu diesem Termin verdonnert hatte. »Herr Reeder hat ausdrücklich um Ihr Erscheinen gebeten. Sie wissen, Sie sind seine Lieblingsberaterin. Gott sei Dank, denn das sichert der Uni wichtige Aufträge. Außerdem ist es wohl angebracht, daß Sie an der offiziellen Vergabe des Kießling-Projektes teilnehmen, nachdem Sie wochenlang Entwürfe begutachtet haben und Ihre Empfehlung den Ausschlag gab.« Sylvias Ablehnung wollte Bauer nicht hören, wischte sie mit einer Handbewegung, als vertreibe er eine lästige Fliege, einfach weg. Weder Ausreden noch die Flucht in Proteste halfen Sylvia. Bauer ließ nicht mit sich verhandeln.

Aber eines stand für Sylvia fest: Nach dem offiziellen Procedere würde sie sofort verschwinden!

Sylvia äugte erneut zum Büfett, welches – zugegebenermaßen – lasterhaft pompös war und dem Gaumen der Gäste jeden erdenklichen Genuß bot. Nach kurzem Zögern steuerte sie mit ihrem Teller erneut auf die Verlockung zu. »Am heutigen Abend wirst du sicherlich zwei Kilo zunehmen, weil du andauernd aus langer Weile ißt«, flüsterte ihr selbstquälerisches inneres Ich. »Na, und wenn schon«, warf sie diesem trotzig entgegen. »Wenn ich mir den Sonntagabend schon mit Arbeit verderben muß, dann will ich auch was davon haben.«

Plötzlich hörte Sylvia eine fröhliche Stimme neben sich.

»Ich habe schon zwei Sandwichs, einen Teller Obstsalat und eine dieser köstlichen Lachsschnittchen verdrückt.«

»Dann habe ich ein Sandwich und zwei Frikadellenbällchen Vorsprung. Wie sieht es bei den Getränken aus?« Sylvia blickte auf die junge Frau, die neben ihr das Büfett plünderte und in leichtem Plauderton über ihre kulinarischen Sünden sprach.

»Ich habe vorsichtshalber nicht mitgezählt«, sagte diese schelmisch.

Sie sahen sich an und lachten.

»Hallo, ich bin Karen Candela.«

»Sylvia Mehring«, stellte Sylvia sich vor und verbarg ihre Überraschung. »Candela« stand unter dem Entwurf, für den sie sich stark gemacht hatte. Nicht nur das Konzept für das ausgeschriebene Objekt, auch die beigefügten Referenzprojekte waren ausnahmslos beeindruckend gewesen. Stand sie hier der Architektin gegenüber? Sylvia schätzte Karen auf gerade mal Anfang dreißig, also außergewöhnlich jung für jemanden, der bei den Großen der Branche mitmischte.

Neugierig betrachtete sie die junge Frau. Der Pony des kurzen, blonden Haares fiel tief in die Stirn. Sie trug eine fließend fallende, schwarze Hose. Passend dazu einen einfachen cremefarbenen Blazer mit langem Reverskragen, unter dem ein Pulli hervorsah. Der unterste Knopf des Blazers war zugeknöpft. Seine leicht taillierte Form unterstützte unauffällig die feminine Silhouette. Karen Candela wirkte in dieser Kombination sowohl leger als auch elegant, ein faszinierender Kontrast, vielleicht hervorgerufen durch die Mokassins aus schwarzem Lackleder.

Sylvia bemerkte nicht, daß sie länger als gebührend in ihrer Betrachtung versunken war. Erst als sie in die zwei durchdringend blickenden, dunkelblauen Augen schaute, die sie spöttisch anblitzten, wurde sie sich der Tatsache bewußt.

»Entschuldigung«, murmelte Sylvia verlegen.

»Wenn Sie mit der Betrachtung meiner Person fertig sind, beantworten Sie mir eine Frage?« Karen wartete Sylvias Zustimmung nicht ab. »Ich beobachte Sie schon eine Weile. Sie sind unzufrieden. Einerseits wirken Sie wie die vom lieben Ehegatten geparkte und vergessene Ehefrau. Andererseits sehen Sie mir so gar nicht nach diesem Typ aus. Wer oder was zwingt Sie hierzubleiben?«

Sylvia war verblüfft. Sie fühlte sich ertappt von dieser Frau, die so gar keinen Wert auf die übliche Zurückhaltung zu legen schien und die in ihrem Gesicht las, wie in einem Buch.

»Sind Sie Hellseherin?«

Karen lächelte. »Ein wenig.«

»Der Mann, der daran schuld ist, daß mein Wochenende unliebsam verkürzt wurde, ist nicht mein lieber Ehegatte, es ist mein Chef.«

»Ach herrje, und wo ist der Gute?«

»Das ist ja das Ungerechte. Mich hat er zwangsverpflichtet, und er macht sich zu Hause einen schönen Abend.«

»Verstehe. Man setzt voraus, daß es Sie froh und stolz macht, hier teilnehmen zu dürfen. Aber Sie hatten eigentlich andere Pläne.« Das Funkeln in den Augen ihres Gegenübers ließ Sylvia erkennen, daß Karen Candela nicht wirklich eine ernsthafte Antwort auf ihre Frage erwartete.

»Irgendwie schon«, erwiderte Sylvia lakonisch. »Es hatte etwas mit Erholung von den anderen sechs Tagen der Woche zu tun. Ein ruhiger Abend auf der Couch, ein Buch, ein Glas Wein, das Schnurren meines Haustigers – so in etwa.«

»Sehen Sie es doch mal so«, schlug Karen vor. »Wenn der Projektentwurf Ihres Hauses gewinnt, heimsen Sie, garantiert sehr zum Ärger Ihres Chefs, den Ruhm ein!«

»Nein, nein ...« Sylvia winkte ab. Hier lag ganz offensichtlich ein Mißverständnis vor. Karen hielt sie für eine Bewerberin, die, genau wie Karen selbst, auf die Bekanntgabe des Wettbewerbssiegers wartete. Sie wollte Karen aufklären, wurde jedoch von ihr unterbrochen.

»Ich weiß, ich weiß. Sie sind sauer auf Ihren Chef. Aber immerhin hat er Ihnen zu diesem köstlichen Büfett verholfen. Und das genießen Sie doch, oder? Nun verderben Sie sich den Abend nicht durch selbst auferlegte schlechte Laune.«

»So habe ich es allerdings noch nicht gesehen«, gab Sylvia schmunzelnd zu.

»Sehen Sie, jetzt lächeln Sie. Das steht Ihnen übrigens sehr gut. Und nun werde ich Ihnen die Sache hier einmal erklären.« Mit einer ausholenden Handbewegung deutete Karen in den Raum. »Auch wenn das Ganze demnächst so aussieht, als ob eine illustere Gesellschaft nur dem Luxus frönt, dient es doch einem – wenn auch zunächst nicht erkennbaren – Zweck. Präsentation heißt das Zauberwort! Natürlich hofft jeder der Anwesenden, daß seine Firma den Zuschlag für das Projekt bekommt. Aber wenn nicht – halb so schlimm. Das Essen ist gut, der Champagner erlesen und, was das Wichtigste ist, man ist dabei, wird gesehen! Alte Kontakte auffrischen, neue knüpfen. Das ist das eigentliche Motto des Abends.«

Amüsiert über die lakonische Interpretation im Stil einer Reiseleiterin gab Sylvia ihren Widerstand auf. Und auch den Versuch, Karen Candela über ihren Irrtum aufzuklären.

»Sie haben recht. Ich sollte den Abend genießen.«

»Braves Mädchen.«

Sylvia mußte sich ob dieser Anrede eine ironische Bemerkung verkneifen, war sie doch um einige Jahre älter als Karen, die sich jetzt augenzwinkernd bei Sylvia einhakte und sie mit sich führte. Sie tauchten ein in ein Meer aus belanglosen Fragen und Antworten, bis sich schließlich die allgemeine Aufmerksamkeit einem schlanken, hochgewachsenen Mann in dunkelblauem Anzug zuwandte. Er stand in der Mitte des Saales auf einer eigens aufgebauten Plattform. Sylvia erkannte Reeder, den Beauftragten der Mercura-Immobilien für das Kießling-Projekt. Er hob das Mikrofon zum Mund.

»Meine Damen und Herren, wir kommen nun zur Bekanntgabe des Siegerentwurfs.« Ein breites Lächeln. »Ich erspare Ihnen und mir eine lange, umständliche Ansprache, denn niemand hier ist gekommen, um mich reden zu hören. Nur soviel: Art und Umfang des Projektes sind durchaus anspruchsvoll. Es geht um nicht weniger als eine neue Ausstellungshalle mit einer geplanten Bausumme von vier Millionen Euro, welche die Automobilvertretung Kießling in Auftrag gab. Eine hohe Investition in einen neuen Geschäftsstandort, an die sich seitens Kießlings natürlich höchste Erwartungen knüpfen. Empfangen Sie bitte den Ihnen gebührenden Dank für die eingereichten Arbeiten. Doch Sie alle wissen, gewinnen kann immer nur einer. Kurz und gut, die von uns ausgewählte Variante – hochwertige Architektur als reizvolles Ambiente für ein hochwertig industriell gefertigtes Produkt – ist der Entwurf des Architekturbüros ›Candela & Partner‹. Ich bitte Frau Candela zu mir.«

Karen war den Ausführungen Reeders nur mit halbem Ohr gefolgt. Als sie jetzt ihren Namen hörte, schaute sie überrascht auf den Mann, der ihn ausgesprochen hatte. Dann wanderte ihr Blick zu Sylvia. Das erste Mal an diesem Abend sah diese einen Anflug von Unsicherheit bei Karen.

»Herzlichen Glückwunsch«, gratulierte Sylvia. Als sie merkte, daß Karen ihre Hand nicht losließ, sagte sie leise, aber eindringlich: »Sie müssen jetzt da rauf«, und schob Karen in Richtung Podium. In dem anschließenden Gedränge verlor Karen Sylvia aus den Augen. Sie bedauerte es.

Reeder stellte sich Karen zunächst persönlich, anschließend die Vertreter Kießlings vor. Man tauschte allgemeine Floskeln aus, äußerte sich lobend über Karens Entwürfe, verlieh der Hoffnung auf gute Zusammenarbeit Ausdruck. Dann ein Toast.

Karen registrierte, wie sich im Hintergrund die Gesellschaft langsam aufzulösen begann. Sie suchte mit den Augen nach Sylvia, konnte sie aber nirgendwo entdecken. Schade. Sie hätte gerne noch mit ihr angestoßen.

Reeder entschuldigte sich. Fünf Minuten später kam er zurück. In seiner Begleitung – Sylvia. Sie lächelte Karen an.

Reeder wandte sich an Karen. »Frau Candela, ich möchte Sie mit Frau Professor Mehring bekannt machen. Sie ist unsere Beraterin im Projekt und wird mit Ihnen zusammenarbeiten. Im übrigen war Frau Mehring diejenige, die Ihren Entwurf favorisierte. Und wir, daß heißt die Mercura, haben uns, eingedenk unserer guten Erfahrungen mit Frau Mehrings Urteilen, dem angeschlossen.«

»Sie ...?« Karen verschlug es die Sprache. Und das kam selten vor.

2.

Sylvia erwachte durch den klagenden Laut eines hungrigen Katers. Mozart, der seinen Namen nicht, wie zunächst jeder annahm, zu

Ehren des Komponisten erhalten hatte, sondern wegen seiner anfänglich frappierenden Ähnlichkeit mit einer Mozartkugel, lief ungeduldig vor ihrem Bett auf und ab. Halb schmeichelnd, halb fordernd sah er hoch. Noch im Halbschlaf schlug Sylvia die Bettdecke zurück und stand auf.

Was nun folgte, war ein allmorgendliches Ritual. Mozart führte sie zielstrebig zu seinem Freßnapf. Sylvia öffnete eine am Vorabend bereitgestellte Dose, füllte Futter in den Napf und hatte damit ihre Funktion als Büchsenöffner erfüllt. Für die nächsten Minuten war sie völlig aus den Sinnen des kleinen Kerls verdrängt. Von zweihundert Gramm Katzenfutter! Sylvia streichelte zärtlich durch das weiche graue Fell. »Laß es dir schmecken.«

Dann kümmerte sie sich um ihre eigenen Bedürfnisse. Ein Kaffee würde auch ihre Lebensgeister aktivieren. Sylvia bestückte die Kaffeemaschine und schaltete sie an.

Anschließend ging sie ins Badezimmer. Eine ausgiebige Dusche vertrieb den Rest der Müdigkeit. Als sie in den Spiegel über dem Waschbecken schaute, verhielt sie einen Augenblick in Erinnerung an den gestrigen Abend.

Dank Karen entwickelte sich der Abend, ganz im Gegensatz zu ihren ursprünglichen Erwartungen, doch noch angenehm. Sylvia schüttelte den Kopf und lächelte in sich hinein. Schon komisch. Sie war ganz sicher nicht der Typ für sprunghafte Stimmungsschwankungen. Aber ihr Groll auf Bauer war im Nu verflogen, als Karen auftauchte und sie in ihren Bann zog. Mit einemmal wurde die eben noch unliebsame Pflichtveranstaltung zur erfrischenden Kurzweil.

Als Reeder sie Karen offiziell vorstellte, fand diese für einen Moment keine Worte. Doch Karen erholte sich schnell von der Überraschung. Ihre Einladung, gemeinsam auf deren Erfolg anzustoßen, konnte und wollte Sylvia Karen nicht abschlagen. Das Bild, das sie sich dabei von Karen machen konnte, gefiel ihr. Ein ordentlicher Schuß Selbstvertrauen gepaart mit wohltuend erfrischendem Humor. Karen stellte hohe Ansprüche an sich und an andere. Das war wohl der Schlüssel zu ihrem Erfolg in einem Beruf, der eigentlich eine Männerdomäne ist. Die Heimfahrt im Taxi verbrachte Sylvia damit, sich der seltsamen Ausstrahlung Karens auf sie bewußt zu werden. Und auch jetzt fragte sie sich, wie es Karen eigentlich geschafft hatte, sie dermaßen umzukrempeln. Sylvia wußte nur zu gut, daß sie nicht gerade der spontane Typ war. Und auch niemand, der sich von anderen so schnell beeindrucken ließ. Normalerweise dauerte es lange, bis sie mit jemandem warm wurde. Ganz anders bei Karen. Zu ihr fand sie sofort einen Draht. Aber wenn Sylvia hätte sagen sollen, warum, wüßte sie keine Antwort.

Sylvia griff zur Zahnbürste. Dabei zuckte sie mit den Schultern. Was soll's! Es gab nicht für alles eine Erklärung. In jedem Fall hatte sie Bauer verziehen. Aber das würde sie ihm natürlich nicht sagen. Nachher bildete er sich noch ein, er hätte ihr einen Gefallen getan.

Sylvia ging in die Küche und trank in kleinen vorsichtigen Schlucken von dem heißen Kaffee. Mozart war offensichtlich mit seinem Frühstück fertig und zufrieden mit sich und der Welt. Er putzte sich inbrünstig.

Sylvia holte ihre Aktentasche aus dem Wohnzimmer, nahm ihren Terminkalender heraus und blätterte darin. Von neun bis halb elf stand eine Vorlesung auf dem Programm, anschließend ein Seminar, dann um dreizehn Uhr Mittagessen mit Reeder. Der Vormittag war also proppevoll. Aber vielleicht fand sie ja am Nachmittag Zeit, bei Karen Candela anzurufen. Wie sie sich wohl fühlte – am Tag nach so einem Erfolg?

Karen schaute zur Uhr. Es war zehn Minuten vor halb neun. Um halb neun fand das Treffen ihrer Teamleiter statt. Sie machte sich auf den Weg zum Konferenzzimmer.

Pünktlichkeit war eines ihrer Prinzipien, das sie sich zu eigen gemacht hatte. Sie wußte, um als Frau und Firmeninhaberin zu bestehen, waren absolute Fachkompetenz und strenge Disziplin Grundvoraussetzungen. Wäre sie ein Mann, würde es vielleicht ausreichen, wenn sie einen dieser Vorzüge gehabt hätte. So aber brauchte sie beides, um sich den notwendigen Respekt zu verschaffen.

Karen lächelte in sich hinein. Solche Abende wie der gestrige waren eine willkommene Abwechslung im sonst harten Alltag. Und der Reiz der Veranstaltung war durch die angenehme Gesellschaft von Sylvia Mehring unbestreitbar erhöht worden. Karen kannte sich gut genug, um zu wissen: Frauen wie Sylvia beeindruckten sie – und waren ihre Schwäche. Sylvia war einige Jahre älter als sie selbst, offensichtlich eine eher stille und zurückhaltende, aber auch sehr starke Frau. Universitätsprofessorin? Das paßte irgendwie zu ihr, zu dem markanten Gesicht, den schmalen Lippen, den aufmerksamen Augen . . .

Karen merkte, wie ihre Gedanken abschweiften. Sie rief sich auf den Boden der Tatsachen zurück. »Halt dich zurück!« ermahnte sie sich selbst. »Ihr werdet in den kommenden Wochen zusammen arbeiten – nichts weiter.« Alles andere brächte nur ein furchtbares Chaos. Sicher war Sylvia nicht allein. Und ganz sicher war sie nicht lesbisch.

Schmerzhaft kroch in Karen die Erinnerung an Michaela hoch. Die Augenblicke ungezügelter Leidenschaft zwischen ihnen wichen sehr schnell der frustrierenden Erkenntnis, daß Michaela nie bereit sein würde, sich als lesbische Frau zu akzeptieren. Sie zählte unendlich viele Gründe auf, warum ein Leben mit einer Frau auf Dauer nicht gutgehen könnte. Karen hörte irgendwann auf, dagegen zu argumentieren. Ihr wurde klar: Michaela hatte einfach Angst. Vor Intoleranz, Vorurteilen, Ausgrenzung, Einsamkeit. Karen seufzte deprimiert. Anschließend bist du in den Fängen von Miriam gelandet, weil du einfach nur jemanden wolltest, der zu seinen Gefühlen steht, egal wie exzessiv sie sind.

Karen schüttelte die Gedanken ab. Es galt jetzt, sich auf die bevorstehende Konferenz zu konzentrieren. Es gab eine gute Nachricht: Sie hatten ein neues Projekt gewonnen.

Sylvia verließ mit dem Strom der Studenten den Vorlesungssaal, bahnte sich ihren Weg durch die belebten Gänge im Untergeschoß, die Treppe hinauf zu den Büros. Noch während sie die Tür zu ihren zehn Quadratmetern aufschloß, klingelte das Telefon. Sylvia beeilte sich beim Aufschließen, machte zwei schnelle Schritte zum Schreibtisch und griff nach dem Hörer.

»Mehring«, meldete sie sich mit abgehetzter, elanloser Stimme.

»Das hört sich ja schlimm an. Wo ist Ihr allseits berühmter, unverwüstlicher Tatendrang?« klang die freundliche, sonore Stimme Professor Bauers aus der Muschel.

Sylvia ahnte nichts Gutes. Bauer klang zu forsch. Sie erinnerte sich noch gut daran, wie ihr ehemaliger Mentor, nun Dekan des Fachbereiches Architektur, vor vier Wochen in ihr Büro geschneit kam und die Entwurfsauswahl für das Kießling-Projekt bei ihr abgeladen hatte. Da war er ebenso gewesen. Forsch und gutgelaunt. Damit wollte er sein schlechtes Gewissen ihr gegenüber verbergen. Er wußte, daß sie ein enormes Pensum an Vorlesungen gab und bereits mit mehreren Sonderaufgaben belastet war. Sein schlechtes Gewissen wurde jedoch von seiner Notlage noch übertroffen. Es gab einfach zu wenig Mitarbeiter im Bereich.

Eingedenk ihrer Erfahrung entgegnete Sylvia vorsichtig: »Selbst die alten Ägypter, Pharaos treue und gläubige Untertanen, sangen nur sechs Jahre während des zwei Jahrzehnte währenden Baus der großen Pyramide. Verlangen Sie nicht mehr Zuversicht von mir, wo ich nicht Trost im Glauben, sondern nur in meinem bescheidenen Gehalt finde.«

Bauer lachte über den dramatischen Vergleich und bat sie zu sich.

»Aber in ein paar Minuten beginnt mein Seminar«, erinnerte Sylvia.

»Heute nicht. Ich habe mit Doktor Menge gesprochen. Er vertritt Sie.«

Sylvia machte sich auf den Weg in das Allerheiligste. Die Sekretärin im Vorzimmer schaute nur kurz auf und nickte. Sylvia ging an ihr vorbei zur Tür des »Alten«.

Bauer saß bei ihrem Eintritt hinter seinem imposanten Rustikalschreibtisch, in seinem Rücken ein vollgestopftes ebenso rustikales Bücherregal. Dieses Bild löste in Sylvia jedesmal die Assoziation zu einem alten verschrobenen Gelehrten aus. Die linke Front des Raumes nahmen zwei hohe Fenster ein. An der gegenüberliegenden Wand stand lediglich ein altes Sideboard. Der dicke grüne Teppich im Zimmer vervollständigte den Eindruck einer urigen Gemütlichkeit, der jedoch, wie Sylvia wußte, sehr trügerisch war. Wenn Professor Bauer jemanden zu sich bat, dann ganz sicher nicht, um eine gemütliche Plauderei zu führen. Er genoß den Ruf eines fairen, aber auch anspruchsvollen Chefs. Wenn es notwendig war, konnte er sehr autoritär werden.

Bauer erhob sich. Er sah seine junge Mitarbeiterin wohlwollend an, wie sie, groß, schlank, energisch, mit ihren typisch verhalten kraftvollen Bewegungen auf ihn zukam. Er mochte ihre besonnene, bestimmte Art. Es freute ihn immer wieder zu beobachten, wie bei Sylvia Intelligenz und Charakter so unkompliziert zusammentrafen.

»Setzen Sie sich.« Bauer wies auf den Sessel vor seinem Schreibtisch.

»Welches Attentat haben Sie diesmal auf mich vor?« fragte Sylvia ohne Umschweife.

»Wie kommen Sie darauf?« erwiderte Bauer.

»Na, Sie eisen mich doch nicht umsonst aus einem Seminar frei. Und außerdem – Sie haben diesen *Wie-sag-ich-es-ihr-nur?*-Blick in Ihren Augen.«

Bauer lachte. Sylvia hatte ihn durchschaut.

»Heute morgen rief mich Reeder an.« Bauer machte eine Pause. Sylvia wartete. Sie machte keine Anstalten, ihm mit einer Frage entgegenzukommen. Den Gefallen würde sie ihm nicht tun, seine »Überfälle« zu unterstützen. Bauer räusperte sich.

»Er teilte mir mit, daß es ein, na, sagen wir mal mittelgroßes Problem beim Kießling-Projekt gibt.«

»Davon hat er gestern abend aber gar nichts erwähnt.«

»Die Sache ist etwas heikel.«

»Wie heikel?«

»Sie wissen ja, die Mercura ist ein Immobilienunternehmen, das im Sinne ihrer Kunden größten Wert auf Renommee legt. Die Auswahl des Entwurfes wurde, ganz im Sinne Kießlings, unter dem Gesichtspunkt der technischen Innovation vorgenommen. Dies kollidiert leicht mit dem, was mir Reeder heute mitteilte. Nämlich, daß man unter enormem Zeitdruck steht.«

»Wollen Sie damit dezent andeuten, daß man bei Kießling Finanzierungsprobleme hat?«

Bauer sah Sylvia entsetzt an. »Malen Sie den Teufel nicht an die Wand!« rief er. Dann etwas ruhiger: »Nein, davon ist mir nichts bekannt. Da haben Sie mich völlig falsch verstanden, meine Liebe. Es gibt einen anderen Grund. Die Mercura steht beim Bauherrn Kießling im Wort, das Objekt zu einem festgesetzten Termin zu übergeben. Und was noch schwerer wiegt, man steht nicht nur im Wort, sondern auch unter Vertragsstrafe.«

Sylvia sah überrascht auf. »Und wann ist der Termin?«

»In elf Monaten.«

Sylvia schüttelte heftig den Kopf. »Sie wissen, es ist nicht möglich einen Bau dieser Art in elf Monaten schlüsselfertig zu übergeben. Es handelt sich nicht um ein Einfamilienhaus, sondern um ein aufwendiges Gebäudeensemble. Welcher Idiot ... ich meine, wie kann man sich denn überhaupt auf eine Vertragsstrafe festnageln lassen?«

»Soweit ich weiß, gehört dieser bedauernswerte Herr nicht mehr dem Personalstamm der Mercura an.«

»Und nun erwartet man von uns, daß wir die Kastanien aus dem Feuer holen.« Es war eine Feststellung, keine Frage.

»Sie sagen es. Ich weiß, das Projekt ist bei Ihnen in guten Händen. Ich kann mich auf Ihre Fachkompetenz verlassen. Reeder wird Sie nachher genau informieren, Ihnen die ganze Sache noch einmal eindringlich ans Herz legen. Daß ›Candela & Partner‹ mitzieht, wird maßgeblich von Ihnen abhängen. Es wird nicht einfach werden. Aber ich weiß, Sie besitzen die Diplomatie, die notwendig sein wird, um zwischen allen Beteiligten zu vermitteln.«

»Sie schmeicheln mir, damit ich Versprechungen mache, die nicht einzuhalten sind.«

»Ich habe Reeder zugesagt.«

Sylvia konnte sich kaum verkneifen, die Augen zu verdrehen. Schließlich war Bauer ihr Chef. Aber das war auch mal wieder eine typische Chefentscheidung. Unmögliches möglich machen! Diese Einstellung mochte ja von Grund auf nicht verkehrt sein, aber es gab nun einmal Grenzen.

Bauer erklärte seine Entscheidung: »Wir können in dieser Sache viel gewinnen – einen Partner für die Zukunft. Und genau den können wir auch verlieren. Dreimal dürfen Sie raten, wofür ich mich entschieden habe. Auch Ihnen dürfte das Defizit im Haushalt der Uni ja nicht ganz unbekannt sein.«

Damit war eigentlich alles gesagt.

Karen kehrte von einer Rohbauabnahme zurück. Der Termin hatte sich länger hingezogen als erwartet. Frau Stahmann, die bereits seit vier Jahren das Vorzimmer zu Karens Büro beherrschte und gleichzeitig so etwas wie ein guter Geist war, deutete mit einer vielsagenden Geste auf die offene Tür zu Karens Büro. Das hieß, daß drinnen jemand wartete. Karen zog überrascht die Augenbrauen hoch. Hatte sie einen Termin verpaßt?

»Soll ich Kaffee machen?« fragte Frau Stahmann.

Karen nickte dankbar und ging hinein. Dort saß Miriam mondän in Karens Sessel hinterm Schreibtisch. Miriams gesamte Erscheinung drückte Noblesse aus – im Bewußtsein ihres bedeutenden Lebens zwischen Designerkleidern, Golfplatz und Publicity, das sie als erfolgreiche Modedesignerin führte.

Karen lernte sie kennen, als sie das alte Landhaus von Miriams Vater restaurierte. Miriam kam oft zum Grundstück. Karen konnte heute nicht mehr sagen, wie es dazu kam, daß sie zusammen im Bett landeten. Ihre Beziehung währte nicht sehr lange. Zudem war sie sehr stark durch Miriams Besitzansprüche geprägt. Einer der Gründe, warum Karen sich ziemlich schnell wieder von ihr trennte. Das war vor gut fünf Monaten, aber Miriam verfolgte sie immer noch.

»Hallo, Karen«, begrüßte Miriam sie gelassen.

»Guten Tag, Miriam. Was führt dich hierher?« Karens Stimme klang reserviert.

»Hast du deinen Anrufbeantworter gestern nicht abgehört? Ich möchte, daß du mein Atelier umbaust. Wozu hat man schließlich Freundinnen? – Du brauchst keine Angst zu haben. Ich verlange keinen Sonderpreis. Nur gute Arbeit.«

»Ich habe deinen Anruf gehört. Aber ich halte das für keine gute Idee.« Das Manöver war zu durchsichtig. Miriam plante einmal mehr, sie in ihre Nähe zu ziehen, um dann zu versuchen, an ihre Beziehung anzuknüpfen.

Entgegen ihrer sonstigen Art mit Absagen umzugehen, blieb Miriam erstaunlicherweise ruhig. »Ich möchte mich bei dir entschuldigen, Karen. Glaube mir, es tut mir leid, daß ich mich die letzten Wochen so – so unmöglich benommen habe. Ich werde versuchen, deine Entscheidung, dich von mir zu trennen, zu akzeptieren, auch wenn es mir schwerfällt. Und ich möchte, daß wir wieder wie zwei normale Menschen miteinander umgehen.«

»Das wäre mir natürlich auch viel angenehmer.« Karen blieb vorsichtig. Miriams Nachgiebigkeit war ihr nicht geheuer.

»Na prima. Dann ist ja alles klar!« trällerte Miriam fröhlich.

»Was ist klar?« Karen verstand nicht.

»Du übernimmst den Umbau!«

Miriams unerschütterliches Selbstbewußtsein zog keine Ablehnung in Erwägung. Was Karen anfangs noch faszinierte, weil sie es für Stärke hielt, entpuppte sich ziemlich schnell als kaum zu überbietende Arroganz und Rücksichtslosigkeit gegenüber anderen.

»Ich bin gerade in einem neuen Projekt stark eingebunden. Aber ich kann meinen Stellvertreter Ralf Gregor beauftragen«, bot Karen an.

»Du gehst auf Distanz zu mir?«

Karen seufzte. »Miriam, du kannst Gefühle nicht erzwingen. Weder so noch so.«

Miriam nickte. »Schon gut. Wie du willst. Ich bin einverstanden. Ich hoffe nur, er bringt die entsprechenden Voraussetzungen mit. Du weißt, es ist nicht leicht, mich zufriedenzustellen.«

Das Telefon klingelte. »Entschuldige.« Karen griff zum Apparat. »Candela«, meldete sie sich. Am anderen Ende war ein Moment Stille. Dann hörte Karen Sylvias Stimme.

»Sylvia! Wie geht es Ihnen?« Karen fühlte, wie sie unter Miriams aufmerksamem Blick rot wurde. Doch dann widmete sie sich dem, was Sylvia ihr erzählte.

»Elf Monate!? Das halte ich für absolut unrealistisch ... Natürlich kann ich dem Argument folgen, aber, entschuldigen Sie, ich halte nicht so viel von derartigen politischen Entscheidungen. Das Ganze entwickelt sich zu einer Schleife ohne Ende: Hat man einmal das Unmögliche wahr gemacht, wird es immer wieder von einem verlangt. Aber damit sage ich Ihnen sicher nichts Neues. ... Wir machen am besten schnellstmöglich einen Termin, und dann schauen wir uns die Sache gemeinsam an. ... Morgen schon?« Karen blätterte in ihrem Terminkalender. »Sechzehn Uhr? Ja, das geht. ... Gut, bis dann.« Karen legte auf.

Miriam hatte Karen während des ganzen Gespräches aufmerksam beobachtet, und ihr war nicht entgangen, daß Karens Gesichtszüge plötzlich einen sanften Ausdruck angenommen hatten. Wer war diese Sylvia? Ihre Nachfolgerin? Das hatte ja nicht lange gedauert.

Miriam unterdrückte ihren Ärger. Sie knüpfte an der Stelle an, an der sie vom Telefon unterbrochen worden waren. »Vielleicht überlegst du es dir ja noch einmal und übernimmst die Sache doch persönlich.«

Karen glaubte, in Miriams Stimme so etwas wie Zärtlichkeit zu hören. Konnte es sein, daß Miriam sie wirklich liebte? Auf ihre Art vielleicht.

»Ja, möglicherweise«, erwiderte sie, um einer weiteren Diskussion über dieses Thema entgegenzuwirken.

»Schön. Du kannst mich ja dann anrufen. Auf alle Fälle möchte ich, daß so schnell wie möglich mit den Arbeiten begonnen wird.«

»Hast du bestimmte Vorstellungen zum Umbau?«

»Natürlich.« Miriam holte einen Briefumschlag aus ihrer Tasche und reichte ihn Karen. »Das sind die Grundrißpläne des Ateliers und einige Entwürfe mit Anweisungen für den Umbau.«

Karen nickte. Sie hatte nichts anderes erwartet.

»Ich gebe es weiter. In den nächsten Tagen wird sich Gregor mit dir in Verbindung setzen.«

Miriam ging.

Karen ließ sich in ihren Sessel fallen, drehte sich darin zum Fenster und sah hinaus. Sie grübelte. War es nicht besser, sie verzichtete auf Miriams Auftrag? Sie wußte aus Erfahrung: Miriam Winter tat nie etwas, ohne sich davon einen Vorteil zu versprechen. Und was sie vorhatte, war nur zu offensichtlich. Sie suchte auf diesem Weg wieder mit ihr in Kontakt zu kommen. Der Ärger war also vorprogrammiert. Miriam war in ihren Stimmungen einfach zu unberechenbar, als daß der Auftrag, und damit verbunden ihre gelegentliche Anwesenheit, ohne ärgerliche Zwischenfälle vonstatten gehen konnte.

Andererseits war es sehr unprofessionell, aus persönlichen Motiven einen Auftrag abzulehnen. Und Karen haßte es, unprofessionell zu sein.

Sylvia hatte ihr Telefonat mit Karen eben beendet und sich ihrem PC zugewandt, als die Tür des Büros schwungvoll aufgedrückt wurde. Anne Lorenz wehte herein. »Hallo!« Sie schloß die Tür ebenso laut, wie sie sie geöffnet hatte. In ihrer wirbelsturmverwandten Art trat sie mit zwei langen Schritten hinter Sylvia und schaute ihr über die Schulter.

»Surfin', Surfin' ...«, imitierte sie den alten Song der Beach Boys. »Suchst du jetzt einen Partner per Internet?« Anne sprudelte wie so oft über vor guter Laune. Leider stand dabei ihr Mund fast nie still.

»Red keinen Unsinn. Ich suche im Informationsdienst Projektausschreibungen, die für Diplomarbeitsthemen geeignet sind.«

»Bäh, wie öde.« Anne verzog das Gesicht.

»Was verschafft mir die Ehre deines Besuches?« erkundigte sich Sylvia.

»Thomas und ich gehen Samstag abend australisch essen. Möchtest du nicht mitkommen? Wir haben schon einen Tisch bestellt.«

»Welchen guten Freund hast du diesmal eingeladen, um mich mit ihm zu verkuppeln? Anne, du versuchst das nun schon, seit wir im ersten Semester waren. Gib es endlich auf.«

»Verkuppeln! Ich bitte dich«, entrüstete Anne sich. »Und selbst wenn ich so etwas vorhätte«, lenkte sie ein, »es würde ja doch nicht funktionieren. Du bist immer so schrecklich reserviert. Wie lange willst du eigentlich noch warten? Mit deinen achtunddreißig bist du gerade nicht mehr die Jüngste.«

»Und du meinst, ich müßte nun auf Teufel komm raus unter die Haube. Du hast, auf mich bezogen, so eine Art Torschlußpanik. Kann das sein?« Sylvia feixte.

»Irgendeiner muß ja deine Interessen wahren. Wenn du es nicht tust, mache ich es eben.«

»Das ist rührend von dir. Aber ich habe so meine Vorstellungen von dem Menschen, an den ich mich binden möchte.«

»Dein Problem ist, daß du immer gleich in so großen Maßstäben denkst. Bei dir wird alles zu einer Prinzipienfrage erklärt. Amüsier dich doch einfach nur mal!«

Sylvia schüttelte lächelnd den Kopf. Anne war eine gute Freundin, ihre beste, wenn sie es genau bedachte. Aber in diesem Punkt hatten sie beide völlig unterschiedliche Auffassungen.

»Ach Anne, du weißt, daß ich mir dabei vorkomme wie ein Stück Frischfleisch auf dem Wochenmarkt. Auf der Richterskala zwischen eins und zehn bekommst du eine Note und wirst zum Vergleichsobjekt.«

»Du wirst ja wohl keine männliche Jungfrau suchen?«

»Keine Ahnung, was ich suche, aber wenn ich es gefunden habe, erfährst du es als erste.«

»Das möchte ich auch stark hoffen. Also was ist? Kommst du mit?«

»Nein, nimm es mir nicht übel. Ich habe meinen Eltern versprochen, sie am Samstag zu besuchen.«

Anne stöhnte nur über den ihrer Meinung nach hoffnungslosen Fall. Sie rauschte aus dem Büro. In der Tür stoppte sie plötzlich und drehte sich noch einmal um. »Hast du schon gehört? Wir bekommen im Fachbereich einen neuen Kollegen. Ich habe läuten hören, er mußte in seiner alten Stelle wegen einer disziplinarischen Entgleisung abdanken. Ist das nicht herrlich anrüchig?«

Sylvia lachte. »Du Ärmste. Du kannst es ja kaum aushalten, bis das sündige Objekt hier eintrifft.«

»Das Leben ist schon trist genug. Gönn mir doch die seltenen Momente der Abwechslung«, erwiderte Anne und verschwand.

Karen war gerade auf den Sprung in Ralfs Büro, um ihm die »Miriamsache« ans Herz zu legen, als Frau Stahmann durchklingelte.

»Herr Drechsler bittet um ein Gespräch. Es sei sehr wichtig.«

»Jetzt?« wunderte sich Karen. Die Teambesprechung war doch erst heute morgen gewesen. Alles Wichtige war gesagt worden. Nun, vielleicht hatte Drechsler ja etwas Vertrauliches, mit dem er sich an sie wenden wollte. »Bitten Sie ihn herein«, wies sie ihre Sekretärin an.

Bernd Drechsler trat ein. Er wirkte müde, das war Karen schon in den letzten Wochen aufgefallen. Sein Gesicht war eingesunken und grau, und sie vermißte den jungenhaften Glanz in seinen Augen. Von dem gewaltigen Energiebündel, das er, trotz seiner untersetzten Gestalt und den nun doch schon fünfzig Jahren, bislang immer noch war, fehlte jede Spur. Karen gestand sich ein, daß ihr diese Veränderung erst jetzt so richtig bewußt wurde. Dabei war Bernd Drechsler nicht nur ihr Hauptbuchhalter, sondern auch ein langjähriger Freund ihres Vaters.

Karen bedeutete ihm, sich zu setzen. Drechsler folgte der Aufforderung. Die Mappe, die er bisher unter seinem Arm geklemmt hielt, legte er sorgfältig auf seine Knie.

»Was gibt es denn, Bernd?«

»Du weißt, daß sich das Finanzamt angekündigt hat. Eine Betriebsprüfung«, begann Drechsler.

»Ja und?« Sie lachte. »Das erledigst du doch wie nebenbei.«

»Normalerweise ja, aber . . . «, er zögert, »es gibt Probleme.«

Karen sah ihn fragend an. »Was für Probleme?«

»Karen . . .« Drechsler fiel es sichtlich schwer, mit der Sache herauszukommen. ». . . die Prüfer werden unter Umständen die Steuerfahndung benachrichtigen.«

»Blödsinn, wieso sollten sie?« Karen schüttelte verständnislos den Kopf.

»Weil sie entdecken könnten, daß gewisse Konten der Buchführung als Aufsammler von Scheinaufwendungen dienen. Die Beträge dieser Konten werden unterschlagen.«

Karen blinzelte irritiert und wartete auf eine weiterführende Erklärung, weil das, was sie hörte, keinen Sinn für sie ergab. Unterschlagung? Absurd. Drechsler übertrieb! Er neigte manchmal zu drastischen Formulierungen, um die kaufmännischen Belange der Firma durchzusetzen, die sie seiner Meinung nach vernachlässigte.

»Also gut, wo liegt das Problem nun wirklich? Warum jagst du mir so einen Schreck ein?«

»Karen!« Drechslers Stimme wurde jetzt warnend. »Hör zu, was ich sage! In deiner Firma werden Unterschlagungen durchgeführt. Und ich selbst war an den Manipulationen beteiligt! Ich habe den Betrug gedeckt, indem ich über die Unterschlagungen schwieg.«

Mit jedem Wort, das er sagte, wurde Karen klarer, daß er es ernst meinte. Fassungslos starrte sie ihn an.

»Wer steckt dahinter?«

Drechsler schwieg.

»Wer, Bernd?« wiederholte sie die Frage eindringlich.

»Das kann ich dir nicht sagen.« Drechsler schüttelte bedauernd den Kopf. »Ich versichere dir, es war niemals meine Absicht, dich zu hintergehen. Ich kann selbst nicht mehr verstehen, wie es dazu kam, aber ich kann versuchen, das Schlimmste zu verhindern: deinen Konkurs.«

Karens Irritation war perfekt. Sie versuchte ruhig durchzuatmen und einen klaren Kopf zu bewahren, während Drechsler weitererzählte.

»Ich kam durch Zufall hinter die Sache. Ich kenne alle Nummern des betrieblichen Kontoplanes. Diese kannte ich nicht. Zuerst glaubte ich an einen Zahlendreher, einen Tippfehler. Aber das war es nicht. Spätestens als ich sah, daß die Beträge von diesen Konten auf merkwürdige Weise aus der Firma verschwanden, war mir klar, was lief.«

»Warum bist du in jenem Augenblick nicht zu mir gekommen?«

»Ich dachte, ich könnte die Sache allein beheben, zumal ich herausfand, wer dahintersteckte. Aber das war ein fataler Irrtum. Zuerst hielt man mich hin. Dann, einmal geschwiegen, war ich faktisch Mitwisser und wurde damit erpreßt. Es war ein ewiger Kreislauf. Aber ich kann und will nicht mit ansehen, wie du ins offene Messer läufst. Ich weigere mich, länger zuzulassen, wie du und die Firma geschädigt werden.«

»Wenn du mir nicht sagst, wer dahintersteckt, kann ich das Problem nicht lösen!«

»Ich gebe dir die Konten, über welche die Gelder aus der Firma gezogen wurden. Des weiteren werde ich versuchen, daß du aus der Betriebsprüfung durch das Finanzamt unbeschadet herauskommst. Solche Prüfungen sind nicht dazu angelegt, Betrügereien aufzudecken. Sie sind nur eine steuerliche Prüfung, und die Revisoren sind auf die Unterlagen angewiesen, die ihnen zur Verfügung gestellt werden. Ich habe alles Notwendige vorbereitet.«

»Was macht das alles für einen Sinn?« Karen schüttelte verständnislos den Kopf. »Du hilfst mir dabei, die Folgen abzuwenden, aber nicht, die Ursache zu beseitigen! Das ist doch ... widersinnig. Warum in aller Welt ...« Karen hielt inne. »Bedroht man dich oder deine Familie?«

Drechsler lachte bitter. »Wenn es nur so einfach wäre. Nein.«

»Aber du hast Angst!«

»Nein, es ist keine Angst. Es ist ein Alptraum.«

Jetzt zog Drechsler aus der Mappe, welche auf seinem Schoß lag, einen einzelnen Brief hervor. »Das ist meine Kündigung. Es ist mir klar, daß ich unter diesen Umständen nicht länger bleiben kann.«

Karen wehrte ab. »Jeder kann einmal einen Fehler machen. Und du hast ihn eben selbst korrigiert«, erwiderte sie. »Ich möchte mir keinen anderen Buchhalter suchen.«

»Nein. Ich kann nicht in der Firma bleiben. Ich bin noch nicht fertig mit der Sache.« Drechsler legte den Brief vor Karen auf den Schreibtisch und verließ das Büro.

Karen sah ihm hilflos nach. Sie stöhnte. Das war kein Tag, den man gerne zweimal erlebte. Miriams plötzliches Erscheinen konnte man ja gerade noch mit dem Wörtchen »unerfreulich« abtun, aber das Gespräch mit Drechsler eben! Eine Hiobsbotschaft! Was sollte sie jetzt tun?

Ralf Gregor saß vor dem PC, als Karen sein Büro betrat. Er schaute auf und empfing Karen mit seinem berühmten jungenhaften Lächeln. »Hallo, Chefin.« Die schwarz umrandete Nickelbrille saß auf seiner Stirn. Ein Zeichen dafür, daß er gerade sehr am Grübeln gewesen war.

Obwohl Karen im Moment nicht danach zumute war, mußte sie lächeln. Sie erinnerte sich an seinen Einstieg vor zwei Jahren. Ralf machte sich praktisch schon während des Vorstellungsgespräches an sie heran. Er schrieb seine Einstellung denn auch dem Erfolg dieses Versuches zu. Gleich am ersten Tag klärte Karen ihn auf: »Ich interessiere mich lediglich für Ihr Talent als Architekt! Mit allen anderen Talenten beglücken Sie bitte Frauen, die das zu schätzen wissen.« Verdattert hatte er sie angesehen. Ein paar Tage später schien ihm einer seiner neuen Kollegen die Zusammenhänge erklärt zu haben.

Karen hatte sich in Ralf nicht getäuscht. Er war ein echter Zuwachs für das Planungsbüro. Er war ein Hans Dampf in allen Gassen. Brach jedes Eis. Einige der älteren Mitarbeiter traten ihm anfangs besonders skeptisch gegenüber, hielten ihn für einen Schaumschläger. Er war eben nicht nur ein guter Architekt, sondern auch ein Charmeur. Sie vertraute ihm bald eigene Projekte an. Innerhalb kürzester Zeit wurde er nicht nur ihre rechte Hand, sondern ein guter Freund. Karen war froh, Ralf zu haben. Daß er gelegentlich nach einer durchgefeierten Nacht mit zerknittertem Gesicht und Bartstoppeln in die Firma kam, sah sie ihm deshalb nach.

»Was hast du auf dem Herzen?« fragte Ralf fröhlich.

»Welche willst du zuerst hören: die schlechte Nachricht oder die Katastrophennachricht?«

Ralfs Gesicht wurde schlagartig ernst. »Was ist passiert?«

Karen seufzte. Zunächst klärte sie Ralf über Miriams Ansinnen auf und bat ihn, die Sache zu übernehmen.

»Ich werde dich doch nicht im Stich lassen«, kam er ihrer Bitte ohne Zögern nach. Er wußte um Karens Ex-Beziehung mit Miriam und um Miriams Art. Die Problematik lag also auf der Hand.

»Danke, Ralf, du hast was gut bei mir.«

Er lächelte nonchalant. »Immer zu allem jederzeit bereit. Und was ist Problem Nummer zwei?«

»Das ist sehr viel ernsterer Natur.« Karen gab ihm nun ihr Gespräch mit Bernd Drechsler wieder.

Ralf hörte schweigend zu. Als Karen fertig war, schüttelte auch er fassungslos den Kopf. »Das gibt es doch gar nicht«, meinte er. »Ich verstehe das nicht. Bernd ist auch mein Freund. Ich hätte ihm so etwas niemals zugetraut.« Nach einer kurzen Pause fragte er: »Hat er irgend etwas darüber gesagt, wohin das Geld geflossen ist?«

Karen verneinte: »Er gab keine nähere Auskunft, die das Was, Wie oder Wer betraf.« Karen kam eine Idee. »Weißt du, ob er in letzter Zeit irgendwelche neuen Freunde oder Kontakte pflegte? Vielleicht ist er ja an eine Art Sekte geraten?«

»Davon hat er nichts angedeutet, geschweige denn erzählt. Bernd ist auch sicher nicht der Typ, der einer Sekte aufsitzt. Andererseits«, Ralf machte eine unbestimmte Handbewegung, »heutzutage, wo sich Menschen via Computer verloben, bevor sie sich überhaupt das erste Mal gesehen haben, ist ja alles möglich.«

»Ich glaube es aber eigentlich auch nicht. Folglich muß jemand aus der Firma dafür verantwortlich sein«, überlegte Karen.

»Mag sein. Aber wer?«

»Vielleicht sollte ich die ganze Mannschaft in der Buchhaltung auswechseln«, führte Karen ihre Suche nach einer Lösung laut denkend fort.

»Was, wenn es gar niemand aus der Buchhaltung ist? Willst du das gesamte Personal auswechseln? Einschließlich mich?« gab Ralf zu bedenken.

»Dann kann ich auch gleich dichtmachen. Du hast recht, das ist nicht der richtige Weg.« Karen dachte weiter. »Ich brauche einen Wirtschaftsprüfer, schnellstmöglich. Ich muß das Ausmaß der Unterschlagungen feststellen lassen und wie sie durchgeführt wurden. Dann gilt es herauszufinden, wer dahintersteckt und diesen Jemand zum Teufel zu jagen. Natürlich erst, nachdem das Geld zurückgeholt ist. Gleichzeitig müssen die Aufträge von alledem unbeeinflußt reibungslos weiterlaufen. Das ist der einzige Ausweg.«

Ralf nickte. »Ich werde dir helfen, wo ich kann.«

Dankbar sah Karen ihn an. »Ich weiß.« Aber viel wohler fühlte sie sich dadurch auch nicht. Ihr Entschluß, einen Wirtschaftsprüfer zu holen, war sicher richtig. Aber was, wenn dieser feststellte, daß der finanzielle Schaden nicht zu reparieren war?

3.

Der Dienstag verging mit Vorlesungen und Seminaren. Darüber hinaus hatte Bauer es sich nicht nehmen lassen, Sylvia noch einmal zu sich zu bitten und ihr die Wichtigkeit des Kießling-Projektes ans Herz zu legen. Sylvia verstand Bauer in gewissem Maße. Die Uni brauchte Partner in der Wirtschaft. Trotzdem fand sie, daß er ein wenig übertrieb.

Eingedenk Bauers Drängens fuhr Sylvia zu Karen Candela. Das Planungs- und Architekturbüro »Candela & Partner« befand sich in einem mehrstöckigen Bürogebäude auf dem Hohenzollerndamm. Sylvia fand anhand der Schilder am Fahrstuhl heraus, daß sie in den dritten Stock mußte. Als sie aus dem Fahrstuhl trat, stand sie in einem hellen Flur mit Teppichfußboden, an den Wänden hingen Bilder verschiedener Gebäudekomplexe und Baustellen, Projekte von »Candela & Partner«.

Vom Gang gingen vier Glastüren ab. Sylvia fragte einen vorbeikommenden Herrn nach Karens Büro. Er wies auf die linke Tür hinter Sylvia. »Dort, und dann die zweite Tür rechts.«

Sylvia bedankte sich.

Sie ging durch die Glastür. Vor ihr lag ein kurzer Gang, der in ein Großraumbüro überging. Angenehmerweise fehlten die üblichen Trennwände. Die Computerarbeitsplätze waren in Gruppen zu zweit, dritt oder viert gestellt, ohne einem bestimmten System zu folgen, die Aktenschränke, nie höher als einen Meter und zwanzig, so daß der ganze Raum überschaubar blieb. Hohe, gut gepflegte Grünpflanzen durchsetzten die helle Farbe der Büromöbel. Auch hier befand sich ein mit Teppich belegter Fußboden.

Die beschriebene Tür führte Sylvia zunächst in ein Vorzimmer. Offensichtlich das Reich der Sekretärin, einer Frau um die vierzig. Zu beiden Seiten des Zimmers sah man Türen. Hinter einer von beiden mußte Karens Büro sein.

»Guten Tag. Ich bin Sylvia Mehring. Ich habe einen Termin mit Frau Candela«, wandte sie sich an die Dame hinter dem Schreibtisch.

»Guten Tag, Frau Professor. Frau Candela erwartet Sie bereits.«

Sylvia zog bei der Anrede ein wenig die Augenbrauen hoch. Daß Reeder sie gelegentlich so betitelte, damit hatte sie sich abgefunden. Aber eigentlich mochte sie es nicht, so genannt zu werden. Sie fühlte sich dann wie eine verschrobene Mittfünfzigerin mit großer Hornbrille und wirrem Haar. Aber es gehörte wohl zum Job der Sekretärin, Titel in der Anrede zu verwenden. Es gab sicher viele, die großen Wert darauf legten.

»Es ist die rechte Tür.«

»Danke.« Sylvia klopfte und trat in Karens Büro.

Karen erhob sich schwungvoll hinter ihrem Schreibtisch. Sie trug heute eine tiefgrüne Hose, kombiniert mit weißer Bluse und beigefarbener Weste. Zur Begrüßung gab sie Sylvia die Hand. »Hallo, Sylvia.«

Sylvia sah sich auch hier eingehend um. Die Einrichtung war modern und zweckmäßig. An den Wänden Bilder, die diesmal verschiedene architektonische Phantasiegebilde zeigten. Karens Arbeitsplatz war eine Anordnung aus zwei Schreibtischen, die, verbunden durch eine abgerundete Verbindungsplatte, in einem rechten Winkel zueinander standen. In Karens Rücken stand eine Front von Regalen und Schränken. Große Fenster sorgten für helles Tageslicht im Raum. Auf dem Tisch der kleinen Sitzgruppe neben der Tür lagen Unterlagen, sorgfältig sortiert. Daneben ein Tablett mit einer Kanne und zwei Kaffeetassen. Karen wies mit der Hand in deren Richtung. »Es ist alles vorbereitet.« Karen goß Kaffee ein.

Sylvia nahm Platz. »Ihre Räume können sich sehen lassen. Genauer gesagt, sie sind in jedem Fall großzügiger eingerichtet als die der Uni. Wie viele Mitarbeiter haben Sie?«

»Fünfunddreißig. Zehn Diplomingenieure Architektur, drei Diplomingenieure Stadt- und Regionalplanung, drei Diplomingenieure Geographie und Landschaftsplanung, fünf Techniker, vier Bauzeichner, fünf kaufmännische Mitarbeiter, fünf Auszubildende sowie fünf sonstige und freie Mitarbeiter«, zählte Karen auf.

»Alle Achtung. Und wie ist die Auftragslage? Die Konkurrenz ist groß. Langanhaltende Rezessionsphasen belasten die Branche fast ununterbrochen.«

»Das ist richtig. Aber in welcher Branche ist das nicht so? Wir haben eine breite Palette an Dienstleistungen. Angefangen bei planerischen Tätigkeiten, wie zum Beispiel Kostenschätzungen, über Ausschreibungsprogramme verbunden mit der Realisierung von Projekten wie in Ihrem Fall, wickeln wir Massenschäden im Auftrag mehrerer Gebäudeversicherungen ab, bewerten Versicherungsobjekte neu. Hinzukommen Gutachtertätigkeiten bei der Bewertung von bebauten und unbebauten Grundstücken sowie CAD-Unterstützung und Beratung. Und ein Großteil unserer Zeit gehört der zuverlässigen und individuellen Betreuung des Bauherrn. Wir sind ein engagierter Dienstleistungsbetrieb, der mit moderner Technik – und gegebenenfalls unter Hinzuziehung von Spezialisten – nicht alles, aber vieles zu leisten vermag. Dabei sind wir auch schon bei unserem Thema.« Karen sah ernst zu Sylvia. »Was Sie mir gestern am Telefon über die Terminbrisanz des Projektes erzählten, ist, das können Sie sich ja denken, eine ziemliche Überraschung für mich gewesen.«

Sylvia nickte verstehend. »Ich selbst bin von meinem Chef ebenso damit überfallen worden. Es ist mir klar, daß der Termin fast illusorisch ist. Aber die Mercura befindet sich in einer heiklen Lage. Wenn Sie es schaffen, ihr da herauszuhelfen, wird man Ihnen sehr dankbar sein. Ich könnte mir gut vorstellen, daß man von Seiten Mercura-Immobilien gerne öfter mit einem so engagierten Partner zusammen arbeitet.«

Karen lächelte leicht, bevor sie ernst erwiderte: »Sie brauchen mich nicht zu ködern. Ich werde auch so alles Machbare versuchen – und auch alles Unmachbare. Aber eines muß klar sein: Ich werde mich nicht unter Druck setzen lassen.«

»Das akzeptiere ich. Obwohl ich Ihnen nicht versprechen kann, daß Reeder es nicht trotzdem versuchen wird«, sagte Sylvia. Innerlich freute sie sich über Karens klar ausgesprochenen Widerspruch und gab ihr Recht. Sie wußte selbst, daß das Projekt in solch kurzer Zeit praktisch unmöglich durchführbar war. Doch hatte sie die Interessen der Mercura zu vertreten.

»Dann sollten wir am besten gleich mit der Arbeit beginnen«, schlug Karen vor. Sie holte ein Laptop vom Schreibtisch, und beide machten sich daran, die einzelnen Durchführungsphasen für das bevorstehende Projekt zu besprechen. Sie erörterten verschiedene Varianten der Ausführungen, wogen Kosten gegen Termine ab, definierten Kontrollpunkte. Ihre Meinungen waren stellenweise konträr. Dann debattierten sie sehr heftig miteinander. Doch die Debatten waren produktiv. Karen nahm Sylvias Kritik auf, hielt gegen. Dabei ging sie forsch zu Werke, ohne von Sylvias Professorentitel beeindruckt zu sein. Sylvia entgegnete ebenso resolut. So hitzig die Diskussion gelegentlich auch war, sie blieb sachlich und zielorientiert. So fiel es Sylvia leicht, auf ihr Vetorecht zu verzichten.

Nach etwa zwei Stunden ging Karen zur Sprechanlage ihres Schreibtischs. »Frau Stahmann, bringen Sie uns bitte neuen Kaffee?« Und an Sylvia gewandt: »Zeit für eine Pause. Mein Mund ist schon ganz fusselig vom vielen Reden.«

»Nichts gegen einzuwenden«, stimmte Sylvia zu. Auch sie hatten die letzten zwei Stunden stark beansprucht, und eine Pause kam ihr gelegen.

»Sie sind ein harter Verhandlungspartner, Sylvia.«

»Danke, das Kompliment kann ich nur erwidern.«

Die Sekretärin brachte den Kaffee. Karen schob die Unterlagen etwas zusammen, um Platz zu schaffen. Als Frau Stahmann eingießen wollte, winkte Karen ab. »Danke, das mache ich schon.«

Karen schenkte ein. Sie saßen sich gegenüber. Sylvia fiel auf, daß Karen sie versonnen musterte. Doch wunderte sie sich nicht weiter darüber. Sie wußte von sich selbst, daß sie Löcher in die Luft starrte, wenn sie müde und abgespannt war. Als sich ihre Blicke trafen, war Sylvia über die Wärme in Karens Blick überrascht und sie spürte Verlegenheit der jüngeren Frau gegenüber.

»Für wen steht das ›Partner‹?« fragte Sylvia, um sich von diesem leicht irritierenden Gefühl abzulenken.

Karen sah sie fragend an. Doch dann verstand sie. Sylvia sprach von dem »& Partner« im Firmennamen.

»Ein Trick. Eine Illusion«, grinste Karen. »Die meisten meiner Kunden reagieren zunächst zurückhaltend, wenn sie feststellen, daß sie es mit einer Frau zu tun haben. Im ersten Moment tröstet sie nur die Hoffnung, daß ›Partner‹ existiert und männlich ist. Bis sie wissen, daß es ihn nicht gibt, habe ich sie bereits überzeugt, daß dieser auch nicht notwendig ist.«

»Ganz schön raffiniert«, sagte Sylvia lachend.

»Nicht wahr?« Karens Augen blitzten schelmisch. Dann wurde sie wieder ernst und meinte. »Sie betreuen öfter Projekte für Firmen.« Es war eine Feststellung, keine Frage.

»Ja«, bestätigte Sylvia. Und erklärend setzte sie hinzu: »Es ist ein nicht unbedeutender Teil meiner Tätigkeit. Hochschulprofessorin zu sein, bedeutet nicht nur Lehrtätigkeit und die Teilnahme an Architektur- und Planungswettbewerben, wie manche vielleicht denken mögen. In diesem Fall ist das Projekt sehr innovativ. Aber die Uni nimmt auch ganz unspektakuläre Aufträge der Region oder der freien Wirtschaft an. Wir unterliegen schließlich ebenso kommerziellen Zwängen wie ein x-beliebiges Unternehmen. Die von der Stadt budgetierten Mittel reichen bei weitem nicht aus, um die Fakultät zu finanzieren.«

»Tja, man kann sich's eben nicht immer aussuchen«, mußte auch Karen zugeben. Sie lächelte dabei.

Sylvia nahm einen Schluck aus ihrer Kaffeetasse. »Dennoch. Jede Arbeit bietet einen gewissen Erfahrungswert. Und sei es nur den, nicht den Bezug zur Realität zu verlieren.«

»Höre ich da Sarkasmus?« fragte Karen.

»Im Gegenteil, puren Ernst. Weniger Know-how ist schließlich nicht gleichbedeutend mit unwichtig. Es wäre wohl mehr als überheblich, Arbeiten deswegen herabzusetzen. Mit welchem Recht?«

Sylvia glaubte, ein Funkeln in Karens Augen zu erkennen, eine Mischung aus Anerkennung und – Zärtlichkeit? Verwirrt senkte Sylvia den Blick. Als sie wieder aufsah, zeigten Karens Augen jedoch nichts als höfliches Interesse, so daß Sylvia ihre Wahrnehmung für Einbildung hielt. Karen schlug vor, mit der Arbeit fortzufahren.

Allmählich kamen sie an den Punkt, wo klar wurde: Egal, wie sie es auch drehten und wendeten, es waren mindestens vierzehn Monate für das Projekt zu veranschlagen. Mittels Terminzuschlägen eventuell ein Monate weniger.

»Reeder wird nicht begeistert sein«, stellte Sylvia fest.

»Faxen wir ihm den Zeitplan rüber und warten ab, was passiert«, schlug Karen vor.

»Ich weiß jetzt schon, daß es keine zwei Stunden dauert, und er ruft Zeter und Mordio.«

Sylvia sollte Recht behalten. Sie hatte sich noch nicht einmal von Karen verabschiedet, als ihr Handy klingelte. Am anderen Ende war Reeder. Wie nicht anders zu erwarten, lehnte er den Plan schlichtweg ab. Er bat sie beide für den nächsten Morgen zu einer Besprechung. Sylvia und Karen verabredeten sich, in der Eingangshalle der Mercura aufeinander zu warten.

Ellen lag seit drei Tagen mit einer Grippe flach. Heute fand Karen sie eingemummelt in einer dicken Decke lesend auf der Couch.

»Es scheint dir ja schon wieder besser zu gehen, Schwesterchen«, begrüßte Karen die Kranke aufmunternd.

»Geht so«, schniefte Ellen. »Wenigstens die Kopfschmerzen sind weg.«

Karen ließ ihr ein Kräuterbad ein. Während Ellen in der Wanne saß, versicherte Karen sich, daß ausreichend Bestand im Kühlschrank war und wusch das wenige Geschirr ab. Als sie damit fertig war, setzte Karen sich ins Zimmer. Ellen kam wenige Minuten später.

»Ich fühle mich rundum erneuert«, verkündete sie und legte sich wieder aufs Sofa.

»Toll«, sagte Karen, während sie Ellen wieder in die Decke einpackte.

»Diese Fürsorge, einfach reizend. Womit habe ich das verdient?«

»Du bist meine liebste Schwester.«

Ellen grinste. »Ich bin deine *einzige* Schwester.«

Karen setzte sich Ellen gegenüber in einen Sessel und überlegte, mit welcher der vielen Neuigkeiten sie ihre Schwester zuerst konfrontieren sollte. Da sie sich immer alles erzählten, war das »Das« keine Frage.

»Miriam ist wieder in meinem Büro aufgetaucht. Sie will ihr Atelier umbauen lassen.«

»Und das glaubst du? Sie sucht doch nur einen Vorwand, um sich wieder an dich heranzumachen. Diese Frau ist auf dich fixiert.«

Karen spürte einen Anflug von Panik in sich aufsteigen, als sie ihre eigene Vermutung so prompt bestätigt bekam. Doch dann schalt sie sich. Das war ja lächerlich. Schließlich konnte Miriam sie zu nichts zwingen. Das gelegentliche Zusammentreffen mit ihr würde sie schon überleben.

»Deshalb habe ich Ralf mit der Sache betraut. Er wird schon mit ihr fertig.«

Um die Gedanken von diesem unerfreulichen Thema abzulenken, verkündete Karen nun: »Ich habe den Mercura-Auftrag!«

»Gratuliere!«

»Danke«, sagte Karen zurückhaltend.

»Was ist? Freust du dich gar nicht?« wunderte sich Ellen.

»Dazu besteht nicht der geringste Anlaß«, klärte Karen ihre Schwester auf. »Vorgestern abend war die Bekanntgabe. Und gestern nachmittag erfahre ich von Bernd Drechsler, daß ich kurz vor dem Konkurs stehe.«

»Wie bitte!?« Ellen richtete sich abrupt auf. Sie saß jetzt, buchstäblich kerzengerade, auf der Couch. Auch sie hörte fassungslos zu, als Karen jetzt ihr Gespräch mit Drechsler wiedergab.

»Je öfter ich das erzähle, um so mehr kommt es mir wie ein schlechter Witz vor. Nur daß es leider keiner ist, sondern bitterer Ernst«, endete Karen.

»Was tust du denn jetzt?« fragte Ellen aufgeregt.

»Ich stürze mich widersinnigerweise auf Drechslers Vorbereitungen und hoffe, daß das Finanzamt keinen Verdacht schöpft. Ich suche mir einen zuverlässigen Wirtschaftsprüfer, wobei ich noch keine Ahnung habe, wo ich den herbekomme, und verschaffe mir einen Überblick über den Schaden. Diesen versuche ich zu begrenzen. Ich finde, hoffentlich, die Methode des Betruges, dessen Verursacher und das Geld.«

»Und was machst du, wenn dem Finanzamt doch was auffällt?«

»Drechsler meint, das ist unwahrscheinlich. Wenn er sich täuscht, werde ich in einer verträumten einsamen Zelle über meine Blauäugigkeit nachdenken können. Denn es ist ja wohl klar, wen man für das Ganze verantwortlich machen wird.« Karens Stimme klang bitter.

»Karen, du kannst doch nicht einfach abwarten!«

»Was die Betriebsprüfung betrifft, habe ich keine andere Wahl. Oder weißt du etwas Besseres?«

Ellen schüttelte resigniert den Kopf. »Nein«, gab sie zu. »Aber frage Vater nach einer Kanzlei, die sich deiner Sache annehmen soll. Er kennt so viele Leute. Er findet die Richtige. Verschwiegen und zuverlässig«, riet sie.

»Das ist eine gute Idee.«

»Es tut mir leid, daß deine Freude am Gewinn der Ausschreibung auf die Art nur von kurzer Dauer war.«

»Zumindest wurde sie erheblich getrübt. Übrigens, das Projekt wird von einem Berater begleitet, genauer gesagt einer Beraterin. Professorin an der Uni.«

Ellen schaute Karen fragend an. »Dein Typ?«

»Schon möglich«, meinte Karen unbestimmt.
»Na, dann nichts wie ran.«
»Sie ist nicht an Frauen interessiert.«
»Woher willst du das wissen? Hast du sie gefragt?«
»Natürlich nicht.«
»Na also.«
»Na also«, äffte Karen nach.
»Nun sei nicht so eklig zu mir. Ich kann ja nichts dafür, daß die Spielregeln gegen dich sind«, verteidigte sich Ellen.
»Ich hasse die Regeln. Warum kann eine Frau nicht einfach einer anderen sagen, wenn sie ihr gefällt, ohne daß sie Gefahr läuft, anschließend wie eine Kranke behandelt zu werden: entweder gemieden oder auffällig unauffällig vorsichtig?«
»Niemand sagt, daß das Leben leicht ist«, kommentierte Ellen philosophisch.
»Vielen Dank. Darauf wäre ich, besonders nach den letzten Tagen, nie gekommen«, erwiderte Karen wirsch.

4.

Sylvia stellte ihren Wagen ab und fluchte. Sie war viel zu spät dran. Mit großen Schritten hastete sie auf das Gebäude der Mercura-Immobilien zu. Karen wartete bereits in der Halle, wo erst am Wochenende die Projektvergabe stattgefunden hatte.
»Entschuldigen Sie, ich bin spät dran«, begrüßte Sylvia Karen. »Schuld ist dieser blöde Lieferwagen, der mir die Ausfahrt aus meinem Parkplatz versperrte. Ich mußte fast eine Viertelstunde warten, bis endlich der Fahrer auftauchte.«
Sie gingen zu den Fahrstühlen. Eine Tafel wies aus, daß Reeders Büro im fünften Stock lag.
»Haben Sie sich seelisch und moralisch gut vorbereitet?« fragte Sylvia.
»Ich bin auf alles gefaßt«, erwiderte Karen fest.
Reeder begrüßte sie mit ernstem, aber freundlichem Gesicht.
»Guten Morgen, meine Damen.«
»Entschuldigen Sie die Verspätung«, begann Sylvia. »Es ist meine Schuld. Ein Lieferwagen hat mir die Ausfahrt versperrt.«

Reeder nickte. »Schon gut. Das ist nicht unser eigentliches Problem.«

Er führte Karen und Sylvia in einen kleinen Besprechungsraum, wo Kaffee bereitstand. »Bitte, bedienen Sie sich.«

Sie setzten sich. Reeder holte jetzt das Fax vom Vortag hervor und legte es auf den Tisch. Dann räusperte er sich umständlich. »Kommen wir gleich zur Sache. Frau Professor Mehring, sowohl Professor Bauer als auch ich haben mit Ihnen gesprochen und eindringlich auf den Termin des Projektes verwiesen. Sie wissen, daß der Zeitrahmen, den Sie beide in Ihrem Plan aufzeigen, für die Mercura unakzeptabel ist.«

»Aber Herr Reeder, wir wissen doch alle, daß Ihr Wunsch unrealistisch ist. Einer Ihrer Mitarbeiter machte, aus Unkenntnis oder Übereifer sei dahingestellt, einen bedauerlichen Fehler, als er Kießling die Fertigstellung des Baus zu einem Termin zugestand, der absolut unrealistisch war. Was die Tatsache, daß dieser Mitarbeiter nicht mehr Ihrer Firma angehört, deutlich macht. Sie, damit meine ich die Geschäftsleitung Ihres Hauses, können doch nicht ernsthaft erwarten, daß wir, speziell Frau Candela, Risiken bei der Durchführung des Projektes eingehen, nur um diesen Termin zu halten. Risiken, die selbstverständlich auf Kosten der Sicherheit des Ganzen gehen.«

»Natürlich will niemand die Sicherheit vernachlässigen. Aber wir erwarten volles Engagement in diesem Projekt. Die Mercura ist bekannt für absolute Zuverlässigkeit. In allem! Sie enttäuscht ihre Kunden nicht.«

»Herr Reeder«, versuchte nun Karen ihn auf den Boden der Tatsachen zurückzuholen. »Sicher könnte ich Ihnen ein Wunder versprechen. Aber wem würde das nutzen? Der von Frau Mehring und mir ausgearbeitete Terminplan enthält die absoluten Minimalfristen. Und glauben Sie mir, wenn ich Ihnen sage, Frau Mehring hat mir Ihre Schwierigkeiten mehr als verdeutlicht! Aber ich sage Ihnen, was Sie brauchen, können Sie von keiner seriösen Firma bekommen.«

»Nach diesem Plan wird der Bau um drei Monate zu spät fertiggestellt. Das kann ich so nicht akzeptieren. Es muß doch die Möglichkeit geben, bestimmte Abschnitte zu beschleunigen.«

»Man könnte durch finanziellen Mehraufwand hier und da eingreifen. Dann gewännen wir vielleicht einen oder auch zwei Monate. Zeitgewinn und Aufwand ständen jedoch in keinem wirtschaftlichen Verhältnis. Zudem hat die Praxis immer wieder gezeigt, daß in solchen Fällen Pfusch am Bau entsteht. Natürlich hat dann keiner Schuld. Es kommt zum Streit unter den Gewerken und Sie haben das, was Sie eigentlich vermeiden wollten: Verzögerungen.«

»Dann ist es Ihre Aufgabe, Frau Candela, dafür zu sorgen, daß kein Pfusch und damit keine Verzögerungen entstehen! Das werden Sie doch wohl können?«

Sylvia runzelte die Augenbrauen. Das war unfair von Reeder. Und das wußte er. Aber er stand unter dem Druck der Geschäftsleitung. Sylvia sah auch, daß es Karen sichtlich gegen den Strich ging, daß ihre Kompetenz auf diese Weise in Frage gestellt wurde. Karen setzte bereits zu einer heftigen Entgegnung an, so daß Sylvia sich beeilte einzugreifen, um eine Eskalation zu vermeiden. Mit möglichst ruhiger Stimme versuchte sie die Wogen zu glätten. »Herr Reeder! Glauben Sie uns bitte, daß wir alles gewissenhaft abgewogen haben. Wir haben den Termin auf Grundlage der gängigen Standards und unter Berücksichtigung aller möglichen Verkürzungen bei Liefer- und Bauzeiten ermittelt. Gewisse Ruhezeiten des Materials müssen einfach berücksichtigt werden. Wenn die Mercura auf den bisherigen Endtermin besteht, lehne auch ich als Beraterin jede Verantwortung ab. Es ist keine Art, Lücken, die durch Versäumnisse an anderer Stelle entstanden sind, zu Lasten Dritter mit der Holzhammermethode ausbügeln zu wollen. Das dürfen Sie Ihren Vorgesetzten wörtlich wiedergeben. Ich stimme Frau Candela hundertprozentig zu, daß keine seriöse Firma Ihnen diesen Termin versprechen wird«, betonte Sylvia.

Reeder nickte, was wohl heißen sollte, daß er das selbst einsah. Aber danach ging es nicht. Er mußte diesen Termin seiner Geschäftsleitung vortragen, und dabei war ihm sichtlich unbehaglich zumute. Aber er gab nach.

»Also gut. Ich gebe die Pläne so weiter. Ich melde mich bei Ihnen, sobald eine Entscheidung vorliegt.«

Sylvia und Karen fuhren mit dem Fahrstuhl nach unten. Sylvia konnte spüren, wie es innerlich in Karen brodelte. Eine plötzliche Wärme durchströmte Sylvia. Instinktiv legte sie ihre Hand auf Karens Arm und lächelte. Karen sah sie überrascht an. Dann erwiderte sie Sylvias Lächeln. »Gut, daß Sie eingegriffen haben. Ich fürchte, ich war kurz davor zu explodieren.«

»Das habe ich gemerkt«, sagte Sylvia. »Wie wäre es mit einem späten Frühstück, um die Aufregung zu verarbeiten?«

»Gern«, willigte Karen ein.

Sie gingen zu einer nahen Cafeteria und fanden einen Tisch in einer gemütlichen Ecke. Die Bedienung war auf Trab und kam sofort, um die Bestellung aufzunehmen.

»Sie waren bewundernswert beherrscht Sylvia. Wie machen Sie das nur?« fragte Karen, nachdem die Kellnerin gegangen war.

Sylvia lächelte. »Ich schaffe es auch nicht immer. Aber in diesem Fall hatte ich gar keine Wahl, ich mußte Sie beide ja daran hindern, auf einander loszugehen.«

»Sagt mir der Kerl doch glatt, ich sei inkompetent ...« Karen holte Luft, um fortzufahren.

»Vergessen Sie es«, winkte Sylvia ab.

Doch Karen war nun einmal in Fahrt. »Ich will mich jetzt aber aufregen. Ich hasse es, wenn mir andere sagen wollen, wie ich meinen Job machen soll.«

»Nun, dann sehen Sie es von der praktischen Seite. Je schneller der Bau fertig ist, desto eher sind Sie uns alle wieder los.«

Sylvia war auf eine spitze Bemerkung Karens gefaßt. Statt dessen hielt Karen schlagartig inne und fragte ernst: »Wie kommen Sie darauf, daß ich Sie loswerden will?«

Verblüfft durch die emotionale Anteilnahme in Karens Stimme suchte Sylvia nach einer Antwort. »Haben Sie schon vergessen? Ich bin diejenige, die gestern in Ihrem Büro andauernd mit Ihnen gestritten hat. Und Sie sagten doch eben ...«

»Aber das ist doch etwas ganz anderes.« Karen schien daran zu liegen, die Sache klarzustellen. »Sylvia! Habe ich den Eindruck erweckt, Sie loswerden zu wollen? Es ist ganz gewiß nicht an dem. Im Gegenteil. Ich mag Sie.«

Die Nachdrücklichkeit, mit der Karen sprach, erschien Sylvia seltsam. Gleichzeitig verspürte sie eine, wie sie sich selbst sagte, unsinnige Freude über Karens Worte. »Ich würde mich auch freuen, wenn wir Freundinnen würden«, erwiderte Sylvia und fühlte sich merkwürdig verlegen dabei. Sie war es nicht gewohnt, über ihre Gefühle zu sprechen. Und es war überhaupt ungewöhnlich, daß sie sich nach kurzer Zeit so zu jemandem hingezogen fühlte. Was war es nur, das sie an Karens Nähe so genoß?

Noch bevor Sylvia eine Antwort auf diese Frage finden konnte, hörte sie Karen fragen: »Haben Sie nachher noch etwas Zeit? Ich möchte Ihnen gerne jemanden vorstellen.«

Sylvia stand versonnen neben Karen, beeindruckt von der Gegensätzlichkeit, die sich ihr hier bot. Die Photos an den Wänden waren ebenso widersprüchlich wie beeindruckend. Volle Blütenstände. Daneben vom Sturm entwurzelte, hundert Jahre zählende Bäume. Ärmlich gekleidete Kinder. Daneben Modemodels der oberen Zehntausend. Kriegsschauplätze. Daneben Wohlstandsviertel. Gesichter verhärmt, grau und faltig. Daneben strahlend lächelnde Politiker. Alles vom Kleinbild bis überlebensgroß, Einzelbilder und Bildserien. Auf einen Nenner gebracht: leben und sterben. Das Aufhängen und Ausleuchten der Photos mußte Tage in Anspruch genommen haben. Diese Galerie war ein Geheimtip.

Eine junge Frau kam jetzt lächelnd auf sie zu. Karen umarmte sie herzlich. »Entschuldige, Ellen, ich habe mich ein paar Minuten verspätet.«

»Halb so schlimm. Nach deiner aufopferungsvollen Pflege darfst du dir das leisten.«

Sylvia folgte der herzlichen Begrüßung. Ein unrationales Gefühl der Enttäuschung erfaßte sie. Eine Art Eifersucht auf die offensichtliche Vertrautheit zwischen dieser Frau und Karen.

»Ellen, das ist Sylvia Mehring, Sylvia, das ist meine Schwester Ellen«, stellte Karen die beiden einander vor.

»Hallo«, begrüßte Ellen Sylvia ungezwungen.

Karens Schwester! »Hallo«, erwiderte Sylvia betreten und kam sich ob ihres Gefühles jetzt albern vor. Selbst wenn Ellen nicht Karens Schwester wäre, sondern eine enge Freundin: Für sie, Sylvia, bestand kein Grund zur Eifersucht!

»Wie geht es voran?« fragte Ellen. Karen konnte nicht deuten, auf welches der Themen des gestrigen Gespräches – Miriam, Sylvia oder Drechsler – Ellen sich bezog. Und verständlicherweise war es ihr unangenehm, daß Sylvia von irgendeinem dieser drei Kenntnis bekam.

»Das Übliche«, winkte sie deshalb nichtssagend ab. »Nichts Neues.« Genaugenommen hatte sie damit auch alle drei Möglichkeiten beantwortet.

Ellen wandte sich Sylvia zu und musterte sie ganz ungeniert. »Sie sind also die akademische Wunderwaffe, die meiner Schwester zugeteilt wurde?«

Sylvia blieb nicht verborgen, daß sie von Ellen eingehend betrachtet wurde. Verlegenheit stieg in ihr auf. So ungefähr mußte sich Karen unter ihrem, Sylvias, Blick gefühlt haben, als sie Karen am Sonntag das erste Mal betrachtete.

»Du hast recht«, wandte sich Ellen jetzt an ihre Schwester. »Sie macht einen netten Eindruck.«

Karen bohrte ihre Augen drohend in Ellen, was soviel hieß wie: Ein Wort mehr und . . .

Ellen wechselte brav das Thema. »Du hast hoffentlich nicht wieder Vaters Geburtstag vergessen? Denk dran, morgen abend findet das jährliche hochherrschaftlichen Eßgelage statt.«

»Ist es schon wieder soweit?« seufzte Karen.

»Leider, und laß mich bloß nicht hängen. Vaters Geschäftspartner, dieser aufdringliche Krämer, wird da sein. Ich brauche dich also unbedingt. Du bist die einzige, die diesen Kerl wirkungsvoll auf Distanz halten kann. Ich verlasse mich auf dich!« beschwor Ellen.

»Warum Vater diesen Widerling immer wieder einlädt?« murrte Karen.

»Weil er einer der stärksten Finanziers ist«, meinte Ellen lakonisch.

»Das gibt ihm nicht das Recht, Frauen zu belästigen. Und schon gar nicht meine Schwester.«

Ellen grinste. »Das hast du ihm ja letztes Jahr klargemacht.« Die Erinnerung ließ die beiden Schwestern kichern.

An Sylvia gewandt erklärte Ellen: »Karen hat Krämer auf die Nase geboxt. Er blutete wie ein Schwein. Anschließend hat sie ihm die Rechnung für die Reinigung des Teppichs geschickt. Und er hat gezahlt!«

»Hört sich sehr amüsant an«, sagte Sylvia nun auch mit einem Lächeln.

»Vielleicht möchten Sie ja auch zur Party kommen. Vater hätte nichts dagegen, wenn wir eine Freundin mitbrächten.« Ellens

Worte waren herzlich. Sie zwinkerte Karen dabei zu.

Sylvia zögerte. »Das geht doch nicht.«

»Wieso nicht?« wollte Ellen wissen.

»Ich . . .« Sylvia rang um eine Antwort.

»Nur keine falsche Bescheidenheit. Sie sind doch nicht etwa schüchtern?« Ellen blieb hartnäckig.

»Sie ist keine große Partygängerin«, meinte Karen. »Als wir uns kennenlernten, stand sie, zwar sehr hübsch, aber ziemlich unwirsch, in einer Menge von Anzügen und Abendkleidern, und ich mußte ihr erst erklären, wie das alles funktioniert.«

»Partygängerin oder nicht.« Ellen ließ das nicht gelten. »Ich brauche jede Hilfe, die ich kriegen kann. Sylvia, Sie sind hiermit zwangsverpflichtet.« Damit war die Sache beschlossen.

Wieder an der Uni fand Sylvia eine E-Mail von Bauer in ihrem elektronischen Briefkasten. Er bat um Rückruf. Sylvia rief im Sekretariat an und wurde sofort durchgestellt.

»Reeder hat mich angerufen.« Bauer schnaufte.

Natürlich, was sonst, dachte Sylvia.

»Sylvia, ich hatte Sie doch so gebeten, diplomatisch vorzugehen. Sie haben Reeder vor den Kopf gestoßen.«

»Hat er das gesagt?«

»Natürlich nicht. Aber ich konnte seinen Worten deutlich entnehmen, daß er mehr von uns erwartet hat.«

»Wenn Sie meine Meinung hören wollen, er hat schon mehr bekommen, als eigentlich möglich ist. Ich bringe Ihnen gerne die Unterlagen zur Überprüfung«, bot Sylvia bewußt forsch an.

»Ich zweifle ja nicht an Ihrer Arbeit«, lenkte Bauer auch sofort ein. »Seien Sie aber bitte künftig etwas sensibler.«

5.

Der Donnerstag begann mit einem Stau im morgendlichen Berufsverkehr. Wieder mal eine neue Baustelle! Sylvia trommelte mit den Fingern ungeduldig auf das Lenkrad. Ihre Vorlesung begann in einer halben Stunde. Das würde ganz schön eng werden. Sylvia versuchte den gestreßten BMW-Fahrer zu ignorieren, der an ihrem

Heck klebte wie Kaugummi und anscheinend dachte, er könne den Verkehrsfluß auf diese Art beschleunigen.

Fünf Minuten vor der Zeit erreichte Sylvia ihren Parkplatz. Sie lief eilig ins Unigebäude, direkt zum Hörsaal. Noch völlig außer Atem begann sie die Vorlesung.

In der Mittagspause gab Doktor Martin Buchholz, das »anrüchige« Objekt, wie Anne ihn nannte, im Konferenzzimmer seinen Einstand. Kalte Platten waren nett arrangiert, Getränke inklusive.

»Sie wollen ganz offensichtlich länger bei uns bleiben«, begrüßte Sylvia den neuen Kollegen herzlich. »Auf gute Zusammenarbeit.«

»Danke. Das wünsche ich mir ebenfalls.«

»Haben Sie sich schon etwas eingelebt?« wollte Sylvia wissen.

»Wenn Sie damit meinen, ob ich noch Zeit hätte, eine Ihrer Vorlesungen zu übernehmen, muß ich leider ablehnen. Professor Bauer hat mich mehr als reichlich versorgt.«

»Na, da haben Sie den Alten ja schon von seiner besten Seite kennengelernt«, meinte Sylvia wenig respektvoll und setzte leise flüsternd hinzu: »Professor Bauer ist ein Tyrann in jeder Beziehung. Er kann es nicht sehen, wenn einer eine freie Stunde im Terminkalender hat.«

»Das habe ich gehört, liebe Kollegin«, vernahm Sylvia hinter sich Bauers Stimme.

Sylvia erwiderte keß: »Das sollten Sie auch.«

Die drei lachten.

Bauer wandte sich an Buchholz. Sylvia nahm die Gelegenheit wahr, vom Essen zu probieren.

Anne hatte nur darauf gelauert, daß Sylvia frei wurde. Sie schoß auf sie zu.

»Überleg es dir doch noch mal mit dem Australier am Samstag. Torsten ist wirklich nett, und ich habe ihm schon so von dir vorgeschwärmt.«

»Ach, sieh an. Also hatte ich doch recht. Torsten heißt der Kandidat diesmal. Anne, ich würde dir den Gefallen ja gerne tun, aber nicht diesen Samstag.«

»Dann entschuldige ich dich, gebe ihm deine Telefonnummer, daß er dich anruft, und du gehst mit ihm aus?«

»Bist du verrückt?«

»Was ist schon dabei?«

»Ich will das nicht, das ist dabei! Ich kenne den Mann doch gar nicht.«

»Dann lernst du ihn eben kennen.«

Sylvia seufzte ergeben. Manchmal konnte Anne regelrecht penetrant sein. »Also gut. Du gibst sowieso nicht eher Ruhe, bis ich ja sage.«

»Du wirst sehen, es war die richtige Entscheidung«, triumphierte Anne.

Derart überrumpelt verließ Sylvia kurz darauf die kleine Runde. Die Zeit bis zur nächsten Vorlesung verbrachte sie lieber mit der neuesten Ausgabe einer Fachzeitschrift, bevor Anne noch weitere Dummheiten einfielen.

Kurz nach halb fünf verließ Sylvia die Uni. Während der Heimfahrt wurde ihr immer kribbeliger im Bauch. Sie war seltsam aufgekratzt! Sie freute sich darauf, Karen heute abend wiederzusehen und mit ihr plaudern zu können.

Zu Hause angekommen, fütterte Sylvia als erstes Mozart und ging dann unter die Dusche. Während das Wasser auf sie niederprasselte, summte sie vor sich hin. Anschließend stand sie mit einem um die nassen Haare gewickelten Handtuch etwas ratlos vor ihrem Kleiderschrank. Was trug man zu einer solchen Gelegenheit? Sie konnte schlecht dasselbe Kostüm wie am Sonntag anziehen. Sylvia breitete verschiedene Hosen, Blusen und Jacken auf ihrem Bett aus. Schließlich entschied sie sich für das olivefarbene Seidenkostüm, eine legere Hose mit Kurzjacke. Sie zog sich an und eilte zurück ins Bad. Sie hatte bei der Kleidungswahl viel Zeit verloren und mußte sich nun beeilen. Trotzdem legte sie beim Fönen ungewöhnlich große Sorgfalt an den Tag.

Als sie zurück ins Schlafzimmer kam, lag dort Mozart sichtlich zufrieden auf dem Bett zwischen all den abgelegten Sachen und hatte sich zu einem Verdauungsschläfchen eingerollt. Sylvia überlegte kurz, ob sie ihn runterscheuchen sollte, aber dann ließ sie ihm sein Plätzchen. Es war sowieso keine Zeit mehr aufzuräumen.

Karen beobachtete seit einer halben Stunde die Eingangstür.

Ellen, die neben ihr stand, grinste. »Sie wird schon kommen.«

Karen tat, als wüßte sie nicht, was Ellen meinte. »Wie?«

»Sylvia. Sie kommt ganz sicher. Sie ist es doch, wegen der du beinahe durch mich hindurchschaust. Ich glaube, ich bin eifersüchtig.«

Karen sah in Ellens verschmitzt lächelnde Augen. »Du phantasierst. Außerdem habe ich im Moment wirklich andere Sorgen«, brummte sie.

Ellens Miene verdüsterte sich. »Hast du mit Vater gesprochen?«

»Habe ich. Er war wirklich rücksichtsvoll, hat kaum Fragen gestellt. Nachher stellt er mich einem alten Freund vor. Ein angebliches Finanzgenie. Ich hoffe, das war keine Übertreibung.«

Ellen nahm ihre Schwester in den Arm. »Mach dich nicht verrückt. Es wird schon werden.«

In diesem Moment kam Sylvia durch die Tür. Ellen winkte ihr zu, während sie Karen zuzwinkerte und sich entfernte.

Sylvia fühlte eine eigenartige Freude in sich aufsteigen, als Karen ihr entgegenkam. Karens fürsorgliche Geste, die kurze Berührung ihrer Hand auf Sylvias Rücken und der flüchtige Begrüßungskuß auf die Wange stellten eine angenehme Vertrautheit her.

»Schön, daß Sie gekommen sind, Sylvia. Ich freue mich wirklich. Was darf ich Ihnen vor dem Essen als Aperitif anbieten?«

»Ich nehme lieber etwas Alkoholfreies.«

»Das lasse ich nicht zu. Wie wäre es mit einem harmlosen Juice-Wodka?« schlug Karen vor.

»Also meinetwegen.« Sylvia gab nach.

Karen führte Sylvia zur Bar, wo sie ihr den Drink mixte. Dabei wies sie nebenher auf den einen oder anderen der Anwesenden, nannte Namen und gab kurze Kommentare ab. Sylvia versuchte interessiert dreinzuschauen. Doch vergaß sie das meiste in dem Moment, da sie es hörte, gleich wieder. Sie konnte sich nicht darauf konzentrieren. Statt dessen folgte sie heimlich Karens Bewegungen, ließ deren leicht herbes Parfüm auf sich wirken, nahm den Klang ihrer Stimme in sich auf.

»Sylvia?!«

»Bitte?«

»Sie haben geträumt!«

»Oh, Entschuldigung.« Sylvia errötete.

»Na ja, meine Schuld. Ich langweile Sie mit den ganzen Namen.

Lassen Sie uns bis zum Essen auf die Terrasse gehen. Ich habe es übrigens so eingerichtet, daß Sie in meiner Nähe sitzen, sozusagen vis-à-vis.«

»Danke, aber was ist mit Ihrer Schwester? Sollten Sie sich nicht um sie kümmern?«

Karen grinste. »Das habe ich. Ich habe kurzerhand gestern abend Leon eingeladen. Leon ist nett und – sein wichtigster Vorzug – schwul. Er ist in seine Aufgabe eingeweiht. Damit hat Ellen den perfekten Begleiter.« Karen blinzelte schelmisch. Sie sah sehr zufrieden mit sich aus. »War das nicht ein famoser Einfall?«

»Wirklich clever von Ihnen«, lobte Sylvia bereitwillig.

Das Essen bestand aus einem Menü in drei Gängen. Man pries brav die auserlesenen Speisen und unterhielt sich ansonsten über das Wetter und vergleichbare bedeutende Dinge.

Ellen und ihr Begleiter hatten ganz offensichtlich noch andere Themen, denn aus ihrer Richtung hörte man ständig heiteres Lachen. Karen triumphierte. Ihr Augenzwinkern in Sylvias Richtung ließ keinen Zweifel daran.

»Candela, das klingt südländisch«, meinte Sylvia, als sie nach dem Essen mit Karen im Garten stand und einen zweiten Juice-Wodka trank.

»Ja. Mein Großvater war ein heißblütiger Spanier.«

»Daher also die charismatische Erscheinung«, rutschte es Sylvia heraus.

»Finden Sie, ich habe Charisma?« Karen schaute Sylvia direkt in die Augen, so daß diese errötete.

»Nun ja. Sie bringen mich dazu, Dinge zu tun, die ich sonst nicht tue«, sagte Sylvia unsicher. Sie merkte, wie zweideutig ihre Bemerkung klang, und fügte schnell abschwächend hinzu: »Zum Beispiel zu fremder Leute Partys zu gehen.« *Und mich dabei auch noch wohl zu fühlen,* dachte Sylvia. *Vor allem fühle ich Dinge, die ich sonst nicht fühle.*

Karen musterte Sylvia nachdenklich. »Beunruhigt Sie das?«

»Ein wenig«, gab Sylvia zu. Und um von ihrer Unsicherheit abzulenken, sagte sie: »Sie und Ihre Schwester verstehen sich sehr gut.«

»Ja, aber das war nicht immer so«, erzählte Karen. »Früher waren wir oft eifersüchtig aufeinander.«

»Was hat das geändert?«

Karens Gesicht verdüsterte sich. »Der Tod unserer Mutter, als wir elf waren. Der Verlust des Liebsten, das wir hatten. Unser Vater war schon immer in erster Linie Geschäftsmann. Er verkraftete den Verlust durch Arbeit. Uns konnte er jedoch nicht helfen. Ellen und ich brauchten uns dann viel zu sehr, um unseren Streit fortzusetzen.«

Es entstand eine Pause, bevor Karen fragte: »Haben Sie Geschwister?«

»Nein.«

»Wie war Ihre Kindheit?«

»Nicht besonders schwer, aber auch nicht sehr ausgelassen oder gar gefühlsbetont. Sie war bestimmt durch Regeln, die selten Ausnahmen zuließen. Um die Beziehung zu meinen Eltern bis zu meinem fünfzehnten Lebensjahr zu beschreiben, würde ich sagen, es war keine sehr innige Liebe. Ich kannte die Erwartungen, die an mich gestellt wurden, und versuchte sie zu erfüllen, um Ärger aus dem Weg zu gehen.«

»Ich halte Sie nicht für jemanden, der Problemen aus dem Weg geht. Was hat Ihre Einstellung verändert?«

Sylvia lächelte. »Irgendwann war ich der Meinung, Ärger würde mich in meiner Entwicklung weiterbringen. Ich suchte absichtlich die Konfrontation, besonders zu meinem Vater. Ich erwartete einen heftigen Zusammenprall mit ihm. Er war immer sehr autoritär gewesen. Entgegen meinen Erwartungen geschah nichts dergleichen. Im Gegenteil, er schien darauf gewartet zu haben, daß ich endlich aus mir herauskomme. Ich sah ein, daß er eher begriffen hatte, daß ich erwachsen war, als ich selbst. Und ich lernte ihn von einer völlig neuen Seite kennen. Ich wußte, daß er eigentlich hoffte, ich würde eines Tages in seine Anwaltskanzlei eintreten und diese später übernehmen. Aber er akzeptierte meinen Wunsch, nicht in seine Fußstapfen zu treten und Anwältin zu werden, wenn auch schweren Herzens. Er erzählte mir von seiner Jugend, seinen Träumen und wie er meine Mutter kennenlernte. Die Art und Weise, wie er von meiner Mutter sprach, berührte mich. Und seit diesem Tag weiß ich, daß er sie nach wie vor liebt. Ich hatte ihm bis dahin solche Gefühle nicht zugetraut.«

Karen hatte still zugehört. Dann sagte sie: »Finden Sie nicht auch, daß wir viel zuviel Zeit mit nutzlosen Grübeleien verbringen, anstatt einfach etwas zu tun?«

»Gelegentlich kommt mir der Gedanke – beim Grübeln.«

Jetzt lachten sie beide.

»Und wie sieht es mit Verehrern aus, Professorin?« fragte Karen augenzwinkernd. Zwar hatte sie sich Zurückhaltung geschworen, aber eine harmlose Frage war ja wohl erlaubt. Eine Stimme in ihr flüsterte jedoch: *Mach dir nichts vor. Du willst wissen, ob Sylvia einen Freund hat.*

Sylvia zögerte mit der Antwort. Ja. Es hatte ein paar Männer in ihrem Leben gegeben. Es gehörte schließlich zu den Regeln, einen Mann vorzeigen zu können. Warum alle Welt von Sex so schwärmte, war Sylvia allerdings schleierhaft. Sie hatte bisher nie wirkliche Lust dabei gefühlt. Aber das war wohl kaum als Thema für diese Konversation geeignet.

»Sie sagen nichts? Gab es niemanden, oder waren es so viele, daß Sie sie nicht zählen können?« fragte Karen keck.

»Und was ist mit Ihnen?« unternahm Sylvia den Versuch, sich mit der Gegenfrage aus der Affäre zu ziehen.

Doch Karen ging nicht darauf ein. »Ich habe zuerst gefragt.«

»Bisher war jedenfalls nicht der Richtige dabei. Meine Freundin Anne sagt, ich wäre zu anspruchsvoll. Möglicherweise hat sie ja recht.« Sylvia zuckte mit den Schultern.

»Wenn es so ist, ist es kein Fehler«, erwiderte Karen.

»Ist Ihre Neugier jetzt befriedigt?« wollte Sylvia wissen.

»Ganz und gar nicht. Ich habe nur den Eindruck, daß ich mehr nicht erfahren werde. Was dieses Thema betrifft, scheinen Sie nicht sehr mitteilsam.« *Sie hat keinen Freund!*

»Es ist ein sehr persönliches Thema«, gab Sylvia zu bedenken.

»Entschuldigen Sie. Ich wollte Ihnen nicht zu nahe treten. Manchmal schieße ich einfach über das Ziel hinaus.«

»So dramatisch ist es ja nun auch wieder nicht«, schwächte Sylvia ab.

Karen sah jetzt ihren Vater hinter Sylvia auf sie zukommen, flankiert von einem schlanken Mann um die fünfzig, dessen schwarzes Haar im Zeichen des Alters bereits gelichtet war.

Karen unterbrach ihr Gespräch mit Sylvia. »Entschuldigen Sie mich bitte einen Augenblick.« Sie ging den beiden entgegen.

»Karen. Ich möchte dir Herrn Günther Reimann vorstellen. Er

ist freier Revisor und wird dir helfen. Ich habe ihm in groben Zügen schon erklärt, was passiert ist.«

»Eine ziemlich heikle und vor allem unangenehme Sache«, meinte Reimann.

»Das ist es allerdings«, stimmte Karen bedrückt zu.

»Ich hoffe, ich kann Ihnen helfen.«

Nach ihrem Gespräch mit Reimann suchte Karen Sylvia. Sie fand sie im Gespräch mit Ellen und ihrem »Beschützer«. Die drei lachten.

»Amüsiert ihr euch?«

»Bestens«, bestätigte Ellen. »Sylvia unterhält uns gerade mit ein paar Anekdoten aus ihrer Studienzeit. Sie schwört, daß es einen gesetzmäßigen Zusammenhang zwischen dem Alter von Dozenten, deren akademischen Grad und ihren Marotten gibt.«

»Und auf welcher Stufe zwischen Genie und Wahnsinn stehen Sie selbst?« fragte Karen schnippisch.

»Genau das hat Leon auch gefragt«, sagte Sylvia lachend.

»Was haben Sie geantwortet?«

»Ich bin natürlich die berühmte Ausnahme und völlig normal. Oder möchten Sie dem etwa widersprechen?« Sylvia gab ihrer Stimme bei der Frage einen scherzhaft drohenden Unterton.

Karen hob abwehrend die Hände. »Nicht doch. Sie sind so normal wie wir alle.«

»Was auch immer das bedeutet.« Leon lächelte breit.

»Keine tiefsinnige Interpretation bitte«, warnte Karen.

»Seit wann bist du so langweilig?« maulte Leon.

»Heute abend wollen wir doch ausnahmsweise mal nicht provozieren, Leon, ja?« Karens Augen bohrten sich in ihn.

»Aber ich mag Provokation.«

»Du *bist* Provokation«, seufzte Karen.

Ellen lachte. »Ja. Der lebende Traum jeder Frau zwischen zwanzig und vierzig, und nicht für diesen Markt verfügbar.«

»Eine Laune der Natur.« Leon seufzte übertrieben theatralisch. »Aber der Markt der Männer zwischen zwanzig und vierzig ist dafür sehr dankbar«, setzte er lakonisch hinzu. Sich an Sylvia wendend entschuldigte er sich: »Ich hoffe, Sie sind nicht schockiert.«

»Was, wenn Sie sich plötzlich in eine Frau verlieben würden,

Leon?« fragte Sylvia statt zu antworten.

»Bisher ist das noch nicht vorgekommen. Dennoch eine interessante Frage. Zunächst würde ich es wahrscheinlich nicht einmal merken, weil der Gedanke zu abwegig ist. Dann wäre ich mit Sicherheit sehr verwirrt, geradezu hilflos. Und Sie?«

»Und ich – was?« Sylvia verstand nicht.

»Was, wenn Sie sich plötzlich in eine Frau verlieben würden?«

»Bitte?« Sylvia war völlig perplex ob dieser Frage. »Wie sollte das gehen?«

»Na, wie das eben so geht. Das Herz schlägt schneller, man ist aufgeregt, fühlt Schmetterlinge im Bauch.«

»Das habe ich nicht gemeint.«

»Okay.« Leon nickte. »Die Vorstellung ist vielleicht zu abstrakt. Stellen Sie sich der Einfachheit halber vor, sie verliebten sich in Karen . . .«

»Leon! Was soll das?« Karen hob warnend die Stimme.

»Sie hat schließlich damit angefangen. Außerdem ist es doch nur eine Annahme«, winkte er lässig ab. »Also. Nehmen wir an, in Karens Nähe fühlen Sie sich wohl, Sie genießen jede Begegnung, jede zufällige Berührung, Sie denken an sie, wenn Sie allein sind.«

Sylvia fühlte Röte in ihrem Gesicht aufsteigen. Leon traf den Nagel auf den Kopf. Dennoch würde sie deshalb nicht sagen, daß sie in Karen verliebt war. »Wenn es so wäre, würde ich sagen, wir harmonisieren eben sehr gut miteinander.«

»Es gibt Ehepaare, die weniger haben«, erwiderte Leon kurz und bündig.

Verwirrt schwieg Sylvia.

Später am Abend nutzte Leon eine Gelegenheit, in der er Karen allein fand, um sie zu sich heranzuziehen, und säuselte dicht an ihrem Ohr: »Ich werde hetero, wenn sie nicht auf dich steht.«

Karen säuselte statt dessen: »Du Ärmster. Oder soll ich besser sagen *die Ärmste*? Du liegst nämlich völlig daneben.«

»Das werden wir sehen.«

6.

Freitag abend rief Sylvias Mutter an und erinnerte, daß sie sie am Samstag zum Mittag erwartete.

»Ja, Mutsch, ich komme. Aber mach nicht wieder so viel! Ich habe nicht die Zeit, ins Fitneßstudio zu gehen, um die Pfunde wieder abzutrainieren.«

»Du dünnes Ding. Von welchen Pfunden redest du denn?«

Sylvia lächelte. Natürlich hatte ihre Mutter eine andere Vorstellung von dünn. Bei ihr hieß es immer, der Mensch braucht eine kleine Reserve für schlechte Zeiten.

Gefaßt auf ein kalorienreiches Wochenende fuhr Sylvia Samstag vormittag los. Nach einer Stunde Autofahrt erreichte sie Rheinsberg und bog kurz darauf in den Vorhof des kleinen Einfamilienhauses ihrer Eltern ein.

Waltraud Mehring kam heraus und begrüßte ihre Tochter freudig. »Schön, daß du mal wieder da bist. Wir haben uns schon so lange nicht gesehen.« Sie zog Sylvia mit sich ins Haus und in die Küche.

»Hast wohl viel zu tun, Kind?«

Während ihre Mutter am Herd wirtschaftete und Wasser für Kaffee aufsetzte, winkte Sylvia resigniert ab.

»Kaum hat man die eine Sache erledigt, bekommt man zwei neue auf den Tisch. Ich weiß gar nicht, wo mir der Kopf steht.«

»Du läßt dich gnadenlos ausnutzen. Sag doch einfach mal nein! Dein Privatleben geht völlig vor die Hunde. Nicht nur, daß du uns kaum noch besuchst, daran haben Vater und ich uns längst gewöhnt. Aber wann warst du das letzte Mal im Kino oder bist zum Tanzen oder Essen ausgegangen?«

»Vorgestern, Mutsch.«

»Ach, du veralberst deine Mutter wieder mal.«

»Aber nein. Ich war eingeladen. Zu einer Geburtstagsfeier.«

»Bei wem?«

»Der Vater einer . . . Kollegin.«

»Welcher Kollegin?«

»Sie arbeitet nicht an der Uni, sondern leitet ein Architekturbüro. Sie hat die Ausschreibung eines Projektes gewonnen, das ich betreue.«

»Wie alt wurde er denn?« Die Frage ihrer Mutter klang skeptisch.

»Ich glaube, fünfundfünfzig, wieso?«

»Na ja, findest du nicht, daß der Altersunterschied etwas groß ist?«

»Aber Mutsch, nicht, was du denkst. Mit dem Vater habe ich nichts zu tun. Die Einladung kam von der Tochter.«

»Ach so.«

Duftender Kaffeegeruch breitete sich aus. Waltraud Mehring kam mit zwei Tassen zum Tisch und setzte sich zu Sylvia.

»Und wann gehst du mal wieder mit einem netten Mann aus?«

Was diesen Punkt betraf, stand ihre Mutter Anne in nichts nach. Sylvia seufzte. Manchmal argwöhnte sie, die beiden hatten eine Wette laufen, wer es schaffen würde, sie unter die Haube zu bringen.

»Wo ist Vater?«

»In der Garage, wo sonst. Er bastelt an seinem neuesten Prunkstück. Chevrolet, Baujahr 1956.«

Kurz vor Mittag lockte der Duft von Eisbein und Sauerkraut aber auch ihn ins Haus. »Hallo, Tochter. Was gibt's Neues?« Er schnupperte geräuschvoll. Neugierig hob er den Deckel vom Topf hoch und steckte seine Nase hinein. Sylvia stand auf, um den Tisch zu decken.

»Was soll es schon Neues geben? Und wie ist es bei dir? Machen deine Klienten vielleicht mal gerade keine Dummheiten?«

»Gott bewahre mich vor einer harmoniesüchtigen Welt. Auch wenn ich natürlich grundsätzlich dafür bin, aber wovon sollte ich armer Rechtsanwalt dann leben?«

»Du bist ein Zyniker.«

»Natürlich. Wie könnte ich sonst Anwalt sein?«

Nach dem üppigen Genuß des Mittagessens verschaffte Sylvia sich etwas Bewegung, ging in den Garten, mähte Rasen, hackte Unkraut. Sie wußte, ihre Mutter würde sie in den kommenden Stunden von einer Mahlzeit zur nächsten verwöhnen und, wenn es ging, auch zwischendurch. Um diese Fürsorge irgendwie zu überstehen, war aktiver Kalorienverbrauch der einzige Ausweg.

Zum Kaffee gab es dann auch den unvermeidlichen Apfelkuchen. Sylvia stopfte ihn tapfer in sich hinein. Zum Abendbrot war sie kaum noch in der Lage, ein halbes Wurstbrot zu essen.

»Ich kann nicht mehr, sonst platze ich«, schnaufte Sylvia.

»Du wirst nicht gleich übergewichtig werden, nur weil du mal richtig ißt«, widersprach ihre Mutter.

»Davor habe ich keine Angst. Aber ein Magen hat irgendwo seine natürliche Grenze. Ich möchte vermeiden, demonstrieren zu müssen, was passieren kann, wenn diese überschritten wird.«

»Kind!« rief Waltraud Mehring entsetzt. Werner Mehring lachte.

Als Sylvia am nächsten Tag wieder nach Hause fuhr, befand sich im Kofferraum der obligatorische Eßkorb voll mit Eingewecktem, Tiefgefrorenem und ein paar Flaschen selbstgemachten Obstweines. Ihre Mutter war scheinbar nicht von der Vorstellung abzubringen, daß ihre Tochter verhungerte, wenn sie es nicht verhinderte.

7.

Montag morgen. Sylvia betrat gerade ihr Büro, als auch schon das Telefon klingelte.

»Nur zu deiner Information: Es war einfach köstlich beim Australier. Du hast was verpaßt!« trompetete Anne durch das Telefon.

»Meinst du das Essen?«

»Was denn sonst?«

»Nun, das läßt sich ja sicher nachholen.«

Übergangslos platzte Anne jetzt hervor: »Sylvia, hast du schon gehört? Der Neue ist schwul!«

»Ja und?«

»Ja und?! Er soll etwas mit einem Studenten am Laufen gehabt haben.« Anne liebte Klatsch über alles.

»Ich nehme an, der Student war mindestens einundzwanzig und damit volljährig.«

»Du bist ja soooo naiv. Der Junge bekam gute Noten im Tausch gegen guten Sex!« deklarierte Anne wie selbstverständlich.

»Wer sagt das?«

»Das sagt niemand! Das ist so!« Es wurmte Anne merklich, daß Sylvia so gar nicht auf die Sensation einstieg. Die Nachricht, die wie eine Bombe hatte einschlagen sollen, war als Blindgänger lautlos verpufft.

»Du meinst, eine solche Beziehung kann nicht um ihrer selbst willen bestehen?«

»Natürlich kann sie. Aber in so einem Fall ...«

»Da vermutet man einfach Unmoral.«

»Mein Gott, ich werde mich hüten, irgendein Urteil zu fällen!«

»Das hat sich eben aber noch ganz anders angehört.«

Sylvia hörte, wie Anne am anderen Ende der Leitung genervt die Luft ausstieß.

»Ja, ja, du hast mal wieder Recht, du alte Besserwisserin.« Und dann setzte sie in resignierendem Ton hinzu: »Wie konnte ich nur auf die Idee kommen, du würdest dich mit mir an harmlosem Klatsch erfreuen. Sag mir noch mal, warum wir Freundinnen sind, manchmal will es mir einfach nicht einfallen.«

»Weil ich fast fünf Jahre lang das Chaos in unserer Bude ertrug, dich im Leid deines häufig gebrochenen Herzens getröstet und vor allzu großen Dummheiten bewahrt habe?« entgegnete Sylvia belustigt. Sie verkniff sich mühevoll ein Kichern.

»Ach ja.« Anne tat, als erinnerte sie sich jetzt. »Das könnte es sein.« Versöhnlich erkundigte sie sich: »Und? Was gibt es bei dir Neues?«

»Nur zu deiner Information: Auch ich hatte ein tolles Wochenende, angefangen bei der Party am Donnerstag abend, über das Verwöhnprogramm meiner Mutter am Samstag und einen ruhigen Fernsehabend am Sonntag.«

»Von einer Party hattest du mir gar nichts erzählt.« Annes Neugier war geweckt.

»Das kam auch sehr kurzfristig.«

»Mach's nicht so spannend! Wie sieht er aus, wie alt ist er, habt ihr euch geküßt?«

»Er ist eine Sie, sieht sehr gut aus, Anfang dreißig – und ich habe sie nicht geküßt«, erwiderte Sylvia nicht ohne Spott. »Trotzdem habe ich mich gut unterhalten.«

»Eine Sie?!« Anne verstand nun gar nichts mehr.

»Wir arbeiten zusammen am Kießling-Projekt. Sie ist die Architektin. Ihr Vater hat so eine anonyme Gesellschaft gegeben, und da hat sie mich eingeladen.«

»Aber du haßt solche Gesellschaften. Man muß dich sonst zu so etwas förmlich hinprügeln.«

Sylvia dachte kurz nach. »Stimmt«, sagte sie schnippisch.

»Sylvia, was ist los mit dir?« Anne war das Ganze hörbar suspekt.

»Nichts«, sagte Sylvia und wunderte sich selbst über ihre gute Laune.

»Du läßt dich von einer dir völlig fremden Frau zu einem dir sonst völlig abgehenden Event einladen und willst mir einreden, das sei nichts?«

»Ja.«

»Ja sagt sie einfach, dabei ist ein kleines Wunder geschehen.« Anne war fassungslos. Sylvia glaubte, sogar eine Spur Eifersucht heraushören zu können.

»Diese Frau erreicht bei dir in einer Woche, was ich in Jahren nicht vermochte. Du mußt sie mir unbedingt mal vorstellen.«

»Wenn es sich ergibt, warum nicht.«

Sylvia ordnete ihr Manuskript für die Vorlesung und legte es auf dem Rednerpult zurecht. Ein allgemeines Raunen erfüllte den Hörsaal, Schreibpulte klapperten, einzelne Studenten drängelten sich zu den letzten freien Plätzen durch.

Sylvia stellte sich hinter das Pult und gab somit zu verstehen, beginnen zu wollen. Sie wartete, bis die Aufmerksamkeit der Anwesenden sich ihr zuwandte. Dann begann sie mit ihren Ausführungen. Während sie sprach, glitten gewohnheitsmäßig ihre Blicke über die Zuhörer im Auditorium. Einige knabberten geistesabwesend an den Enden ihrer Kugelschreiber, andere schrieben eifrig Stichpunkte mit. Sylvia registrierte es wie jeden Tag.

Plötzlich entdeckte sie in einer der mittleren Reihen Karen. Sie lauschte aufmerksam. Sylvia war es zwar gewohnt, vor einem Auditorium zu reden, aber vor einem fremden oder besser gesagt unpersönlichen. In dem Bewußtsein, daß Karen ihren Worten und Bewegungen aufmerksam folgte, schwand Sylvias Konzentration zunehmend. Sie war froh, als die Vorlesung endlich vorbei war. Die Studenten strömten wie die Ameisen zur Tür. Der Hörsaal lehrte sich. Karen saß immer noch auf ihrem Platz.

»Ich dachte, ich sehe mir auch mal an, wo Sie arbeiten«, schallte ihre Stimme jetzt von oben herunter.

»Sagen Sie bloß, Sie wissen nicht, wie ein Hörsaal von innen aussieht. Wo haben Sie denn studiert?« frotzelte Sylvia.

»Ertappt.« Karen tat zerknirscht. Sie stand auf und kam zu Sylvia hinunter. »Es ging mir natürlich nicht um das Wo, sondern um das Wer.«

»Und? Ist Ihre Neugier jetzt gestillt?«

»Ja, ich denke doch«, erwiderte Karen fröhlich.

»Ich zeige Ihnen auch gerne mein Büro. Allerdings ist es nicht so luxuriös wie Ihres. Wir leben hier in bescheidenen Verhältnissen.«

»Die Wissenschaft muß darben. Das ist doch allgemein bekannt. Die meisten großen Geister der Menschheitsgeschichte lebten in Armut und starben verlacht und verstoßen von der Welt«, polemisierte Karen und setzte hinzu. »Vielleicht ist das meine Chance, Sie abzuwerben?«

»Kein Interesse«, wehrte Sylvia ab.

»Ganz sicher?«

»Absolut.« Sylvia schmunzelte.

»Ellen läßt Sie grüßen«, wechselte Karen das Thema.

»Danke, grüßen Sie sie auch. Es war ein sehr schöner Abend.«

»Und entschuldigen Sie bitte Leons Indiskretionen.«

»Ach was. Das war halb so schlimm.«

Sie verließen gemeinsam den Hörsaal.

»Wie sehen Ihre Pläne für den heutigen Abend aus?« erkundigte sich Karen.

»Dank meiner besten Freundin Anne habe ich ein Rendezvous mit einem mir völlig unbekannten Mann namens Torsten.«

Für den Bruchteil einer Sekunde glaubte Sylvia, in Karens Gesicht Enttäuschung zu erkennen. Aber wenn es so war, ließ Karen es sich nicht anmerken. Amüsiert sagte sie: »Oh. Ein Blind Date. Na, dann wünsche ich Ihnen viel Spaß.«

Sylvia winkte ab. »Anne versucht mich ständig mit einer Kopie ihres Freundes zu verkuppeln. Sie ist überzeugt, das müßte auch mein Traumtyp sein.«

»Und – ist er es?«

»Ach was. Aber das kann ich ihr schlecht sagen.«

»Und wie sieht er aus, Ihr Traumtyp?«

»Eine gute Frage. Ehrlich gesagt, ich habe nicht die geringste Ahnung. Was empfehlen Sie mir?«

Karen lächelte in sich hinein. *Das sage ich dir lieber nicht.* Laut sagte sie: »In jedem Fall rate ich Ihnen, genau in sich hineinzuhören.« Ihre Augen blickten dabei sehr ernst.

Verwirrt vom abrupten Wechsel in Karens Stimmung spürte Sylvia wieder die starke Irritation in ihrer Gegenwart, für die sie keine Erklärung hatte. »Ein guter Rat«, bedankte sie sich.

Wenigstens hatte Anne nicht wieder zu dick aufgetragen. Torsten Arndt war nett. Er überschüttete sie nicht mit plumpen Komplimenten und war sogar angenehm unterhaltend. Um seine Augen entstanden kleine Fältchen, wenn er lächelte, und er lächelte oft.

Das Restaurant, das er ausgesucht hatte, war eine Art Musikcafé. Sylvia fand es sehr gemütlich. Sie fühlte sich wirklich wohl.

»Normalerweise verabrede ich mich nicht mit Frauen, die ich zuvor noch nie gesehen habe. Anne hat mir praktisch die Pistole auf die Brust gesetzt«, gestand Torsten ihr jetzt.

»Was, Ihnen auch?« staunte Sylvia.

»Das sieht ihr ähnlich«, sagten sie dann wie aus einem Mund. Es stellte sich heraus, daß Anne ihnen beide dieselbe Geschichte erzählt hatte, in leicht abgewandelter Form.

Torsten war Lehrer, also »artverwandt«, stellte er grinsend fest. Es folgten ein paar amüsante Schüler-Lehrer-Geschichten. »Und nun stellen Sie sich vor, Sie müssen bei einem Hausbesuch einem Elternpaar beibringen, daß sich ihr zartes Kind, ihr Engel, ihr Ein und Alles, an der Schule wie ein Neandertaler benimmt. Kinder, erst recht Teenager, können ja solche Verwandlungskünstler sein. Der Kuß der Mutter zum Abschied leitet die Metamorphose ein. Wie die Prinzessin, die den Frosch küßt und damit den Prinzen zum Vorschein bringt, nur umgekehrt. Eine solche Mutter bringt sie glatt um, wenn Sie – herzloser Schulpädagoge, Eindringling – Muttis Herzblatt Übles wollen.«

»Sie sind sehr mutig, daß Sie sich ohne Bodyguard in die Höhle solcher Löwinnen trauen«, sagte Sylvia lachend.

»Oh, ich trainiere hart«, meinte Torsten salopp. »Ich laufe hundert Meter in 12,2 Sekunden. Das hat bisher immer gereicht.«

»Auch bei den Vätern?«

»Autsch, da haben Sie mich aber erwischt. Ehrlich gesagt, mache ich Termine nur, wenn ich weiß, daß der Herr Vater, gemäß seinem Urinstinkt, für die Sorge des Unterhaltes seiner Familie außerhäuslich unterwegs ist.«

»Und? Ging es bis jetzt gut?«

»Außer einmal. Da kam Papi vorzeitig von einem Coaching für Manager nach Hause. Das war beim besten Willen völlig unvorhersehbar. Er ließ die frisch erlittene Persönlichkeitsspaltung in Form von widersprüchlicher Autoritätspräsentation an mir aus. Er lud mich zu einem Kognak ein, redete von übergeordneten Zielen, angemessenem Verständnis, akribischem Controlling – eine ganze Stunde! Es war grauenhaft und trug nicht im entferntesten zum Thema bei.«

»Hören Sie auf. Sie sind ja ein neuer Baron Münchhausen.«

»Sie glauben mir nicht?«

»Die Metamorphose – ja. Aber den Manager – niemals.«

»Und doch war es so.« Er hob zwei Finger zum Schwur.

Zum Glück hatte Sylvia den Wein, den sie eben noch nippte, schon hinuntergeschluckt. Sie prustete los.

»Kann es sein, daß Ihre Umgebung auf Sie abfärbt und Sie sich selbst wie ein Schuljunge verhalten?«

»Manchmal«, gab Torsten zu. »Ist das schlimm?«

»O nein. Ich finde es steht Ihnen.«

»Danke. Das ist nicht gerade ein Kompliment, das aufbaut, aber ich will nicht zu anspruchsvoll sein«, sagte er trocken. Seine Augen sprühten dabei tausend kleine Blitze.

Es war Torsten, der schließlich vorschlug, den Abend zu beenden. Sylvia bedauerte es sogar ein wenig. Sie hätte gerne noch weiter mit ihm geplaudert. Aber im Grunde genommen war sie auch müde. Sie verabschiedeten sich vor dem Restaurant.

»Danke. Es war nett mit Ihnen«, bedankte sich Sylvia herzlich.

»Dito«, erwiderte Torsten. Wieder bildeten sich Lachfältchen um seine Augen.

8.

Anne schob einen Stapel Papier beiseite, setzte sich auf die so freigeräumte Kante von Sylvias Schreibtisch, ein Bein in der Luft baumelnd.

»Na? Wie war's?« Sie platzte vor Neugier.
»Sehr nett«, antwortete Sylvia gelassen.
»Das ist gut!« frohlockte Anne. »Und weiter?«
»Nichts weiter.«
»Das ist schlecht.« Annes Freude verflog sofort wieder.
»Anne!« Sylvia sprach zu ihrer Freundin wie zu einem Kind, dem man zum hundertsten Male Eis mit Cola verbot. »Hör bitte endlich damit auf, mich verkuppeln zu wollen. Torsten ist wirklich ein angenehmer Gesellschafter. Aber ich suche mir meinen Lebenspartner selbst.«
»Ihr trefft euch nicht noch mal?« Anne sah regelrecht unglücklich aus.
»Das habe ich nicht gesagt.«
Anne schnalzte schelmisch mit der Zunge. »Aaaaah.«
Sylvia winkte ab und nahm ihre Aktentasche.
»Ich muß los. Vorlesung. Keine Zeit für deine Mutterinstinkte.«

Endlich mal ein ruhiger Abend. Sylvia saß zufrieden, die Beine überkreuzt, in ihrem Lieblingssessel und las. Mozart lag auf ihrem Schoß. Das Klingeln an der Haustür störte sie beide in ihrer Gemütlichkeit. Mozart stellte die Ohren seitwärts und schaute sie aufmerksam an. Sylvia streichelte ihrem Kater beruhigend über den Rücken und legte das Buch beiseite. Nicht gerade glücklich über die Störung ging sie, um zu öffnen.

Vor der Tür standen zwei Männer. Der jüngere schätzungsweise Ende zwanzig, hochgewachsen, Tagesbart, Jeans und Lederjacke. Der andere, mindestens fünfundvierzig, sah aus, wie aus dem Ei gepellt, in korrekt sitzendem Anzug, und hielt ihr seinen Ausweis unter die Nase.

»Hauptkommissar Holzner, Abteilung Wirtschaftsverbrechen«, stellte er sich vor. »Mein Kollege Kommissar Keller. Frau Mehring, dürfen wir hereinkommen und ein paar Fragen an Sie stellen?«

»Worum geht es denn?« fragte Sylvia befremdet.

Holzners Blick ging an ihr vorbei. Sylvia öffnete die Tür, ließ die Beamten ein, führte sie in das Wohnzimmer und bot ihnen Platz an.

»Wie gut kennen Sie Frau Candela?« begann Holzner das Gespräch ohne weitere Einleitung.

Sylvias Befremden wuchs. Zurückhaltend antwortete sie: »Wir arbeiten gemeinsam an einem Projekt für die Mercura-Immobilien. Frau Candela gewann einen von der Mercura ausgeschriebenen Wettbewerb. Ich bin in der Funktion der Beraterin für die Mercura tätig.«

»Ist Frau Candela ein zuverlässiger Geschäftspartner?«

»Meinem Eindruck zufolge ja. Ihre Referenzen sind ausgezeichnet, und soweit ich weiß, gibt es keine negativen Verlautbarungen über sie in der Branche. – Würden Sie mir vielleicht sagen, worum es hier eigentlich geht?«

»Wir verfolgen lediglich einen Hinweis. Reine Routine.« Ein Satz, den Holzner schon Tausende Male gesagt hatte und deshalb automatisch runterspulte.

»Was für ein Hinweis?« wollte Sylvia wissen.

»Sie verstehen sicher, daß wir darüber keine Auskunft geben dürfen.« Die gleiche unbeteiligte Stimme.

»Und Sie verstehen sicher, daß ich Frau Candela nicht schaden möchte«, entgegnete Sylvia.

»Haben Sie privaten Kontakt?« fragte Keller.

»Ist das für Ihre Routineuntersuchung von Bedeutung?«

»Können Sie Frau Candela charakterisieren?« änderte Keller seine Frage ab.

»Beruflich engagiert, fairer Streit, zu Recht erfolgreich.«

Holzner nickte. »Eine Karrierefrau also?«

»Wenn Sie so wollen. Aber im positiven Sinne.«

»Das hört sich an, als kennen Sie sich gut«, hakte Keller erneut nach.

»Eigentlich nicht. Wir arbeiten erst kurze Zeit zusammen«, widersprach Sylvia.

»Also beruht Ihre Beurteilung nur auf dem ersten Eindruck, will sagen, sie ist nicht unbedingt zuverlässig?«

Sylvia runzelte die Stirn. »Sie haben mich gefragt, wie ich sie charakterisieren würde. Das habe ich getan. Wenn Sie bereits ein anderes Profil erstellt haben und jetzt enttäuscht sind, weil die erhoffte Bestätigung ausbleibt, ist das Ihr Problem.«

»Sie irren. Wir sind nicht voreingenommen. – Ist Ihnen bekannt, ob die Firma Candela finanzielle Probleme hat?«

»Ich weiß sicher, daß die Firma Candela kreditwürdig und liquid ist. Das hat die Mercura vor Auftragsvergabe geprüft. Warum stellen Sie diese Frage?«

»Berufskrankheit. Eine schwierige finanzielle Situation ist oft der Ausgangspunkt für eine Straftat. Und mit solchen beschäftigen wir uns nun einmal.«

Sylvia erschrak. »Wollen Sie damit sagen, Sie ermitteln gegen Frau Candela? Was werfen Sie ihr denn vor?«

Holzner schüttelte mit dem Kopf. »Wir dürfen, wie gesagt, keine Auskunft geben.«

Die Männer erhoben sich. »Bitte entschuldigen Sie die Störung«, sagte Holzner.

Sylvia führte sie zur Tür. Keller wandte sich im Hinausgehen noch einmal an sie.

»Wir möchten Sie bitten, nicht mit Frau Candela über unseren Besuch zu sprechen. Das würde gegebenenfalls unsere Arbeit erschweren.«

Die beiden Männer gingen. Sylvia gesellte sich zu Mozart auf die Couch und kraulte geistesabwesend seinen Hals. Dann stand sie auf und ging zum Telefon. Sie wählte die Nummer von Karens Büro, um eine Nachricht auf den Anrufbeantworter zu sprechen. Bevor die Verbindung zustande kam, legte sie auf. Was, wenn die Sekretärin die Nachricht abhörte? Das wäre wohl nicht in Karens Sinn. Sylvia wählte die Nummer der Auskunft. Gott sei Dank war der Name Candela selten. Es gab nur einen Eintrag mit dem passenden Vornamen. Wieder wählte Sylvia.

»Candela«, meldete sich Karen am anderen Ende.

»Karen. Hier ist Sylvia. Ich muß Sie sprechen, gleich!«

»Ist etwas passiert?« Karens Stimme klang besorgt.

»Ich fürchte, ja.«

Karen nannte Sylvia ihre Adresse.

Auf der Fahrt versuchte Sylvia ihrer inneren Unruhe Herr zu werden. Es gab keinen Grund zur Sorge, sagte sie sich immer wieder. Aber die Unruhe blieb.

Sylvia verließ die Stadtautobahn an der Abfahrt Hüttenweg, bog in die Onkel-Tom-Straße und parkte vor der angegebenen Hausnummer. Das Einfamilienhaus stammte noch aus den siebziger Jahren. Zwei Stockwerke, heller Rauhputz. Eingebettet in einen kleinen Garten begrüßte es Ankömmlinge mit einer wohltuenden Ruhe. Sylvia ging den Weg durch den Vorgarten zur Eingangstür und drückte den Klingelknopf. Kurz darauf öffnete Karen.

Sie führte Sylvia ins Wohnzimmer. »Sie sehen furchtbar aus«, sagte Karen und wies auf das Sofa.

Sylvia setzte sich. »Danke. Sie nicht.« Sie war sich des offenherzigen Kompliments in ihren Worten nicht bewußt und viel zu angespannt, das feine Lächeln um Karens Mund zu bemerken.

Während Sylvia krampfhaft überlegte, wie sie beginnen sollte, sah sie sich um. Das Zimmer teilte sich in zwei Areale. Den um zwei Stufen angehobenen hinteren Teil, in dem das Ensemble einer Eßgruppe dominierte, zu deren linker Seite sich die Küche anschloß, und den vorderen Teil, den Wohnteil. Hier stand das Sofa, auf dem sie jetzt saß, ein langer rechter Winkel mit jeweils drei Sitzen, mit Blick auf den Garten, den die große Terrassentür freigab. Im Inneren des Winkels ein Couchtisch, mit oval geformter Tischplatte. In ihrem Rücken, entlang der langen Wand, zog sich ein Bücherregal im modernen Design. Sein Stufenaufbau schaffte Freiräume. Bilder füllten diese aus.

Der Fußboden im Eßbereich war mit hellen Marmorfließen ausgelegt, der Rest des Zimmers mit kirschfarbenem Parkett.

Sylvia nahm die Einzelheiten in sich auf. Die Einrichtung gefiel ihr. Nur war jetzt nicht der Augenblick, da sie Muße hatte, den Eindruck auf sich wirken zu lassen.

»Also, erzählen Sie«, forderte Karen auf. »Was ist passiert?«

Jetzt fiel Sylvia mit der Tür ins Haus. Sie berichtete von dem überraschenden Besuch der Beamten. Hastig sprudelten die Worte aus ihr heraus.

Karen hörte zu und versuchte ihre Gedanken zu ordnen ... Am Freitag, nachdem sie von ihrem Besuch bei Sylvia an der Uni zurück ins Büro gekommen war, lag ein Umschlag in der Post mit dem Aufdruck »persönlich«. In dem Umschlag fand Karen eine Mitteilung, die sie über zwei Tatsachen in Kenntnis setzte: Erstens, es gab einen Dritten, der von den Unterschlagungen wußte. Zweitens, dieser Dritte war für eine Gegenleistung von zwanzigtausend Euro bereit, sein Wissen für sich zu behalten. Die Zahlung sollte innerhalb von drei Tagen bar an eine Postfachadresse erfolgen!

Sie hatte lange hin und her überlegt, wie sie sich verhalten sollte.

Erpresser haben allgemein die Eigenschaft, immer und immer wieder zu fordern. Es war also nicht angebracht, auf die Forderung einzugehen. Tat sie es aber nicht, lief sie Gefahr, daß der Erpresser sein Wissen der Polizei preisgab. Karen beschloß, dieses Risiko einzugehen.

Obwohl sie also mit der Möglichkeit, daß die Polizei von den Unterschlagungen erfahren und Untersuchungen einleiten würde, hatte rechnen müssen, traf sie die Erkenntnis, daß dies nun tatsächlich eingetreten war, doch überraschend.

Dabei hatte es bis jetzt so ausgesehen, als würde sie noch einmal mit einem blauen Auge davonkommen. Wie Drechsler vorausgesagt hatte, schöpften die Beamten des Finanzamtes bei der Betriebsprüfung nicht den geringsten Verdacht. Reimann, der gestern mit der Prüfung der Bücher begonnen hatte, war dabei, das Ausmaß der Unterschlagungen festzustellen. Und, wie sie hoffte, auch die Methode! So würden sie dem Geldfluß folgen und den Initiator des Ganzen finden können. Wenn sich jetzt aber die Behörde mit der Sache beschäftigte, wurde alles ungleich komplizierter. Es würde ein Wettlauf mit der Zeit werden! Die Beamten würden gegen sie, Karen, ermitteln. Das stand ziemlich sicher fest. Und genaugenommen mußte sie dieser Vorgehensweise sogar zustimmen. Als Inhaberin von »Candela & Partner« war sie für alles, was in ihrer Firma vorging, verantwortlich.

Um ihre Unschuld zu beweisen, konnte sie nur eines tun: schnell und effektiv recherchieren. Es galt Beweise zu finden, die unwiderlegbar klarmachten, daß sie mit den Unterschlagungen nichts zu tun hatte.

»Was halten Sie davon?« hörte Karen Sylvia jetzt fragen und sah in ein fragendes Paar Augen.

Karen schwieg. Was sollte sie auch sagen? Sie konnte Sylvia schlecht einweihen. Sylvia würde sofort wissen, daß sie, Karen, in dieser Situation weder für die Liquidität noch für die Stabilität von »Candela & Partner« garantieren konnte. Und damit auch nicht für den reibungslosen Ablauf der Aufträge. Sylvia müßte zwangsweise die Mercura informieren, daß »Candela & Partner« kein tragbarer Geschäftspartner mehr war. Das hätte zur Folge, daß man den Auftrag zurückzog. Und das konnte sie jetzt nicht auch noch gebrauchen.

Andererseits: War es nicht unfair gegenüber Sylvia, sie im Unklaren zu lassen? Außerdem – über kurz oder lang würde sie mit ziemlicher Sicherheit sowieso von der Sache erfahren. Wenn nicht von der Kripo, dann über Gerüchte oder einfach per Zufall. War es da nicht besser, Sylvia hörte von ihr die Geschichte als später über Dritte?

Karen seufzte. »Offenheit gegen Offenheit, Sylvia. Ich muß Ihnen etwas erzählen.«

Karen war fertig. Ratlos zuckte sie die Schultern. »So sieht es aus.«

»Sie müssen zur Polizei gehen und erzählen, was Sie mir gerade erzählt haben«, sagte Sylvia spontan.

»Was zur unmittelbaren Folge hätte, daß man mich festnimmt. Die Unterschlagungen sind nachweisbar, meine Unschuld nicht. Man wird denken, ich inszeniere ein Ablenkungsmanöver. Bernd Drechsler ist zu keiner Aussage zu bewegen. Vor der Polizei kann er alles abstreiten.«

»Was wollen Sie sonst tun?«

»Zunächst einmal eine Nacht darüber schlafen. Dann werde ich mit Ralf Gregor sprechen. Vielleicht hat er eine Idee.«

»Kein besonders guter Plan.«

»Ich weiß, aber ich habe keinen besseren, bis Reimann mit seinen Recherchen fertig ist und Näheres sagen kann. Ich danke Ihnen, daß Sie zu mir gekommen sind, Sylvia. Das kann Sie unter Umständen in Schwierigkeiten bringen. In Zukunft ist es wohl besser, Sie halten sich aus all dem raus.«

Karen stand auf, ging nach hinten zur Küche und kam mit einer Flasche Kognak und zwei Gläsern wieder. Sie schenkte ein und reichte Sylvia eines der Gläser.

»Auf den Schreck«, sagte sie und trank einen Schluck.

Sylvia dagegen nippte nur an ihrem Glas. »Sie sollten sich mehr Sorgen um sich als um mich machen«, meinte sie ernst. »Das Ganze sieht ziemlich übel aus. Auf Unterschlagung stehen bis zu fünf Jahre Gefängnis.«

»Sie kennen sich aber gut aus«, erwiderte Karen erstaunt.

»Mein Vater ist Rechtsanwalt. Vielleicht sollten Sie sich mit ihm in Verbindung setzen.«

»Danke für das Angebot. Aber ich habe einen Firmenanwalt«,

wehrte Karen ab. Auf gar keinen Fall würde sie Sylvia in irgendeiner Weise da mit hineinziehen. Auch nicht indirekt über ihren Vater.

»Hoffentlich ist er gut und kennt sich auch im Strafrecht aus«, gab Sylvia ihren Bedenken Ausdruck.

»Das wird sich jetzt herausstellen«, sagte Karen nur. *Ich hoffe es doch sehr!* Markus Wollin war immerhin Gregors Geheimtip gewesen. Und bisher hatte Gregor gehalten, was er versprochen hatte. Allerdings handelte es sich bisher auch nur um kleinere Rechtsstreitigkeiten, die nicht mit der momentanen Situation zu vergleichen waren.

Sylvia schüttelte den Kopf. »Wie können Sie nur so ruhig bleiben, Karen?«

»Einen Feind, den man nicht kennt, kann man nicht bekämpfen.« Karen lächelte und legte ihre Hand auf Sylvias Arm, bevor sie sich ihr näherte. »Aber dafür habe ich eine Freundin gefunden.«

Sylvia spürte den sanften Kuß auf ihrer Wange. »Ja, aber eine sehr ratlose«, meinte sie halb resigniert, halb verlegen. Ihr Herz schlug mit einemmal sehr laut. »Und nun?«

»Nun mache ich Ihnen das Bett im Gästezimmer zurecht. Es hat keinen Sinn, sich weiter den Kopf zu zerbrechen. Es wird sich schon alles aufklären«, beendete Karen das Ganze rigoros. Sylvia konnte nach den Aufregungen des Abends nicht mehr erkennen, daß Karen lediglich Zweckoptimismus verbreitete. Denn innerlich war sie bei weitem nicht so gelassen, wie sie sich den Anschein gab.

9.

Der Mittwoch begann hektisch. Eigentlich wollte Sylvia gleich früh mit der Ausarbeitung ihres Referates für die bevorstehende Konferenz in Wien beginnen. Doch dann mußte sie kurzfristig die Vorlesung eines Kollegen übernehmen. Anschließend hatte sie zwei reguläre. Dann war es auch schon Mittag.

Nach einer Mahlzeit in der Mensa fand sie endlich Zeit, das Referat zu beginnen.

Im vergangenen Jahr hatte Bauer von der Konferenz, die damals in Paris stattfand, die Anregung zu einem Kooperationsprogramm mit einer italienischen Universität in Rom mitgebracht. Danach nahmen die talentiertesten Studenten der Universitäten an einem Austauschprogramm teil. Sylvia sollte dieses Jahr über den interaktiven Austausch, die gewonnenen Lehrerfahrungen und Forschungsergebnisse berichten. Einerseits freute Sylvia sich über die Gelegenheit der Kommunikation mit Kollegen aus allen Teilen Europas. Andererseits waren damit natürlich eine Menge Vorbereitungen verbunden.

Gegen fünfzehn Uhr sah Sylvia auf die Uhr. Zwei Stunden intensiver Arbeit lagen hinter ihr. Sie war ein erhebliches Stück vorwärtsgekommen. Allerdings hatte sie in der letzten Viertelstunde kaum noch wirklich Gehaltvolles hinzugefügt, mehr gestrichen als geschrieben. Sie beschloß für heute aufzuhören.

Aus dem Faxgerät schob sich ein Blatt. Sylvia griff danach. Eine Nachricht von Reeder. Seit einer Woche hatte er nichts von sich hören lassen. Scheinbar erwog man bei der Mercura ernsthaft, den Auftrag anderweitig zu vergeben. Sylvia überflog die Zeilen. »Bla bla bla, bla bla bla ... stimmen wir trotz vom Ziel abweichendem Endtermin dem Terminplan zum Projekt zu! Starttermin: sofort!«

Sylvia ließ das Fax auf den Schreibtisch fallen. Natürlich sofort, was sonst, dachte sie und rief Karen an, um ihr die Nachricht zu übermitteln. Sie verabredeten sich auf einen Kaffee.

Karen rührte still in ihrer Tasse. Sylvia betrachtete sie aufmerksam. Gestern abend war Karen ruhig und ausgeglichen. Jetzt schien sie bedrückt. Verständlich, wenn man ihre Lage bedachte.

»Ich möchte Sie um etwas bitten, Sylvia«, unterbrach Karen Sylvias Gedanken.

»Dann tun Sie es doch einfach«, ermunterte Sylvia sie.

»Andererseits weiß ich nicht so recht, ob ich Sie das wirklich fragen soll.« Karen schwankte.

»Nun machen Sie es nicht so kompliziert. Wenn ich Ihnen helfen kann, werde ich es tun.«

Karen zögerte. Das war es ja, was sie befürchtete und andererseits auch hoffte. Sie kämpfte mit ihrem Gewissen. Eigentlich wollte sie Sylvia unbedingt aus allem raushalten; so wie die Dinge lagen, war dies jedoch praktisch unmöglich.

»Also?« Sylvia blickte Karen abwartend an.

»Gut«, erwiderte diese und verdrängte ihre Gewissensbisse. »Ich weiß, daß Sie gegenüber der Mercura nicht ruhigen Gewissens verschweigen können, was ich Ihnen gestern abend erzählt habe«, begann Karen. Sie holte tief Luft, bevor sie weitersprach. »Ich möchte Sie bitten, aber die Entscheidung liegt natürlich ganz bei Ihnen ...«

Sylvia unterbrach Karen. »Ich glaube, ich weiß, was Sie bedrückt. Und Sie haben völlig recht. Meine Pflicht ist es, die Mercura zu informieren, daß es zu Schwierigkeiten im Projektablauf kommen könnte, weil ›Candela & Partner‹ im Moment ein sehr unsicherer Geschäftspartner ist.« *Ja, das ist es, und das solltest du auch tun! Aber ich kann es nicht. Ich kann nicht Wellen erzeugen, wo ihr das Wasser ohnehin schon bis zum Hals steht.* Sylvia hatte die halbe Nacht wach gelegen und darüber nachgedacht. Entschlossen fuhr sie jetzt fort: »Aber ich werde über die Angelegenheit Stillschweigen bewahren. Ich habe diese Entscheidung bereits getroffen, und sie ist endgültig.« Sylvia versuchte ihrer Stimme einen möglichst sachlichen Ton zu verleihen, als sie jetzt zur Erklärung ansetzte. »Ich sage Ihnen auch, warum ich mich so entschieden habe. Wir haben gemeinsam gekämpft, miteinander und auch gegeneinander, bis wir uns über das Konzept des Projektes einig waren. Wir haben bei der Mercura einen Ablaufplan durchgesetzt, der diese in den folgenden Monaten ins Schwitzen bringen wird, denn wir waren nicht bereit, auf Kosten der Sicherheit Zeit zu sparen. Das Ganze war ein hartes Stück Arbeit. Vielleicht würde jemand anderes hergehen und sagen: Die neue Situation ist zu unsicher, ich suche lieber einen anderen Partner. Aber meine Art ist es nicht, jemanden im Stich zu lassen. Außerdem würde keine Seite dabei gewinnen. Die Mercura verlöre Zeit auf der Suche nach einem Ersatz. Ich verlöre eine kompetente Partnerin. Für Sie wäre der Verlust des Auftrages ein nicht wieder gutzumachender Imageverlust, ganz abgesehen von der finanziellen Seite. Sie sehen, wir alle brauchen einander. Und nicht zuletzt – ich weiß ganz sicher, daß Sie sich durchbeißen werden. Ich vertraue Ihnen.«

Karen konnte nicht umhin, Sylvia an das Risiko zu erinnern, das deren Entscheidung barg: »Sie wissen, daß Sie sich selbst damit in Teufels Küche bringen. Sollte jemand von Ihren Vorgesetzten erfahren, was wir hier gerade bereden, bekommen Sie im besten Fall eine Abmahnung.«

»Das ist doch nur ein Stück Papier.«

»Ich sagte ›im besten Fall‹!« mahnte Karen eindringlich.

»Ich habe gehört, was Sie sagten, und ich bin mir dessen bewußt.«

»Ich komme mir scheußlich vor, das von Ihnen zu verlangen.« Karen sah ziemlich unglücklich aus.

»Aber Sie verlangen es ja gar nicht. Ich tue das freiwillig«, versuchte Sylvia sie zu beruhigen.

»Ja, seltsam«, sagte Karen kopfschüttelnd.

»Warum ist das seltsam?«

»Weil ich meine, entschuldigen Sie, Ihre Erklärung hinkt ein wenig. Die einzige, die von Ihrer Entscheidung wirklich profitiert, bin ich. Vielleicht auch noch die Mercura, aber in keinem Fall Sie. Sie gehen nur ein großes Risiko ein. Verstehen Sie mich nicht falsch, ich bin natürlich froh über Ihren Entschluß, das ist mehr, als ich erhofft habe, dennoch ...«

»Aber wieso profitiere ich nicht? Für mich ist es sehr wichtig, mit wem ich zusammen arbeite. Ich möchte mich gerne wohl fühlen. Und mit Ihnen fühle ich mich wohl.« Sylvia merkte, wie sie bei diesem Geständnis ein wenig errötete. Warum kribbelte es nur so in ihrem Bauch? Und Karens Augen, die sie nachdenklich musterten, trugen nicht dazu bei, daß ihr Pulsschlag sich normalisierte.

»Haben Sie eigentlich schon mal daran gedacht, einen Detektiv zu engagieren?« versuchte Sylvia durch einen Themenwechsel abzulenken.

»Das habe ich allerdings«, erwiderte Karen, verblüfft über die Parallelität ihrer Gedanken. »Wie Sie sich ja denken können, habe ich letzte Nacht schlecht geschlafen und somit viel Zeit zum Nachdenken gehabt. Der Detektiv könnte sich an Drechsler hängen. Außerdem werde ich in nächster Zeit öfter jemanden brauchen, der Informationen beschafft, wenn ich herausfinden will, wem ich den ganzen Schlamassel zu verdanken habe. Ein Detektiv ist dafür bestens geeignet. In jedem Fall besser, als ich es bin. Außerdem muß ich mich ja um die Belange in der Firma kümmern. Können Sie mir jemanden empfehlen?«

Sylvia schmunzelte und reichte Karen eine Visitenkarte. »Der Mann heißt Endrich und arbeitet oft für meinen Vater.«

»Sie haben vorgesorgt, wie ich sehe.« Karen nahm die Karte mit einem Lächeln entgegen.

»Und wenn ich Ihnen sonst noch irgendwie helfen kann, fragen Sie einfach. Keine falsche Scheu«, bot Sylvia an.

»Ich denke, ich habe Ihre Hilfe schon mehr als genug in Anspruch genommen. Mehr kann ich von Ihnen kaum noch verlangen.«

»Ich möchte aber, daß Sie es tun, Karen«, beharrte Sylvia. Und wieder spürte sie Verlegenheit in sich aufsteigen.

»Dann werde ich es tun.« Karen nahm Sylvias Hand. »Aber nur wenn Sie mir versprechen, sich dabei nicht weiter selbst zu opfern. Das möchte ich nämlich nicht.«

Wie immer begrüßte Mozart Sylvia schon an der Tür und führte sie schnurstracks zu seinem leeren Futternapf. Sylvia gab dem kleinen Kerl, was er forderte. Dann machte sie sich an die Eigenversorgung. Kurzerhand rührte sie einen Pizzateig zusammen, schnitt Paprikaschoten, Schinken und Käse für den Belag und wollte das Ganze gerade in den Ofen schieben, als das Telefon klingelte.

»Störe ich?« Es war Torstens Stimme.

»Nein. Nicht im geringsten.« Sylvia war überrascht. Sein Anruf kam völlig unerwartet.

»Ich habe gedacht, Sie hätten vielleicht Lust auf einen Drink. Ich hole Sie ab. Sagen wir in einer halben Stunde?«

»Ich bin gerade dabei, Essen zu machen. Warum nehmen wir den Drink nicht einfach bei mir?«

»Da lehne ich doch nicht ab. Was bevorzugen Sie? Rot- oder Weißwein?«

»Ich überlasse Ihnen die Wahl. Es gibt Pizza.«

»Klingt gut.«

Dreißig Minuten später stand Torsten vor der Tür – einen Strauß duftender Blumen in der einen, eine Flasche Rotwein in der anderen Hand.

»Verführungsblumen und Willensbrecher«, grinste er jungenhaft und folgte Sylvia in die Küche, wo der Tisch schon gedeckt war.

»Die Pizza müßte jeden Augenblick fertig sein.«

»Dann öffne ich schon mal die Weinflasche.«

Sylvia reichte ihm einen Korkenzieher und nahm Gläser aus dem Schrank.

»Ach übrigens – danke für die Einladung«, sagte er.

»Probieren Sie erst das Essen, bevor Sie sich überschwenglich bedanken. Möglich, daß es ungenießbar ist«, gab Sylvia zu bedenken.

»Glaub' ich zwar nicht, aber falls doch, verspreche ich, tapfer zu sein.«

Fünf Minuten später saßen sie beim Essen. Mozart kam, vom Duft angelockt, neugierig in die Küche getapst. Traurig-sehnsüchtig blickte er nach oben.

»Sehen Sie einfach nicht hin«, sagte Sylvia, die dieses Spiel bestens kannte. »Er testet nur, ob er seinen Willen bekommt. An der Pizza ist er nicht im geringsten interessiert.«

»Es sieht aber so aus, als wäre er sehr interessiert.«

»Das ist ja sein Trick.«

Torsten lachte. »Sind Sie auch Tierpsychologin?«

»Ein wenig. Jedenfalls was Katzen und speziell diesen Kater betrifft«, erwiderte Sylvia leichthin. »Ansonsten bin ich keine große Psychologin.« *Besonders nicht in letzter Zeit.* Sylvia dachte an ihre verwirrenden Gefühle für Karen und ihr eigenes Unvermögen, sich diese zu erklären. Es gelang ihr weder mittels Mahnungen an die Vernunft, diese Gefühle zu unterdrücken, noch überzeugte sie sich selbst mit der lahmen Begründung, es handele sich bei alldem lediglich um eine Sympathie für Karen, die sich eben sehr schnell und deshalb für sie ungewohnt entwickelte. Das alles beunruhigte sie, und gleichzeitig genoß sie es auch.

»Sylvia?«

Sie sah in Torstens fragendes Gesicht. »Äh . . . ja?«

»Sagen Sie nicht, Sie haben keine!«

»Keine . . . was?«

Torsten grinste. Ganz offenbar hing Sylvia ihren Gedanken nach. Und, das mußte er zugeben, er hätte nichts dagegen, wenn diese Gedanken etwas mit ihm zu tun hätten.

»Die berühmten drei Wünsche, wenn Sie sie hätten, was würden Sie sich wünschen?« wiederholte Torsten seine Frage.

»Mit Wünschen soll man ja bekanntlich sehr vorsichtig sein. Eigentlich bin ich ganz zufrieden, so wie es ist.«

»Eigentlich. Und uneigentlich? Gibt es da gar nichts?« Torsten blieb hartnäckig.

»Einen Lottogewinn«, scherzte Sylvia.

Doch die Frage löste bei ihr eine Gedankenflut aus. Wenn sie diese Frage ernsthaft beantworten sollte, was würde sie erwidern? Was wünschte sie sich? Sie hatte eine interessante, abwechslungsreiche Arbeit, eine Wohnung, in der sie sich sehr wohlfühlte, nicht viele, aber verläßliche Freunde. Gelegentlich vermißte sie die Nähe zu einem Menschen, mit dem sie alles teilen konnte. Aber nur vorübergehend. Soweit sie sich an ihre bisherigen Beziehungen zurückerinnerte, wich das wage Gefühl der Sehnsucht bald der Gewißheit, daß alles eine Illusion war. Das viel gepriesene Verständnis füreinander, die Bereitschaft, der anderen etwas von sich selbst zu opfern, das Einssein – sie hatte es nie gefühlt. Und ohne das wollte sie sich nicht tiefer einlassen, geschweige denn binden. War sie immer an die falschen Männer geraten, oder waren ihre Ansprüche zu hoch? So hatte sie beinahe aufgegeben, den richtigen Partner zu finden. Trotzdem fand Sylvia die Aussicht, ihr Leben auf Dauer nur mit einem Kater zu verbringen, nicht gerade rosig.

Sie waren fertig mit dem Essen, und Sylvia schlug deshalb vor, die Unterhaltung im Wohnzimmer fortzusetzen.

»So, so, ein Lottogewinn«, knüpfte Torsten an ihr Gespräch von eben an. »Mir scheint, Sie sind nicht unbedingt die Frau, die in so einem Fall ihren Lebensstil ändern würde.«

»Sie meinen Shopping, Friseure, Maniküre, Polo, Golf, eine Yacht – das alles paßt nicht zu mir?«

»Nicht ausschließlich. Sie sind nicht gemacht für ein solches Dolce vita.«

»Da wissen Sie aber mehr als ich.«

»Glauben Sie mir. Die Herausforderung, welche die Wahl eines Abendkleides oder die Verbesserung Ihres Handicaps stellt, würde Ihnen auf Dauer nicht genügen.«

»Danke, daß Sie so eine hohe Meinung von mir haben. Ich muß gestehen, ich weiß nicht, ob ich ein solches Leben wirklich so scheußlich fände.«

Sie lachten beide.

Gegen zehn stand Torsten auf und gab bekannt, daß seine gute Erziehung es ihm gebiete, die Dame jetzt zu verlassen.

»Die Dame dankt, daß der Herr so auf ihren Ruf bedacht ist«, antwortete Sylvia grinsend und brachte ihn zur Tür.

10.

Der nächste Tag stand ganz im Zeichen des Kießling-Projektes. Sylvia und Karen bereiteten den Eintritt in die erste Realisierungsphase vor. Sie arbeiteten sehr konzentriert. Präzise legten sie die Schritte fest. Sylvia hinterfragte verschiedene kritische Stellen des Entwurfes. Karen erklärte. Sie diskutierten, gestikulierten. Am Ende faßte Sylvia noch einmal zusammen.

Jetzt sah sie hoch und genau in Karens Augen. Dann lächelte sie. »Entschuldigen Sie. Ich doziere hier wie vor einer Gruppe Studenten. Sie müssen mich stoppen, wenn ich zu sehr darin verfalle.«

»Sie schaffen es irgendwie, mich dabei zu fesseln.« Karens Stimme klang gedämpft.

Sylvia stieg bei diesem Lob eine leichte Röte ins Gesicht.

»Sie brauchen nicht verlegen zu werden. Das war ein ernstgemeintes Kompliment. Vertragen Sie keine Komplimente?« frotzelte Karen.

»Ja, also ...« Sylvia setzte an fortzufahren, doch der Faden war verschwunden. »Sie haben mich völlig aus dem Konzept gebracht!« Sie wollte Karen strafend anblicken. Es wurde nur ein unsicheres Blinzeln daraus.

»Es war nicht meine Absicht, Sie in eine Schaffenskrise zu stürzen«, amüsierte sich Karen. »Ich werde mich mit der Verkündung von Lob in Zukunft zurückhalten.«

Das Telefon unterbrach ihre Unterhaltung. Karen nahm ab.

»Ja?« fragte Karen fröhlich. Doch bei den nächsten Worten klang ihre Stimme ernst. »Sie sollen hereinkommen.«

Die Tür ging auf. Sylvia erkannte Holzner und Keller. Beklommen stand sie auf. Sie ahnte nichts Gutes.

»Hauptkommissar Holzner, Steuerfahndung«, stellte Holzner sich Karen vor. »Mein Kollege, Kommissar Keller.« Dabei wies er auf Keller, der auch heute wieder Stoppeln im Gesicht hatte. »Frau Candela, wir haben einige Fragen an Sie.«

Karen sah zu Sylvia und nickte unauffällig. Jetzt würde sie wohl erfahren, was der Grund für das Interesse der beiden Herren an ihr war.

Karen räumte die Unterlagen vom Tisch. Sie forderte die Beamten auf, Platz zu nehmen. Sylvia wollte das Zimmer verlassen. Karen bedeutete ihr jedoch zu bleiben. »Das heißt, wenn die Herren nichts dagegen haben.«

Das hatten sie nicht, und so setzte sich Sylvia wieder.

»Frau Mehring hat mich über Ihren Besuch bei ihr informiert. Und wie Sie sehen – ich habe mich noch nicht abgesetzt«, eröffnete Karen die Unterhaltung burschikos.

»Das spricht für Sie, Frau Candela.« Holzner blieb ernst. »Dann wissen Sie ja, daß wir gegen Sie ermitteln. Und ich muß Ihnen sagen, daß unsere Ermittlungen bisher nichts Gutes für Sie ergaben.«

»Was habe ich denn angestellt?« meinte Karen salopp.

Holzners Augen fixierten Karen. Langsam und eindringlich erwiderte er: »Kreditbetrug und Steuerhinterziehung.«

»Bitte?« fragte Karen verdattert. Sie hatte einen ganz anderen Vorwurf erwartet. Was bedeutete das jetzt?

Holzner war auf eine längere Erklärung eingestellt. Er spulte sie praktisch herunter. »Ihre Firma erstellte nachweislich falsche Gutachten für Objekte, in die sie selbst investierten. Bausubstanz wurde zu niedrig bewertet, der Investitionsaufwand überhöht dargestellt. Dies geschah mit der Absicht, höhere Kredite von den Banken zu erhalten. Uns interessiert, wohin das Geld für die angeblichen Aufwendungen geflossen ist.« Holzner machte eine kurze Pause. »Und natürlich liegt auf der Hand, daß die scheinbar Geld fressenden Bauobjekte als Abschreibungsobjekte für die Steuer benutzt wurden.«

Karen hörte Holzner erstaunt, aber auch interessiert zu. Denn in ihrem Kopf formte sich Stück für Stück die Antwort auf die Frage, die sie sich schon seit Drechslers Geständnis stellte, nämlich: Warum waren ihr selbst die Unterschlagungen nicht aufgefallen? Auch ohne Drechsler hätte sie doch auf Negativdifferenzen in den Aufträgen aufmerksam werden müssen!

Das hier war die Antwort! Die falschen Gutachten hatten dafür gesorgt, daß ein Überschuß kreditiert worden war. Die Unterschlagungen blieben unentdeckt, weil sie sich wahrscheinlich auf diese Überschußbeträge beliefen. Die Methode des Betruges, das Wie, war damit klar. Blieb nur noch das Wer offen.

Holzners Gesicht sowie seinen Worten entnahm Karen, wie er diese Frage beantwortete.

»Ist es zuviel verlangt, diese Gutachten zu sehen?« fragte Karen.

Keller holte einen braunen A4-Umschlag aus der Innentasche seiner Jacke, strich umständlich den Knick in der Mitte glatt und legte den Brief auf den Tisch.

Karen nahm das Kuvert auf und öffnete es. Die Kopien, die sie herauszog, zeigten diverse Kalkulationen, Grundlagen für Wirtschaftlichkeitsanalysen, Finanzierungspläne für Bauprojekte. Und es handelte sich tatsächlich um Gutachten von »Candela & Partner«. Inwieweit sie allerdings wirklich gefälscht waren, konnte sie nicht sagen.

»Woher haben Sie die Unterlagen? Und vor allem, woher nehmen Sie die Gewißheit, daß sie gefälscht sind?«

»Sind das Ihre Unterschriften unter den Kreditanträgen?« überging Holzner ihre Frage und deutete auf einige der Kopien.

Karen schaute auf die Papiere. Ja, sie trugen ihre Unterschrift. Natürlich! Kein Kreditantrag konnte ohne ihre Unterschrift der Bank vorgelegt werden. Sie war die Geschäftsführerin und die Inhaberin von »Candela & Partner«.

Karen versuchte, den beiden Beamten die übliche Verfahrensweise klarzumachen. »Diese Unterlagen sind von mir unterschrieben, das ist richtig. Ich unterschreibe Projektentwürfe, Bilanzen und natürlich alle Kreditanträge – aber ich kann unmöglich alles selbst erstellen. Ich verlasse mich in vielen Dingen auf die Zuarbeit meiner Mitarbeiter.«

Holzner beugte sich vor. »Sollen wir das so verstehen, daß sie einen Ihrer Angestellten zutrauen, die Unterlagen gefälscht und den Betrug durchgeführt zu haben?«

»Wenn ich das täte, wäre dieser Jemand nicht mehr mein Mitarbeiter. Nein. Ich gehe davon aus, daß es sich bei dem, was Sie für absichtliche Fälschungen halten, um zufällige Berechnungsfehler, also menschliches Versagen handelt.«

Natürlich glaubte Karen selbst nicht an ihre Worte. Doch was blieb ihr anderes übrig, als die Sache so darzustellen.

»Dann wird sich bei einer Prüfung Ihrer Bücher ja herausstellen, wo die überschüssigen Summen, immerhin annähernd eine Million Euro, verblieben sind. Wir haben da so unsere Vermutung«, meinte Holzner trocken. Es war klar, daß er an Unterschlagung dachte.

Karen schluckte. Eine Million!

Holzner und Keller beobachteten interessiert, wie die genannte

Summe auf Karen wirkte. Sie verständigten sich mit einem Blick. Weder für Karen noch für Sylvia war erkennbar, welchen Schluß sie zogen.

»Selbst bei Verkettung aller ungünstigen Umstände kann bei der Vielzahl der falschen Guthaben und bei der Summe, von der wir sprechen, wohl wirklich nicht der Zufall am Werk gewesen sein«, warf Keller ein und verdeutlichte unmißverständlich, daß man von vorsätzlichem Betrug ausging.

Daß sie recht hatten, war Karen nur allzu klar. Leider. Und daß man sie als Verdächtige Nummer eins handelte, war logisch. Da sie das Gegenteil nicht beweisen konnte, sah es schlecht für sie aus. Würde sie jetzt verhaftet werden? Wahrscheinlich nicht. Immerhin saßen die Beamten hier und redeten mit ihr. Das sprach dafür, daß die Beweislage gegen sie vielleicht doch noch unzureichend war. Ein Hoffnungsschimmer keimte in Karen auf. Es war noch nichts verloren.

Karen machte, wie sie hoffte, ein ungläubiges Gesicht. »Wenn Sie recht haben, das . . . das wäre ja wirklich . . . aber ich versichere Ihnen, bis eben hatte ich keine Ahnung von alldem.« Karen hoffte, die beiden mit ihrem Schauspiel zu überzeugen.

»Dürfen wir Sie um eine Aufstellung bitten, wer die Projekte bearbeitet hat, deren Kopien Sie hier sehen?« bat Holzner daraufhin. »Wir wollen natürlich jeder Möglichkeit nachgehen. Vielleicht hat ja in letzter Zeit bei jemandem ein unerklärlicher Wandel im Lebensstil stattgefunden.« Seine Stimme verriet jedoch, daß er nicht wirklich daran glaubte.

Versuch gescheitert, registrierte Karen und nickte. »Natürlich macht mich meine Position in der Firma zur Hauptverdächtigen.«

»So ist es«, bestätigte Holzner. Er räusperte sich. »Sie würden uns die Arbeit sehr erleichtern, wenn Sie einer Betriebsprüfung zustimmten.«

»Ich rate Ihnen davon ab, Karen«, mischte Sylvia sich jetzt ein. Bis hierhin war sie dem Ganzen schweigend gefolgt. Doch nun war es an der Zeit einzugreifen. Die beiden Beamten setzten Karen zunehmend unter Druck. Da konnte sie nicht länger tatenlos zusehen. Deshalb machte sie Karen jetzt klar, was die Bitte des Beamten bedeutete: »Da Sie die Hauptverdächtige sind, würden Sie gegen Ihre Interessen handeln. Gesetzt den Fall, die Summen werden nicht gefunden, sind Sie verdächtig, sie auf clevere Art und Weise unterschlagen zu haben. Findet man das Geld, weil man dessen Fluß verfolgen kann, stehen Sie natürlich ebenso unter Verdacht.«

Karen sah Sylvia überrascht an. Ja, sicher. Aber wenn sie die Betriebsprüfung nicht zuließ, machte sie sich erst recht verdächtig!

Es fiel Sylvia nicht schwer, Karens Gedanken zu erraten, und deshalb erklärte sie: »Die Herren würden Ihr Entgegenkommen nicht honorieren. Sie erreichen mit Ihrer Zustimmung nicht, daß man Sie unvoreingenommener bewertet. Es ist gerade erst eine Betriebsprüfung durch das Finanzamt erfolgt, offenbar ohne belastende Beweise gegen Sie!« Sylvia betonte diesen Satz besonders. »Die falschen Gutachten sind nur Indizien, der Kreditbetrug eine reine Vermutung! Im Moment haben die Herren keine Handhabe gegen Sie. Denn dann würden sie nicht um Erlaubnis bitten, sondern hätten einen Durchsuchungsbefehl.«

Das leuchtete Karen ein. Dankbar nickte sie Sylvia zu.

»Sie haben es gehört, meine Herren.«

Holzner betrachtete Sylvia stirnrunzelnd. Wenn Sylvia Mehring, wie sie vor wenigen Tagen gesagt hatte, Karen erst seit kurzer Zeit kannte und ihre Beziehung rein beruflicher Natur war, warum ergriff sie dann so stark Partei für die Candela? Er würde das nachprüfen. Laut sagte er: »Nun, wir werden ohnehin in Kürze die richterliche Erlaubnis haben.«

»Dann können Sie ja den Moment auch noch warten«, erwiderte Sylvia trocken.

Holzner erhob sich und gab seinem Kollegen ein Zeichen. Keller sprang auf. Die beiden Kriminalbeamten verabschiedeten sich. Die Tür schloß sich hinter ihnen. Karen blieb regungslos sitzen.

»Karen?« Sylvia blickte sie fragend an.

Karen lächelte matt. »Bloß gut, daß ich auf das Ganze vorbereitet war. Sonst ...« Resigniert brach sie ab.

Sylvia strich Karen sanft über den Rücken. »Ich schlage vor, wir gehen etwas essen. Ich kann mir nicht denken, daß Ihnen jetzt der Sinn danach steht, Entwürfe zu diskutieren. Sie brauchen eine Pause, etwas Ruhe.«

Karen lächelte schwach. »Möchten Sie mir die sprichwörtliche Schulter zum Ausheulen hinhalten?«

»Warum nicht?« sagte Sylvia sanft.

Das Restaurant war nur mäßig gefüllt. Sylvia und Karen wählten einen Tisch im hinteren Teil des Lokals und bestellten.

Sylvia schwieg. Sie wollte Karen Zeit lassen, ihre Gedanken zu sortieren. Mit dem Besuch der Beamten in Karens Büro änderte sich die Situation grundlegend. Bereits vorher stand Karen unter großem Druck. Nun wurde die Bedrängnis noch größer. Wenn sie nicht in kürzester Zeit ihre Unschuld beweisen konnte, drohte ihr ein Prozeß.

Karen schien in ihren Überlegungen zu einem ähnlichen Ergebnis gekommen zu sein, denn sie runzelte die Stirn.

»Das Verrückte daran ist, ich würde an Holzners Stelle dieselben Schlüsse ziehen«, stellte sie resigniert fest.

»Karen, Sie dürfen sich nicht wirr machen lassen«, sagte Sylvia eindringlich. »Stellen Sie die Informationen für Holzner zusammen, die er gefordert hat. Dann hat er etwas, woran er sich festbeißen kann.«

»Holzner hat sich bereits an *mir* festgebissen. Den interessieren meine Informationen nicht.«

»Aber er braucht mehr als ein paar fehlerhafte Berechnungen. Daß die Gutachten absichtlich gefälscht wurden, läßt sich nur durch erneute Gutachten feststellen. Das beansprucht Zeit. Kostbare Zeit, die wir nutzen müssen, Ihre Unschuld zu beweisen. Ich werde für Sie prüfen, in welchem Umfang die Gutachten manipuliert wurden, indem ich mir die Baustellen ansehe. Außerdem wird wohl jemand zu finden sein, der die Person gesehen hat, welche die jeweiligen Bestandsaufnahmen vor Ort gemacht hat. Sie dagegen verfolgen mit Hilfe von Reimann und Endrich die Spuren, die Sie in den Unterlagen der Buchhaltung finden. Was halten Sie davon?«

Karen zuckte hilflos mit den Schultern.

»Die Gutachten allein sind kein ausreichender Beweis gegen Sie. Schon gar nicht, da nicht Sie selbst es waren, die sie erstellt hat«, versuchte Sylvia Karen zu beruhigen. »Erst der Entzug des Geldes aus der Firma erfüllt letztendlich einen Strafbestand. Und zu diesem Punkt haben die Beamten bisher nichts gegen Sie in der Hand.«

»Nett, daß Sie mich aufmuntern wollen. Ihr Vorschlag ist im Grunde genommen auch sehr gut, hat aber einen Haken. Sie sind schon wieder mittendrin in der Geschichte! Sie kennen meine Meinung dazu. Ich möchte Sie aus der Sache heraushalten. Zu Ihrem eigenen Schutz«, betonte Karen.

»Und Sie kennen meinen Standpunkt. Im übrigen glaube ich, Sie können sich solche Skrupel im Moment wirklich nicht leisten«, fegte Sylvia Karens Einwand beiseite.

Und Karen, die normalerweise gewohnt war, alles selbst in die Hand zu nehmen, gestand sich ein, daß sie in ihrer derzeitigen Verfassung dankbar sein konnte, Sylvia auf ihrer Seite zu haben.

»Ich denke, wir lassen es mit der Arbeit heute auf sich beruhen«, meinte Sylvia. »Im Interesse des Projektes wäre das jedenfalls das Beste, wie mir scheint. Sie sind jetzt sowieso nicht bei der Sache. Wir machen morgen vormittag weiter.«

Karen nickte. »Sie haben recht. Ich bin mit meinen Gedanken abwesend. Entschuldigen Sie.«

»Das sollte kein Vorwurf sein«, erwiderte Sylvia.

»Er wäre aber gerechtfertigt. Schließlich sollen wir eigentlich das Terminproblem der Mercura lösen und nicht meine persönlichen Probleme. Es ist mir ehrlich gesagt ziemlich peinlich, mich so unprofessionell zu verhalten.«

»So ein Quatsch.« Sylvia war deutlich verärgert über Karens Selbstzerfleischung. Das brachte sie nicht im mindesten weiter! Aber weil Sylvia einsah, daß sie Karen das in ihrer Situation auch nicht übelnehmen konnte, tat sie das Naheliegende und legte die Notwendigkeiten fest. »Sie rufen den Bauleiter an«, sagte sie deshalb zu Karen in gewohnt ruhigem Ton. »Dann läuft das Kießling-Projekt die nächsten zwei Wochen wie heute morgen besprochen. Es ist völlig egal, ob wir beide heute, morgen oder in drei Tagen mit der Planung weitermachen. Ich komme noch einmal mit in Ihr Büro und Sie geben mir Kopien dieser Gutachten.«

»Und ich rufe Reimann an und setze ihn über die neue Situation in Kenntnis.« Karen hatte sich wieder gefaßt.

»Ja«, stimmte Sylvia zu. »Dann weiß er, daß Eile geboten ist.«

Karen grübelte. Vor ihr ausgebreitet lagen die Unterlagen zu den Gutachten, die Keller dagelassen hatte. Sie hatte nicht lange gebraucht, um herauszufinden, daß alle fünf Gutachten von Ralf Gregor erstellt worden waren.

Natürlich war Ralf ebenso auf Zuarbeiten angewiesen wie sie. Es konnte theoretisch sonstwer für die falschen Details in den Unterlagen verantwortlich sein. Trotzdem. Merkwürdig war es schon, daß die Fälle alle seine Projekte betrafen.

War es möglich, daß Ralf . . .? Oder wollte jemand den Verdacht auf ihn lenken? Seine schnelle Karriere in der Firma brachte ihm nicht nur Anerkennung, sondern auch Neider ein. Einer dieser Neider konnte ihn zum Sündenbock für seine illegalen Geschäfte machen wollen.

Karen wählte Ralfs Apparatenummer. Fünf Minuten später stand er in ihrem Büro.

»Hallo, schöne Chefin. Was gibt es denn so Dringendes?«

»Ich glaube, du solltest dich setzen.« Karen wies auf den Stuhl vor ihrem Schreibtisch. »Erstens wird es etwas länger dauern, und zweitens wird es sehr unangenehm werden.«

In kurzen Sätzen berichtete Karen jetzt zunächst vom Besuch der Beamten.

»Und die verdächtigen dich?« fragte er kopfschüttelnd, nachdem sie geendet hatte.

»Allerdings. Das liegt ja auch auf der Hand. Die Gutachten lagen den Kreditanträgen bei, die ich unterschrieben habe.« Karen legte jetzt Kopien der Gutachten auf den Tisch. Ralf nahm sie, schaute drauf, blätterte. »Das sind meine Kalkulationen«, stellte er nach kurzem Überfliegen fest.

»Das habe ich auch bemerkt. Alle diese Fälle betreffen ausschließlich deine Projekte.«

Ralf lächelte, halb beleidigt, halb verunsichert. »Karen, traust du mir das wirklich zu!?«

»Ich weiß nicht, was ich glauben soll, Ralf!« Karen wollte Antworten, keine Fragen. »Gib du mir eine Erklärung.«

»Ich habe keine. Aber gesetzt den Fall, ich hätte was damit zu tun, glaubst du wirklich, ich wäre so dumm, meine eigenen Projekte zu benutzen?«

»Vielleicht, vielleicht auch nicht. Immerhin kann man so am unauffälligsten manipulieren.«

»Ja, und man hat ziemlich schlechte Karten, wenn die Sache auffliegt«, erwiderte Ralf aufgebracht. »Wie man sieht!«

»Das ist die andere Seite«, räumte Karen ein.

»Wahrscheinlich benutzt jemand meine Projekte, um genau den Zweifel zu säen, den ich jetzt in deinen Augen lese«, sagte Ralf eindringlich.

Karen nickte. »Daran habe ich allerdings auch schon gedacht.«

Es entstand eine Pause.

»Und nun?« fragte Ralf.

»Holzner wird sich natürlich ebenso wundern wie ich, wenn er davon erfährt. Und das läßt sich nicht vermeiden«, meinte Karen.

»Das geht schon in Ordnung«, erwiderte Ralf verständnisvoll. »Dir bleibt ja nichts anderes übrig, du mußt die Angaben machen. – Aber was schlägst du vor, was wir in der Sache unternehmen sollen? Wir können doch nicht einfach abwarten.«

»Reimann hat mir seinen Bericht schnellstmöglich versprochen. Ich will genau wissen, was los ist: Sind das hier alle Aufträge, die betroffen sind, oder gibt es weitere? Ist die Summe der Scheinaufwendungen vielleicht noch größer als die benannte eine Million Euro? Wer hat die Belege unterschrieben, die Rechnungen bezahlt? Die Ergebnisse übergebe ich einem privaten Ermittler, mit dem ich bereits in Verbindung stehe. Dann werde ich auch erfahren, wo das Geld hingeflossen und wer alles an dem Schwindel beteiligt ist. Oder hast du eine bessere Idee?«

Ralf überlegte kurz. »Nein, aber eine weitere. Ich rufe Marcus an.«

»Daran habe ich auch schon gedacht. Aber sieht das nicht nach Schuldbekenntnis aus, wenn wir einen Anwalt hinzuziehen?«

»Wann, wenn nicht jetzt, wollen wir uns mit ihm beraten?«

»Stimmt auch wieder«, gab Karen ihm Recht.

11.

Sylvia stieg aus ihrem Wagen. Es war früh am Vormittag, doch die Sonne schien heute noch viel vorzuhaben. Die Quecksilbersäule zeigte bereits dreiundzwanzig Grad. Es bewegte sich kaum ein Lüftchen.

Sylvia betrat das Gebäude und fuhr mit dem Fahrstuhl hinauf zu Karens Büro. Frau Stahmann begrüßte sie. »Guten Morgen, Frau Mehring. Frau Candela ist auf der Baustelle. Sie muß jeden Moment zurückkommen. Warten Sie doch im Büro.«

Den angebotenen Kaffee lehnte Sylvia freundlich ab. Ein Blick aus dem Fenster verriet Sylvia, daß Karens Wagen gerade angefahren kam.

»Da kommt sie ja schon«, sagte sie zu Frau Stahmann.

»Na, das nenne ich Timing«, erwiderte die, ohne jedoch von ihrer Arbeit aufzusehen.

Sylvia sah, wie Karen ausstieg und den Weg zum Gebäude von »Candela & Partner« nahm. Jetzt blieb sie stehen und drehte sich um. Eine Frau, groß, rothaarig, Amazonengesicht, mit einem teuren Kostüm bekleidet stürmte auf Karen zu und küßte sie auf die Wange. Die Amazone redete aufgeregt auf Karen ein, dann schloß sie sich ihr an.

Sylvia wandte sich irritiert vom Fenster ab und ging ins Büro, wo wenige Minuten später auch Karen und ihre Begleiterin eintrafen. Überrascht von der Anwesenheit einer dritten Person, unterbrachen die beiden ihre Diskussion, die sie führten.

Karen nickte Sylvia erfreut zu. »Guten Morgen, Sylvia.« Dann wandte sie sich, in der deutlichen Absicht, das Gespräch mit ihrer Begleiterin zu beenden, an diese und sagte. »Miriam, ich habe dir bereits mehrmals gesagt, Ralf ist der verantwortliche Architekt. Er hat alle Unterlagen. Wende dich bitte an ihn.«

»Ja, nur einige Sachen möchte ich lieber mit dir persönlich besprechen, sonst läuft es sicher schief.«

»Das ist völlig ausgeschlossen. Ralf ist ebenso verläßlich wie ich. Und du weißt das.«

Das Telefon klingelte. Karen nahm ab. »Muß das jetzt sein? ... Also gut, ich komme kurz runter.« Entschuldigend sagte sie: »Eine dringende Sache. Es wird nicht lange dauern«, und ging.

Sylvia fühlte den abschätzenden Blick der Amazone namens Miriam auf sich ruhen.

»Sylvia Mehring, Dozentin Fachbereich Architektur und Beraterin der Mercura«, stellte Sylvia sich vor, um das drückende Schweigen zu durchbrechen.

Erneut ein eiskalter Blick. »Karen arbeitet mit einer Beraterin? Das kommt nicht alle Tage vor.« Die Frau schien es nicht für notwendig zu erachten, sich vorzustellen.

»Die Zusammenarbeit ist projektbezogen und zeitlich begrenzt«, erklärte Sylvia.

»Ach so.« Miriam fixierte Sylvia mit stechenden grünen Augen.

»Alles andere hätte mich auch gewundert. Karen ist viel zu professionell, um sich in ihre Konzepte hineinreden zu lassen. Deshalb ist sie auch so gut in ihrem Job. Ich kann es verstehen, wenn Sie sie bewundern.«

Sylvia spürte, daß sie sich mit einer Bestätigung besser zurückhielt. Und sie überging auch Miriams frechen Ton. Statt dessen fragte sie freundlich: »Sie kennen Karen schon länger?«

»Allerdings. Und wir sind mehr als nur Freundinnen, wenn Sie verstehen, was ich meine.« Ihre Stimme hatte einen kaum wahrnehmbaren drohenden Unterton.

Sylvia war für einen kurzen Moment irritiert. Plötzlich begriff sie. Miriam empfand sie offenbar als Nebenbuhlerin. Sylvia war völlig perplex. Sie hatte Karen bis jetzt nie *so* gesehen!

Miriam lächelte nun scheinbar ungezwungen. »Und das Schöne ist, daß Karen trotz ihrer Zähigkeit im Job eine so weibliche Frau ist. Dafür liebe ich sie noch mehr.«

Sylvia wurde die ganze Situation immer suspekter. Welche Absicht verfolgte diese Miriam? Was wollte sie beweisen? Was sie sagte, hatte nichts mehr mit Offenheit zu tun, das war peinlich! Man sprach nicht mit jemandem, den man erst fünf Minuten kannte, über seine intimsten Angelegenheiten! Sylvia zweifelte ernsthaft, daß Karen es gutheißen würde, daß hier ihre Privatsphäre offengelegt wurde. Deshalb versuchte sie das Thema zu wechseln. Da sie mitbekommen hatte, daß das Gespräch zwischen Karen und Miriam sich um einen Umbau drehte, stellte sie Miriam ein paar höflich-belanglose Fragen. Miriam erzählte bereitwillig über ihr Atelier und ihre Arbeit als Modedesignerin. Ihre Stimme hatte dabei einen belehrenden, überheblichen Klang. Wie sie Sylvia betrachtete, war nicht zu übersehen, daß Miriam Sylvias Kleidung nicht einmal als Flickenstoff verwenden würde. Sylvia empfand dies weniger unangenehm als das vorherige Thema. Also ließ sie sich ihren Ärger über Miriams Überheblichkeit nicht anmerken.

Nur eines fragte sie sich: Wie konnte Karen diese Frau lieben? Miriam war eine ziemliche Zumutung, jedenfalls in Sylvias Augen. Doch Karens Privatangelegenheiten gingen sie nichts an. Die Enttäuschung, die Sylvia empfand, während ihr klar wurde, daß diese Frau und Karen in einer festen Beziehung lebten, versuchte sie zu verdrängen.

Sylvia schwieg jetzt. Sie hatte keine Lust, eine Konversation zu führen, in deren Ergebnis sie in eine Verteidigungsposition gedrängt wurde, ohne zu wissen, wessen sie eigentlich angeklagt war. Miriam schien das Bedürfnis zu haben, sie in jedem Fall überfahren zu wollen.

Karens Rückkehr befreite Sylvia schließlich aus ihrer unangenehmen Lage.

»Tut mir leid, Sylvia. Ich habe nur noch Zeit für ein kurzes Gespräch mit Frau Winter, und dann muß ich leider wieder außer Haus. Es gab einen Unfall auf einer Baustelle. Ich melde mich nachher telefonisch bei Ihnen.«

Sylvia war betroffen. »Natürlich. Sie können mich in der Uni anrufen oder auch zu Hause erreichen. Ich schreibe Ihnen meine Telefonnummer auf.«

Karen steckte den Zettel ungelesen ein. »Entschuldigung, daß Sie umsonst gekommen sind.« Sie hatte es offensichtlich sehr eilig.

»Bis später«, verabschiedete sich Sylvia – wobei sie damit eigentlich nur Karen meinte. Auf ein erneutes Zusammentreffen mit Miriam war sie nicht erpicht.

Der Nachmittag war vollgepackt mit Vorlesungen und Seminaren. Als Sylvia zwischen zwei Vorlesungen kurz ihr Büro aufsuchte, stand Keller vor der Tür.

»Guten Tag, Frau Mehring«, begrüßte er sie.

Sylvia ging auf ihn zu. »Was führt Sie hierher?« fragte sie mit deutlich reservierter Stimme.

»Eine Frage.«

»Bitte, fragen Sie«, sagte Sylvia, während sie die Tür zu ihrem Büro aufschloß.

»Warum haben Sie unsere Abmachung gebrochen?«

Sylvia sah ihn an. »Ich verstehe kein Wort.«

»Wir hatten Sie doch gebeten, Frau Candela nichts von unserem Besuch zu erzählen«, erinnerte Keller sie.

»Sie sagen es, Sie haben mich gebeten!« erwiderte Sylvia gelassen. »Es war keinesfalls eine Abmachung.«

»Ich muß Sie warnen.« Kellers Stimme bekam einen eindringlichen, nicht unbedingt drohenden, aber zumindest mahnenden Klang. »Es ist nicht ausgeschlossen, daß Frau Candela Sie benutzt.

Sie hat scheinbar geschickt verstanden, Ihr Vertrauen zu erlangen.«

»Machen Sie sich um mich keine Sorgen. Ich kann gut auf mich aufpassen«, entgegnete Sylvia ironisch.

Keller lächelte leicht. »Denken wir das nicht alle? Sie wissen es vielleicht nicht, aber genaugenommen haben Sie sich der Begünstigung einer Straftat schuldig gemacht. Dadurch, daß Sie Frau Candela gewarnt haben, konnte sie vielleicht Beweise vernichten.«

Sylvia holte einmal tief Luft. Dann ließ sie ihrem Ärger freien Lauf. »Herr Keller, bis jetzt haben Sie keinerlei stichhaltige Beweise für Ihre Vermutung. Genau das ist Ihre Anschuldigung gegen Frau Candela, eine bloße Vermutung. Man muß nicht Anwalt sein, um zu erkennen, daß Sie auf Indizien aufbauen.«

Keller blieb völlig unbeeindruckt von Sylvias Worten. »Ich wollte Ihnen lediglich vor Augen führen, wie schnell auch Sie in den Fall hineingezogen werden können.«

»Haben Sie irgendwelche neuen Anhaltspunkte, die Ihnen in Aussicht stellen, demnächst mit Fakten überzeugen zu können?« fragte Sylvia bissig.

Keller war nicht aus der Ruhe zu bringen. Stoisch antwortete er: »Frau Candela konnte unseren Verdacht nicht entkräften.«

»Wie sollte sie auch gegenüber völlig haltlosen Vorwürfen argumentieren?«

Wütend ging Sylvia in ihr Büro, knallte die Tür hinter sich zu und ließ Keller damit einfach draußen stehen. Was bildete sich der Mann ein? Erst spielt er den guten Onkel und dann droht er ihr praktisch. Das Ganze war nichts anderes als ein Versuch sie einzuschüchtern und an Informationen zu gelangen. *Ziemlich link, meine Herren! Und leicht zu durchschauen!*

Wütend auf Keller und darüber, daß ihre Pause vertan war, machte Sylvia sich fünf Minuten später auf den Weg zur nächsten Vorlesung.

Als Sylvia gegen zwanzig Uhr nach Hause kam, wartete Mozart bereits ungeduldig auf sein Futter. Wie gewohnt lief er schnurrend zwischen ihren Beinen in Richtung Küche, wo sein Futternapf stand. Sylvia füllte die andere Hälfte der Büchse vom Morgen in den Napf. Mozart fraß gierig.

Ein schnell zubereitetes Rührei mit Toast beseitigte dann auch Sylvias leeres Gefühl im Magen.

Anschließend genehmigte sie sich ein Glas Weißwein, nahm es mit ins Wohnzimmer, wo sie sich auf die Couch legte, um die Zeitung zu lesen. Mozart kam und machte es sich auf ihrem Bauch bequem. Während Sylvia ihn mit einer Hand hinter den Ohren kraulte, hielt sie mit der anderen die Zeitung und las die Schlagzeilen. Nach etwa fünf Minuten stellte sie jedoch fest, daß sie das Gelesene nicht aufnahm. Ihre Gedanken schweiften immer wieder ab. Sie beschäftigten sich mit den Ereignissen der letzten Tage, und ihre Gedanken endeten stets bei Karen.

Sylvia strich gedankenverloren über Mozarts weiches Fell. Karen faszinierte sie! Ihr Humor, ihr Lächeln, ihre Angriffslust im Fachstreit. Zudem überraschte Karen immer wieder mit verblüffender Offenheit – und Warmherzigkeit. Sie wollte Karen unbedingt aus ihrer vertrackten Situation heraushelfen. Daß sie dabei ihren Job aufs Spiel setzte, war ihr zwar nicht egal, aber sie würde dieses Risiko tragen. Natürlich war das die blanke Unvernunft, doch diese Erkenntnis ignorierte Sylvia bewußt. Und an der Stelle mußte sie sich fragen, warum sie das tat. »Weil ich Sie mag«, hatte sie Karen auf die diesbezügliche Frage geantwortet. Eine harmlose Antwort, abgesehen von ihrem Herzklopfen, das überhaupt nicht harmlos war.

Heute vormittag war sie dieser Miriam in Karens Büro begegnet. Und die ließ unmißverständlich durchblicken, daß sie und Karen ein Paar waren. Sylvia erinnerte sich an ihre Verwirrung und ihre Abneigung gegenüber Miriams Arroganz. *Und wie erklärst du deine Enttäuschung?* Ja, sie war enttäuscht. Aber worüber eigentlich? Darüber, daß Karen ihr gegenüber bisher kein Wort von Miriam erwähnt hatte. Aber war es nicht Karens Entscheidung, inwieweit sie Einblick in ihr Privatleben gewährte? Oder war Sylvia enttäuscht, weil sie davon ausgegangen war, daß Karen allein war? Weil sie gehofft hatte, daß sich eine Freundschaft zwischen ihnen entwickelte? Aber dem stand doch nichts entgegen. Warum sollte Karen deshalb keine Lebensgefährtin haben? Sie selbst traf sich mit Thomas, einem humorvollen, sympathischen Mann. Zwar lief nichts zwischen ihnen, aber was nicht war, konnte ja noch werden.

Sylvia mußte sich eingestehen, daß sie nichts mit dem Durcheinander ihrer Gedanken und Gefühle anfangen konnte. Nur eines war sicher: Die Ereignisse der letzten Tage hatten Hektik und Unruhe in ihr Leben gebracht.

12.

Karen verbrachte den Samstag Vormittag damit, liegengebliebene Post zu bearbeiten. Sie kam zügig voran. Gegen halb eins hatte sie das letzte Fax per E-Mail beantwortet und schaltete den Computer aus.

Als hätte er genau auf diesen Moment gewartet, meldete sich knurrend ihr Magen und lenkte ihre Aufmerksamkeit auf die Tatsache, daß sie bis jetzt nur einen mageres Frühstückstoast und Kaffee zu sich genommen hatte. Kurz entschlossen griff sie zum Telefon und rief bei Ellen an.

»Kann ich mich bei dir zum Mittag einladen?«

»Wenn du mit Hühnerfrikassee und Reis zufrieden bist.«

»Hört sich himmlisch an.«

»Dann sei in einer halben Stunde da.«

»Bis gleich.« Karen legte auf.

Bereits fünfzehn Minuten später klingelte Karen bei ihrer Schwester an der Tür. Ellen öffnete kurz darauf.

»Komm rein. Du kannst schon mal den Tisch decken.«

Karen folgte Ellen in die Küche, nahm Teller und Besteck aus dem Schrank und stellte alles auf den Tisch.

»Wie läuft es bei dir?« erkundigte sich Ellen währenddessen. »Habt ihr, du und Reimann, schon etwas gefunden, wo ihr ansetzen könnt?«

»Ich hoffe, ich bekomme Montag einen kompletten Bericht über die Höhe der Verluste und den Transfer der Gelder aus der Firma. Ich habe einen Privatdetektiv an der Hand, den ich dann mit weiteren Ermittlungen beauftragen kann.«

»Na, das hört sich doch gut an«, meinte Ellen.

»Ja. Leider hat die Sache einen Haken. Die Steuerfahndung war vorgestern bei mir im Büro.«

»Davon hast du mir ja noch gar nichts erzählt.« Ellen sah ihre

Schwester erschreckt an.

»Man ermittelt gegen mich«, berichtete Karen. »Es liegen Gutachten meiner Firma vor, die Objekte zu niedrig bewertet und damit überhöhte Kreditrahmen geschaffen haben. Man will gerne wissen, wo die überschüssigen Gelder hingeflossen sind. Die Beamten wollen die Bücher einsehen.«

»Sch. . . « Ellen sprach es nicht aus, aber Karen wußte auch so, was sie meinte.

»Du sagst es.«

»Und?« wollte Ellen wissen. »Was weiter?«

»Ich habe abgelehnt.«

»Und das haben die so einfach hingenommen?«

»Es blieb ihnen nichts anderes übrig.« Karens Gesicht verzog sich zu einem schiefen Lächeln, als sie jetzt Sylvias Worte wiedergab. »Da gerade erst das Finanzamt im Haus war, kann die Steuerfahndung nicht so ohne weiteres auf eine erneute Prüfung bestehen, sondern muß vorerst versuchen, ihre Vorwürfe zu untermauern. Die Gutachten sind nicht ausreichend für einen entsprechenden Antrag bei der Staatsanwaltschaft. Sonst wären sie ja gleich mit einem Durchsuchungsbefehl gekommen.«

»Woher wußtest du das denn?« fragte Ellen erstaunt.

»Ich wußte es nicht. Sylvia wußte es. Ihr Vater ist Rechtsanwalt.«

»Sie war bei dem Gespräch mit den Beamten dabei?« Ellens Verwunderung nahm zu.

»Ja. Sie weiß über die Sache Bescheid«, meinte Karen wie nebenbei.

Ellen holte tief Luft. »Karen, bist du verrückt? Ich meine, nichts gegen Sylvia, aber . . .«

»Nun reg dich ab«, unterbrach Karen ihre Schwester. »Sylvia kam Dienstag abend völlig aufgelöst zu mir, weil zwei Beamte sie besucht und versucht hatten, sie über mich auszufragen. Was sollte ich tun? Ich habe ihr erzählt, in welcher Situation ich mich befinde.«

»Wie hat sie darauf reagiert?« Ellen sah Karen gespannt an.

»Erstaunlich. Natürlich war sie fassungslos. Aber nicht einen Augenblick habe ich bei ihr den Gedanken gespürt, ich könnte sie zu meinen Gunsten belügen.« Jetzt, wo Karen es aussprach, wurde ihr erst klar, wie ungewöhnlich das eigentlich war. Sylvia schien wirklich nicht die Spur eines Zweifels zu haben, daß sie, Karen, unschuldig war. Wie konnte das sein? »Sie bot mir sofort ihre Hilfe an«, erzählte Karen weiter. »Und wie sich herausstellte, waren das keine leeren Worte. Wer weiß, wie die Sache ausgegangen wäre, hätte sie mir nicht im richtigen Moment diesen Rat gegeben.«

»Da kannst du ja wirklich von Glück sagen«, meinte Ellen.

Karen nickte. »Ja. Aber das ist noch nicht alles. Sylvia riskiert ihren Job für mich. Wenn ihr Chef erfährt, daß sie darüber schweigt, daß ich im Moment ein untragbarer Geschäftspartner bin, dürfte sie ernste Probleme bekommen. Und das ist mir natürlich nicht sehr angenehm.«

Ellen füllte jetzt das Essen auf die Teller, und sie setzten sich. »Im Moment kannst du aber jede Hilfe brauchen, die sich dir bietet.«

»Das ist ja mein Dilemma«, gab Karen deprimiert zu.

»Schon seltsam«, sinnierte Ellen.

»Was?« wollte Karen wissen.

»Daß Sylvia das tut. Sie muß doch wissen, in welche kritische Lage sie sich damit bringt.« Ellen sah nachdenklich vor sich hin.

»Natürlich weiß sie das«, bestätigte Karen.

»Dann bedeutest du ihr wohl einiges.« Ellen lächelte verschmitzt.

»Sie schätzt meine Arbeitsweise und meine Fachkompetenz. Sie arbeitet gerne mit mir zusammen. Ein Wechsel des Architekturbüros liegt deshalb nicht in ihrem Interesse.«

Ellen lachte schallend los. »Sagt sie das?«

»So in etwa.«

»Ihr beide seid mir schon ein Pärchen.«

»Wir sind kein Pärchen«, brummte Karen. »Fang bitte nicht wieder damit an. Ich habe kein diesbezügliches Interesse an Sylvia.«

»Erzähl keine Märchen. Natürlich bist du interessiert. So begeistert wie du eben noch von ihr gesprochen hast. Außerdem habe ich dich auf Vaters Geburtstagsparty beobachtet, Karen. Statt wegen deiner mißlichen Lage besorgt oder gar bedrückt zu sein, warst du aufgekratzt. Du bist Sylvia kaum von der Seite gewichen, hast dich um sie bemüht. Sie ist dein Typ! Sie ist ja auch eine Frau, die einen fesseln kann. Gutaussehend, intelligent, selbstbewußt, mit einem gesunden Schuß Humor. Alles in allem sehr anziehend«, grinste Ellen.

»Ich bestreite ja gar nicht, daß sie mein Typ ist. Nur den Rest, den du mir noch andichten willst«, beharrte Karen.

»Und im übrigen«, fuhr Ellen völlig unbeeindruckt fort, »du kannst mich schlagen, aber ich glaube, Sylvia hat dich mehr als einmal versonnen angesehen.«

»Bist du dir sicher?« Karens Abwehr wandelte sich mit einemmal in Neugier.

»Ich weiß, was ich sehe.« Ellen lächelte.

Karen schüttelte den Kopf. »Das kann tausend Gründe haben.«

»Unter anderem auch den, daß sie dich mag. Zieht man die Tatsache in Betracht, daß Sylvia bis dato immer noch solo ist – kein schlechter Ausgangspunkt für dich. Warum versuchst du es nicht wenigstens?«

»Sylvia ist nicht an Frauen interessiert.«

»Bisher vielleicht.«

»Du meinst, sie erliegt meinem Charme? Dann wohl eher dem Reiz des Unbekannten. Solange er eben währt. Schließlich kommt der Rückzieher. Danke, daß kenne ich zur Genüge.«

»Du denkst an Michaela. Sie hat dich enttäuscht, na schön. Aber was ist mit Miriam? Sie steht ohne Frage auf das weibliche Geschlecht. Warst du deshalb mit ihr besser dran?«

»Zumindest hat es hinterher nicht so weh getan.«

»Aber nur, weil du dich bei Miriam nicht so engagiert hast. Du liebtest sie nicht den Bruchteil dessen, wie du Michaela geliebt hast.«

Karen wurde jetzt ungeduldig. »Was willst du eigentlich, Ellen? Mir ein Kind in den Bauch reden? Sylvia und ich arbeiten zusammen. Zugegeben, wir verstehen uns sehr gut. Ihre Nähe ist mir angenehm, und umgekehrt ist es wohl auch so. Das ist aber auch alles.«

»Ich will dich ja nicht nerven.« Ellen ließ von dem Thema ab. »Aber sollte sich über kurz oder lang etwas ändern, kannst du jederzeit zu mir kommen und mich um Rat fragen.«

»Du meinst, deine Neugier befriedigen«, berichtigte Karen.

Ellen grinste nur breit. »Aber nun mal zurück zum eigentlichen Thema. Was willst du tun, gesetzt den Fall, der Detektiv findet Hinweise auf denjenigen, der die Unterschlagungen durchgeführt hat? Wirst du zur Polizei gehen?«

»Die Beamten ermitteln – wahrscheinlich ziemlich einspurig – gegen mich. Deshalb erwarte ich ehrlich gesagt nicht, daß sie mir Glauben schenken würden. Jedenfalls nicht, bevor ich wirklich beweisen kann, daß ich unschuldig bin. Aber ich werde mich mit meinem Firmenanwalt beraten.«

»Hat der denn Erfahrung in solchen Dingen?«

»Wenn nicht, wird er sie sammeln müssen.«

»Sagtest du nicht vorhin, Sylvias Vater ist Rechtsanwalt? Vielleicht wendest du dich besser an ihn.«

»Ich möchte nicht schon wieder ihre Hilfe in Anspruch nehmen. Nicht, wenn es andere Möglichkeiten gibt.«

»Wie du meinst.« Ellen zuckte mit den Schultern.

Karen erhob sich. »Ich werde dich jetzt mit dem Abwasch allein lassen und nach Hause fahren.«

»Was hast du mit dem Rest des Wochenendes vor?«

»Ich weiß noch nicht. Wahrscheinlich werde ich mir den Kopf zermartern und darüber spekulieren, wer mir die ganze Sache eingebrockt hat. Natürlich ergebnislos.«

»Möchtest du statt dessen nicht lieber morgen früh mit mir brunchen? Anschließend könnten wir in die Nachmittagsvorstellung ins Kino gehen«, schlug Ellen vor. »Ein wenig Ablenkung tut dir bestimmt gut.«

»Danke. Warum nicht.«

»Dann hole ich dich morgen früh um neun ab?«

»Einverstanden, bis morgen dann«, verabschiedete sich Karen.

Ellen hörte die Tür ins Schloß fallen. Sie schüttelte den Kopf. Daß Karen aber auch so stur war!

»Ein Kind in den Bauch reden, daß ich nicht lache«, murmelte sie vor sich hin. »Das werden wir ja noch sehen.« Mit einem spitzbübischen Lächeln ging sie zum Telefon und wählte. Beim vierten Läuten nahm Sylvia ab. »Hallo, Sylvia. Wie geht es Ihnen? . . . Fein. Was machen Sie morgen? . . . Jetzt haben Sie etwas vor. Karen und ich treffen uns morgen zum Brunchen. Anschließend wollen wir ins Kino. Was halten Sie davon? . . . Nicht wahr, das meine ich auch. Also? . . . Sagen wir halb zehn im ›Amsterdam‹. . . . Bis morgen.«

»Guten Morgen, die Damen«, begrüßte Sylvia die Schwestern fröhlich und setzte sich zu ihnen an den Tisch. »Warten Sie schon lange?«

»Nur ein paar Minuten«, erwiderte Ellen. »Guten Morgen, Sylvia«, setzte sie dann hinzu.

Karen konnte ihre Überraschung nicht verbergen. »Sie hier?« rutschte es ihr heraus. Karen sah zu Ellen. Die grinste natürlich nur. Na toll. Ellen hatte Sylvia eingeladen. Hierher!

Sylvia sah sich um. »Gut besucht, das Lokal.« Dann fiel ihr auf, daß an den meisten Tischen Männer zusammen saßen, zu zweit, dritt oder auch mehr, gepflegt und modisch schick, manche auch auffallend exotisch gekleidet. Viele besaßen eine ganz eigene Ausstrahlung.

»Interessante Männer, nicht wahr?« sagte Ellen, die Sylvia beobachtete.

»Leons Markt, vermute ich.« Sylvia grinste.

»Ja, leider.« Ellen seufzte.

»Wollen wir nun endlich das Büfett erstürmen?« schlug Karen wirsch vor. »Ich habe nämlich einen Bärenhunger.«

»Ach, deshalb brummst du so«, sagte Ellen mit einem Lächeln.

Der Vorschlag wurde angenommen. Ein paar Minuten später saßen sie – gut versorgt mit Brötchen, Wurst, Käse, Buletten, Rührei und Schälchen gefüllt mit Obstsalat, Müsli, Pudding oder ähnlichem – wieder am Tisch. Der Kellner kam und brachte die Getränke. Ellen und Sylvia hatten Orangensaft bestellt und Karen einen Milchkaffee.

»Darf ich Sie etwas fragen, Sylvia?« Ellen schnitt sich ein Brötchen auf.

»Nur zu«, ermunterte Sylvia.

»Wie lange sind Sie schon an der Uni?«

»Meine Studienzeit mit eingerechnet?«

»Wie Sie möchten.«

»Dann sind es fast zwanzig Jahre.«

»Und es macht immer noch Spaß? Ich meine, den ganzen Tag Vorlesungen geben, jahraus, jahrein denselben Stoff?«

»Sie teilen scheinbar die weitverbreitete falsche Vorstellung, daß Universitätsmitarbeiter nur mit trockener Grundlagentheorie kämpfen. Das ist aber nicht der Fall.«

»Ich weiß, Sie sind öfter als Beraterin tätig. Aber Ihre Arbeit ist doch auch in diesen Fällen eher die am Schreibtisch. Drängt es Sie nie, einmal vor Ort zu gehen und dabei zu sein, wie das entsteht, was Sie geplant oder entworfen haben?« wollte Ellen wissen.

»Sie irren sich, wenn Sie glauben, ich dirigiere alles vom Schreibtisch aus. Beratung heißt zu einem großen Teil auch Controlling. Je weiter ein Projekt fortschreitet, um so häufiger bin ich auch auf der Baustelle«, erklärte Sylvia.

»Wie viele Projekte betreuen Sie im Schnitt pro Jahr?«

»Zwei bis drei. Manchmal laufen sie parallel.«

»Und das alles neben Ihrer Arbeit als Dozentin?«

»Ja. Hin und wieder kommt auch noch eine Veröffentlichung in einer Fachzeitschrift hinzu.«

»Und in ganz speziellen Fällen nehmen Sie sich dann auch noch den Problemen anderer an«, ergänzte Ellen.

Sylvia lächelte leicht. »Wenn es sich so ergibt.« Dann fügte sie hinzu. »Aber im Grunde genommen habe ich ja nichts Besonderes getan.«

Das konnte Karen so nicht stehenlassen. »Ihre Bescheidenheit in allen Ehren, Sylvia, aber ohne Sie würde ich jetzt wohl eher in einer Befragung bei der Polizei sitzen, als hier gemütlich mit Ihnen zu plaudern. Ihr Rat, die Buchprüfung zu verweigern, war Gold wert.«

Sylvia winkte ab. »Gute Ratschläge sind umsonst. Inwieweit der Ihnen wirklich weiterhilft, wird sich erst zeigen, wenn die so gewonnene Zeit auch Nutzen bringt. Das heißt, es kommt hauptsächlich darauf an, ob Sie herausfinden, wer in Ihrer Firma die Unterschlagungen nun wirklich begangen hat und wie.«

»Ich werde morgen mit Reimann zusammenkommen. Dann können wir endlich Nägel mit Köpfen machen.«

»Stellen Sie sich das nicht so einfach vor«, warnte Sylvia. »Jeder einigermaßen clevere Betrüger legt falsche Spuren aus. Prüfen Sie deshalb eine Sache lieber dreimal, bevor Sie sie glauben. Und seien Sie immer auf Überraschungen gefaßt.«

»Sie machen mir ja Mut.« Karen mußte diesen Dämpfer erst einmal verdauen.

»Tut mir leid. Aber so ist das nun einmal.« Aus den Erzählungen ihres Vaters kannte Sylvia eine Vielzahl von Fällen, die eben noch klar und beinahe abgeschlossen schienen, dann doch eine plötzliche Wende genommen hatten. Sowohl mit positiven als auch mit negativen Folgen für die Mandanten ihres Vaters. »Oder glauben Sie, Deutschland ist die Ausnahme und das einzige Land, wo niemand unschuldig verurteilt wird?«

Ellen und Karen sahen sich bedrückt an.

»Ehrlich gesagt, darüber habe ich noch nie nachgedacht«, gestand Karen. »Aber es ist wohl eher unwahrscheinlich.«

Sylvia nickte. »Und deshalb mache ich mir die größten Sorgen um Sie, Karen«, setzte sie eindringlich hinzu.

»Aber ich habe keine andere Möglichkeiten zu handeln als die, die ich bereits in Gang gesetzt habe«, sagte Karen hilflos.

»Das stimmt nicht ganz«, widersprach Sylvia. »Ich wüßte da noch etwas.«

Karen und Ellen sahen sie erwartungsvoll an.

Sylvia zögerte. Das, was sie vorzuschlagen hatte, würde Karen nicht gerne hören, darüber war sie sich klar. Dennoch mußte es gesagt werden.

»Auch wenn es sich brutal anhört«, begann Sylvia vorsichtig, »aber Sie müssen Drechsler mehr unter Druck setzen. Sie können nicht Rücksicht auf ihn nehmen, weil er Ihr Freund ist, und sich damit selbst gefährden. Allein die Beobachtung durch Endrich ist nicht ausreichend.«

»Und was soll ich Ihrer Meinung nach tun?«

Sylvia erläuterte jetzt ihre Idee. »Sie nicht. Endrich soll hingehen Drechsler auf den Kopf zusagen, daß er für die Unterschlagungen haften muß, wenn er nicht kooperiert. Bis jetzt hat Drechsler lediglich ein schlechtes Gewissen Ihnen gegenüber. Aber es ist nicht so schlimm, daß er sein Wissen preisgibt. Die Drohung könnte seine Einstellung ändern. Einen Versuch ist es zumindest wert.«

»Vielleicht schweigt er aber auch weiterhin, weil es nicht nur das schlechte Gewissen ist, das ihn abhält«, wandte Karen ein. »Er hat in unserem Gespräch so eine merkwürdige Andeutung gemacht. Er sprach von einem Alptraum. Ich glaube, er steht unter starkem psychischen Druck.«

»Und du stehst bei der Kripo unter dringendem Verdacht«, gab Ellen zu bedenken. »Ich finde, Sylvia hat recht. Du kannst dir keine falsche Rücksicht leisten. Immerhin hat Drechsler deine Lage mit zu verantworten. Daß der Mann Probleme hatte, die ihn veranlaßten, so lange zu schweigen, mag ja sein. Aber seine Probleme muß Drechsler selber lösen. Und du mußt deine lösen!«

Im Stillen dankte Sylvia Ellen für diese Unterstützung. Nicht, daß Karen nicht wußte, wie ernst das Problem war, aber sie ging Sylvias Meinung nach dennoch zu leichtfertig mit allem um. Karen glaubte nicht wirklich, daß ihr etwas passieren würde, weil sie ja unschuldig war. Ihre, Sylvias Erfahrungen, waren da andere.

Karen zögerte immer noch.

»Holzner und Keller sehen in Ihnen die Täterin, Karen«, erinnerte Sylvia sie. »Drechsler kennt den wahren Sachverhalt. Er kann die Sache richtigstellen. Er schadet Ihnen, wenn er es nicht tut. Nicht aus Bosheit. Aber wissentlich.«

Karen nickte. »Also gut, ich spreche mit Endrich. Aber besonders glücklich bin ich mit dieser Vorgehensweise nicht.«

Sylvia atmete erleichtert auf. Es war ihr gelegen gekommen, daß Ellen das Thema anschnitt. Sie hatte schon überlegt, wie sie Karen klarmachen konnte, daß sie mehr in Drechsler dringen mußte.

»Glauben Sie mir, Karen, das ist eine gute Entscheidung«, beruhigte Sylvia sie. »Selbst wenn Drechsler letztendlich doch keinen Namen preisgibt, vielleicht unternimmt er daraufhin etwas, was uns weiterhilft.«

Karen nickte. Dann berichtete sie von ihrem Gespräch mit Ralf Gregor.

»Ich fand es natürlich zunächst merkwürdig, daß sämtliche falsche Gutachten zu Projekten von Ralf gehörten, und habe ihn zur Rede gestellt. Er sagt, er wußte nichts von der Sache. War genauso überrascht wie ich.«

»Vertrauen Sie ihm?« fragte Sylvia.

»Unbedingt«, erwiderte Karen.

»Für einen Zufall aber sehr merkwürdig«, wandte Sylvia ein.

Karen erklärte ihren Standpunkt. »Ich glaube, daß jemand seine Projekte benutzt hat, um ihn zum Sündenbock zu machen. Haben Sie nicht selbst gerade gesagt, daß Betrüger clever genug sind, falsche Spuren zu legen?«

»Das habe ich«, mußte Sylvia einräumen.

»Sehen Sie, ich lerne schnell«, witzelte Karen.

»Schön, daß Sie wieder lachen können. Ich befürchtete schon,

Ihnen die gute Sonntagslaune verdorben zu haben«, gestand Sylvia.

»Kinder, wie wäre es mit einem Verdauungsspaziergang? Bis zur Nachmittagsvorstellung ist es ja noch ein Weilchen. Laßt uns doch aus der Stadt raus fahren und irgendwo im Grünen anhalten«, schlug Ellen vor.

»Warum nicht«, stimmte Sylvia zu. »Ich habe jedenfalls für die kommenden Stunden genug gefuttert.«

Karen machte dem Kellner ein Zeichen, daß sie bezahlen wollte. »Sie sind natürlich eingeladen, Sylvia«, sagte sie, als sie sah, wie Sylvia in die Tasche griff, um ihr Portemonnaie hervorzuholen. Und in Ellens Richtung: »Ebenso wie du, meine liebe Schwester.«

»Danke, Schwesterherz«, grinste Ellen und küßte Karen auf die Wange.

»Ich danke auch.« Sylvia lächelte verlegen, denn in diesem Moment hätte sie Karen ebenfalls gerne auf die Wange geküßt. Auf Grund des merkwürdigen Zusammentreffens mit Miriam vom Freitag fühlte sie sich jedoch gehemmt. Und dann war der Moment vorbei. Und das war gut so! Denn, so schalt sie sich, es war ein völlig absurder Wunsch!

13.

Karen wartete darauf, in Holzners Büro gerufen zu werden. Während sie in dem langen kahlen Flur stand, dachte sie noch einmal an den gestrigen Nachmittag.

Sie hatten den Spaziergang auf Kosten des Kinobesuches ausgedehnt und fuhren erst am Abend in die Stadt zurück. Ellen erzählte von ihrer Galerie, den Repräsentationen, die sie durchführte, den verschiedenartigen Menschen, die ihr dabei begegneten. Sylvia hörte interessiert zu, und Karen, die ja Ellens Erzählungen schon kannte, konnte endlich abschalten.

Es war angenehm, einmal nicht von den Ereignissen der letzten Tage zu reden, sondern einfach nur zu entspannen. Sylvia schien es ähnlich zu ergehen. Sie lächelte Karen hin und wieder an. Manchmal errötete sie dabei, was Karen verwunderte. Sie hätte in diesen Momenten gerne gewußt, was Sylvia dachte.

Auf der Rückfahrt setzte Ellen zuerst Sylvia zu Hause ab. Dann brachte sie Karen heim.

»Willst du wissen, was ich denke?« fragte Ellen Karen beim Abschied.

»Du sagst es ja sowieso, also raus damit.«

»Du bist schön dumm, wenn du nicht um Sylvia kämpfst. Sie ist das Beste, was dir passieren kann.«

Vielleicht hatte Ellen ja recht? Vielleicht sollte sie wirklich einen Versuch wagen und Sylvia – hm, wie hieß es so schön – den Hof machen. Nur ein ganz klein wenig. Ohne sich zu sehr auf die Sache einzulassen. Wenn es nichts wurde, konnte sie sich ja einfach wieder zurückziehen ...

Die Tür ging auf. »Kommen Sie herein, Frau Candela«, forderte Holzner sie auf.

Karen reichte ihm ohne viele Worte die Liste. Er las mit aufmerksamem Blick. Zwischendurch sah er Karen prüfend an. Sie konnte Holzners Gedanken von dessen Gesicht ablesen. »Netter Versuch, aber ein alter Hut.«

Karen biß sich auf die Unterlippe. Wer auch immer der Unbekannte im Hintergrund war, er war ein guter Psychologe. Er hatte einkalkuliert, daß sie, Karen, nur noch verdächtiger erschien, wenn sie eine Liste abgab, auf der ein Name dominierte. Die beiden Beamten glaubten jetzt selbstverständlich, sie wolle von sich ablenken. Da Holzner und Keller davon überzeugt waren, in ihr die Täterin bereits gefunden zu haben, entsprach diese Liste voll ihren Erwartungen.

»Tja, Frau Candela.« Holzner rieb sich das Kinn. »Das ist natürlich sehr interessant.«

»Sie glauben, die Liste ist ein Ablenkungsmanöver. Ein schlechtes dazu.« Karen hielt mit ihrer Meinung nicht hinterm Berg.

»Wir lassen uns nicht vom Glauben leiten, Frau Candela. Wir halten uns an Fakten«, erwiderte Holzner gelassen. Er war solche Vorwürfe scheinbar gewohnt. »Sie brauchen sich nicht so erregen. Wir werden Ihre Angaben eingehend prüfen.«

Die stoische Ruhe Holzners brachte Karen auf die Palme. »Ich soll mich nicht erregen? Sie spaßen. Sie werfen mir die ungeheuerlichsten Vorwürfe an den Kopf, und ich soll dabei auch noch ruhigbleiben?«

Holzners Antwort unterschied sich nicht wesentlich von seinen bisherigen Kommentaren. »Ich verstehe Ihre Aufregung durchaus. Aber seien Sie sich sicher, wir tun alles, was erforderlich ist. Für uns ist das eine tausendfach erprobte Prozedur.«

Karen gab auf. Mit Holzner zu diskutieren, war ungefähr so sinnvoll, wie Feuer mit Benzin löschen zu wollen.

»Haben Sie noch weitere Fragen an mich? Ansonsten würde ich jetzt gern gehen.« Karen wandte sich zur Tür.

»Ja, ich habe noch eine Frage«, sagte Holzner hinter ihr.

Karen drehte sich um. Was kam jetzt noch?

»Haben Sie irgendwelche Feinde? Konkurrenten, Neider, die Ihnen schaden wollen?«

»Natürlich habe ich Konkurrenten. Schauen Sie ins Branchenbuch in die Rubrik ›Architekturbüro‹. Da finden Sie alle. Darunter ist sicher auch der ein oder andere neidische Berufskollege.«

Holzner verzog keine Miene bei dieser provokativ schnippischen Antwort. »Wie sieht es im privaten Bereich aus?« fragte er nur.

»Sicherlich habe ich nicht nur Freunde. Niemand kommt mit allen gleich gut aus. Aber Feinde? Nein. Nicht, daß ich mir dessen bewußt wäre«, erwiderte Karen nun ernster.

»Denken Sie genau nach. Es ist in Ihrem Interesse.«

Karen zuckte mit den Schultern. »Tut mir leid. Mit mehr kann ich nicht dienen.«

»Schade«, meinte Holzner.

»Noch eine Frage?« Karen stand abwartend da.

»Nein, das war's.«

Karen verließ frustriert das Büro. Wenn das alles war, was die beiden Beamten aufzubieten hatten – Ignoranz und ideenlose Fragen – dann mußte sie sich nicht wundern, daß die Dinge standen, wie sie standen.

Karen nachmittags Reimann gegenübersaß, blickten dessen Augen erwartungsgemäß ernst. Er legte einen Ordner vor Karen auf den Schreibtisch. »Hier drinnen sind alle Recherchen. Wollen Sie, daß ich zusammenfasse?«

Karen nickte.

»Ich mache es so kurz und präzise wie möglich«, begann er. »Es sieht wie folgt aus: Ich habe vier interne Buchungskonten gefunden, die offensichtlich dem Zweck dienten, Gelder aus der Firma zu ziehen, denn im offiziellen Kontenplan sind sie nicht aufgeführt. Aber jemand hat die Konten angelegt und die Buchungen vorgenommen. Das Geld wurde mit Tätigung der Buchung automatisch auf ein externes Konto weitergeleitet. Die Belege zu den Buchungen dieser Konten sind trotz größter Mühe nicht auffindbar. Die Beträge dieser vier Konten belaufen sich auf insgesamt 2,3 Millionen Euro.«

»Zwei Komma drei!?« wiederholte Karen fassungslos. Das war weit über das Doppelte dessen, was die Differenzen aus den Gutachten ergaben. Also wurden noch andere Gelder unterschlagen. »Und was ist das für ein externes Konto?«

Reimann schüttelte bedauernd den Kopf. »Die Nummern wechseln häufig. Wahrscheinlich nur kurzfristige Parkstationen vor einem Weitertransfer auf ein geheimes Nummernkonto.«

Karen schluckte. »Das heißt mit anderen Worten: Zwei Komma drei Millionen Euro – und bisher keine Spur über deren Verbleib?« Sie brauchte nur in Reimanns Gesicht zu sehen und fand dort die Bestätigung für diese Vermutung.

Der nickte jetzt. »Leider ist es so.«

Karen seufzte. »Das gibt es doch nicht!«

Reimann fuhr fort. »Frau Candela, ich muß es Ihnen deutlich sagen: Vergessen Sie zunächst einmal die Suche nach dem Geld, auch wenn es schwerfällt. Denken Sie an die Konsequenz für die finanzielle Lage der Firma. Sie brauchen dringend Bareinnahmen. Verkaufen Sie ein oder zwei Ihrer Immobilien.«

Karen sah ihn entsetzt an. »Das ist leichter gesagt als getan. Eine Immobilie ist kein Auto, das man mal eben so von der Straße weg verkauft. Und wenn die potentiellen Käufer vielleicht noch erfahren, daß ich gezwungen bin zu verkaufen, wird man versuchen, die Preise zu drücken.«

Reimann nickte erneut. »Ja, das kann passieren.«

Karen schaute Reimann bittend an. »Ich könnte einen erfahrenen Vermittler gebrauchen.«

Reimann wehrte ab. »Nein, tut mir leid. Ich bin begeisterter Pensionist. Ich möchte mich gerne wieder zurückziehen.«

»Aber allein schaffe ich es nicht. Ich brauche schnellstmöglich einen neuen Hauptbuchhalter. Und Sie sind mit der Situation bereits umfassend vertraut«, versuchte Karen Reimann doch noch zu überzeugen.

»Nein.« Reimann blieb unnachgiebig. »Aber ich bin gerne bereit, Ihnen jemanden zu vermitteln, der diesen Job mindestens genauso gut erledigen kann wie ich. Ich bin nämlich der Meinung, daß niemand unersetzbar ist. Aber Zeit, meine Liebe, Zeit ist unwiederbringlich.«

Karen seufzte. »Sehr schade.« Sie dankte Reimann für seine Arbeit, verabschiedete ihn und brachte ihn zur Tür.

Zurück an ihrem Schreibtisch, griff sie zum Telefon. Eine Kopie des Berichtes, den Reimann ihr zusammengestellt hatte, mußte sie so schnell wie möglich an Endrich weitergeben. Wenn Reimann nichts über den Verbleib des Geldes herausgefunden hatte, hieß das nicht, daß es nichts zu finden gab.

Endrich kam bereits eine halbe Stunde später.

»Frau Candela? Nett, Sie persönlich kennenzulernen«, begrüßte er sie. Karen war überrascht. Sie hatte einen jungen, sportlichen Typen erwartet. Statt dessen stand vor ihr ein eher dicklicher, gemütlich wirkender Mann in den Fünfzigern.

»Lassen Sie sich durch mein Äußeres nicht täuschen«, schmunzelte Endrich. »Gott sei Dank besteht der Beruf des Detektivs, ganz im Gegensatz zu dem durch das Fernsehen vermittelte Bild, nicht darin, pausenlos Verbrecher durch eine Meisterleistung im Sprint zu stellen. Vielmehr kommt es auf eine gute Spürnase, Geschick und jede Menge Erfahrung an.«

»Wenn das heißen soll, daß Sie mit all dem ausgestattet sind, soll es mir recht sein.« Karen gab ihm die Hand. »Schon etwas Brauchbares gefunden, was Drechsler betrifft?« erkundigte sie sich.

»Bisher leider nicht. Ein absoluter Durchschnittsmann. Verheiratet, zwei fast erwachsene Kinder, tadelloser Leumund – bis auf diese Geschichte. In den letzten Tagen gab es nichts, was darauf schließen läßt, daß er Kontakt zu Personen hat, die ihn unter Druck setzen oder gar bedrohen.«

Karen nickte. »Gut. Dann ändern wir unsere Taktik.«

Sie erklärte Endrich Sylvias Vorschlag. »Was halten Sie davon?« fragte sie abschließend.

»Angriff ist und bleibt die beste Verteidigung«, stimmte er zu.

»Ich denke, ich bekomme das hin. Die Rolle des unwirschen Detektivs ist mir buchstäblich auf den Leib geschrieben.« Dabei klopfte er sich auf seinen Bauch.

»Und nun zu Reimanns Ergebnissen«, leitete Karen zum nächsten Punkt über. »Wie gut kennen Sie sich mit Buchhaltung aus?«

Gegen halb sechs rief Sylvia unerwartet an. »Sind Sie noch eine Weile im Büro? Kann ich vorbeikommen?«

Karens Stimmung, durch die Gespräche mit Holzner und Reimann am Tiefpunkt angelangt, besserte sich schlagartig, als sie Sylvias Stimme hörte.

»Machen Sie denn niemals Feierabend?« fragte Karen kopfschüttelnd.

Sylvia lachte herzlich am anderen Ende der Leitung. »Und was ist mit Ihnen?«

»Schuld daran ist eine gewisse Professorin. Sie hat es sehr eilig, was ihr Projekt angeht. Aber ich bin bereit, das zu vergeben, denn ich werde gut dafür entschädigt. Zum Beispiel durch ihre nette Gesellschaft am gestrigen Tag.«

Stille am anderen Ende. Karen wartete. Tja, soweit zum Thema »Hof machen«, dachte sie. Da hatte sie sich wohl zu weit vorgewagt?

»Ich ... ich fand auch, daß es ein sehr schöner Tag war«, hörte sie jetzt Sylvias Stimme.

Sehr diplomatisch. Damit konnte auch das Wetter gemeint sein! Karen schwieg enttäuscht. Na ja, andererseits, was hatte sie denn erwartet?

»Ich habe mich sehr wohl gefühlt«, setzte Sylvia jetzt hinzu.

Karen schmunzelte. Immerhin etwas. »Soll ich uns eine Pizza bestellen? Sie haben doch garantiert noch nicht zu Abend gegessen«, sagte sie versöhnt.

»Gute Idee. Ehrlich gesagt habe ich auch das Mittagessen ausfallen lassen«, gestand Sylvia und legte auf.

Zwanzig Minuten später stand sie in der Bürotür. »Hallo.«

Karen sah auf und winkte Sylvia von ihrem Schreibtisch aus zu. »Kommen Sie herein. Der Pizzabote müßte auch jeden Augenblick kommen. Und dann erzählen Sie mir, was Sie auf dem Herzen haben.«

»Ich kann ja schon mal anfangen, bis der Bote da ist.«

»Wie Sie wollen.« Karen stand auf und kam zu Sylvia. »Setzen wir uns hierhin.« Sie wies auf die Sessel.

»Ich habe heute vormittag mit den Verwaltern zweier derer Objekte gesprochen, die Gegenstand falscher Gutachten sind«, begann Sylvia, während sie Platz nahm. »Dabei ist mir einiges durch den Kopf gegangen, und das wollte ich mit Ihnen besprechen, bevor ich übermorgen zu einer Konferenz nach Wien fliege: Austausch von Lehrerfahrungen und Forschungsergebnissen. Morgen werde ich den ganzen Tag mit den restlichen Vorbereitungen beschäftigt sein.«

»Wie lange bleiben Sie?« fragte Karen.

»Nur zwei Tage. Länger kann ich mir trotz Vertretung nicht leisten.«

In diesem Moment klopfte jemand laut an die offene Tür.

»Wurde hier Pizza bestellt?« fragte ein junger Mann in orangefarbenem Overall fröhlich.

»Ja, allerdings«, bestätigte Karen.

»Na dann guten Appetit.« Er legte zwei flache Kartons auf den Schreibtisch. »Ich bekomme achtzehn Euro und 20 Cent.«

Karen stand auf und gab ihm zwanzig Euro. »Der Rest ist für Sie.«

»Danke«, sagte er und verschwand.

Karen ging zum Schreibtisch, öffnete die oberste Schachtel und schnupperte genüßlich. »Nicht sehr vornehm zwar, aber dafür lecker«, sagte sie fröhlich und klaubte ein Stück Käse vom Belag.

Sylvia ging nun ebenfalls zum Schreibtisch hinüber. Hinter Karen stehend, langte sie mit dem Arm um sie herum, um sich ein Stückchen der Pizza zu stibitzen. Sie konnte die verlockende Teigkomposition aber nicht erreichen, ohne sich gegen Karens Rücken zu lehnen. Während Sylvia sich ein Stück der Pizza abbrach, spürte sie Karens Körper angenehm warm an dem ihren.

Das plötzlich aufkommende Gefühl der Zärtlichkeit und der starke Wunsch, Karen in den Arm zu nehmen, trafen Sylvia wie aus heiterem Himmel. Irritiert trat sie einen Schritt zurück und biß abwesend in das Stück Pizza, welches sie in der Hand hielt.

»Und?« Karen drehte sich um. »Schmeckt's?«

»Hm«, antwortete Sylvia automatisch. Ihr war nicht klar, daß sie

Karen versonnen betrachtete.

Karen blickte Sylvia fragend an, dann an sich herunter und wieder zu Sylvia. »Habe ich lila Ausschlag oder so was?« fragte sie.

Erst jetzt wurde Sylvia bewußt, daß sie Karen anstarrte.

»Äh, was?« stotterte sie.

»Ein Königreich für Ihren letzten Gedanken«, grinste Karen und reichte Sylvia die ungeöffnete Pizzaschachtel. »Ich hole schnell Besteck aus der Küche. Und ein paar Servietten.«

Karen verschwand. Sylvia sah ihr nach, immer noch völlig durcheinander. *Was war das? Seit wann empfindest du solche intensiven Gefühle für Karen? Wenn ich es nicht besser wüßte, würde ich sagen . . . Blödsinn! Das war schlechterdings unmöglich!* Selbst der Gedanke bahnte sich nur zögerlich seinen Weg in Sylvias Hirn. Das lag sicher nur an Leons Geschwätz. Sie war bisher noch nie . . . interessiert an . . . einer Frau. Regungslos verharrte Sylvia, bis Karen wiederkam.

»Na dann schießen Sie mal los. Was wollten Sie mit mir besprechen?« Karen reichte Sylvia das Besteck.

Sylvia gab sich innerlich einen Ruck. *Schluß damit!* forderte sie streng. Sie begann zu essen, um ihre Gedanken durch diese einfache Prozedur zu sammeln. Zwischen den einzelnen Bissen erzählte sie: »Also. In beiden Fällen versicherte man mir, daß Ralf Gregor die Bausubstanz der Objekte selbst bewertete, die Planung vornahm und die Durchführung der Sanierung vor Ort steuerte.«

»Natürlich. Das ist seine Aufgabe als Projektleiter. Als solcher hat er die Angaben, die er sich teilweise selbst beschafft, die zum anderen Teil aber auch aus Zuarbeiten kommen, zusammengefaßt, seine Kalkulation darauf aufgebaut und die Aufträge durchführen lassen. Aber wenn eine Zuarbeit fehlerhaft war, dann hat er sich auch auf diese gestützt, wie auf alle anderen auch.«

»Karen! Überlegen Sie doch mal! Wenn Gregor nichts mit der Sache zu tun hat, ein Opfer der Umstände ist, dann hätten, bei den Summen, von denen wir hier reden, mehrere entscheidende Zuarbeiten in einem Projekt fehlerhaft sein müssen. Also hätten mehrere Mitarbeiter, entweder unabhängig voneinander oder in Absprache, falsche Angaben gemacht. Ersteres, nämlich daß so etwas unabhängig voneinander geschieht, ist ein fast unmöglicher Zufall. Letzteres bedeutet, man will Gregor aus der Firma mobben und benutzt dabei eine recht umständliche Methode. Verfolgen wir dennoch diese Möglichkeit. Wenn man Gregor auflaufen lassen will, hätte man Ihnen doch auf irgendeine Weise die Information zugespielt, daß Gregor Fehler macht, die der Firma schaden, und das wohl spätestens in dem Moment, da Ihnen die Kreditanträge vorlagen. Länger zu warten, wäre dumm, weil das ja die Existenz der Firma, also den eigenen Arbeitsplatz, gefährdet. Aber was passiert statt dessen? Die Anträge gehen zur Bank und werden bewilligt. Erst jetzt werden, und zwar nicht Ihnen, sondern den Beamten, Unterlagen in die Hände gespielt. Folgen wir weiter der Verschwörungstheorie: Ist den Verschwörern denn nicht klar, daß der Verdacht in dieser Phase, da bereits Kredite an ›Candela & Partner‹ geflossen sind, auch auf Sie, die Inhaberin der Firma fallen muß? Plant man also, Sie beide aus dem Weg zu räumen? Kollektive Verschwörung gegen die Chefs? Klingt irgendwie unwahrscheinlich. Wer hätte etwas davon? Warum sollte jemand Sie *und* Gregor ans Messer liefern wollen? Bleibt das Naheliegende: die ewig neue alte Geschichte vom unloyalen Stellvertreter. Gregor fälschte die Angaben absichtlich, unterschlug das Geld der Firma und jubelte Ihnen die Schuld unter.«

Karen schüttelte den Kopf. »Das glaube ich nicht. Sie sind zu mißtrauisch gegenüber Gregor!«

»Dann geben Sie mir eine bessere Erklärung!« verlangte Sylvia.

»Da muß ich passen.«

Karen stand auf und begann unruhig im Zimmer hin und her zu laufen. Sylvias Überlegungen hatten etwas für sich. Genauer gesagt, waren sie sehr schlüssig. Wem, wenn nicht dem Projektleiter, also in diesem Fall Gregor, würde am ehesten auffallen, wenn es Abweichungen von den kalkulierten Materialwerten oder vom Zeitplan gab? In einem solchen Fall war es seine Aufgabe, die kaufmännische Abteilung einzuschalten beziehungsweise sie, Karen, zu informieren. Und das galt sowohl bei negativen als auch bei positiven Abweichungen. Es gab keinen Grund, dies nicht zu tun. Es sei denn ...

Karen setzte sich nun Sylvia wieder gegenüber. »Wenn es stimmen sollte, daß Gregor der Mann ist, den wir suchen, dann hieße das, er wird von Drechsler gedeckt. Ich kann mir, trotz der Freundschaft zwischen den beiden, nicht vorstellen, warum Bernd so etwas für Ralf tun sollte.«

»Vielleicht hat er Schulden bei ihm?«

»Kann ich mir auch nicht denken.«

»Tja, ich weiß nicht. Aber es muß einen Grund geben«, sagte Sylvia.

Karen schüttelte den Kopf. »Ich weiß nicht, ob ich daran glauben soll, daß Ralf wirklich etwas mit dem Ganzen zu tun hat. Einerseits läge es auf der Hand, andererseits ... vielleicht trügt der Schein ja auch hier. Ich meine, Ralf befindet sich im Grunde genommen in derselben Lage wie ich. Der Anschein spricht gegen ihn, es fehlen aber jegliche Beweise. Oder haben Sie welche?«

»Jetzt muß ich leider passen«, gestand Sylvia bedauernd.

»Verdammter Mist!« fluchte Karen. Dann riß sie sich zusammen. »Also gut. Nur zur Sicherheit wird Endrich sich Gregor genauer anschauen.«

Sylvia nickte. »Das scheint mir im Moment auch das Beste.« Sie war froh, daß Karen selbst diese Entscheidung traf und nicht wieder falsche Rücksichten nahm. Das Gespräch über Justizirrtümer schien ihr im Gedächtnis zu haften. »Aber Sie müssen sich Gregor gegenüber weiterhin unvoreingenommen verhalten.«

»Ich *bin* unvoreingenommen«, sagte Karen. Aber dann schränkte sie doch ein. »Nun ja, zumindest war ich es bis eben.«

»Tut mir leid, daß ich Sie so überfallen und in Unruhe versetzen mußte. Kann ich irgend etwas tun, Sie wieder aufzumuntern?« fragte Sylvia.

»Kaum.«

Sie schwiegen wieder. Sylvia ließ Karen die Zeit, die sie brauchte, sich zu sammeln.

»Wollen wir dann noch kurz den Ablauf der nächsten Tage festlegen?« schlug Karen schließlich vor. »Sie sind ja in Wien sicher schlecht erreichbar.«

»Ja«, sagte Sylvia. »Aber nur wenn Sie meinen, Sie sind jetzt dazu in der Verfassung. Sonst komme ich doch lieber morgen noch mal vorbei.«

»Wird schon gehen.« Karen holte die Pläne.

Eine halbe Stunde später waren sie fertig. Sylvia rieb ihren Nacken. Er schmerzte etwas von der unbequemen Körperhaltung der letzten dreißig Minuten.

»Noch einen Kaffee?« fragte Karen.

Sylvia nickte dankbar. Nachdem beide den ersten Schluck genommen hatten, erhob sich Karen und trat hinter Sylvias Sessel. Sylvia spürte plötzlich Karens Hände auf ihren Schultern, die sie sanft aber bestimmt in die Lehne drückten und ihren Nacken zu massieren begannen.

»Entspannen Sie sich«, hörte sie Karen sanft sagen.

Leichter gesagt als getan! Sylvias Puls schlug mit einemmal schneller. In ihrem Bauch begann es zu kribbeln, und ihr Hirn gaukelte ihr vor, daß Karen sich im nächsten Moment über sie beugen und küssen würde. Und Sylvia wußte, sie würde sich nicht wehren. Bei diesem Gedanken durchfuhr sie ein heißer Schauer. Sie erschrak in dem Moment, da ihr bewußt wurde, wie sehr die einfache Geste Karens sie aufwühlte. Im nächsten Augenblick verkrampfte sie noch mehr.

»Entspannen«, wiederholte Karen leise.

»Ich bin entspannt«, erwiderte Sylvia erzwungen salopp.

»Das sind Sie nicht.« Karens Stimme klang sanft aber bestimmt, während sie weiter massierte. »Sie sind total verkrampft. Sie sitzen wie auf einem Nadelbrett!«

So sehr Sylvia sich bemühte, es gelang ihr nicht, sich unter Kontrolle zu bringen. Statt dessen verspürte sie den irrigen Wunsch, Karens Hände zu nehmen, sie an ihre Wange zu legen und zu streicheln. Es war die Stärke dieses Wunsches, die Sylvia erschreckte. Der zärtliche Gedanke an tiefe Vertrautheit.

Genauso plötzlich wie Karen begonnen hatte, beendete sie die Massage. Sie setzte sich Sylvia gegenüber, forschte mit eindringlichem Blick in ihrem Gesicht.

»Es ist Ihnen peinlich!«

»Was?!« Sylvia sah Karen verdattert an, konnte aber nicht verhindern, daß sie Karens forschendem Blick auswich.

»Sie sind verlegen.« Karen machte eine kurze Pause. »Wer hat es Ihnen gesagt?!«

»Gesagt? Was gesagt?«

Karen zögerte kurz. »Daß ich – Frauen Männern vorziehe. Das ist es doch, was Sie so beunruhigt hat. Fehlte nur noch, daß Sie zu zittern anfangen. Haben Sie Angst, ich könnte über Sie herfallen?«

Sylvia schluckte. Karen war ihre Verwirrung also nicht verborgen geblieben, und sie hatte sie auf diese Art gedeutet. Und irgendwie lag sie nicht einmal ganz falsch. Nur hatte Sylvia nicht Angst vor ihr, sondern . . . ja was eigentlich? Angst vor sich selbst?

Verzweifelt sagte Sylvia, und sie wußte nicht so richtig, ob zu sich selbst oder zu Karen: »Das ist ja albern.«

Karen lächelte leicht. »Ich bin froh, daß Sie das auch so sehen. Nur, warum sind Sie dann so nervös?«

»Bin ich nicht.« Das war gelogen!

Es entstand eine Pause.

»Wer hat es Ihnen gesagt?« forschte Karen weiter. »Oder sind Sie von selbst darauf gekommen?«

Genaugenommen hätte sie das wohl müssen, dachte Sylvia, schon bei der Geburtstagsfeier von Karens Vater, wenn sie nicht so sehr mit sich selbst beschäftigt gewesen wäre. »Es tut mir leid, ich will wirklich keinen Unfrieden stiften. Doch Ihre Freundin, Miriam, hatte es sehr eilig, mich davon in Kenntnis zu setzen, daß Sie fest mit ihr – na ja – liiert sind«, antwortete Sylvia verlegen.

»Bitte was?!« Jetzt war es an Karen, überrascht zu sein.

»Als wir neulich allein in Ihrem Büro waren, erzählte sie mir, daß Sie beide ein Paar sind.« Sylvia schaute an Karen vorbei. Es war ihr peinlich.

»Das müssen Sie falsch verstanden haben!« Karen schüttelte den Kopf.

»Glauben Sie mir, das war nicht falsch zu verstehen«, versicherte Sylvia. Der Ärger über Miriams Arroganz wurde wieder lebendig. Er ließ sie ihre Unsicherheit vergessen. »Miriam sagte, Sie beide seien, ich zitiere: *mehr als gute Freundinnen*.«

»Und? Weiter?«

»Und es war unmißverständlich herauszuhören, daß sie mich davor warnte, Sie ihr abspenstig zu machen. Ich weiß nicht, wie sie darauf kam!«

Karen sah Sylvia forschend an. »Waren Sie sehr schockiert?«

»O ja, ich fand Miriam sehr schockierend!« sagte Sylvia jetzt lachend. Dann wurde sie gleich wieder ernst. »Und was die andere Sache betrifft – haben Sie den Eindruck?« Zu Sylvias eigenem Erstaunen war sie jetzt völlig ruhig und blickte Karen in die Augen.

Karen lächelte. »Nein, den habe ich nicht. Und ich bin sehr froh, daß es so ist.« Sie trank von ihrem Kaffee. »Warum haben Sie mir nicht von dem Gespräch mit Miriam erzählt?«

Sylvia zuckte mit den Schultern. »Was hätte ich sagen sollen: *Gestatten Sie eine Frage: Sind Sie lesbisch?* – oder *Finden Sie nicht, daß Ihre Freundin einen Knacks hat?*«

Karen lachte laut bei der Vorstellung. »Zugegeben, es war wohl etwas pikant.«

»Na ja«, fuhr Sylvia fort. »Und ist es da verwunderlich, wenn ich nervös bei dem Gedanken werde, daß dieser Drachen vielleicht erfährt, daß Sie mir den Nacken massieren?« Sie war erleichtert, nun Karen gegenüber doch noch eine harmlose Erklärung für ihre Überreaktion von vorhin gefunden zu haben.

»Nein. Das ist es nicht.« Karen seufzte resigniert. »Es tut mir leid, daß Miriam Sie so überfahren hat. Wie soll ich Ihnen das erklären? Wir waren tatsächlich für kurze Zeit zusammen. Und Miriam betrachtet mich wohl immer noch als ihr Eigentum. Deshalb ihre Aggressivität. Leider will sie nicht akzeptieren, daß unsere Trennung nicht rückgängig zu machen ist. Ich hoffe nur, sie wird Sie in Zukunft in Ruhe lassen.«

»Keine Sorge, ich bin nicht aus Watte«, beruhigte Sylvia Karen.

»Das weiß ich wohl. Dennoch, Miriam kann manchmal sehr – belastend sein.«

Sylvia grinste schief. »Ja, das habe ich bemerkt.«

14.

Der erste Konferenztag lag hinter Sylvia. Sie genoß den einzigen freien Abend in Wien und schlenderte durch den alten Stadtteil. Ein Sammelsurium aus kleinen Straßen, Gäßchen und Höfen. Dennoch wirkte das Ganze absolut nicht versteinert, da eine Vielzahl von Restaurants und Bars, gefüllt mit Menschen, dieses Gebiet zu einem lebendigen Mittelpunkt des Wiener Abends machten.

Sylvia stand jetzt vor dem Stephansdom – ein imponierendes Bauwerk mehrerer Jahrhunderte. Das Prospekt in ihrer Hand klärte sie über die Details der Bauperioden auf und verwies auf die ebenfalls Jahrhunderte umfassende Kunstsammlung im Inneren. Sylvia trat durch eines der offenen Portale hinein. Eine phantastische Fülle architektonischer und künstlerischer Leistungen alter Zeiten erwartete sie. Erst das Rumoren ihres Magen holte Sylvia in die Gegenwart zurück und erinnerte sie daran, daß ihre letzte Mahlzeit circa acht Stunden zurück lag. Sie verließ den Dom durch den Haupteingang.

Sylvia mußte nicht lange suchen, bis sie ein bezauberndes, unformelles Café und Teerestaurant fand. Der hübsche Hofgarten lud zur kleinen Zwischenmahlzeit geradezu ein. Die Menükarte war hier nicht sehr groß, beinhaltete aber neben traditionellen Wiener Gerichten wie Tafelspitz auch leckere Fischgerichte sowie Sandwichs und Backwerk.

Sylvia bestellte sich Zander, dazu den weißen Hauswein. Während Wortfetzen Wiener Dialektes von den Nachbartischen zu ihr hinüberflogen, schweiften ihre Gedanken ab zu Karen.

Was hatte diese junge Frau nur an sich? Ein Blick von ihr, eine zufällige Berührung oder ein harmloses Kompliment brachten sie, Sylvia Mehring, Professorin der Architektur, bekannt für ihre kühle Beherrschung und überlegene Ruhe, total aus selbiger. Was war das für eine unsinnige Freude, die sie empfand, wenn sie Karen sah? Und warum wollte sie jetzt am liebsten Karen anrufen, um ihre Stimme zu hören?

Ehrlicherweise mußte Sylvia sich eingestehen, daß ihr Inneres aus dem Gleichgewicht geraten war. Im Normalfall machte es sie weder unsicher noch verlegen, mit anderen starken Persönlichkeiten, ganz gleich ob Mann oder Frau, zusammenzutreffen. Was war anders bei Karen? Und warum übte sie eine solche Anziehungskraft auf sie aus?

Seit ihrem letzten Gespräch mit Karen, da sie nun definitiv wußte, daß Karen lesbisch war, beunruhigten sie ihre Gefühle noch mehr. Bisher hatte sie diese auf eine ungewöhnlich schnell stärker werdende Freundschaft zwischen ihr und Karen geschoben. Vielleicht wußte ihr Unterbewußtsein aber mehr über die Art ihrer Gefühle. War sie an Karen interessiert? Und was war mit Karen? Sie hatte bisher mit keiner Silbe oder Geste ernsthaft angedeutet, daß sie an ihr, Sylvia, ein anderes Interesse als das berufliche oder freundschaftliche hegte. Aber wenn ein solches Interesse nicht bestand, dann hätte Karen ihr doch schon früher erzählen können, daß sie lesbisch war. Gelegenheiten hierzu hatte es mehrere gegeben. Vielleicht hatte Karen jedoch nichts erwähnt, um sie nicht weiter zu verunsichern. Denn daß sie, Sylvia, in Karens Nähe häufig errötete oder verlegen wurde, konnte ihr nicht entgangen sein. Wollte Karen ihr Zeit lassen, sich über sich selbst klarzuwerden? Aber worüber denn? Daß sie in Karen verliebt war? Sylvia schalt sich schon wegen der flüchtigen Erwägung dieser Frage.

In dieser Nacht schlief Sylvia unruhig. Wiederholt wachte sie auf, ihr Herz raste bei der Erinnerung daran, wie Karens Hände zärtlich ihre Brust streichelten oder Karens leidenschaftlicher Kuß einen Schauer des Wohlbefindens über ihren Rücken laufen ließ. Natürlich waren das nur Traumgebilde.

Am Morgen fühlte Sylvia sich völlig zerschlagen. Unzufrieden mit sich selbst und ihrer Unfähigkeit, ihre Gedanken unter Kontrolle zu bringen, schimpfte sie: »Reiß dich jetzt endlich mal zusammen!«

Eine ausführliche Dusche wischte wenigstens einen Teil der wirren Empfindungen weg, so daß sie anschließend in halbwegs akzeptabler Form war. Sylvia packte Diskette und Unterlagen für ihren heutigen Vortrag in die Tasche und ging hinunter zum Frühstück in das Hotelrestaurant.

Irgendwie schaffte sie es, sich auf die Beiträge des Vormittags und ihren eigenen Vortrag zu konzentrieren. In der Mittagspause rief sie Karen auf ihrem Handy an, aber die ging nicht ran. Sylvia versuchte es mehrmals in dieser Stunde, aber immer mit demselben negativen Ergebnis. Nur die Mailbox meldete sich. Enttäuscht ging sie zurück zum Symposion – um es bereits nach zehn Minuten wieder zu verlassen. Sie checkte im Hotel aus und nahm statt der späten Abendmaschine den ersten Flug am Nachmittag zurück nach Berlin. Wie sie das Bauer später erklären wollte, wußte sie noch nicht, aber sie konnte nicht länger gegen die Unruhe in sich ankämpfen.

»Ich brauche einfach nur meine gewohnte Umgebung, um mich wieder zu sammeln«, versuchte sie sich selbst zu beruhigen.

Die zweieinhalb Flugstunden verbrachte Sylvia damit, Zeitung zu lesen. Von Tegel aus nahm sie sich ein Taxi und ließ sich zur Uni fahren. Sie rief erneut Karen an. Wieder nur die Mailbox. Also versuchte sie es im Büro. Als sich Frau Stahmann am anderen Ende meldete, merkte Sylvia sofort, daß etwas passiert sein mußte.

»Welche Laus ist Ihnen denn über die Leber gelaufen?« erkundigte sie sich.

»Ach, Sie sind es Frau Mehring. Ich habe von Frau Candela den Auftrag bekommen, Sie zu bitten, sich in Ihrer Sache vorübergehend mit Herrn Gregor abzustimmen.«

»Ist denn Frau Candela nicht da?« Sylvia versuchte ihre Enttäuschung zu unterdrücken. Und warum sollte sie sich ausgerechnet an Gregor wenden?

»Frau Candela ist gestern nachmittag verhaftet worden.«

Sylvia stürmte in Frau Stahmanns Vorzimmer.

»Frau Candela wurde verhaftet?« Fassungslos wiederholte Sylvia die Nachricht, die ihr Frau Stahmann vor zwanzig Minuten am Telefon übermittelt hatte.

»Ja«, schluchzte die Frau. »Die beiden Beamten, die vor knapp einer Woche hier waren, tauchten gestern urplötzlich auf. Zehn Minuten später marschierten sie mit Frau Candela im Schlepptau wieder heraus. Frau Candela trug mir auf, Marcus Wollin zu unterrichten, daß sie verhaftet sei.« Jetzt kullerten Tränen über das Gesicht der Frau. »Ich solle mir keine Sorgen machen. Das sei nur ein Irrtum. Sie würde sicher bald wieder da sein. Aber heute kam sie nicht ins Büro. Herr Gregor rief mich an, ich solle alle Gespräche zu ihm legen. Außerdem solle ich mich gegenüber den Herren der Steuerfahndung kooperativ zeigen.«

Sylvia war wie vor den Kopf gestoßen. Sie hörte, was Frau Stahmann sagte, aber sie konnte es nicht glauben. Mit ein paar tröstenden Worten verließ sie die Ärmste und suchte Ralf Gregors Büro auf. Sie wollte gerade klopfen, als die Tür von innen förmlich aufgerissen wurde. Ein Mann, Mitte fünfzig, drehte sich im Hinausgehen um und rief wütend zurück: »Du hast das alles zu verantworten! Ich schäme mich für dich.«

Ralf Gregor war es sichtlich unangenehm, daß Sylvia Zeugin dieser Szene wurde. Mit einer entschuldigenden Geste und einem schiefen Lächeln bot er ihr einen Platz an. »Bernd Drechsler ist vor kurzem aus der Firma ausgeschieden. Er gibt mir wohl die Schuld dafür.«

»Das war Bernd Drechsler?« Sylvia sah noch einmal den Flur entlang, doch der Mann war nicht mehr zu sehen. »Er ist doch bis vor kurzem hier Hauptbuchhalter gewesen.«

»Ja, aber woher wissen Sie . . .?«

»Frau Candela erwähnte ihn mir gegenüber. Was wirft Drechsler Ihnen denn vor?«

Gregor winkte ab. »Das ist zu lächerlich, um es zu erzählen.«

Oder der Mann weiß, was ich bisher nur vermuten kann, dachte Sylvia. Sie ließ sich jedoch nichts anmerken.

»Mehring«, stellte sie sich der Form halber jetzt noch einmal vor. »Sie wissen sicherlich, daß ich bisher mit Frau Candela zusammen am Kießling-Projekt gearbeitet habe?«

»Ja, das ist mir bekannt.«

»Können Sie mir erzählen, was passiert ist? Warum wurde Karen verhaftet?«

»Das ist eine lange Geschichte. Aber glauben Sie mir, daß wird die Qualität der Arbeit unserer Firma für die Kunden nicht beeinflussen. Ich . . .«

»Im Moment bin ich nicht so sehr um die Qualität der Arbeit als mehr um Frau Candela besorgt«, unterbrach Sylvia ihn. »Ich kenne die Geschichte in groben Zügen, jedenfalls den Stand bis zu meiner Abreise vorgestern. Also, was ist passiert?«

Gregor betrachtete sie jetzt zum ersten Mal genauer. Offensichtlich überraschte es ihn, daß Sylvia eingeweiht war. »Soweit ich weiß, gibt es einen Zeugen, der Karen belastet«, sagte er kurz angebunden.

»Geht es auch etwas genauer?« drängte Sylvia.

»Frank Bachmann, Student, ein ehemaliger Praktikant, wurde von der Polizei befragt und hat erklärt, er habe Karen einmal auf ein Gutachten angesprochen und seine Bedenken dargelegt. Daraufhin habe Karen ihn barsch zurechtgewiesen, er solle sich um seine Aufgaben kümmern, statt sie zu belehren. Wenn er das Gutachten noch einmal sähe, würde er es wiedererkennen, und das hat er dann auch getan.«

»Was hat der Mann gegen Karen?«

»Wieso?« fragte Gregor verdattert.

»Er lügt«, sagte Sylvia. Täuschte sie sich, oder kniff er wachsam die Augen zusammen?

»Wie lange kennen Sie Karen, um da so sicher zu sein?«

»So wie ich Karen bisher verstanden habe, sind Sie Freunde«, konterte Sylvia daraufhin scharf.

»Das ist richtig. Und ich helfe so gut ich kann, indem ich die Firmenbelange regle. Die Steuerfahnder führen eine Betriebsprüfung durch. Ich habe jede Menge zu tun.«

Wenn Sylvia noch einen leisen Zweifel an ihrer Theorie gegen Gregor gehabt hatte, war er jetzt ausgeräumt. Sie konnte sich nicht zurückhalten zu fragen: »Gefällt Ihnen Ihre neue Stellung als Firmenchef? Wenn Karen verurteilt werden sollte, sind Sie dann hier der Boss?«

Gregors Augen formten sich zu einem Schlitz. Dennoch war seine Stimme beherrscht, als er fragte: »Was wollen Sie damit andeuten?«

»Wonach hört es sich denn an?«

»Nach einer Unverschämtheit, würde ich sagen. Ich würde keinen Moment zögern, Karen auf jede erdenkliche Art und Weise zu helfen, wenn ich wüßte, wie.«

»Na, dann habe ich einen Vorschlag. Stellen Sie diesen Frank Bachmann zur Rede.«

»Aber ich kann doch niemanden zwingen, etwas zu sagen oder nicht zu sagen.« Gregor schüttelte bedauernd den Kopf.

»Auch nicht, wenn Sie wissen, daß er lügt?« konterte Sylvia.

»Das weiß ich doch nicht.«

»Ich schon!« Damit stand Sylvia auf und ging.

Aufgebracht lief sie zurück zu Karens Büro.

»Frau Stahmann? Ich brauche die Nummer Ihres Firmenanwaltes«, rief sie bereits in der Tür.

»Von Marcus Wollin?«

»Ja.«

»Ich suche sie Ihnen gleich raus.« Sie blätterte in der Kartei. »Da ist sie schon.«

»Kann ich Ihr Telefon benutzen?« fragte Sylvia.

»Natürlich.«

Sylvia wählte die Nummer des Anwalts. »Mehring. Ich bin eine Freundin von Frau Candela und würde gerne mit Ihnen sprechen. Es ist sehr dringend ... In einer halben Stunde? ... Danke, ich komme.«

»Was werden Sie tun?« fragte Frau Stahmann zaghaft.

»Beruhigen Sie sich, Frau Stahmann. Frau Candela wird morgen wieder hier sein.«

»Schaffen Sie das denn?« fragte die Frau zaghaft.
»Ich muß.«

Das Gespräch mit Marcus Wollin verlief mehr als unbefriedigend. Er berief sich auf seine Schweigepflicht und war nicht bereit, Sylvia über den Stand der Dinge genauer zu informieren. »Sie müssen verstehen, daß ich nicht jedem, der sich als Freund oder Freundin ausgibt, in den Fall einweihen kann. Das liegt ja auch in Frau Candelas Interesse.«

»Dann sagen Sie mir wenigstens, was Sie unternommen haben, um Frau Candela aus der Untersuchungshaft herauszuholen«, verlangte Sylvia.

»Das ist leider sehr schwierig. Die Umstände sprechen nicht für Frau Candela. Und auf Grund der hohen Unterschlagungssumme konnte die Staatsanwaltschaft dem Untersuchungsrichter eine erhöhte Fluchtgefahr glaubhaft machen.« Wollin saß hinter seinem Schreibtisch und hob bedauernd die Hände. »Glauben Sie mir, daß ich alle Hebel in Bewegung setze, Frau Candelas Lage zu verbessern. Aber so schnell geht das alles nun mal leider nicht.«

»Aber es liegt kein Gewaltverbrechen vor«, wandte Sylvia ein und dankte im Stillen ihrem Vater, der sie mit vielen seiner Geschichten erheitert und mit ebenso vielen gelangweilt hatte. Aus diesen Erzählungen wußte sie so einiges über das Justizsystem. »Die Beweislage ist auch nicht eindeutig. Selbst wenn die Staatsanwaltschaft einen Zeugen hat. Der muß doch erst einmal überprüft werden.«

»Das ist alles richtig. Und alle diese Punkte habe ich auch vorgebracht. Aber die Aufhebung der Untersuchungshaft ist leider oft eine Ermessensfrage des zuständigen Richters. Und der war bisher nicht dazu bereit.«

Sylvia runzelte die Stirn. Sie konnte sich des Eindruckes nicht erwehren, daß das eher daran lag, daß sich der zuständige Rechtsanwalt nicht sehr für seine Klientin einsetzte. Ihr drängte sich das merkwürdige Gefühl auf, daß hier etwas nicht stimmte.

»Warum haben Sie nichts gegen die erneute Betriebsprüfung bei Candela unternommen?« wollte Sylvia wissen.

»Warum sollte ich? Frau Candela hat nichts zu verbergen, wenn sie unschuldig ist.«

»Zweifeln Sie daran?«

»Natürlich nicht.« Wollin lächelte.

»Im Moment führt Herr Gregor die Geschäfte bei Candela. Ist er zuverlässig?« fragte Sylvia wie nebenbei.

»Absolut. Ich kenne Gregor aus meiner Schulzeit. Vor zwei Jahren haben wir uns wieder getroffen. Ich schwöre Stein und Bein auf ihn.«

In Sylvias Kopf formte sich ein Bild, das ihr wenig gefiel.

»Er hat Ihnen den Job als Firmenanwalt verschafft?« vermutete sie.

»Er hat mich lediglich empfohlen, nachdem Frau Candela mit ihrem vorherigen Anwalt unzufrieden war«, korrigierte Wollin pikiert.

Sylvia nickte. War es wirklich so simpel? Sie wollte es nicht glauben. Aber alles sprach dafür: Gregor unterschlägt Firmengelder, läßt es dabei so aussehen, als ob Karen dafür verantwortlich ist, kann so die Firma übernehmen, und Wollin deckt ihn – aus Freundschaft oder anderen Gründen.

Ein Komplott gegen Karen, gegen das sie keine Chance hatte.

»Wie gedenken Sie Frau Candelas Verteidigung zu führen?« erkundigte sich Sylvia pro forma.

»Das fällt nun leider auch wieder unter die Schweigepflicht.« Wollin tat bedauernd.

»Verstehe. Ich könnte ja Informationen an die Gegenseite verraten.« Sylvia erhob sich. »Dann will ich Sie nicht länger aufhalten, Herr Wollin.«

Wollin erhob sich ebenfalls.

»Danke, ich finde schon hinaus.«

Auf der Fahrt zur Anwaltskanzlei ihres Vaters versuchte Sylvia ihre Gedanken zu ordnen. Müßte sie nicht erst mit Karen sprechen, statt eigenmächtig Schritte zu unternehmen, die immerhin Karen betrafen? Mischte sie sich nicht zu sehr in die Dinge ein? Vielleicht war es Karen nicht recht, was sie tat. Aber Karen ahnte ja nicht, daß Gregor und Wollin sich gegen sie verbündet hatten. Und Endrich konnte in dieser Situation auch nicht helfen.

Sylvias Entschluß stand fest. Sie mußte ihren Vater einschalten. Es war die schnellste und beste Lösung. Werner Mehring kannte seine Tochter gut genug, um zu wissen, daß er sich auf ihre Einschätzung der Personen stützen konnte. Er würde ihr glauben, wenn sie ihm die Situation und ihren Verdacht beschrieb, während jeder andere Anwalt die Umstände erst einmal prüfen müßte. Wenn sie also sicher sein wollte, daß Karen schnellstmöglich geholfen wurde, war Werner Mehring am ehesten die Person, die das bewirken konnte.

Sylvia saß ihrem Vater gegenüber. Nun, da sie seine Aufmerksamkeit auf sich gerichtet sah, ging ein Stück seiner Ruhe auch auf sie über.

»Fang an«, forderte Werner Mehring seine Tochter auf.

So genau wie möglich erzählte Sylvia von dem bisher Vorgefallenen. Sie begann mit dem Besuch der Beamten bei ihr zu Hause, dem anschließenden Gespräch mit Karen, den darauffolgenden Tagen und immer weiter fortschreitenden Verwicklungen, bis hin zu Karens Verhaftung und den Gesprächen mit Gregor und Wollin. Werner Mehring machte sich Notizen.

»Gregor profitiert von der entstandenen Situation. Er ist jetzt der erste Mann in der Firma. Und, was nicht bewiesen, aber doch naheliegend ist, wenn er etwas mit dem Betrug zu tun hat, dann hat er jetzt freie Hand, alles zu vertuschen und weitere Tretminen für Karen zu legen. Und sein Freund Wollin hält ihm den Rücken frei«, beendete Sylvia ihre Erzählung und sah ihren Vater hilfesuchend an.

Nach einer für sie unerträglich langen Pause räusperte Werner Mehring sich: »Keine Bagatelle«, begann er. »Wir können trotzdem versuchen, den Haftbefehl außer Vollzug setzen zu lassen. Ich sehe da gute Chancen.«

»Dann laß uns losfahren«, schlug Sylvia hastig vor.

»Es ist bereits nach zwanzig Uhr. Heute erreichen wir nichts mehr. Ich werde jetzt den verantwortlichen Beamten anrufen und unser Kommen für morgen früh, neun Uhr, ankündigen. Hast du einen Namen oder eine Telefonnummer?«

»Holzner und Keller. Die Telefonnummern habe ich leider nicht.«

»Nicht so schlimm. Die bekomme ich schon. Geh du mal zu Mutter in die Küche und iß etwas. Du siehst ziemlich blaß aus«, meinte Mehring.

»Mir ist aber gar nicht nach essen.«

»Irgend etwas mußt du jedenfalls tun, um die Anspannung in dir zu lösen. Wie wäre es mit einem Kognak?«

Er ging hinüber zur Bar, schenkte ein und reichte ihr den Schwenker. Sylvia trank einen kleinen Schluck, während ihr Vater begann, ein paar Gespräche zu führen.

»Alles klar«, wandte sich Werner Mehring schließlich an seine Tochter. »Morgen früh, neun Uhr, sind wir in Berlin. Dann werden wir deine Freundin besuchen.«

»Ich muß noch einen Kollegen anrufen, daß er meine Vorlesung am Vormittag übernimmt.« Sylvia ging zum Telefon. Als das geklärt war, setzte sie sich erschöpft in einen Sessel.

»Ich bin total fertig«, sagte sie. »Und ich habe Angst, daß Karen mir morgen den Kopf abreißt. Sie weiß nämlich gar nicht, daß ich dich hinzugezogen habe.«

»So wie ich die Sache sehe, war es das einzig Richtige, was du tun konntest.«

»Hoffentlich sieht sie das auch so.«

»Wie lange kennt ihr euch eigentlich schon?« fragte Werner Mehring interessiert. Bisher war der Name Karen Candela nie gefallen.

»Nicht ganz drei Wochen«, antwortete Sylvia seufzend.

»Du engagierst dich sehr für sie«, stellte er sachlich fest.

»Sie bringt Unruhe in mein Leben, das ist wahr.« Sylvia lächelte unbewußt leise vor sich hin.

Werner Mehring wunderte sich nicht schlecht über seine Tochter. Wann hatte es jemand das letzte Mal geschafft, einen solchen Gesichtsausdruck bei ihr hervorzurufen?

15.

Der Besucherraum wirkte kahl und abstoßend – Holztische in zwei Reihen mit jeweils vier Stühlen.

Eine Vollzugsbeamtin führte Karen herein. Sie sah blaß aus. Ihre Augen grau umschattet. Die Folgen zweier schlafloser Nächte.

»Sylvia, Sie hier?« Freude klang in Karens Stimme mit. Gleich darauf verfinsterte sich ihr Gesicht jedoch. »Kein angenehmes Ambiente für einen Besuch. Aber trotzdem ist es sehr nett, daß Sie gekommen sind.«

»Hallo, Karen«, begrüßte Sylvia sie. Und dann wies sie auf ihren Vater. »Karen, das ist mein Vater. Ich habe Ihnen erzählt, daß er Anwalt ist. Ich habe ihn gebeten, Sie zu vertreten.«

Karen warf ihr einen verständnislosen Blick zu. »Ich habe schon einen Anwalt.«

»Ich weiß. Und ich weiß, ich hätte Sie erst fragen müssen, aber ...« Sylvia wußte nicht so recht weiter. Wie sollte sie erklären, welche Aufregung sie empfunden hatte, als sie von Karens Verhaftung hörte? Und daß sie, nach ihren Gesprächen mit Gregor und Wollin, quasi in einer Art Kurzschlußhandlung, zu ihrem Vater gefahren war.

»Hören Sie einfach, was mein Vater Ihnen zu sagen hat.«

Werner Mehring, der sich bisher im Hintergrund gehalten hatte, ging nun auf Karen zu. »Guten Morgen, Frau Candela.«

Er erklärte ihr, daß er zunächst einmal vorhatte, ihren Haftbefehl außer Vollzug zu setzen.

»Und das geht?« fragte Karen.

»Ja, das wird häufig so gemacht.«

»Aber Marcus Wollin, das ist mein Firmenanwalt, hat nichts von einer solchen Möglichkeit erwähnt.«

»Dann sollten Sie davon ausgehen, daß er entweder ein schlechter Anwalt ist oder gar gegen Sie arbeitet. Beides ist nicht zu Ihrem Vorteil. Und wenn ich Letzteres nachweisen kann, wird Herr Wollin sehr große Schwierigkeiten mit der Anwaltskammer bekommen.«

»Aber das gibt's doch nicht! Wollin ist bisher immer zuverlässig gewesen.« Karen schüttelte den Kopf.

»Wollin ist Gregors Schulfreund. Gregor hat ihn empfohlen. Ist das richtig?« fragte Sylvia.

»Ja. Spielt das eine Rolle?«

»Wenn man gegenüber Gregor mißtrauisch ist, schon. Dann spielt es sogar eine ganz entscheidende Rolle.«

Karen sah Sylvia und ihren Vater perplex an. »Wissen Sie beide eigentlich, was Sie da sagen?«

»Wir vermuten eine Verschwörung gegen Sie.«

Jetzt erzählte Sylvia von der merkwürdigen Begegnung mit Bernd Drechsler in Gregors Büro.

»Das kann man allerdings kaum anders interpretieren, als daß Gregor derjenige ist, der Drechsler gezwungen hat, die Manipulationen in den Büchern zu verstecken«, stimmte Karen Sylvia zu. Sie schüttelte resigniert den Kopf. »Und ich blöde Kuh bin immer zu Ralf gegangen und habe ihm erzählt, wenn es Neues in der Sache gab.«

Mehring fuhr fort. »Nachdem Sie Gregor über das folgenschwere erste Gespräch mit Bernd Drechsler informiert hatten, wußte er, daß ihm keine unmittelbare Gefahr drohte, entdeckt zu werden. Drechsler hatte ihn nicht verraten, warum, wissen wir nicht. Sie waren ahnungslos ...«

»Naiv. Sprechen Sie es nur aus. Er muß sich innerlich totgelacht haben.«

»... und vertrauten ihm«, führte Werner Mehring seinen Satz zu Ende. »Dann hat er aber von Ihnen erfahren, daß Sie einen Detektiv engagiert haben.«

Sylvia rekonstruierte jetzt an Stelle ihres Vaters weiter. »Er horchte auf. Natürlich mußte er nun befürchten, daß Licht ins Dunkel kommt. Es galt also jede auch noch so kleine Spur zu verwischen. Doch dabei kann er Sie nicht gebrauchen. Deshalb stellte er Sie kalt, indem er sich einen Zeugen besorgte, der Sie belastete. Prompt wurden Sie verhaftet. Gregor veranlaßte Ihren Anwalt, seinen Schulfreund, Sie in der Haft zu belassen. So verschaffte er sich die Möglichkeit, verschwinden zu lassen, was ihn belasten könnte.«

»Und wenn ihm die Zeit dazu gereicht hat, wird es schwer sein, Gregor etwas nachzuweisen«, stellte Karen fest.

»Unterschreiben Sie mir eine Vollmacht, und ich regle alles Notwendige, daß Sie in ein paar Stunden hier raus sind. Dann reden wir in Ruhe über unser weiteres Vorgehen«, versprach Werner Mehring.

Karen tat es und reicht ihm das Papier zurück. »Danke«, sagte sie.

»Danken Sie nicht mir.« Er lächelte. »Ich bin nur hier, weil meine Tochter mich darum gebeten hat.«

Karen nickte und wandte sich an Sylvia. »Natürlich. Es scheint

Ihr neuer Zeitvertreib zu sein, mir ständig aus der Patsche zu helfen. Wenigstens mußten Sie diesmal nicht wieder Ihren Job riskieren.«

»Ja, diesmal war es völlig ungefährlich. Nur deshalb habe ich es getan.« Sylvia lächelte. »Und ich werde Sie abholen, wenn Sie entlassen werden. Das ist auch ohne jedes Risiko.«

Am späten Nachmittag war es soweit. Sylvia fuhr Karen nach Hause. Werner Mehring traf kurz nach ihnen in Karens Wohnung ein. Sie saßen zusammen und analysierten das Geschehene.

»Gregor baute seinen Betrug darauf auf, daß Sie ihm vertrauten und praktisch freie Hand ließen«, begann Werner Mehring. »Er konnte damit rechnen, daß mit hoher Wahrscheinlichkeit Sie verdächtigt werden, wenn es zur Entdeckung der Unterschlagungen kommt. Und so war es ja auch. Die polizeilichen Ermittlungen konzentrierten sich auf Sie.«

»So ist es *noch*«, verbesserte Sylvia ihn.

»Daß Sie einen Detektiv einschalteten, hat Gregor aus dem Konzept gebracht. Er machte einen Fehler. Er engagierte diesen Frank Bachmann als Zeugen, der, wie wir wissen, lügt. Also befassen wir uns mit ihm.«

»Er war Praktikant bei mir«, erzählte Karen. »Allerdings legte ich ihm nach Ablauf von vier Wochen nahe, das Praktikum abzubrechen. Er fügte sich nicht ins Team. Genauer gesagt, er war ein Ekelpaket. Fachlich zwar ganz fit, aber das ist eben nicht alles. Er verabschiedete sich mit den eindrucksvollen Worten: *Das zahle ich dir heim, du lesbische Zicke.* Was er scheinbar nun getan hat.«

»Lassen wir ihn von Endrich unter die Lupe nehmen. Seine Lebensgewohnheiten, seine finanzielle Lage. Leumund.«

»Ich möchte mit ihm reden«, wandte sich Karen an Mehring.

»Das wäre unklug. Am Ende behauptet er, Sie versuchten ihn zu bestechen oder zu bedrohen, seine Aussage zu widerrufen. Habe ich alles schon erlebt.«

»Aber ich bin es doch, um die es geht! Da soll ich den Mann nicht einmal zur Rede stellen dürfen?«

Sylvia griff ein. »Karen, mein Vater weiß am besten, wie vorzugehen ist, um möglichst viele und nützliche Informationen zu erhalten. Emotionsgeladene Diskussionen bringen uns nicht weiter.«

Sie legte Karen beruhigend eine Hand auf den Arm.

»Das stimmt. Sie sollten sich erst einmal ausruhen«, schlug Werner Mehring vor.

»Sie vergessen, wo ich herkomme. Ich bin ausgeruht!« Karens Stimme klang gereizt. Gleich darauf tat ihr der schroffe Ton leid. »Entschuldigung.«

»Ich verstehe Ihre Aufregung, Frau Candela. Sie sind in einer unerfreulichen Lage, ohne diese verschuldet zu haben. Das ist sicher sehr frustrierend.«

»Das ist es in der Tat.«

»Versuchen Sie trotzdem weiterhin, sich vor Gregor von unserem Verdacht nichts anmerken zu lassen. Er muß denken, daß nach wie vor alles für ihn zum besten steht. Endrich soll an ihm dranbleiben.«

Werner Mehring erhob sich. Karen stand ebenfalls auf. Er reichte ihr zum Abschied die Hand. »Ich werde alles tun, um dieser Sache so schnell wie möglich ein Ende zu bereiten. Verlassen Sie sich darauf.«

»Danke.«

»Ich finde allein raus«, winkte er ab, als Karen Anstalten machte ihn hinauszubegleiten.

»Für mich ist es dann wohl auch Zeit zu gehen«, meinte Sylvia und erhob sich.

Doch Karen hielt sie zurück. »Würde es Ihnen etwas ausmachen zu bleiben?« bat sie. »Ich brauche jetzt jemanden in meiner Nähe.«

Sylvia nickte verstehend. In den beiden letzten Tagen konnte Karen mit niemandem reden außer sich selbst. Einzige Gesellschafter waren Angst und hilflose Wut. Auch wenn Karen eine starke, selbstbewußte Frau war, so etwas ging nicht spurlos an einem vorüber.

»Es macht mir ganz und gar nichts aus«, sagte Sylvia lächelnd. Sie ging zur Bar, goß Kognak in ein Glas und hielt es Karen hin. »Stärken Sie sich erst einmal.«

Karen trank. Langsam fiel die Anspannung der letzten Tage von ihr ab. Als Sylvia sah, wie Tränen in Karens Augen zu schwammen begannen, nahm sie sie behutsam in ihre Arme. »Es ist gut«, tröstete sie, legte Karens Kopf an ihre Schulter und strich sanft über ihr Haar. Dabei murmelte Sylvia beruhigende Worte in Karens Ohr.

Etwa eine Minute standen sie so. Dann hatte sich Karen wieder unter Kontrolle. Sie schniefte einmal kurz. »Ich werde jetzt eine ausführliche Dusche nehmen.«

»Und ich bestelle uns etwas zu essen«, schlug Sylvia vor.

»Das ist eine großartige Idee.«

Karen verschwand, und Sylvia durchwühlte die Werbebroschüren der Italiener, Griechen und Chinesen, die sie in einem der Regale gesehen hatte. Sie entschied sich für den Chinesen. Im Anschluß an die Bestellung deckte sie den Eßtisch im Wohnzimmer.

Karen kam, eingewickelt in ein Badehandtuch, aus dem Bad. Sie sah das sorgfältig arrangierte Geschirr und die Weingläser.

»Gemütlich. Daran könnte ich mich gewöhnen.«

»Das Essen kommt circa in einer halben Stunde. Sie können sich also Zeit lassen.«

Karen verschwand in den Flur und die Treppe hinauf in ihr Schlafzimmer. Als sie kurz darauf vor Sylvia stand, in schwarzen Shorts und dunkelgrüner Seidenbluse, duftend und strahlend, erinnerte nichts mehr an das Häufchen Elend vor ein paar Minuten.

Sylvia fühlte eine seltsame Befangenheit in sich aufsteigen. Karens Erscheinung wirkte anziehender denn je auf sie. Und sie fühlte sich flau im Magen. Plötzlich spürte Sylvia Karens Mund ganz dicht an ihrem Ohr, das Streicheln auf ihrer Wange. »Sie sind seit langem das beste, was mir passiert ist.«

Karens Lippen hatten sie kaum berührt. Und doch war Sylvia wie gelähmt von dieser leisen Liebkosung und der Wärme in Karens Stimme. In diesem Moment klingelte es.

»Das Essen«, rief Sylvia und rannte förmlich zur Tür. Sie bezahlte den Boten und brachte die Speisen samt Wein zum Tisch. Geschäftig richtete sie das Essen an. Karens forschender Blick begleitete sie.

Das Tischgespräch führte hauptsächlich Karen. Gelegentlich steuerte Sylvia eine, wie sie hoffte, passende Bemerkung bei. Sie wußte, sie mußte fahrig wirken. Aber es war ihr kaum möglich, sich auf Karens Worte zu konzentrieren. Verdammt noch mal! Das konnte doch nicht so schwer sein! Aber ihre Sinne weilten immer noch bei der zarten Berührung von Karens Lippen an ihrem Ohr.

Nach dem Essen machten sie es sich auf der Couch vor der Terrassentür gemütlich. Der Wein löste nach und nach Sylvias Verkrampfung. Sie fühlte sich jetzt aufgekratzt und plauderte munter drauflos. Alle Befangenheit war vergessen.

»Ich bin froh, daß wir jetzt hier zusammen sitzen.« Sylvia schüttelte den Kopf. »Zu dumm, daß ich ausgerechnet zu dem Zeitpunkt verreist war, als Sie festgenommen wurden. Sonst wäre es vielleicht gar nicht erst so weit gekommen.«

»Wie hätten Sie es verhindern wollen?« fragte Karen und schüttelte den Kopf. »Nein, Sylvia. Sie haben wirklich keinen Grund, sich Vorwürfe zu machen. Im Gegenteil. Wenn Sie nicht so couragiert gewesen wären, säße ich nach wie vor in einer Zelle.« Karen seufzte. Die Erinnerung an die letzten achtundvierzig Stunden holte sie ein. Ein kleiner Raum, triste Wände, eine ausgelegene Matratze auf einem quietschenden Bettgestell. Und eine Million quälender Gedanken. »Unglaublich, wie schnell sich die Dinge entwickeln können. Von einem Augenblick zum nächsten ist nichts mehr, wie es war. Das Eingesperrtsein ist kaum zu ertragen. Die ganze Zeit muß man daran denken, daß man eingeschränkt und abhängig ist.«

»Sicher keine angenehme Erfahrung.«

»Allerdings nicht. Ich möchte das so schnell wie möglich vergessen. Deshalb lassen Sie uns von etwas anderem reden. – Was ist eigentlich aus Ihrem Blind Date geworden?«

»Oh, Torsten! Er ist wirklich ein angenehmer Gesellschafter. Ein netter Mann.« Sylvia schaute verlegen an Karen vorbei. Das Thema behagte ihr nicht.

»Wird mehr daraus?« wollte Karen wissen.

»Das weiß ich wirklich nicht. Ehrlich gesagt, irgend etwas fehlt«, gab Sylvia zu.

»Was?«

Das Prickeln auf der Haut, die Schmetterlinge im Bauch, der Wunsch, etwas Unvernünftiges zu tun. Sollte es nicht so sein? Zumindest liest man es so in den Büchern. Sylvia sah sinnend vor sich hin. Und dann zu Karen. »Das Besondere«, sagte sie ausweichend.

»Was da wäre?« fragte Karen neugierig.

Sylvia errötete. Die Erinnerung an ihre Gefühle während der harmlosen Massage in Karens Büro, an den Hauch der Berührung von Karens Lippen vor noch nicht einmal einer Stunde holte sie ein. *So etwas eben!* Nur war Karen nicht die Person, bei der sie erwartete, solche Gefühle zu verspüren. Sylvia konnte das alles in keiner Weise einordnen. Oder wollte sie es nicht? *Was soll das denn heißen!?*

»Wärme«, sagte sie wie zu sich selbst.

»Es passiert jedenfalls nicht oft, das Besondere«, sagte Karen.

Sylvia erwiderte nichts. Aber Karen erwartete offensichtlich auch keine Antwort.

»Hatten Sie bei Miriam so ein Gefühl?« Sylvia wußte nicht, daß ihr diese Frage auf der Zunge lag. Als sie es aussprach, war sie von sich selbst überrascht. Karen schien jedoch nichts dabei zu finden.

»Nein, nie«, antwortete sie gelassen. »Miriam war nur der Versuch, einen Schmerz zu vergessen. Als ich Miriam kennenlernte, hatte ich mich gerade von einer Frau getrennt, die ich eigentlich immer noch sehr liebte. Ich wollte mir wohl beweisen, daß andere Frauen genauso begehrenswert seien, mich aber nicht wirklich auf jemanden einlassen. Miriam schien mir wie geschaffen dafür. Insofern habe ich sie ausgenutzt. Ich weiß, daß ihre angeblichen Gefühle für mich nur Egoismus und gekränkte Eitelkeit sind. Trotzdem bin ich nicht ganz unschuldig an der Situation.«

»Ich glaube nicht, daß Miriam der Typ Frau ist, der an einer unerfüllten Liebe zugrunde geht. Sie schien mir eher eine Mischung aus Femme fatale und der Göttin Kali.«

Karen mußte lachen. »Was für ein Vergleich!« Sie stand auf, um eine zweite Flasche Wein zu holen. Sylvia beobachtete Karens Bewegungen, ihren muskulösen und dennoch mit ausreichend weiblichen Rundungen versehenen Körper. Karen mußte wohl ihre Blicke spüren, denn plötzlich blieb sie stehen und drehte sich um. Einen Moment lang trafen sich ihre Augen. Sylvia senkte schnell den Blick.

Als Karen mit der Weinflasche zurückkam, hatte sich Sylvia gerade so weit in der Gewalt, daß sie ohne zu erröten ein leises »Danke« hauchen konnte, während Karen ihr Wein nachschenkte.

Schon zum zweiten Mal an diesem Abend fühlte Sylvia sich befangen. Sie fragte sich, warum sie so reagierte. Und natürlich blieb Karen ihre Verlegenheit nicht verborgen. Auch wenn sie so höflich war, es nicht weiter zu kommentieren.

»Ich glaube, der Wein hat mich müde gemacht«, meinte Sylvia schließlich. Sie wollte sich zurückziehen, bevor ihre Gefühle sich in ein Chaos verstrickten.

»Das Bett im Gästezimmer steht zu Ihrer Verfügung«, sagte Karen und erhob sich. »Sie wissen ja, wo Sie die Zahnbürste finden und was Sie sonst noch brauchen.«

»Danke. Ich kann mir aber auch ein Taxi nehmen. Vielleicht möchten Sie jetzt lieber allein sein.«

»Nein, das möchte ich nicht, Sylvia. Im Gegenteil. Ich weiß Sie gern in meiner Nähe.« Karen lächelte.

Es war eine harmlose Bemerkung – die ausreichte, um Sylvia erneut die Röte ins Gesicht steigen zu lassen. Sich dessen bewußt, flüchtete Sylvia ins Bad. Verdammt noch mal, was war bloß los mit ihr? Demnächst wurde sie noch rot, wenn Karen vom Wetter sprach. Sylvia bürstete sich wütend die Zähne. Was mußte Karen über sie denken? Wahrscheinlich amüsierte sie sich köstlich. Sylvia sah in den Spiegel. Sie betrachtete ihre hohen Wangenknochen, die schmale Nase, das etwas wilde Haar. Könnte Karen sich in eine Frau wie sie verlieben? Als Sylvia sich bei diesem Gedanken ertappte, schüttelte sie den Kopf. *Du mußt verrückt sein!* Sie trocknete sich das Gesicht ab, sah noch einmal in den Spiegel und streckte sich selbst die Zunge raus. Dann verließ sie das Badezimmer.

»Das Bad ist frei«, rief sie.

»Schlafen Sie gut«, kam Karens Antwort aus der Küche.

»Danke, gute Nacht.«

Als Sylvia im Bett lag, konnte sie lange nicht einschlafen. Gedanken schwirrten durch ihren Kopf. Je länger sie das Knäuel zu entwirren versuchte, desto mehr verstrickte sie sich. Schließlich fiel sie in einen unruhigen Halbschlaf.

16.

Sylvia wachte auf. Zerschlagen und mit einem Kopf voller Watte. In diesem Moment wurde ihr klar, daß alles nur ein Traum gewesen war. Und was für einer! Sie war immer noch benommen. Der Ausdruck »erotisch« war weit untertrieben, um zu beschreiben, was sie in ihrem Traum erlebt hatte. Es waren nicht nur ein schüchterner Kuß und eine zarte Berührung, es war alles gewesen! Und es war eine Frau gewesen, mit der sie das alles erlebt hatte. Nicht irgendeine Frau, sondern Karen!

Das Frühstück war schon fertig, als Sylvia hinunterkam. Karen saß am Eßtisch. »Guten Morgen. Gut geschlafen?« fragte sie munter.

»So là là.« Sylvia ließ sich auf den freien Stuhl fallen. Der Versuch, mit dem Kaffee ihre Lebensgeister zu wecken, glückte einigermaßen.

»Wir müssen etwas klären, Sylvia.« Karen wartete, daß Sylvia sie ansah.

»Was denn?« Sylvia tat ahnungslos.

»Sie wissen, was ich meine«, sagte Karen eindringlich. Und mit trauriger Stimme setzte sie hinzu: »Sie sind befangen mir gegenüber.«

Sylvia schwieg.

»Sylvia, ich gebe zu, Sie wirken durchaus attraktiv auf mich. Vielleicht sogar mehr als das. Trotzdem, vermuten Sie bitte nicht hinter jeder kleinen Geste eine Anzüglichkeit oder gar den Versuch, Sie in mich verliebt zu machen. Ich werde es Ihnen sagen, wenn ich versuche, Sie zu verführen.«

Sylvias Empfindungen bei Karens letztem Satz waren verheerend. Sie fühlte ihre Wangen und Ohren glühen!

»Sylvia!« Karen schüttelte den Kopf. »Was haben Sie für ein Problem?«

Eine gute Frage. Es war angebracht, etwas zu erwidern. Aber was? Sylvia überlegte fieberhaft. Dann stammelte sie hilflos: »Ich weiß es nicht, ehrlich. Ich mag Sie. Und ich freue mich, daß wir so . . . aber Sie . . . Ihre Nähe macht mich – nervös.«

»Haben Sie Angst, ich könnte mich in Sie verlieben?« fragte Karen jetzt.

»Vielleicht habe ich eher Angst, *ich* könnte mich in *Sie* verlieben«, entgegnete Sylvia unsicher.

Was? Karen sah Sylvia verdattert an. Was sagte sie da? Meinte sie das ernst? »Und was wäre so schlimm daran?« fragte Karen vorsichtig.

»Ich . . . ich bin doch nicht lesbisch.«

»Verstehe.« Karen grinste über Sylvias naiven Ausbruch. »Sie haben ein Definitionsproblem.«

»Sie machen sich lustig über mich.«

»Entschuldigen Sie. Es ist auch komisch. Denn Sie sagen gerade, wenn ich ein Mann wäre, hätten wir wahrscheinlich schon längst miteinander geschlafen«, brachte Karen die Sache auf den Punkt.

Sylvia wurde feuerrot. »Bitte?«

»Sylvia.« Karens Stimme war völlig ruhig. »Es ist gut. Vergessen Sie es. Es tut mir leid, daß ich das Thema angesprochen habe.«

Eine kurze Pause entstand. Dann lenkte Karen das Geschehen auf das Naheliegende. »Ich muß ins Büro. Seien Sie mir nicht böse, wenn ich Sie jetzt rausschmeiße.«

»Natürlich nicht«, erwiderte Sylvia erleichtert.

Frau Stahmann war zwar nicht die erste, die Karen begrüßte, aber ihre Freude drückte sich am emotionalsten aus. Sie umarmte Karen, die sehen konnte, daß die Augen der Frau feucht wurden. Kurz darauf ließ Frau Stahmann Karen verlegen los.

»Das wurde auch wirklich Zeit«, sagte sie mit burschikoser, aber belegter Stimme.

»Danke, Frau Stahmann. Ich bin auch froh, wieder hier zu sein. Und ich schätze, es gibt viel zu tun.«

Das war das Zeichen für Frau Stahmann. Sie holte einen Stapel Mappen und Ordner und folgte Karen ins Büro.

Mitten in ihre Arbeit mit Frau Stahmann platzte Gregor hinein.

»Na, Gott sei Dank«, begrüßte er Karen überschwenglich. »Ich habe gerade erfahren, daß du wieder da bist. Wie geht es dir nach dieser Strapaze?«

»Es muß ja«, erwiderte Karen.

»Willst du dich nicht erst noch das Wochenende über ausruhen, bevor du wieder ins Geschäft einsteigst?« fragte Gregor besorgt. »Den Samstag schaffen wir auch noch ohne dich. Ist ja sowieso nur ein halber Tag.«

»Das kann ich mir nicht leisten.«

Karen beobachtete jede von Gregors Gesten und Bewegungen. Seine Freude und die Anteilnahme schienen echt. Ihm war nicht die geringste Verlegenheit anzumerken, geschweige denn Ärger über ihr plötzliches Wiedererscheinen. Eine perfekte schauspielerische Leistung.

»Was hast du jetzt als Nächstes vor?« wollte Gregor wissen. Eine harmlose Frage? Oder hörte sie da einen forschenden Unterton?

»Ich selbst kann nicht mehr tun, als die Augen offenhalten. Die eigentliche Arbeit wird mein neuer Anwalt mit Hilfe des Detektivs machen. Ich muß mich um die wichtigsten Belange in der Firma kümmern. Einen neuen Hauptbuchhalter suchen, Immobilien verkaufen, um unsere Liquidität aufzubessern«, gab Karen bereitwillig Auskunft.

»Du hast einen neuen Anwalt?« Gregor war verblüfft. »Was ist mit Marcus?«

»Ich denke, Marcus ist der Sache nicht gewachsen. Er ist kein Strafverteidiger. Das habe ich ihm auch gesagt. Es geht nicht gegen ihn persönlich, daß ich mir für diesen Fall einen anderen Anwalt gesucht habe.« Sie hatte diese Antwort mit Werner Mehring abgesprochen und auch Wollin gegenüber so argumentiert. Er war zwar etwas zerknirscht, aber dann einsichtig.

»Ja, da kannst du recht haben«, meinte Gregor jetzt. Und dann bot er sich an: »Natürlich helfe ich dir, wo ich kann. Wir können uns zusammensetzen und beraten, welche Immobilien für den Verkauf am besten geeignet sind.«

»Danke, Ralf. Ich komme bestimmt auf dein Angebot zurück. Aber jetzt habe ich erst einmal andere Dinge zu tun.«

Gregor ging. Karen sah ihm nach. Ein unangenehmer Schauer lief ihr über die Haut bei dem Gedanken, wie leichtsinnig sie in ihrem Vertrauen zu ihm gewesen war. Daß der Mann zwei Gesichter haben könnte, wäre ihr nie in den Sinn gekommen. Mit ungutem Gefühl dachte sie an das Kommende.

Am Wochenende gelang es Karen mit Hilfe ihres Vaters, Reimann doch noch zu überzeugen, für ein halbes Jahr bei ihr unter Vertrag zu gehen. Gleich am Montag arbeitete sie zusammen mit ihm ein Konzept aus, welche Immobilien veräußert werden sollten, und er übernahm die Sondierungs- und Verkaufsgespräche. Das entlastete Karen erheblich und gab ihr zudem Gregor gegenüber einen Grund, diese Arbeiten von ihm fernzuhalten. Sie selbst kümmerte sich darum, daß die laufenden Projekte weitergeführt wurden. Unter anderem auch das Kießling-Projekt.

Dabei entging Karen nicht, daß Sylvia sich ziemlich zurückhaltend verhielt. Sie ging ihr zwar nicht direkt aus dem Weg, aber es kam die folgenden Tage häufiger vor, daß sie Absprachen per Fax erledigte, statt anzurufen. Einladungen zu einem Kaffee oder Essen nach der Arbeit lehnte Sylvia mit fadenscheinigen Ausreden ab. Und Karen hatte das sichere Gefühl, daß das nicht so sehr Sylvias knapper Zeit, als mehr ihrem letzten Gespräch von Samstag morgen geschuldet war. Karen nahm sich vor, Sylvia bei nächster Gelegenheit direkt danach zu fragen.

Die sollte am Donnerstag abend kommen. Man traf sich zu dritt – Sylvia, ihr Vater und Karen –, um die aktuelle Lage zu besprechen. Allerdings war Sylvia heute ungewöhnlich schweigsam.

Der Kellner kam mit der Karte. Sie bestellten. Kurz darauf wurden die Getränke gebracht.

»Da ist etwas, was ich mich die ganze Zeit schon frage.« Werner Mehring zog grüblerisch die Augen zusammen. »Wenn Gregor das Geld bereits beiseite geschafft hat, worauf wartet er dann noch? Warum riskiert er es hierzubleiben und entdeckt zu werden, statt in der Sonne Hawaiis zu liegen?« Er sah in die Runde. Allgemeine Ratlosigkeit war die Antwort. »Die einzige mögliche Erklärung ist«, fuhr Mehring fort, »daß er plant, noch einmal Geld aus der Firma zu ziehen. Eine nicht unbeträchtliche Summe, denn sonst würde er dieses Risiko doch nicht eingehen.«

Karen meldete Zweifel an. »Gerade sind Holzner und Keller mit Unterstützung wieder aufgetaucht und dabei, alles in der Firma auf den Kopf zu stellen. Sie meinen wirklich, Gregor könnte so unverfroren sein und vor den Augen der Polizei weitermachen? Ist das nicht ein bißchen zu riskant?«

»Zugegeben«, räumte Mehring ein. »Aber er kann warten, bis die Beamten wieder abgezogen sind. Die Ermittlungen laufen weiter gegen Sie, Karen. Es ist also nicht so gefährlich für ihn.«

Dem mußte Karen wohl oder übel zustimmen. »Da haben Sie wahrscheinlich recht. Allerdings habe ich derzeit, auf Anraten meines neuen Hauptbuchhalters, eine Art Jahresabschluß veranlaßt, womit automatisch keine Buchungen ausgeführt werden können.«

»Das ist gut. Wie lange wird dieser Stop dauern?« wollte Mehring wissen.

»Drei Tage maximal.«

»Das ist zu kurz. Wir brauchen länger, mindestens eine Woche, besser zwei, für unsere Ermittlungen. Kann man die Sache nicht länger hinausziehen?« fragte er.

»In der Zeit ist die gesamte Auftragsbearbeitung der Firma praktisch lahmgelegt. Es können keine Bestellungen rausgehen und vor allem keine Rechnungen bezahlt werden. Die Zulieferer wird das nicht sehr freuen. Es sind oft mittelständische oder kleine Firmen, die auf ihr Geld angewiesen sind.«

»Es soll ja auch kein Dauerzustand werden«, meinte Mehring. »Aber im Moment brauchen wir einfach die Zeit, um herauszufinden, was Gregor möglicherweise noch plant.«

»Also gut. Ich werde mit den Firmen reden.«

Das Essen wurde serviert.

Mehring wartete mit neuen Informationen auf: »Endrich hat bereits ein wenig in Gregors Vergangenheit gewühlt. Er wohnte zuletzt in Hannover. Endrich wird hinfahren, die ehemaligen Nachbarn befragen und versuchen herauszubekommen, wo Gregor gearbeitet hat. Vielleicht bekommen wir dadurch Informationen, die uns weiterbringen.«

»Hoffentlich«, sagte Karen. »Wenn wir nämlich nicht bald ein paar Beweise gegen ihn finden, sehe ich ganz schön alt aus.«

»Keine Panik. Wir haben ja noch andere Möglichkeiten. Frank Bachmann zum Beispiel.«

Werner Mehring sah auf die Uhr. Dann nahm er eilig seine Serviette und wischte sich den Mund ab. »Nun müßt ihr mich leider entschuldigen. Ich bin etwas in Zeitnot. Ein anderer Mandant erwartet mich. Bis bald.«

Er nahm seine Tasche und verließ das Restaurant.

Karen lächelte Sylvia an. »Das war aber mal ein überstürzter Aufbruch.«

»So macht er es meistens«, winkte Sylvia ab.

Schweigen.

»Ist mit Ihnen alles in Ordnung, Sylvia?«

»Ja, natürlich. Warum fragen Sie?«

»Nun ja«, begann Karen zögernd, »Sie waren etwas durch den Wind bei unserem letzten Gespräch.«

Sylvia, die in den letzten Tagen mehr als einmal an ihr verstörtes Gestotter hatte denken müssen, war angesichts des Aufwärmens dieses Themas nicht begeistert. Leicht verärgert, eigentlich über sich selbst, aber das konnte Karen nicht wissen, erwiderte sie: »Sie haben mich ganz schön auf den Arm genommen. Und ich ... o Gott, ist mir das peinlich!«

»Was ist Ihnen peinlich? Gehen Sie mir deshalb aus dem Weg?«

»Karen, tun Sie mir bitte einen Gefallen. Ich möchte nicht darüber sprechen.« Sylvia schüttelte den Kopf, und ihr Gesichtsausdruck zeigte deutlich, daß sie meinte, was sie sagte. »Ich glaube, ich gehe jetzt auch lieber. Bitte entschuldigen Sie. Es ... Es ist nicht Ihre Schuld. Ich bin diejenige, die ...« Sylvia brach ab. Abrupt stand sie auf und verließ das Restaurant.

Karen sah ihr verdutzt nach.

Karen saß bei Ellen in der Galerie. Geistesabwesend rührte sie in ihrem Cappuccino und dachte über Sylvias abrupten Aufbruch von eben nach.

Es war also, wie sie vermutet hatte. Sylvia war befangen! Und wahrscheinlich nicht im geringsten an ihr interessiert. Nicht auf die Art! Und falls doch, würde sie es nie zugeben!

Karen seufzte. Tolle Taktik – langsam vortasten und sich zurückziehen, wenn es nicht klappt. Du hast dich vorgetastet wie eine Dampfwalze! Und was den Rückzug betraf, dazu war es längst zu spät. Sie konnte es nicht länger leugnen: Ihre gelegentlichen Flirts mit Sylvia, ihre provokative Bemerkung, das alles hatte nichts mit dosiertem, kontrolliertem Vorfühlen gemein, sondern basierte auf einem realen Gefühl. Einem in diesem Moment sehr enttäuschtem Gefühl.

»Deinem Gesicht kann ich ansehen, daß es mal wieder Sylvia ist, die dich beschäftigt«, stellte Ellen fest. »Warum gibst du nicht endlich zu, daß du in sie verliebt bist?«

»Weil es nicht stimmt!« entgegnete Karen wider besseres Wissen.

»Warum glaube ich dir nicht?«

»Und«, setzte Karen eingedenk Sylvias verängstigter Reaktionen hinzu, »es hätte auch gar keinen Sinn. Sylvia geht seit neuestem auf Distanz zu mir.«

»Was hast du angestellt?« fragte Ellen trocken.

»Das ist wieder mal typisch. Warum muß ich immer schuld sein?«

»Was ist passiert?« korrigierte Ellen ihre Frage lächelnd.

»Zusammengefaßt? Ich habe sie gefragt, ob sie Angst vor mir hat, und sie hat ja gesagt.«

»Das kann die verschiedensten Gründe haben. Vielleicht fühlt sie sich zu dir hingezogen, und das erschreckt sie.«

»Bin ich ein Monster, daß man vor mir erschreckt?«

»Du weißt, was ich meine.«

»Ja, und ich weiß auch, daß ich nicht auf eine komplizierte Beziehung mit einer Frau aus bin, die vor ihren Gefühlen davonläuft. Das hatte ich schon, und bin geheilt.«

»Erstens ist das keine Frage der Heilung, das weißt du genauso gut wie ich. Und zweitens kannst du nicht von Michaela auf alle anderen Frauen schließen. Karen! Geh auf Sylvia zu, nimm sie in die Arme und küsse sie. Wenn sie nicht *Vergewaltigung!* schreit, hast du gute Chancen.«

Karen winkte betrübt ab.

Ellen schüttelte den Kopf über ihre Schwester. »Was Sylvia alles für dich tut, tut man nicht für jemanden, den man nicht mag. Ohne ihr beherztes Eingreifen könnte ich dich immer noch in Haft besuchen. Nicht auszudenken, was hätte passieren können, wenn Gregor mehr Zeit allein in der Firma gehabt hätte. Die beste Art, seine Spuren zu verwischen, wäre nämlich ohne Zweifel die, die Firma in den Konkurs zu treiben.«

»Aber die Kuh, die man melkt, sticht man nicht ab!« warf Karen ein.

»Wieso? Die Kuh, wie du es so schön sagst, war in diesem Fall sowieso schon klapprig und krank. Was spricht also dagegen? Ist doch kein schlechter Plan: abzocken, pleite fahren und verschwinden? Vielleicht hat Gregors Vorgehen ja sogar Methode?«

Karen starrte ihre Schwester an. »Ellen, du bist ein Genie!« rief sie und rannte zum Telefon. Werner Mehring versprach, sich nach ähnlichen Fällen umzuhören.

17.

Karen sah aus dem kleinen Bullauge auf die weißen Wolken. Die Sonne blendete. Unten zogen Städte und Landschaften in Spielzeuggröße vorbei.

Der Anruf von Reeder und die Bitte nach München zu kommen, war überraschend gewesen. Am Telefon sprach er nur von einer Statussitzung. Aber Karen spürte, daß irgend etwas in der Luft lag. Nur was? Am Flughafen hatte sie Sylvia getroffen und erfahren, daß sie ebenso überraschend geordert worden war.

Der Flug nach München dauerte etwa eine Stunde. Karen bemühte sich um ein Gespräch mit Sylvia, doch die flüchtete sich in Schläfrigkeit und beschränkte die Unterhaltung auf wenige, nichtssagende Worte. Karen seufzte innerlich. Sylvias neue Taktik war die alte: Sie zog sich in sich zurück. Karen akzeptierte es. Sie wollte Sylvia nicht bedrängen. Das hatte sowieso keinen Sinn.

Vom Flugplatz nahmen sie ein Taxi zu Kießling. Reeder empfing sie in einem der Büros, hielt sich jedoch bedeckt. Er führte sie zum Tagungsraum, wo man schon auf die Neuankömmlinge wartete. Nach ein paar einleitenden Worten blickte Reeder Karen aufmunternd an und bat: »Bitte geben Sie uns doch einen kurzen Überblick, Frau Candela.«

Karen zog ein kurzes Resümee über den bisherigen Verlauf, beschrieb den aktuellen Stand des Projektes und zeigte die nächsten Meilensteine auf. Die anschließenden Fragen der Vertreter von Kießling beantwortete sie so präzise wie möglich, ohne dabei abzuschweifen. Als Karen geendet hatte, räusperte sich einer der anwesenden Herren umständlich.

»Eine Frage, Frau Candela. Es ist uns – bekannt geworden, daß ihr Büro mit finanziellen Problemen belastet ist.«

»Welche Firma ist das nicht?« entgegnete Karen unbestimmt.

»Ja, da haben Sie sicher recht. Doch ich spreche nicht von Problemen allgemeiner Natur.« Stille breitete sich im Raum aus. »Ich spreche von dem drohenden Konkurs Ihrer Firma.«

Karen blieb äußerlich völlig unbeeindruckt. »Da wissen Sie mehr als ich«, erwiderte sie so gelassen wie möglich. Gleichzeitig fragte sie sich, wie viel die andere Seite wußte.

»Frau Candela, Sie können doch nicht leugnen, daß die Liquidität Ihres Architekturbüros stark eingeschränkt ist. Oder wie erklären Sie die angestrebten Immobilienverkäufe?«

»Worauf wollen Sie hinaus?« fragte Karen. Ihre Gedanken überschlugen sich. Entweder war man bei Kießling nervös und übersensibel oder wirklich informiert. Wenn ja, von wem? Hatte Reimann einen Fehler gemacht und sich verplappert? Der alte Hase? Wohl kaum. Sich und Sylvia konnte sie ebenfalls ausschließen. Blieb Gregor!

»Die Zusammenarbeit mit Ihnen wird für uns zum Risiko. Es ist durchaus denkbar, daß uns Ihre Firma in kürzerer Zeit nicht mehr zur Verfügung stehen wird. Damit gerieten wir in eine chaotische Situation. Das Projekt würde sicher für einige Zeit zum Stillstand kommen, bis wir einen anderen Planer finden, der die Entwürfe realisieren kann.« Eine Pause entstand. Dann der abschließende Satz: »Dem könnte man aus dem Weg gehen, wenn vorher eine geordnete Übergabe stattfindet.«

Schweigen. Karen sah konsterniert zu Reeder. Der saß mit betretenem Gesicht da. Karens Blick wanderte zu Sylvia. Die war ebenso perplex wie Karen.

Die Stille im Raum wurde überlaut. Karen wußte, sie mußte etwas erwidern, wenn sie hier nicht überrollt werden wollte. Und es mußte überzeugend klingen!

»Meine Herren«, begann sie, »die wirtschaftliche Lage des Büros Candela soll und kann hier nicht zur Debatte stehen. Nur soviel: Sicher, wir stehen unter großem Druck. Doch das tut unserer Arbeit keinen Abbruch. Und Sie stellen ja auch unsere Kompetenz nicht in Frage. Ich garantiere Ihnen die sachgerechte, reibungslose Durchführung Ihres Projektes.«

»Aber das können Sie in Ihrer Situation doch gar nicht. Und Sie wissen, daß wir an Termine gebunden sind. Wenn Sie, und sei es nur vorübergehend, durch andere – sagen wir Ereignisse – gebunden sind und ausfallen, steht unser Projekt still. Und dann kostet das unser Geld!«

Sylvia war der Debatte mit Besorgnis gefolgt. Jetzt trat sie Karen helfend zur Seite. »Meine Herren, Sie befürchten den Konkurs des Planungsbüros. Begründet oder nicht – ich empfehle, von einer übereilten Entscheidung Abstand zu nehmen. Die Übergabe an ein anderes Planungsbüro würde in jedem Fall Kosten verursachen. Sie wäre, geordnet oder ungeordnet, sehr zeitintensiv, kann also nicht in Ihrem Interesse liegen. Derzeit hat ›Candela & Partner‹ keinen Konkurs angemeldet, und ich bin mir sicher, daß dies auch nicht geplant ist. Ich schlage vor, Sie vereinbaren mit Frau Candela einen Termin in vier Wochen und sprechen erneut über die Thematik.

Dann wissen Sie, ob und inwieweit Ihre Befürchtungen berechtigt sind. Ihnen bleibt dann immer noch genug Zeit zu reagieren, statt überzureagieren. Und wenn es sein muß, machen Sie einen weiteren Termin aus. Und so weiter.«

Blicke wanderten zwischen den einzelnen Anwesenden hin und her. Leises Flüstern, Kopfschütteln, erneute leise, aber heftige Diskussionen. Schließlich Kopfnicken. Man schien Sylvias Vorschlag akzeptabel zu finden. Karen atmete auf.

»Damit wäre ich einverstanden«, meinte sie.

»Gut.« Reeder, dem die ganze Prozedur sehr unangenehm gewesen war, hörte sich erleichtert an. »Dann haben wir, denke ich, einen akzeptablen Kompromiß für alle gefunden.« Er räusperte sich. »Ich hätte es wirklich sehr bedauert, wenn unsere Zusammenarbeit auf diese Art beendet worden wäre.«

Im weiteren Verlauf der Konferenz ging es weniger heftig zu. Trotzdem dauerte es noch zwei Stunden, bis alle Punkte der Tagesordnung mit einem Ergebnis abgeschlossen werden konnten. Anschließend fuhren Karen und Sylvia ins Hotel, wo durch Reeder Zimmer für sie reserviert worden waren.

»Wie wäre es mit einem gemeinsamen Abendessen im Hotelrestaurant?« fragte Karen.

»Ich habe keinen Hunger. Ich lasse mir nur eine Kleinigkeit auf mein Zimmer bringen.«

»Bekomme ich nicht einmal die Chance, mich zu bedanken?« fragte Karen leise.

»Das ist nicht notwendig. Ich habe nichts getan«, schwächte Sylvia ab.

»Nein. Sie haben nur dafür gesorgt, daß mir nicht der Boden unter den Füßen weggerissen wurde. Danke.« Karen strich mit ihrer Hand über Sylvias Arm. »Dann sehen wir uns morgen zum Frühstück?«

»Ja.« Sylvia wußte, ihr Verhalten mußte abweisend wirken, aber sie konnte es nicht verhindern. Sie flüchtete auf ihr Zimmer.

Ein paar Bahnen kraulen in der Schwimmhalle des Hotels würde sie die unangenehme Besprechung des Nachmittags vergessen lassen. Karen suchte den Badeanzug aus der Reisetasche, legte ein großes Badetuch um ihre Schulter und nahm den Zimmerschlüssel.

Die Schwimmhalle war zu dieser Zeit nur wenig besucht. Die meisten der Hotelgäste saßen wohl jetzt beim Abendessen. Karen sprang kopfüber ins Wasser und schwamm mit kräftigen Bewegungen durch das Becken. Als sie am anderen Ende des Bassins herauskletterte, um erneut hineinzuspringen, sah sie Sylvia in einem der Liegestühle. Da Sylvia sich den Stuhl abseits hinter die Palmenpflanzen gezogen hatte, war sie Karens Blick beim Hereinkommen entzogen gewesen. Sylvias Augen waren geschlossen. Ob sie schlief? Karen zögerte. Sollte sie hinübergehen?

Noch bevor Karen darüber nachdenken konnte, was richtig oder falsch war, stand sie bei Sylvia. Unter Karens Blick begann Sylvia sich in ihrem Liegestuhl unruhig hin und her zu drehen. Sie öffnete die Augen.

»Hallo.« Karen versuchte gelassen zu wirken.

»Hallo«, erwiderte Sylvia überrascht. Sie errötete, als sie sich der Knappheit ihres Bikinis bewußt wurde. Wie lange stand Karen schon hier und sah auf sie nieder?

»Habe ich Sie gestört?« fragte Karen.

Sylvia schüttelte den Kopf. »Auf meinem Zimmer habe ich einfach keine Ruhe gefunden. Es ist so anonym. Hier ist es wenigstens – nicht so abgeschlossen.«

Karen, deren Handtuch auf der anderen Seite des Bassins auf einem der Stühle lag, begann zu frösteln. Eine Gänsehaut bildete sich auf ihren Armen. Sylvia reichte ihr eines ihrer Handtücher.

»Danke.« Karen strich leicht Sylvias Hand, als sie das Handtuch nahm. Sylvia zog die Hand schnell zurück. Trotzdem reichte die Berührung aus, daß eine Ameisenarmee über ihren Rücken lief.

Karen entging Sylvias hastige Reaktion nicht. »Alles in Ordnung?« fragte sie und kam sich irgendwie lächerlich dabei vor. *Fällt dir denn nichts Originelleres ein als so eine banale Frage? Und daß du dastehst wie ein verschüchterter Teenager, paßt genau dazu.*

»Ja. Alles in Ordnung«, sagte Sylvia.

Karen nickte.

»Vielleicht ...«, Karen zögerte. »Wollen Sie es sich mit dem Abendessen nicht noch einmal überlegen?«

»Warum?« Sylvias Stimme klang zurückhaltend.

»Damit Sie etwas essen natürlich.« Karen gelang die Rückkehr zu ihrer gewohnten Gelassenheit.

In Sylvias Gesicht erschien ein flüchtiges Lächeln. In diesem Augenblick herrschte die alte Vertrautheit zwischen ihnen. »Ja, natürlich.« Gleich darauf wurde Sylvia jedoch wieder ernst. »Aber ich habe wirklich keinen Hunger.«

»Hm«, machte Karen nur.

»Ich . . . ich werde wieder auf mein Zimmer gehen.« Sylvia stand auf und langte nach ihren Sachen. Karens Nähe machte sie zunehmend unruhiger.

»Wegen mir müssen Sie nicht.«

Aber wegen mir, dachte Sylvia verzweifelt. Sie roch den Duft von Karens Haaren. Nicht zum ersten Mal war sie versucht, sich an sie zu lehnen. Tu es doch einfach, sagte etwas in ihr. Unmöglich, wehrte ihr Verstand ab. Eilig verließ sie die Schwimmhalle.

Karen ging zurück zum Schwimmbecken und sprang kopfüber ins Wasser. Sie schwamm bis zur Erschöpfung. Nach dem Duschen und Umkleiden entschloß sie sich, noch einen Gin Tonic an der Hotelbar zu nehmen. Das würde ihr die notwendige Bettschwere geben.

Durch das Schwimmen ausgepumpt und immer noch ohne Abendessen merkte Karen die Wirkung des Alkohols sofort. Mit der lakonischen Feststellung, daß ihr Gemütszustand ein wenig Aufmunterung vertragen konnte, bestellte sie sich einen zweiten Drink und ein paar Chips dazu. Stoisch stopfte sie sich einen nach dem anderen in den Mund.

»Sie sehen aus, als hätten Sie Ärger mit Ihrem Freund«, hörte sie plötzlich eine dunkle Stimme neben sich. Karen musterte den Mann, der sich neben sie auf einen der Barhocker setzte.

»Schon wieder so ein Tiefenpsychologe«, blaffte Karen nicht gerade freundlich.

Der Mann lachte nur verstehend. »Ich liege also richtig.«

»Und? Wollen Sie sich als Tröster anbieten?« erwiderte Karen zynisch. Sie fühlte sich gestört. Warum konnte sie hier nicht einfach an der Bar sitzen, ohne gleich angemacht zu werden? Warum war jede Frau, die allein irgendwo saß, für Männer eine Aufforderung zum Blödquatschen?

Karen stand brüsk auf, bezahlte und verließ die Hotelbar.

Als sie auf dem Weg zu ihrem Zimmer an Sylvias Tür vorbeikam, verlangsamte sie ihren Schritt. Sollte sie . . .?

Karen drückte vorsichtig auf die Klinke. Die Tür ging auf. Sylvia war nicht zu sehen. Karen hörte das Geräusch von laufendem Wasser aus dem Bad. Sie durchquerte den kleinen Eingangsbereich, ging zum Fenster und wartete dort, an das Fensterbrett gelehnt, daß Sylvia aus dem Bad kam.

Das Wasser wurde abgedreht. Kurz darauf kam Sylvia, nur mit einem dünnen Hemd und Slip bekleidet, ins Zimmer. Erschrocken blieb sie stehen, als sie Karen so plötzlich vor sich sah. Sylvia erkannte sofort, daß Karen nicht ganz nüchtern und zudem aufgeladen war.

»Ich möchte mit dir reden«, sagte Karen fest, automatisch zum Du übergehend.

»Worüber?« wich Sylvia aus.

»Du weißt genau, worüber.«

Sylvia hatte jetzt ihren ersten Schreck überwunden. »Klopft man vorher nicht mehr an?« versuchte sie abzulenken.

»Das habe ich«, log Karen einfach. »Du hast es nicht gehört, weil du im Bad warst.«

»Also gut. Was willst du?« fragte Sylvia kurz angebunden.

»Warum weichst du mir in letzter Zeit aus? Ist es dir unangenehm, mit mir zusammen zu sein? Dann sag es. Ich kann einen meiner Mitarbeiter mit dem Projekt betrauen.« Karens Stimme klang traurig.

Sylvia sah Karen entsetzt an. Glaubte sie das? Glaubte sie, ihre Nähe war ihr unangenehm? Natürlich! *Was sonst soll sie denken, so wie du dich ihr gegenüber verhältst?* Aber dem war ganz und gar nicht so.

»Es ist mir doch nicht unangenehm, mit dir zusammen zu sein«, beteuerte sie.

»Dann solltest du wohl in der Lage sein, wie ein erwachsener Mensch mit mir umzugehen.«

»Das tue ich doch. Ich brauche nur etwas mehr . . . Abstand.«

»Abstand«, wiederholte Karen tonlos und nickte. »Verdammt! Warum habe ich nur meinen vorlauten Mund nicht halten können? Es ist jetzt alles so anders, so kompliziert.« Sie war kaum noch zu verstehen, so leise sprach sie. »Du ziehst dich zurück. Seit unserem Gespräch an dem Morgen, wo ich gesagt habe, daß wir längst miteinander geschlafen hätten, wenn . . . ich ein Mann wäre.«

»Wahrscheinlich ist es jetzt anders, weil ich denke, daß du recht haben könntest.«

»Dann frage ich noch einmal: Was wäre so schlimm daran?«

Karen tat einen Schritt auf Sylvia zu, nahm sie vorsichtig in den Arm. Sie senkte ihren Kopf und wanderte mit dem Mund zärtlich Sylvias Hals entlang. Kosend streichelte ihre Zunge Sylvias Haut.

Die Berührung traf Sylvia so unvorbereitet, daß ihr die Kraft fehlte, sich zu entziehen. Sie fühlte jetzt Karens Hand unter ihrem Hemd den Rücken entlangstreichen. Sylvia erschauerte.

»Karen, bitte! Du bist betrunken«, wehrte sie schwach ab.

»Ich bin keineswegs betrunken«, flüsterte Karen an ihrem Ohr.

Sylvia stöhnte auf. Karens Lippen berührten jetzt die ihren. Sie fühlten sich so gut an, so weich, so richtig! Und nicht nur ihre Lippen. Karens ganzer Körper, der sich gerade dicht an ihren drängte. Sylvia konnte die unterdrückte Sehnsucht nicht länger verleugnen. Ohne darüber nachzudenken erwiderte sie Karens Kuß.

»Sylvia!« flüsterte Karen erregt.

Das brachte diese wieder zur Besinnung. Als hätte sie sich an einer Flamme verbrannt, wich sie zurück.

Karen löste sich. Mit ernsten Augen schaute sie Sylvia an. »Ich müßte jetzt wohl sagen, daß es mir leid tut, aber das wäre gelogen. Und ich hatte auch nicht gerade den Eindruck, daß es dir unangenehm war.«

Sylvia seufzte. »Ich möchte das jetzt nicht diskutieren.«

»Warum nicht?« erwiderte Karen stur. Sie wollte sich nicht abwimmeln lassen.

»Du bist nicht in der Verfassung für eine Diskussion.«

»Das ist eine Ausrede, und das weißt du, Sylvia. Du solltest lieber mal darüber nachdenken, warum du mich gerade geküßt hast. Und sage nicht, ich hätte dich gezwungen.« Damit verließ Karen das Zimmer.

Das Frühstück am nächsten Morgen verlief schweigend, und auch während des Rückfluges wechselten sie nur die Worte, die nötig waren. Karen wechselte zum »Sie« zurück, und Sylvia sah keinen Grund, daran etwas ändern.

18.

Warum hast du sie nicht sofort aus dem Zimmer geschickt? Warum hast du zugelassen, daß sie dich küßt? Warum hast du sie auch geküßt?! Das alles waren Fragen, die Sylvia unaufhörlich durch den Kopf schwirrten.

Sie zögerte das nächste Zusammentreffen mit Karen hinaus. Und dann kam es ganz überraschend!

Eigentlich war Sylvia in der Annahme ins Restaurant gefahren, lediglich ihren Vater dort zu treffen. Doch als sie vom Kellner zu seinem Tisch geführt wurde, sah sie neben ihm Karen sitzen.

Werner Mehring erhob sich galant. »Der Abend muß phantastisch werden – mit zwei so hinreißenden Frauen an der Seite.«

Karen begrüßte Sylvia zurückhaltend, beinah kühl. Und Sylvia mußte erkennen, wie sie das schmerzte! Sie folgte dem Gespräch zwischen Karen und ihrem Vater wie aus weiter Ferne. Werner Mehring gab seine berühmten Schmunzelfälle zum besten. Karen lächelte über die Anekdoten, sah aber dabei nicht ein einziges Mal in Sylvias Richtung. Sylvia seufzte. Sie wünschte sich im Augenblick nichts mehr als einfach nur ein Lächeln von Karen.

Schließlich wurde Mehring ernst und kam auf Karens Angelegenheit zu sprechen.

»Die Untersuchungen der Polizei wurden auf Grund einer anonymen Anzeige eingeleitet. Der anonyme Schreiber beschuldigte direkt Sie, Karen.«

Das brachte für Karen nicht gerade Klarheit in die Sache. »Und was Ihre Vermutung angeht, daß Ihre Firma nicht die einzige ist, die Gregor für seine Zwecke benutzte – da könnte etwas dran sein. Endrich hat in Hannover den alten Arbeitsplatz von Gregor aufgetan. Die Firma existiert nicht mehr. Mußte Konkurs anmelden. Und das trotz vorliegender guter Auftragslage. Man baute damals unter anderem für die EXPO 2000. Dann war plötzlich Schluß, die Firma war von heute auf morgen tief in den roten Zahlen gewesen. Es stellte sich heraus, daß Unterschlagungen in Höhe von 1,8 Millionen Euro die Ursache dafür waren. Der Inhaber der Firma wurde dafür zur Verantwortung gezogen. Kurz und gut, dieselbe Geschichte. Endrich geht jetzt noch weiter zurück. Wir dürfen gespannt sein, wie viele *Leichen* Gregors Weg noch säumen.«

Jetzt beteiligte sich Sylvia zum ersten Mal am heutigen Abend aktiv am Gespräch. »Wer kann bloß dieser anonyme Schreiber sein? Jemand, der der Gerechtigkeit zum Sieg verhelfen wollte? Warum dann anonym?« überlegte sie laut.

»Vielleicht war es ja Ralf selbst«, meinte Karen. Auch dabei sah sie Sylvia nicht an, sondern sprach zu ihrem Vater. »Als ich so dumm war, ihn einzuweihen, daß mir Unterschlagungen in der Firma bekannt geworden sind, ging er zum Angriff über. Ein entsprechender Tipp bei der Kripo, und der Ball kam ins Rollen.«

Werner Mehring nickte nachdenklich. »Das ist möglich. Etwas risikoreich zwar, aber denkbar.«

»Und daß sein Plan immer noch aufgeht, sehen wir ja«, setzte Karen betrübt hinzu. »Wir haben nach wie vor nichts als Vermutungen, bestenfalls Indizien.« Sie zögerte, doch dann fragte sie: »Wie schätzen Sie meine Chancen ein?«

»Fünfzig zu fünfzig.« Werner Mehring war nicht der Anwalt, der seinen Klienten unrealistische Hoffnungen machte.

»Das heißt, es ist alles offen?«

»Ja.«

Karen rieb sich mit den Händen nachdenklich die Schläfen. »Würde es etwas bringen, wenn ich die Schuld einfach auf mich nehme?«

Zwei bestürzte Gesichter sahen sie an.

»Warum in aller Welt wollen Sie das tun?« fragte Sylvia entsetzt. Karens Gemütszustand war offensichtlich sehr angegriffen. Nur so war ihre fatalistische Einstellung zu erklären.

»Das wäre völliger Unsinn«, stellte Werner Mehring rigoros klar. »Und brächte wahrscheinlich nicht einmal eine Minderung im Strafmaß. Der Staatsanwalt würde es so hinstellen, daß Sie nur der Beweislast nachgeben. Ich rate Ihnen dringend davon ab. Um es noch einmal zu verdeutlichen: Im Falle eines Schuldspruches droht eine Gefängnisstrafe!« Werner Mehring musterte seine Klientin eindringlich. Dann polterte er bewußt burschikos. »Ich erinnere mich übrigens nicht, gesagt zu haben, daß wir chancenlos sind. Sie sollten mir etwas mehr vertrauen, meine Liebe.«

Doch Karens Bedrückung blieb. Sie verabschiedete sich kurz darauf.

Sylvia sah ihr nach. Ihr war unwohl bei dem Gedanken, Karen in dieser Situation allein zu lassen. Sie war sich nur allzu klar darüber, daß die polizeilichen Ermittlungen nicht allein der Grund für Karens angespannte Nerven waren. Sie, Sylvia, war – gewollt oder nicht – mit schuld daran. Die unausgesprochenen Gefühle, die sie mit sich herumtrug, waren für beide eine Belastung.

Die Distanz, die Karen ihr gegenüber heute an den Tag gelegt hatte, tat Sylvia weh. Andererseits, nach ihrer Reaktion auf Karens Kuß hatte diese ja gar keine andere Wahl. Mußte Karen doch davon ausgehen, daß sie, Sylvia, wütend auf sie war. *Wenn du dir also nichts einfallen läßt, wird Karen sich in Zukunft kaum anders verhalten – nicht anders verhalten können!*

Sylvia fuhr mit dem Taxi heim und ging sofort ins Bett. Doch schlafen konnte sie nicht. Die halbe Nacht lag sie wach und starrte die Decke ihres Schlafzimmers an.

Früh fühlte Sylvia sich wie gerädert. Und warum das alles? Weil sie sich wie eine Idiotin benahm! Was war dabei, daß Karen sie attraktiv fand und ihr das sagte? Es war einfach ein nettes Kompliment gewesen, weiter nichts. Etwas provozierend vielleicht die Bemerkung über die Verführung, aber doch kein Grund, Karen derart zu schneiden.

Karens Kuß im Hotel hast du selbst zu verantworten. Sie war wahrscheinlich wütend und wollte dich aus der Reserve locken. Was ihr ja auch gelungen ist, wie du unschwer leugnen kannst. Und warum bist du enttäuscht, wenn Karen sich zurückhaltend verhält, nachdem du sie ja praktisch vor den Kopf gestoßen hast? An ihrer Stelle wärst du wohl auch distanziert dir gegenüber. Sie muß ja denken, du flüchtest vor ihr wie vor einer Aussätzigen, als hätte sie etwas Ansteckendes!

Sylvia kam zu einem Entschluß. Sie würde sich nicht länger wie ein unreifes Kind benehmen. Eine offene Aussprache mit Karen würde alles wieder ins Lot bringen! Sie stand nun mal nicht auf Frauen, auch wenn sie von Karen fasziniert war. Es war wohl mehr eine psychische als eine physische Anziehungskraft. Karen war eine beeindruckende Frau, nicht nur für Männer. Sie hatte einen klar arbeitenden Verstand, eine überwältigende Selbstsicherheit und einen ganz persönlichen Charme. All das wirkte nun einmal, auch auf sie. Aber das war auch schon alles. Der Kuß im Hotel hatte sie einfach überrumpelt. Natürlich waren die Gefühle mit ihr Achterbahn gefahren. Eine gewisse Erotik war der Situation nicht abzusprechen. Aber da spielte kein sexuelles Verlangen eine Rolle. O nein! Das würde sie Karen sagen, einen Scherz machen, und sie würden beide lachen!

Nach der letzten Vorlesung fuhr Sylvia zu Karen. In deren Büro breitete sich Chaos vor Sylvia aus. Überall lagen Papiere. Auf dem Schreibtisch, auf dem Fußboden. Karen war mittendrin.

»Was ist denn hier los?«

Karen winkte resigniert ab. »Kurzfristige Terminarbeiten. Bis Montag brauche ich einen vollständigen Plan für einen Hotelausbau.«

Sylvia sah Karen entgeistert an. »Montag? Das sind nur noch vier Tage. Da haben Sie sich ja etwas vorgenommen.«

Karen zuckte mit den Schultern. »Gute Ablenkung«, murmelte sie nur.

Sylvia legte ihre Tasche ab. Vorsichtig zwischen den Papieren balancierend, ging sie zu Karen zum Schreibtisch.

»Sieht so aus, als könnten Sie noch jemanden brauchen, der Ihnen hilft«, meinte sie wie nebenbei, während sie Karen über die Schulter sah.

Karen schaute auf. Sylvia lächelte mit schuldbewußter Miene. »Frieden?« fragte sie zaghaft.

»Ich hatte keinen Krieg.«

Sylvia atmete erleichtert auf. Gott sei Dank! Das war geschafft. Ihre zurechtgelegte Rede vergaß sie auf der Stelle. Wozu sich aufs Glatteis begeben?

Statt dessen nahm sie sich Papier und Stift und ging Karen zur Hand.

Es war zweiundzwanzig Uhr dreißig, als Sylvia ihre angespannten Nackenmuskeln spürte. Sie drehte den Kopf ein paarmal nach rechts und links und versuchte so, ihren Hals zu entkrampfen.

»Schluß für heute«, ordnete Karen an. »Ich werde morgen weitermachen.«

»Ich nehme diese Berechnungen mit nach Hause.« Sylvia raffte die betreffenden Mappen zusammen.

»Das kann ich nicht von Ihnen verlangen«, wehrte Karen halbherzig ab.

»Tun Sie ja nicht. Ich drängle mich auf«, antwortete Sylvia lakonisch. »Freitag früh kommen Sie auf dem Weg zum Büro bei mir vorbei und holen die Unterlagen ab.«

Sie waren beide zu abgespannt für weitere Konversation.

In diesem Moment klingelte das Telefon.

»Nanu, wer ruft denn jetzt noch an?« Mit diesen Worten griff Karen zum Hörer. »Hallo? . . . Bernd!? . . . Ja, natürlich können wir uns treffen. . . . Gut, ich komme.«

Karen legte auf. Einen Moment sah sie geistesabwesend vor sich hin. Dann begegnete sie Sylvias fragendem Blick.

»Das war Bernd Drechsler. Er will sich mit mir treffen.«

»Hat er gesagt, warum?«

»Nein, aber er war sehr aufgeregt. Ich muß versuchen, das auszunutzen. Vielleicht erzählt er ja endlich, was los ist.«

»Soll ich nicht lieber mitkommen?« fragte Sylvia besorgt.

»Besser nicht. Ich weiß nicht, wie Drechsler reagiert, wenn er eine fremde Person bemerkt.«

»Ich könnte mich verstecken. Ehrlich gesagt, ist mir nicht wohl bei dem Gedanken, Sie allein gehen zu lassen.«

Karen lächelte. »Keine Sorge. Ich bin vorsichtig.«

»Rufen Sie mich an, sobald Sie zu Hause sind. Egal, wie spät es ist. Versprechen Sie mir das?«

»Versprochen«, willigte Karen ein.

Bereits um zwölf klingelte Sylvias Telefon. »Fehlanzeige«, hörte Sylvia Karens enttäuschte Stimme am anderen Ende. »Drechsler ist nicht gekommen.«

Sylvia konnte eine gewisse Erleichterung nicht verbergen. Immerhin war Karen durch diesen Umstand sicherer. »Sind Sie zu Hause?«

»Nein, aber ich fahre jetzt. Gute Nacht.«

»Ja. Gute Nacht.« Sylvia legte auf.

19.

Es klingelte, als Sylvia gerade unter der Dusche stand. Sie griff nach ihrem Bademantel, hüllte sich darin ein und ging zur Tür.

»Guten Morgen, Karen. Kommen Sie herein.«

Karen folgte der Aufforderung.

»Gehen Sie doch ins Wohnzimmer, ich komme gleich.«

Sylvia verschwand im Bad. Sie zog sich schnell an und trocknete mit dem Handtuch notdürftig die Haare.

»Ich bin wohl etwas zu früh«, sagte Karen, als Sylvia das Wohnzimmer betrat.

»Das macht nichts. Möchten Sie einen Kaffee? Er ist schon fertig.«

»Ja, danke.« Karen setzte sich.

Sylvia verschwand erneut. Nach zwei Minuten kam sie mit zwei Tassen voll mit dampfendem Kaffee zurück.

»Merkwürdig, daß Drechsler nicht gekommen ist«, meinte sie.

»Ja. Ich habe über eine halbe Stunde gewartet. Hat es sich wohl wieder anders überlegt.«

»Haben Sie versucht ihn anzurufen?«

»Entweder war er nicht zu Hause oder hat nicht abgenommen.«

»Verdammt.«

»Kann man eben nichts machen.« Karen zuckte die Schulter. »Lassen Sie uns das Thema wechseln. – Ich wage ja kaum zu fragen, aber wie lange haben Sie an den Berechnungen gearbeitet?«

»Ich wußte, Sie würden diese selbstquälerische Frage stellen und habe schon beschlossen, nicht darauf zu antworten.«

»So, haben Sie das? Na, das ist ja wundervoll. Sie nehmen mir nicht nur die Arbeit, sondern auch die Schuldgefühle ab.« Karen lachte.

Sylvia grinste zurück. Seit sie sich vorgestern mit Karen versöhnt hatte, fühlte sie sich sehr erleichtert, beinahe übermütig. Die Stimme in ihr, die ihr immer wieder Halbherzigkeit und Selbstbetrug vorwarf, ignorierte sie hartnäckig. Ein paar irritierende Gefühle wegen eines Kusses hatten schließlich nichts mit sexuellem Begehren oder gar Verliebtheit zu tun. Sie war erwachsen genug, um mit so etwas umzugehen.

»Dann werde ich jetzt mal die Unterlagen holen. Deshalb sind Sie ja schließlich hier.« Sylvia stand auf, holte aus einem Schrank ihre Berechnungen, gab sie Karen und setzte sich ihr gegenüber. Karen blätterte schweigend die Mappe durch. Nach dem Umfang der Arbeit mußte Sylvia Stunden daran gearbeitet haben. Sylvia hatte nicht nur die angefangene Berechnung zu Ende geführt, sondern auch eine zweite, überlegenswerte Alternative angeführt. Beide Varianten waren mit Entwürfen belegt.

»Sylvia, Sie sind wahnsinnig!« Karens Stimme war voller Anerkennung und Dank. »Wenn Sie nicht so leicht zu schockieren wären, würde ich Sie jetzt küssen.«

»O bitte, tun Sie sich keinen Zwang an«, erwiderte Sylvia leichthin, da sie sich nun einmal vorgenommen hatte, auf derartige Neckereien nicht mehr reinzufallen.

Diesmal war es Karen, die völlig verdattert war. »Ich widerstehe der Versuchung lieber«, lehnte sie vorsichtig lächelnd ab.

»Angst vor der eigenen Courage?« Die Worte rutschten Sylvia heraus. Sofort wurde ihr klar, daß sie zu weit gegangen war. Karen war nicht die Frau, die eine solche Provokation ignorierte.

Und richtig. Karen stand auf und kam auf sie zu. Da fühlte Sylvia auch schon, wie Karen sie zu sich hochzog. Der Kuß war nur kurz und rein freundschaftlich. Karen blieb, die Hände um Sylvias Taille gelegt, vor ihr stehen und wartete, daß die sich ihr jetzt entziehen würde. Doch, zu Sylvias eigener Verwunderung, tat sie das nicht. Auch nicht, als sie fühlte, wie Karens Hand ihren Nacken entlangstrich. Ihre Gesichter näherten sich. Die anfangs sanfte Berührung von Karens Lippen wurde intensiver, ihre Zunge fand Einlaß und spielte gekonnt in Sylvias Mund. Sylvia war zu durcheinander, einerseits von Karens fordernder Behutsamkeit, andererseits von ihrem eigenen Verlangen, als daß sie sich hätte wehren können – oder wollen.

Sylvia spürte Karens Brüste an den ihren. Sie waren herrlich weich und wohltuend. Noch während Sylvia sich aufgewühlt fragte, was mit ihr passierte, berührten ihre Hände vorsichtig Karens Rücken, wanderten hinab zu deren Hüfte, preßten diese gegen sich. Karen gab bereitwillig nach.

Nach einer Weile, die weder Sylvia noch Karen genau benennen konnte, brach Sylvia abrupt und verwirrt ab.

Karen brauchte etwas, bis sie sich wieder in der Gewalt hatte. »Es ist gefährlich, mit dem Feuer zu spielen«, sagte sie, und ihre Stimme klang rauh.

»Ich werde es mir merken«, erwiderte Sylvia benommen.

Eine Pause entstand, in der weder Karen noch Sylvia den Anfang fanden.

Karen war es schließlich, die sich zuerst wieder unter Kontrolle hatte. »Entschuldigung. Ich bin zu weit gegangen. Es wird nicht wieder vorkommen, Sylvia, ich verspreche es.« Sie wollte keine neuen Spannungen zwischen ihnen heraufbeschwören. Es war ihr auch nicht klar, warum sie sich hatte hinreißen lassen. Konnte sie ihre Gefühle nicht besser beherrschen?!

»Schon gut.« Sylvia räusperte sich. »Ich bin selbst schuld. Warum habe ich nicht meinen Mund gehalten?« *Und vor allem meine Hände nicht besser im Griff!*

Sylvia flüchtete sich in Geschäftigkeit. Sie räumte die Kaffeetassen zusammen und brachte das Geschirr in die Küche. Karen wartete ein paar Minuten, um ihr etwas Ruhe zu geben. Dann folgte sie ihr.

»Ich war ebenso wenig darauf vorbereitet wie Sie. Ich weiß nicht, wie ich es erklären soll.« Eigentlich weiß ich es schon, aber du wirst den Grund wohl nicht hören wollen, dachte Karen. Sie stellte sich Sylvias entsetztes Gesicht vor, wenn sie ihr sagte, daß sie sich in sie verliebt hatte.

»Es wird wohl etwas mit meiner unwiderstehlichen Ausstrahlung zu tun haben, der Sie sich nur schwer entziehen können«, versuchte Sylvia die Situation durch scherzhafte Übertreibung zu entschärfen. Auch sie wollte nicht, daß sich ihr Verhältnis wieder trübte.

»Fast«, meinte Karen. »Sie bringen scheinbar die hemmungslose Seite in mir zum Vorschein. Ich wußte selbst nicht, daß ich zu solch überfallartigen Attacken neige.« Es sollte ebenso scherzhaft klingen. Doch fiel Karen die Zweideutigkeit dieser Bemerkung spätestens bei Sylvias Antwort auf.

»Wollen Sie mich beruhigen, indem Sie mir sagen, daß ich Derartiges bei Ihnen auslöse?« fragte Sylvia skeptisch.

»Eigentlich wollte ich Sie beruhigen, indem ich Ihnen sage, daß ich normalerweise ganz friedlich bin«, erwiderte Karen. Sie hatte heute wohl nicht ihren besten Tag.

»Was muß ich tun, damit das bei mir auch funktioniert?« wollte Sylvia wissen. Natürlich war es unfair, diese Frage zu stellen. Schließlich war das eben nicht von Karen allein ausgegangen. Die aufrührerische Stimme in ihr meldete sich wieder: *Da siehst du es! Deine Ausflüchte sind sinnlos. Du kannst deine Gefühle nicht verleugnen.*

»Sie könnten sich einer entstellenden Gesichtsoperation unterziehen, einen Buckel einpflanzen lassen und Haarausfall provozieren. Ich denke, das würde fürs erste genügen«, meinte Karen mit ernster Miene. Sie sahen sich an. Dann begannen beide zu lachen.

»Ich weiß nicht, ob ich Ihnen da entgegenkommen kann«, kicherte Sylvia.

Nachdem Karen sich verabschiedet hatte, wurde es für Sylvia ein grüblerischer Tag. Am Ende stand eine Frage: Hatte das viele Reden über Frauenliebe sie dafür empfänglich gemacht?

Am Sonntagmorgen rief Torsten an und lud Sylvia zu einem Ausflug ein. Sylvia war überrascht, denn er hatte sich lange nicht bei ihr gemeldet.

»Wohin soll es denn gehen?« wollte sie wissen.

»Wird nicht verraten.« Er tat geheimnisvoll.

Sylvia, der jede Ablenkung von ihren grüblerischen Gedanken willkommen war, nahm trotz des nassen Wetters an.

Sie fuhren aus der Stadt raus, Richtung Norden. Irgendwann bog Torsten von der Hauptstraße ab, in eine schmale Straße, die sich scheinbar endlos durch den Wald schlängelte. Mehrere Kilometer ging das so, bis sie in einem kleinen Parkplatz, auf dem maximal zehn weitere Fahrzeuge standen, endete. Torsten stellte den Wagen ab.

»Wir sind da.«

Sylvia sah sich um. Es gab hier nichts, außer einem Fußweg, der direkt vor ihnen in den Wald führte. Da es bergauf ging, konnte man nicht erkennen, was hinter dem Hügel lag.

»Wo?« fragte Sylvia neugierig.

Torsten lächelte, schwieg aber beharrlich. Sie gingen den Pfad hoch.

Endlich war Sylvias Blick nicht mehr versperrt. Sie stand vor einer wahren Idylle. Eingebettet im Schoß des Waldes lag vor ihr klar und friedvoll ein See und lud den Betrachter ein, diese Ruhe auf sich übergehen zu lassen. Sylvia folgte mit den Augen dem Bach, der sich aus dem Wald seinen Lauf zum See durchbrach. Sie entdeckte die beschaulich anmutende alte Wassermühle, deren Rad durch das Wasser des Baches angetrieben wurde. Sylvia nahm dieses friedliche Bild in sich auf. »Toll«, war alles, was sie hervorbrachte.

Sie gingen zum Ufer des Sees und folgten dann dem Weg, der am Bach entlang zur Mühle führte. In einer Bauweise, die den in arabischen Ländern üblichen Trockenmauern ähnelte, waren deren Wände zunächst etwa einen Meter Stein auf Stein gesetzt worden. Darüber war in herkömmlicher Fachwerkart gebaut. Das Dach aus Reed war gut erhalten, ebenso wie das mächtige Mühlenrad.

Sie schlenderten weiter. Im Wald verlor sich der Lauf des Baches streckenweise unter der Erde oder das Wasser war so karg, daß es den Anschein hatte, das Flußbett sei trocken. Gelegentlich war der Weg ziemlich unzugänglich. Regenwasser hatte Teile einfach weggespült oder Sturm hatte kleine Bäume umgeknickt.

Torsten überkletterte gerade eines dieser kleinen Hindernisse, die sich in den Weg stellten. Er reichte Sylvia die Hand.

»Ich halte dich fest.« Er bemerkte seinen Fauxpas sofort. Als Sylvia auf der anderen Seite neben ihm stand, wollte er sich entschuldigen. »Kleiner Versprecher.«

»Schon gut. Lassen wir es beim Du«, meinte Sylvia ungezwungen. Die frische Luft, die Bewegung wirkten belebend. »Ich danke dir, daß du mich hierher gebracht hast. Ich weiß nicht, wie lange es schon her ist, daß ich mich das letztemal so lebendig gefühlt habe.«

»Fein, dann sollten wir öfter so etwas machen«, schlug Torsten vor.

Nach einem ausführlichen Spaziergang von gut zwei Stunden kamen sie wieder am Parkplatz an. Sylvia fror ein wenig. Sie hatte bei der Auswahl ihrer Kleidung wohl den sommerlichen Wind unterschätzt. Torsten machte im Wagen sofort die Heizung an.

Als sie vor Sylvias Haustür standen, lud sie ihn zu einer Tasse Tee ein. Sie fand, daß sie es ihm schuldig war. Gemeinsam saßen sie in der Küche. Torsten zögerte. »Darf ich dir eine Frage stellen?«

»Wenn du fragst, ob du fragen darfst, kommt mir das spanisch vor. Um welche schwerwiegende Frage handelt es sich denn?«

»Also, es ist mir ein bißchen peinlich, weil es auf dich ziemlich gestellt wirken muß.« Er grinste verlegen. Dann fand er zu seiner gewohnt saloppen Art zurück. »Wie sagt man gleich? – Willst du mit mir gehen?«

Sylvia war völlig überrumpelt. Es dauerte ein paar Sekunden, bis sie ihre Sprache wiederfand. »Findest du nicht, daß das ein wenig übereilt ist?«

»Keineswegs. Übereilt wäre es, wenn ich dich gebeten hätte, mich zu heiraten«, erwiderte er.

Sylvia schüttelte den Kopf. »Du kennst mich kaum«, gab sie zu bedenken.

»Gut genug. Du bist Professorin, also sehr gescheit. Du triffst dich wiederholt mit mir, hast also einen guten Geschmack. Du machst 'ne prima Pizza, kannst also einen Mann ernähren. Und nicht zuletzt bin ich in dich verliebt.«

Sylvia sah wieder diese Fältchen in seinen Augen. Sie lächelte. »Nicht einmal eine Liebeserklärung kannst du mit dem nötigen Ernst rüberbringen.« Im Grunde genommen mochte sie ihn auch.

»Ich bin vielleicht kein besonders ernster Mensch, aber nicht leichtsinnig«, versicherte er. »Gib mir eine Chance, es zu beweisen.«

»Was verstehst du unter einer Chance?«

»Nichts Unanständiges!« beteuerte er. »Nur daß du dir Zeit gibst, mich kennenzulernen.«

»Okay, warum nicht.«

20.

Miriam stürmte zur Bürotür herein. Hinter ihr sah Karen Frau Stahmanns verärgertes Gesicht. Es bedurfte nicht viel Phantasie, sich die vorangegangene Szene auszumalen. Karen nickte Frau Stahmann beruhigend zu.

»Schon gut. Wenn Frau Mehring kommt, lassen Sie sie bitte durch.«

Frau Stahmann nickte und schloß die Tür hinter Miriam.

»Hallo, Miriam. Was führt dich her?«

»Nichts Besonderes. Ich war gerade in der Nähe und dachte, ich schau einfach mal rein.«

Karen glaubte ihr nicht. Es bestand nicht der geringste Grund für einen Freundschaftsbesuch. Das wußten sie beide. Karen schwieg.

»Wie geht es dir, Karen? Man hört ja gar nichts mehr von dir. Hängt das mit der kleinen Professorin zusammen? Wie man sagt, seid ihr ja die dicksten Freundinnen.«

Das war also der Grund. Miriam konnte ihre Eifersucht einfach nicht mehr zügeln. Der geringschätzige Ton in ihrer Stimme zeigte dies deutlich.

»Ich wüßte nicht, daß ich dir gegenüber Rechenschaft ablegen muß.« Karen blieb völlig ruhig.

»Sie ist genau dein Typ, nicht wahr? Du kannst es ruhig zugeben. Ich kenne deinen Geschmack«, bohrte Miriam.

Karen erwiderte nichts. Sie hatte nicht die Absicht, sich auf ein Streitgespräch einzulassen.

Miriam verfiel plötzlich in einen weinerlichen Ton. »Karen, mach es mir doch nicht so schwer! Ich habe dich immer noch gern, und ich gebe unsere Freundschaft nicht auf!«

Karen runzelte die Stirn. »Miriam! Hör bitte auf damit. Du kannst mich nicht umstimmen. So nicht, und auf keine andere Art!«

»Du liebst diese Professorin?« fragte Miriam lauernd.

»Es hat gar nichts damit zu tun. Ich liebe *dich* nicht!«

»Aber ich liebe dich!«

Miriams Starrsinn brachte Karen langsam in Rage.

»Das ist nicht wahr!« Karen lief jetzt im Zimmer auf und ab. Lauter als beabsichtigt warf sie Miriam vor: »Dein Ego ist verletzt. Du kannst es nicht vertragen, daß ich dich verlassen habe. Es paßt nicht in deine Vorstellungswelt, und deshalb willst du es nicht akzeptieren.« Karen blieb vor Miriam stehen. »Ich bin die Diskussionen leid, Miriam!«

Plötzlich fühlte Karen sich von Miriam gegriffen. Noch bevor Karen sie abwehren konnte, küßte Miriam sie leidenschaftlich. In diesem Moment wurde die Bürotür geöffnet. Sylvia stand in der Tür.

»Hallo, Karen . . . oh, Entschuldigung.« Sylvia war mehr als verwirrt. Mit bleichem Gesicht ging sie schnell hinaus.

Karen löste sich energisch von Miriam. »Laß das bitte.«

Es war Karen äußerst unangenehm, daß Sylvia Zeuge dieser Szene gewesen war. Was würde sie jetzt denken?

»Miriam, geh jetzt bitte.«

Miriam wollte offenbar widersprechen, doch dann hielt sie sich zurück. »Wie du meinst.« Sie ging zur Tür. Kurz davor drehte sie sich noch einmal zu Karen um und sagte mit anklagender Stimme: »Du gibst mir keine Chance, Karen. Ich hatte wirklich gehofft, wir könnten wieder zusammenkommen. Schade.«

Das war ihr Abgang. Schlicht und ergreifend.

Karen atmete einmal tief durch und öffnete die Tür, um Sylvia hereinzubitten. Doch die war nicht im Vorzimmer. Karen ging zurück in ihr Büro und zum Telefon. Sie wählte die Nummer von Sylvias Handy.

»Mehring«, meldete Sylvia sich.

»Wo stecken Sie denn?«

Kurze Pause.

»Im Café gegenüber. Ich dachte, es könnte bei Ihnen länger dauern.«

Karen stutzte. War das Ironie oder Bitterkeit in Sylvias Stimme? So oder so, Karen wollte den Irrtum erklären.

»Haben Sie Lust, mit mir zu Mittag zu essen?« fragte sie deshalb.

Sylvias Stimme drückte Verwunderung aus. »Sind Sie sicher?«

»Würde ich sonst fragen?«

»Also gut«, kam die zögerliche Antwort.

»Ich komme runter.«

Fünf Minuten später stand Karen vor Sylvia. Sylvia bezahlte ihren Kaffee, und sie fuhren mit Karens Wagen zu einem Restaurant. Es waren nur wenige Gäste im Lokal. Der Kellner führte sie an einen Tisch.

Während der Fahrt hatten sie kaum gesprochen. Als sie jetzt saßen, versuchte Karen zu erklären: »Ich habe mich wirklich von Miriam getrennt. Sie begreift es nur nicht.«

Sylvia tat unbeteiligt. Sie wollte die Enttäuschung nicht zugeben, die sie beim Anblick Karens in Miriams Armen verspürt hatte. Wie eine kalte Dusche hatte sie es empfunden, als sie sah, wie sich die beiden küßten.

»Sie brauchen sich doch vor mir nicht zu rechtfertigen.« Sylvia gelang ein Lächeln. »Sie können Ihre Meinung ja auch geändert haben. So etwas soll es geben.«

Karen sah Sylvia an, als wäre sie schwachsinnig. »Das glauben Sie doch nicht wirklich?!«

»Warum nicht? Miriam wird auch ihre Reize haben, sonst hätten Sie sich ja wohl nicht mit ihr eingelassen.«

»Ich habe meine Meinung aber nicht geändert«, sagte Karen nachdrücklich. »Und das werde ich auch ganz sicher nicht tun. Es war also völlig überflüssig, die Flucht zu ergreifen. Im Gegenteil. Das war ziemlich feige von Ihnen. Sie hätten mir helfen müssen.«

»Die Situation sah nicht so aus, als würden Sie Wert auf Gesellschaft legen oder Hilfe brauchen.« Sylvia grinste schief. »Und da ich Sie, glaube ich, mittlerweile sehr gut kenne, war ich natürlich der Meinung, Sie hätten die Situation voll im Griff. Ich fand nichts Außergewöhnliches an dem, was ich sah, und wollte einfach nicht stören.«

»Wie rücksichtsvoll von Ihnen. Aber Sie scheinen sich nicht besonders gut auszukennen, wo der Unterschied zwischen einer zärtlichen Umarmung und einer Umklammerung liegt«, sagte Karen ironisch.

»Ich werde in Zukunft besser hinsehen, wenn ich Sie in den Armen von anderen Frauen sehe.«

»Von *anderen* Frauen?« Karen betonte das »anderen« und sah Sylvia mit hochgezogenen Augenbrauen fragend an. »Wie meinen Sie das?«

Sylvia wurde rot. Sie hatte die Zweideutigkeit ihrer Bemerkung in dem Augenblick bemerkt, da sie ausgesprochen war. »Sie drehen einem das Wort im Mund um, Karen.« Sylvia bemühte sich, ihre Verlegenheit zu unterdrücken.

Karen lächelte. *Aber natürlich, Schätzchen. Denn was sich hier gerade abspielt, ist eine bessere Eifersuchtsszene. Auch wenn du versuchst, cool zu tun. Deine Reaktion verrät dich. Ich weiß nur noch nicht, ob dir klar ist, was hier gerade passiert. Doch ich denke, du ahnst etwas davon.*

Der Kellner brachte das Essen. Karen lenkte das Thema jetzt auf das Projekt. Und das war Sylvia nur recht. Anschließend gingen sie zurück in Karens Büro, um endlich mit der Arbeit zu beginnen, die durch Miriams Szene verschoben worden war.

Sie waren mitten in der Diskussion, als es an der Tür klopfte. Holzner und Keller traten ein. Und diesmal hatten sie noch einen Kollegen mitgebracht.

»Guten Tag, die Herren.« Karen sah auf. »Was kann ich für Sie tun?«

»Guten Tag, Frau Candela.« Holzner nickte Sylvia zu. »Frau Mehring.« An Karen gewandt fuhr er fort. »Können wir Sie einen Moment sprechen?«

»Nun sind Sie ja schon hier.«

»Das ist mein Kollege Sachs«, stellte Holzner den neuen Mann vor. »Er möchte Ihnen einige Fragen stellen. Es geht um Herrn Drechsler.«

»Ja? Was ist mit ihm?«

»Er wurde getötet«, antwortete Sachs trocken.

Karen blickte ungläubig von ihm auf Holzner, dann wieder zu Sachs. »Was sagen Sie da?«

»Erschossen. Aus etwa zehn Metern Entfernung. Selbstmord scheidet also definitiv aus«, übernahm Sachs auch die weitere Gesprächsführung. Er zog ein Notizheft hervor und begann zu fragen: »Herr Drechsler war Buchhalter bei Ihnen?«

In Karens Kopf schwirrten die Gedanken durcheinander. Drechsler tot? Getötet! Was war passiert? Hatte er auf Grund des Druckes, den Endrich auf ihn ausübte, etwas getan, was ihn das Leben kostete? Ging er vielleicht zu Gregor und verlangte, daß dieser sich stellen sollte? Tötete Gregor ihn daraufhin, weil er Angst hatte, Drechsler würde ihn nun doch verraten? Wo war Endrich gewesen, der Gregor doch im Auge behalten sollte?

»Frau Candela?« hörte Karen Sachs fragende Stimme.

»Bitte?« Karen versuchte sich zu konzentrieren.

»Herr Drechsler war Buchhalter bei Ihnen?« wiederholte Sachs seine Frage.

»Ja, ja, das war er. Hauptbuchhalter genau gesagt. Und ein sehr guter.«

»Er hat sich also nie etwas zu Schulden kommen lassen?«

»Das habe ich nicht gesagt.«

»Könnten Sie das näher erläutern?« fragte Sachs geduldig.

»Wie Ihren Kollegen bekannt sein dürfte, ist die Firma in Unterschlagungen verwickelt. Drechsler war es, der mir den ganzen Schaden, etwa eine Woche vor Ihrem ersten Erscheinen in der Firma, zur Kenntnis gab.«

Karen überlegte, ob sie der Kripo von ihrem Gespräch mit Drechsler erzählen sollte. Man würde ihr sicher nicht glauben, weil es für die Beamten wieder so aussah, als wolle sie sich herausreden. Doch es ging hier um Mord. Da durfte sie nicht verschweigen, was sie wußte. Vielleicht gab es ja einen Zusammenhang mit seinem Tot.

Karen begann also zu erzählen.

»Warum haben Sie uns nicht schon vorher davon erzählt?« wollte Holzner wissen, während Sachs seine Notizen beendete.

Karen beantwortete die Frage nicht. Das war ja wohl auch völlig überflüssig. Holzner kannte die Antwort ebenso wie sie.

»Was haben Sie daraufhin unternommen?« wollte Sachs wissen.

»Nichts. Drechsler hat von sich aus gekündigt. Er war nicht bereit, mir mehr zu sagen.«

»Und?« hakte Sachs nach.

»Er riet, einen unabhängigen Wirtschaftsprüfer zu holen, was ich tat.«

»War Drechsler nach Ihrem Gespräch sehr aufgeregt?«

»Im Gegenteil. Mir kam Herr Drechsler eher ruhig vor. Er sah alt aus.«

»Es gab also keinen Streit zwischen Ihnen?«

»Nein.«

»Und Sie haben sein Schweigen einfach hingenommen?«

»Was blieb mir anderes übrig? Ich konnte ihn schlecht zwingen.«

»Hatten Sie den Eindruck, Drechsler stand unter Druck?«

»Er wirkte eher bedrückt.«

Sachs Kopf wackelte hin und her. »Nicht viel, was Sie uns da sagen können. Sehr wage.«

»Verstehe.« Karen erahnte die Gedanken des Beamten. »Sie meinen, wahrscheinlicher ist, daß das Gespräch ganz anders verlaufen ist. Sie denken, Drechsler hat mir, da ich ja laut Ihrer Meinung den Kreditbetrug vorsätzlich begangen habe, gedroht, mich auffliegen zu lassen, hat mich erpreßt, so daß ich ihn aus dem Weg haben wollte. Deshalb habe ich mir eine Waffe besorgt, Drechsler aufgelauert und eiskalt abserviert.« Karen schüttelte verärgert den Kopf. »So ist das einleuchtend, und paßt auch viel besser in Ihre Theorie«, setzte sie verbissen hinzu.

»Nun mal langsam«, brummte Sachs mürrisch. »Niemand hat Sie beschuldigt. Wir ermitteln lediglich. Und zwar in alle denkbaren Richtungen. Deshalb müssen wir auch Sie fragen, wo Sie in der Nacht vom Mittwoch zum Donnerstag von zweiundzwanzig bis null Uhr waren.«

»Wir haben gearbeitet«, sagte Sylvia da aus dem Hintergrund. »Frau Candela hatte einen wichtigen Termin zu halten. Ich habe ihr bei der Arbeit geholfen. Gegen Mitternacht haben wir dann abgebrochen.«

Sachs sah zweifelnd auf Sylvia. »Hm, dann ist das ja geklärt«, murmelte er nur und fuhr fort: »Frau Candela, Sie haben doch sicherlich ein Auto?«

»Ja.«

»Am Tatort, übrigens eine Ihrer Baustellen, wurden verschiedene Reifenspuren sichergestellt. Wären Sie einverstanden, wenn wir die Spuren mit dem Reifenprofil Ihres Wagens vergleichen?«

»Nur zu. Es ist der blaue Lexus direkt vor der Tür. Aber wenn der Tatort eine meiner Baustellen ist, ist es wohl auch nicht außergewöhnlich, wenn Sie Reifenspuren meines Wagens dort finden.«

»Das ist mir bewußt. Die Abdrücke sollen auch nur bei der Rekonstruktion des Falles helfen. Alles, was wir identifizieren können, hilft uns dabei weiter.«

»Verstehe.«

»Dann möchten wir Sie nicht länger aufhalten. Auf Wiedersehen.« Sachs wandte sich zum Gehen. Holzner und Keller folgten ihm. Vor der Tür fragte Sachs seine Kollegen. »Wer ist diese Mehring? Ist sie glaubwürdig?«

Keller sah Holzner an. Der zuckte nur mit den Schultern: »Sie ist Professorin an der Uni, arbeitet hier als Projektberaterin. Warum sollte sie lügen?«

Karen starrte den Dreien hinterher. »Hätte Drechsler doch bloß mit mir gesprochen. Vielleicht hätte ich ihm helfen können.«

»Sein Schweigen hat ihn jedenfalls nicht gerettet«, stellte Sylvia fest.

»Was, wenn Drechsler sich unter dem Druck Endrichs mit Gregor stritt? Dann bin ich mitschuldig an seinem Tot.« Karen konnte ihre Selbstvorwürfe nicht verschweigen.

»Das ist absoluter Unsinn, und das wissen Sie«, widersprach Sylvia rigoros. »Niemand kann sagen, was passiert wäre, wenn Endrich nicht auf Drechsler eingewirkt hätte. Vielleicht genau dasselbe, vielleicht auch nicht.«

Karen sah jetzt ernst zu Sylvia. »Danke für die Hilfe. Aber Ihre falsche Aussage kann Sie in Teufels Küche bringen. Und diesmal steht weit mehr als Ihr Job auf dem Spiel, Sylvia!«

»Ich weiß auch nicht, was in mich gefahren ist. Ich glaube, ich wollte diesem Klotz von einem Beamten einfach das Konzept vermiesen. Seine Arroganz hat mich dermaßen gereizt . . .«

»Nun, ich werde Sie ganz bestimmt nicht verraten. Aber wie erklären wir das meinem Anwalt – Ihrem Vater? Wir müssen sofort mit ihm sprechen.«

»Daran habe ich noch gar nicht gedacht. Er wird mir den Kopf abreißen.«

»Ich hoffe doch nicht. Es wäre wirklich schade um ihn«, grinste Karen.

Werner Mehring schüttelte fassungslos den Kopf. »Was hast du dir dabei gedacht?« Er unterbrach Sylvias Versuch zu antworten schon im Ansatz: »Nichts! Du hast dir nichts gedacht. Ist doch klar. Sonst hättest du so etwas nicht gemacht.«

Sylvia schwieg.

»Falschaussage in einem Mordfall. Weißt du, was das heißt? Begünstigung, Mittäterschaft!«

»Aber Karen ist doch nicht die Mörderin«, verteidigte Sylvia sich kleinlaut.

»Entschuldige mal, das steht doch hier gar nicht zur Debatte.« Und an Karen gewandt. »Nehmen Sie es mir nicht übel, natürlich gehe ich davon aus, daß das Vertrauen, welches meine Tochter in Sie setzt, gerechtfertigt ist. Trotzdem«, und jetzt wandte er sich wieder an Sylvia, »hast du auch nur eine Sekunde an die möglichen Konsequenzen gedacht?« Seine Stimme war laut.

Sylvia erwiderte ebenso laut: »Du hast ja recht. Und ich habe es begriffen!«

»Na hoffentlich.«

»Können wir den Disput damit jetzt beenden?« fragte Sylvia gereizt.

Werner Mehring winkte ab. »Sicher.« Er schüttelte erneut den Kopf. Dann wechselte er das Thema. »Karen, ich habe gute Neuigkeiten. Wir haben diesen Zeugen, Frank Bachmann, etwas genauer beleuchtet. Er ist nicht nur ein krankhafter Spieler, sondern hat auch Schulden bis über beide Ohren. Von mir mit den Tatsachen konfrontiert, ist er umgefallen. Er war ein leicht zu steuerndes Werkzeug in Gregors Händen. Er wird seine Aussage widerrufen.

Sobald das erledigt ist, sind Sie zumindest in dem Punkt entlastet. Und wir können uns dann noch konkreter um Gregor kümmern. Es geht bergauf, Karen!«

Karen hütete sich vor allzu großer Euphorie. Trotzdem. Immerhin konnte die Kripo nicht die Augen vor der Tatsache verschließen, daß hier offenbar etwas nicht stimmte. Und die Theorie der Intrige gegen sie wurde so auch glaubhafter.

»Vielleicht erfahren wir ja von Bachmann einiges«, meinte Karen. »Vorausgesetzt, er besitzt Hintergrundwissen, sollte es nicht schwer sein, ihm dieses zu entlocken. Immerhin braucht er Pluspunkte, um nicht wegen Falschaussage belangt zu werden. Er könnte seine falsche Aussage als erpreßte Schuldenrückzahlung darstellen. In seiner Situation durchaus glaubwürdig. Wir bieten ihm, daß er so noch mal glimpflich davonkommt.«

»Wie wird Gregor auf die neue Situation reagieren?« gab Sylvia zu bedenken. »Wenn er wirklich Drechsler ermordet hat, weil dieser ihn belasten konnte, wird er dann nicht auch kurzerhand Bachmann beseitigen? Sollte man Bachmann nicht lieber in Schutzhaft nehmen lassen?«

Die Antwort ihres Vaters fiel wenig aufbauend aus.

»Der Vorschlag mit der Schutzhaft hat was für sich. Allerdings nur für jemanden, der unserer Version der Geschehnisse glaubt. Andererseits ist er ziemlich unplausibel. Alibi hin oder her. Es ist nicht auszuschließen, genauer gesagt sogar wahrscheinlich, daß die Kripo meint, daß der Mord auf Karens Konto geht. Sie könnten ja jemanden für die Ausführung engagiert haben. Deshalb macht eine Schutzhaft Bachmanns in deren Augen natürlich gar keinen Sinn. Bachmann will Karen ja entlasten. Und dies wird das Problem sein, wenn wir ihm das Angebot machen. Wenn auch er, wie wir, in Gregor den Mörder Drechslers vermutet, wird er sich auf keinen Handel einlassen, weil er Angst hat, Drechslers Schicksal zu teilen.«

Karen seufzte. Wenn es wirklich bergauf ging, dann aber mit sehr schwacher Steigung!

Es war schon neun, als Sylvia endlich nach Hause kam. Mozart lief in Erwartung seines Futters aufgeregt zwischen ihren Beinen herum, womit er den Zeitpunkt seines Abendbrotes natürlich eher hinauszog als beschleunigte. Kaum hatte Sylvia die Büchse geöffnet und etwas Futter in die Schale getan, klingelte das Telefon.

»Ich möchte, daß Sie sich von Karen fernhalten.«

Sylvia erkannte Miriams Stimme am anderen Ende der Leitung. Der offen drohende Unterton ließ nichts Gutes erahnen.

Doch größer als Sylvias Verwunderung über diese Art von Forderung war ihr Ärger über eine derartige Unverfrorenheit. Miriam konnte ihr doch nicht ernsthaft vorschreiben wollen, mit wem sie ihre Zeit verbrachte!

»Sonst?« fragte Sylvia deshalb ungewöhnlich aggressiv.

»Wissen Sie eigentlich, wie konservativ im Grunde unsere Umwelt ist? Die Menschen wollen sich und erst recht ihre Kinder gut aufgehoben wissen. Werte sind wichtig. Die Uni als stabiler Faktor in der Entwicklung zum Erfolgsmenschen, dem intakten Familienleben entgegen. Keine Randgruppen. Leute, die Drogen nehmen, sind ebenso unerwünscht wie Homos. Und dann – die Vorzeigeprofessorin, eine Lesbe. Wenn das bekannt wird. Aus Ihrer Position können Sie sehr tief fallen, meine Liebe.«

Ein Knacken in der Leitung. Miriam hatte aufgelegt.

»Verdammt!« murmelte Sylvia vor sich hin. War das Ganze nicht schon kompliziert genug? Jetzt hatte sie auch noch diese Irre am Hals. Sollte sie Karen von Miriams Anruf erzählen? Damit würde sie nur erreichen, daß Karen Miriam zur Rede stellte. Miriam würde sich dann an sie, Sylvia, halten, um ihren Ärger abzureagieren. Wenn nun Miriam aber feststellte, daß ihre Drohung wirkte, wer weiß, wie weit sie ihr Spiel dann noch trieb? Wie Sylvia es auch drehte, sie hatte den Schwarzen Peter in der Hand.

21.

Becker, der Bauleiter, reichte Karen und Sylvia die Schutzhelme. Er führte sie eilig durchs Baugelände.

»Wir liegen soweit im Plan. Die Baugrube ist spätestens nächsten Mittwoch fertig. Dann werden sofort die Gründungselemente montiert.«

Ein Mann lief auf sie zu. Völlig außer Atem kam er neben dem Bauleiter zum Stehen. »Chef, es sickert Wasser in die Baugrube.«

»Quatsch. Der Grundwasserspiegel liegt mindestens einen halben Meter unter der Sohle.«

»Kommen Sie und sehen Sie selbst.«

Karen und Sylvia folgten den beiden Männern. Die Aussage des Arbeiters bestätigte sich leider. Der Wasserandrang war sogar sehr hoch. Es gab bereits mehrere Stellen, an denen sich mittelgroße Pfützen gebildet hatten.

»Na, gute Nacht, Marie«, kommentierte Becker das Malheur.

»Wurden denn keine Probeschürfungen durchgeführt?« fragte Sylvia.

»Wir haben sogar einen Bodensachverständigen mit einer genauen Untersuchung beauftragt. Da muß was schiefgelaufen sein.« Becker kratzte sich am Kopf. »Und nun?«

»Wir brauchen so schnell wie möglich eine weitere Untersuchung, um eventuelle Auswirkungen auf umliegende Bauwerke bei einer Grundwassersenkung zu prüfen«, legte Karen fest. »Sollte das Ergebnis positiv sein, legen wir Tiefbrunnen innerhalb der Baugrube an und senken so den Grundwasserspiegel auf das erforderliche Maß ab.

»Das Ganze wird uns mindestens eine Woche kosten«, fluchte Becker. Er sah seine Prämie dahinschmelzen.

Karen und Sylvia wandten sich von der Baugrube ab und stapften durch den Sand.

»Ich werde Reeder informieren. Sie haben genug um die Ohren«, sagte Sylvia resolut.

»Wenn Sie darauf bestehen. Sie wissen, Reeder wird die Wände hochgehen.«

»Ich werde es überleben«, sagte Sylvia und lachte optimistisch.

Plötzlich fühlte Karen sich von Sylvia gepackt und hart zur Seite gerissen. Noch ehe sie ihrem Erstaunen Ausdruck verleihen konnte, raste neben ihr, dort wo sie noch vor einer halben Sekunde gestanden hatte, ein LKW vorbei. Von der Wucht des Lärmes und des Schrecks stürzte Karen zu Boden.

»Karen?« Sylvias ängstliche Stimme war dicht neben ihr. Karen hörte sie, konnte aber nichts erwidern. In ihrem Kopf wütete ein höllischer Schmerz, der alles andere blockierte.

»Karen!« rief Sylvia eindringlich. Sie kniete neben Karen, die mit dem Kopf auf einen faustgroßen Stein geschlagen war. Blut sickerte aus einer Wunde.

Becker kam zu ihnen geeilt. »Was für ein bekloppter Idiot war das denn?« rief er aufgeregt.

»Rufen Sie einen Arzt und holen Sie eine Decke«, wies Sylvia ihn an. Nicht, daß ihr beim Anblick von Blut schlecht wurde, aber die Regungslosigkeit, mit der Karen dalag, machte ihr Angst. Becker nahm sofort sein Handy und telefonierte, während er gleichzeitig loseilte, eine Decke zu holen.

Sylvia beobachtete, wie Karen langsam zu sich kam. »Bleiben Sie liegen! Der Notarzt wird gleich hier sein und feststellen, ob Sie weitere Verletzungen haben.«

»Ich kann aufstehen«, widersprach Karen benommen und versuchte ihre Worte unter Beweis zu stellen. Das Ergebnis war ein unangenehm starkes Schwindelgefühl. Sie stöhnte und ließ ihren Körper sofort wieder sinken.

»Warum hören Sie auch nicht auf mich«, sagte Sylvia vorwurfsvoll und legte die Decke, die Becker ihr in diesem Moment reichte, unter Karens Kopf.

»Besser?« fragte sie.

»Danke«, krächzte Karen. Der Schmerz in ihrem Kopf pochte jedoch unerbittlich weiter.

Die Ambulanz traf nach zehn Minuten ein. Mit schnellen, geübten Handgriffen überprüfte der Arzt Karens Zustand.

»Ein Sturz?« fragte er.

»Ein idiotischer LKW-Fahrer. Ich konnte sie gerade noch zurückreißen, sonst hätte er sie über den Haufen gefahren«, erzählte Sylvia.

»Haben Sie sich das Nummernschild gemerkt?«

»Nein. Es ging alles viel zu schnell.«

»Schade.«

»Hat sie innere Verletzungen?« fragte Sylvia besorgt.

»Soweit ich feststellen kann, nicht. Alles deutet auf eine Gehirnerschütterung. Im Krankenhaus wird man sie trotzdem vorsichtshalber röntgen. Und wahrscheinlich bleibt sie einen Tag zur Beobachtung.«

»Ich werde mitfahren, wenn das geht«, sagte Sylvia.

»Warum soll das nicht gehen? Wenn es der Patientin recht ist?«

Er blickte fragend auf Karen, die von den Sanitätern bereits auf die Trage gelegt worden war. Karen nickte nur schwach.

Im Krankenhaus bestätigte der Arzt der Unfallstation die Diagnose. »Keine inneren Verletzungen. Natürlich ein gewisser Schockzustand. Aber dieser dürfte in etwa vierundzwanzig Stunden abgeklungen sein. Die Patientin braucht Ruhe. Wenn wir sie morgen entlassen, sollte sie noch mindestens drei, vier Tage zu Hause im Bett bleiben. Und danach sollte sie es langsam angehen lassen.«

»Kann ich sie kurz sehen?« fragte Sylvia.

Der Arzt nickte. »Aber bitte wirklich nur kurz. Sie soll gleich verlegt werden.«

»Danke.« Sylvia öffnete die Tür zum Behandlungszimmer, in dem Karen lag. Beim Anblick von Karens blassem Gesicht drehte es Sylvia den Magen um. »Hallo, meine Lebensretterin.« Karens Stimme klang immer noch schwach.

Sylvia ging zu Karen und nahm ihre Hand. »Verdammt, ich hatte eine Heidenangst.« Sylvia war zu aufgewühlt, um vorsichtig zu sein. Sie streichelte mit dem Daumen Karens Handrücken und fuhr mit der anderen Hand zart über Karens Wange. Überrascht von der Zärtlichkeit schloß Karen die Augen. Sie genoß die Berührung. Dafür würde sie alle Kopfschmerzen der Welt in Kauf nehmen.

»Bei dieser Fürsorge lasse ich mich gleich noch mal anfahren«, rutschte es ihr auch prompt heraus.

Sylvia zog irritiert die Hand zurück. Ihre Verlegenheit überspielend, meinte sie schnippisch: »Ich werde der Schwester Bescheid sagen. Sie ist gute fünfzig und mehr als stämmig. Sicher hat sie Zeit und Verständnis für Ihren Wunsch nach Aufmerksamkeit.« Sylvia grinste. Die Beschreibung der Schwester war frei erfunden, aber ihre Worte zeigten Wirkung.

Karen verzog das Gesicht. »Bei näherer Überlegung möchte ich doch lieber nach Hause.«

»Der Arzt sagt, Sie bleiben eine Nacht zur Beobachtung. Rufen Sie mich morgen an, wenn Sie entlassen werden. Ich hole Sie ab.«

»Das ist nicht nötig. Ich kann ein Taxi nehmen. Sie müssen sich keine Umstände machen«, wandte Karen ein.

»Das sind keine Umstände. Bis morgen«, erwiderte Sylvia resolut, stand auf und verließ den Raum. Karen sah ihr nach und lächelte.

Sylvia holte Karen am nächsten Nachmittag aus dem Krankenhaus ab und brachte sie nach Hause. Sie sorgte dafür, daß Karen der Ruheempfehlung des Arztes auch wirklich Folge leistete, indem sie sie, deren Protest ignorierend, auf die Couch verfrachtete. Dort lag Karen jetzt, eingehüllt in einer Decke, Tee und Zwieback neben sich auf dem Tisch.

»Hier bleiben Sie liegen und rühren sich nicht«, befahl Sylvia.

»Geben Sie mir wenigstens ein Buch«, flehte Karen.

»Sie wissen ganz genau, daß Ihnen nach wenigen Sekunden schwindelig wird, bei dem Versuch zu lesen«, erinnerte Sylvia sie.

Karen seufzte ergeben und sah hinaus in den Garten.

Sylvia ging in die Küche, schaute in den Kühlschrank und erstellte im Kopf eine Einkaufsliste.

Zurück im Wohnzimmer setzte sie sich zu Karen und mahnte eindringlich: »Karen, reden wir nicht lange drum herum. Ich weiß, Sie warten nur darauf, daß ich gehe, um dann Dummheiten zu machen. Es würde mich wundern, wenn Sie hier still liegenbleiben und vernünftigerweise tun, was der Arzt Ihnen geraten hat, nämlich sich auszuruhen. Deshalb sage *ich* Ihnen, und wehe, ich kriege mit, daß Sie sich nicht daran halten: Vergessen Sie alles, was mit Arbeit zu tun hat, für die nächsten drei Tage. Keine Anrufe aus der Firma, und Sie rufen auch nicht dort an. Keine Faxe. Keine Unterlagen bringen lassen. Kurzum: keine Arbeit!«

»Das ist nicht Ihr Ernst«, protestierte Karen.

»Mein absoluter Ernst«, bestätigte Sylvia streng. Dann lächelte sie Karen an. »Tun Sie mir den Gefallen. Kurieren Sie sich richtig aus. Verschleppen Sie die Sache nicht. Mit Kopfverletzungen ist nicht zu spaßen. Wenn Sie einverstanden sind, rede ich mit Frau Stahmann. Sie soll bei buchhalterischen Belangen auf Reimann verweisen und bei technischen Klärungen soll der jeweilige Projektleiter entscheiden. Dazu sind die Leute da. Ihre eigenen Projekte werden eben mal liegenbleiben müssen.«

»Ja, Frau Professor«, sagte Karen jetzt wie ein folgsames Kind.

Sylvia grinste. »Und wenn Sie schön artig sind, komme ich abends vorbei und koche ein wenig für Sie.«

»Und wenn nicht?«

»Gibt es weiter Tee und Zwieback.«

Karen verzog schmollend das Gesicht.

Sylvia hielt ihr Versprechen. Sie besuchte Karen am Abend, nachdem sie in der Uni fertig war. Auch den darauffolgenden Tag und den nächsten. Warum Sylvia Karen jeden Tag besuchte, darüber dachte sie nicht nach. Es hatte sich einfach so ergeben. Und sie freute sich auf die Besuche. Sie aßen gemeinsam etwas, und anschließend saßen sie zusammen. Mal waren ihre Gespräche ernst, mal lachten sie ausgelassen miteinander. Und jedesmal bedauerte Sylvia es, wenn es an der Zeit war zu gehen.

Heute, am Samstag, kam Sylvia schon nachmittags. Ellen öffnete ihr die Tür. »Hallo, Sylvia. Schön, Sie zu sehen. Wie geht es Ihnen?«

»Danke, gut«, erwiderte Sylvia gutgelaunt. »Und selbst?«

»Bestens. Nur – ich muß zugeben, ich bin ein wenig eifersüchtig auf Sie. Bis jetzt stand es ausschließlich mir zu, Karen zu pflegen«, neckte Ellen und ließ Sylvia eintreten.

»Dann wissen Sie ja, daß das keine leichte Aufgabe bei dieser Patientin ist, und sind mir dankbar, daß ich Ihnen diesmal etwas helfe«, erwiderte Sylvia im scherzhaften Ton.

Ellen lachte nur.

»He, was soll das. Man redet nicht schlecht über Kranke«, beschwerte Karen sich aus dem Wohnzimmer von der Couch her.

»Ich geh dann mal«, verkündete Ellen. »Es reicht, wenn du eine Pflegerin traktierst.« Sie winkte und zog die Tür hinter sich zu.

Sylvia ging ins Wohnzimmer.

»Was steht heute auf dem Plan, Frau Professor?« fragte Karen gutgelaunt, als sie Sylvia sah.

»Ich habe mir gedacht, es ist nun Zeit, daß Sie mal wieder an die frische Luft kommen. Ein kleiner Ausflug wird Ihnen nicht schaden«, meinte Sylvia.

»Das hört sich toll an. Wo geht es denn hin?« wollte Karen wissen.

»Nun, wir wollen es nicht gleich übertreiben. Ich dachte an den botanischen Garten.«

Karen hatte sich bei Sylvia eingehakt. »Ich kann nur immer wieder beteuern, daß ich den LKW-Fahrer nicht selbst angeheuert habe, um so in den Genuß zu kommen, mich verwöhnen zu lassen.«

Sie schlenderten langsam den Weg entlang.

»Sie gehen also auch davon aus, daß es kein Zufall war?« Bisher hatte Sylvia über ihren Verdacht geschwiegen, weil sie abwarten wollte, bis es Karen wieder besser ging.

»Allerdings«, sagte Karen nachdrücklich. »Der Fahrer muß uns beide gesehen haben. Und warum fuhr er überhaupt so schnell? Der LKW kam urplötzlich auf uns zu geschossen. Auf Baustellen fährt man normalerweise nur Schrittempo!«

»Wissen Sie, was Sie da sagen, Karen?« Sylvia lief es eiskalt den Rücken hinunter.

»Dasselbe, was Sie denken«, erwiderte Karen. »Jemand will mich, oder sogar uns beide, einschüchtern. Und da kommen wohl nicht viele Personen in Frage. Mir fällt nur eine ein.«

»Gregor«, sprach Sylvia den Verdacht laut aus.

»Ja. Unzweifelhaft wird er langsam nervös. Bachmann ist entlarvt. Außerdem hat Gregor wohl inzwischen mitbekommen, daß wir gegen ihn recherchieren. Und die Computer in der Firma sind immer noch abgeschaltet, was die betrieblichen Programme betrifft. Es läuft also nicht so, wie er es sich erhofft hatte. Es gibt eine zweite Theorie, die Dinge zu erklären, und die bringt ihn, Gregor, ins Spiel. Bisher glaubt niemand dieser Theorie, aber das könnte sich ändern, wenn unsere Recherchen erfolgreicher werden.«

»Ich will ja nicht den Teufel an die Wand malen, aber es könnte noch schlimmer sein. Vielleicht glaubt Gregor, die Lösung seines Problems gefunden zu haben, indem er die offizielle Verdächtige des Falles sterben läßt. Ein tragischer Unfall. So was passiert alle Tage.« Sylvia unterbrach sich. Allein der Gedanke an diese Möglichkeit schnürte ihr die Kehle zu. »Vielleicht denkt er, die Polizei würde die Ermittlungen nach Ihrem Tot einstellen. Das wäre ganz in Gregors Sinne.«

»Sie denken, da er schon Drechsler auf dem Gewissen hat, wird es ihm bestimmt nichts ausmachen, noch einmal zu töten«, meinte Karen.

»Ich fürchte, ja.«

Sie gingen schweigend.

»Ich bringe Sie in Gefahr, Sylvia«, sagte Karen jetzt leise.

»Nun fangen Sie nicht wieder damit an!«

»Das ist etwas anderes als bisher.« Karen blieb stehen und zwang Sylvia so, sie anzusehen. »Es geht nicht mehr um Ihren Job. Es geht um Ihre Gesundheit, vielleicht um Ihr Leben.«

Sylvia erwiderte Karens Blick. »Und um Ihres. Bemühen Sie sich nicht weiter, Sie werden mich nicht los.«

Karen schüttelte leicht den Kopf. »Das ist das letzte, was ich will, das wissen Sie.«

22.

Montag vormittag wurde Drechslers beigesetzt. Karen ging anschließend direkt ins Büro. Als Sylvia am Nachmittag kam, stand Karen noch immer unter dem Eindruck der Beisetzung. Drechslers Frau war während der gesamten Zeremonie von ihren Kindern gestützt worden.

»Sie ist völlig am Ende.« Karen sah nachdenklich aus dem Fenster.

»Verständlich«, meinte Sylvia. »Der Tot eines lieben Menschen ist sicher schon schwer genug zu verkraften. Wenn er dann auch noch gewaltsam herbeigeführt wurde und demzufolge völlig unvorbereitet kommt, breitet sich nicht nur das Gefühl der Leere aus, sondern man steht auch noch quälenden Fragen gegenüber. Fremden und eigenen.«

»Ich hatte den Eindruck, daß Frau Drechsler bei Gregors Anblick noch blasser wurde. Falls das überhaupt noch möglich war. Ob sie weiß, daß Gregor ihren Mann genötigt hat, um seinen Betrug zu decken?«

Sylvia zuckte nur unbestimmt mit den Schultern. Karen erwartete natürlich auch keine Antwort auf die Frage und fuhr in ihren Überlegungen fort. »Was verband Gregor und Drechsler bloß, daß Drechsler sich schützend vor ihn stellte?«

In diesem Moment betrat Gregor unangemeldet Karens Büro. Karen sah Sylvia mit hochgezogenen Brauen an, und die konnte deren Gedanken klar ablesen: Wenn man vom Teufel spricht.

»Ralf?« fragte Karen zurückhaltend. »Was kann ich für dich tun?«

Gregor grinste sowohl Karen als auch Sylvia an. Provokativ langsam ging er an den beiden vorbei zu Karens Schreibtisch, schob sich deren Sessel zurecht und setzte sich.

»Nun, ich denke, alle hier im Raum Anwesenden wissen das ganz genau«, sagte er betont gelassen. »Ihr beiden macht mir mehr und mehr Schwierigkeiten. Ich muß euch warnen. Ich mag es nicht, wenn man hinter mir her spioniert.«

Karen und Sylvia wechselten einen kurzen Blick miteinander. Gregor hatte ganz offensichtlich beschlossen, seine Taktik zu ändern. Er gab sich zu erkennen und drohte nun unverhohlen.

»Und ich mag es nicht, wenn man mich hintergeht«, erwiderte Karen ruhig.

Gregor lachte leise. »Nimm es nicht persönlich. Das Ganze ist nur ein Geschäft.«

»Irrtum«, korrigierte Karen. »Wir sprechen von meiner Existenz, die hier auf dem Spiel steht. Du erwartest doch wohl nicht, daß ich ruhig daneben stehe und zusehe, wie alles, was ich mir aufgebaut habe, den Bach runtergeht. Und am Ende soll ich dann auch noch für dich in den Knast.«

Gregor lachte leise. »Ich verstehe deine Motive. Aber du mußt zugeben, das ist immer noch besser als . . . tot.« Er sprach das letzte Wort so leise, daß Karen es kaum verstehen konnte. Trotzdem lag es sehr bedrohlich in der Luft.

Karen schüttelte den Kopf. »Du kannst deinen Sündenbock nicht umbringen.«

Diesmal klang Gregors Lachen laut und häßlich. »Sei doch nicht so phantasielos! Du könntest einen Unfall haben oder – noch besser – deine neugierige Freundin hier. Apropos. Hast du dich gut erholt?«

Karen nickte. »Ich habe mir schon gedacht, daß du dahintersteckst.«

Gregor zuckte mit den Schultern. »Du siehst also, ich meine es ernst.«

»Ihre Drohungen nützen Ihnen nichts«, warf Sylvia jetzt ein. »Sie können nicht alle aus dem Weg räumen, die an der Sache arbeiten.«

»Das brauche ich auch nicht«, gab Gregor sich gelassen. »Ich muß nur Karen überzeugen, daß es besser ist zu gestehen, wenn sie ihre Familie und Freunde nicht gefährden will.«

»Hat Drechsler sich deinen Einschüchterungsmethoden auch widersetzt? Mußte er deshalb sterben?« fragte Karen.

»Zugegeben, er wurde langsam lästig. Aber ich habe Drechsler nicht umgebracht. Glaubt es oder laßt es. Allerdings weiß ich, wer es war.«

»Du hast nicht zufällig vor, das der Polizei zu erzählen?«

Gregors breites Grinsen war widerlich. »Ich bin Geschäftsmann. Ich verwerte Informationen, ich verschenke sie nicht.«

»Erpressung gehört also auch zu Ihrem Repertoire. Warum bin ich nicht überrascht?« kommentierte Sylvia trocken.

»Und unser Detektiv behindert dich natürlich bei deinen Geschäften«, stellte Karen fest.

»Du sagst es.« Gregors Augen funkelten Karen kalt an.

Doch Karen ließ sich nicht einschüchtern. »Tut mir leid. Ich kann es nicht ändern.«

»Ist das dein letztes Wort?«

»Allerdings. Und übrigens – du bist gefeuert.«

Gregor lachte. »Ich bin schockiert.« Er stand auf und verließ gutgelaunt den Raum.

Eine Weile sprach keine von ihnen. Dann brach Karen die Stille. »Das alles ist ein Alptraum.«

»Sie müssen zur Polizei gehen und Schutz fordern, Karen!« sagte Sylvia.

Karen winkte resigniert ab. »Die lachen sich doch tot, wenn ich da ankomme und erzähle, was eben vorgefallen ist. Man glaubt mir kein Wort.«

»Aber ich kann alles bezeugen! Man muß Ihnen glauben!« widersprach Sylvia. »Der Unfall auf der Baustelle beweist außerdem, daß wir uns die ganze Geschichte nicht ausdenken.«

»Was beweist der schon? Ein LKW-Fahrer ist gerast, und wir standen unglücklich im Weg.«

»Wenn Sie nicht zur Polizei gehen, werde ich es tun.« Sylvia war nicht davon abzubringen.

Karen seufzte. »Tun Sie sich das nicht an, Sylvia. Es bringt nichts.«

»Wir werden ja sehen«, meinte Sylvia. »Besser ein gescheiterter Versuch als gar keiner. Ich bin bald wieder da. Dann wissen wir, ob Sie recht haben.«

Das Tonband lief seit zehn Minuten mit.

»Ich war Zeuge, wie Gregor Frau Candela bedrohte!« Sylvia saß Sachs gegenüber. »Er gab offen zu, daß er das Geld unterschlagen hat, und wollte Karen zwingen, die Schuld auf sich zu nehmen.«

Sachs seufzte ergeben. »Frau Mehring, wenn Sie an meiner Stelle wären, würden Sie die Geschichte nicht auch als ziemlich abenteuerlich, ja fast absurd ansehen?«

»Ist das alles, was Sie dazu zu sagen haben?« Sylvia verstand Sachs nicht. Schon während sie das Gespräch mit Gregor wiedergab, hatte sie deutlich seine Zweifel an ihrer Aussage gespürt.

»Sie glauben mir kein Wort«, stellte Sylvia frustriert fest.

»Ich habe meine Gründe«, erwiderte Sachs.

»Und? Darf man die erfahren?«

Sachs zögerte, doch dann rückte er mit der Sprache heraus. »Frau Mehring, es ist ein offenes Geheimnis, daß Sie und Frau Candela eng miteinander befreundet sind. Will sagen, Sie haben ein Verhältnis miteinander. Ich verstehe, daß Sie Frau Candela helfen wollen. Aber bedenken Sie bitte, daß derartige Aussagen, wenn sie falsch sind, Sie vor Gericht bringen können.«

Sylvia traute ihren Ohren nicht. »Was sagen Sie da? Das glaube ich doch nicht.« Ruhig Sylvia! ermahnte sie sich. Du darfst jetzt nicht aufbrausen. »Erstens«, erklärte sie deshalb so gelassen wie möglich, »ist die Art meines Verhältnisses zu Frau Candela lediglich ein freundschaftliches. Und zweitens, selbst wenn es mehr wäre, wäre das völlig unrelevant. Ich bin nämlich nicht der Typ Frau, der als verliebte dumme blinde Kuh herumläuft. Ich sage die Wahrheit!"

Sachs zog die Augenbrauen hoch. »Gehen wir davon aus. Und gehen wir auch davon aus, daß der Unfall, wie Sie sagen, kein Zufall, sondern ein Anschlag war. Es kann alles Mögliche dahinterstecken: die Verzweiflungstat eines ehemaligen Angestellten, der Racheakt eines Konkurrenten, es kann auch ein ganz willkürliches Attentat gewesen sein.«

»Und Gregors Drohung und sein Quasi-Geständnis?« gab Sylvia zu bedenken.

»Wollen Sie das zu Protokoll geben?«

»Wenn das bewirkt, daß Sie mir glauben.«

»Hat Gregor wirklich gesagt, er weiß, wer Drechsler getötet hat?« hakte Sachs nach.

»Ja, und ich bin mir sicher, er erpreßt denjenigen.«

»Wenn wir ihn vorladen und befragen, weiß er, daß wir die Informationen nur von Ihnen haben können. Das würde Sie gefährden«, meinte Sachs nachdenklich.

»Heißt das, Sie glauben mir jetzt?«

»Ich glaube nie etwas, bevor ich die Beweise schwarz auf weiß vor mir habe. Aber ich ziehe alle Möglichkeiten in Betracht.«

»Wie wäre es, wenn Sie Gregor beschatten lassen?« schlug Sylvia vor.

»Das zu entscheiden, müssen Sie schon mir überlassen«, meinte Sachs säuerlich. »Wir haben weiß Gott nicht so viele Leute, auf einen bloßen Verdacht hin jedem einen Mann hinterherzuschicken.« Er schaltete das Tonband aus. »Ich lasse das Band abtippen. Zur Unterschrift müssen Sie dann noch mal vorbeikommen.«

Sylvia ging. Sie war enttäuscht. Es war gekommen, wie Karen vorausgesagt hatte. Man glaubte ihr nicht. Sachs Reaktionen ließen kaum Zweifel daran, daß er sie, wenn nicht für eine Lügnerin, so doch für ein Opfer ihrer Emotionen hielt.

Wieder bei Karen im Büro, berichtete sie. Dabei schwankten ihre Gefühle zwischen Wut und Enttäuschung.

»Offensichtlich hält Sachs meine Aussage für das Ergebnis einer übergroßen Sympathiebezeugung, die ich nicht in der Lage bin zu kontrollieren«, meinte Sylvia sarkastisch und schwächte damit Sachs Version erheblich ab. Trotzdem konnte sie ihre Verlegenheit nicht verbergen.

»Er kennt Sie eben nicht. Er kann nicht wissen, daß Sie, wenn überhaupt, nie länger als ein paar Sekunden die Kontrolle über sich verlieren«, stichelte Karen.

»Schön, daß Sie das witzig finden. Ich frage mich, warum ich mir eigentlich die ganze Mühe mache. Weder Sie, die vor kurzem mit viel Glück einen Anschlag überstanden hat, noch die Kripo, deren Aufgabe es wäre, der Sache nachzugehen, zeigen sich irgendwie beteiligt an dem Vorfall.« Und ehe Karen es verhindern konnte, war Sylvia aus der Tür.

Sylvia setzte ihre Wut auf Karen in Energie um. Sie rief Anne an und fragte: »Steht dein Angebot noch? Hilfst du mir beim Renovieren?«

»Mach die Malerrollen klar, ich komme«, lautete die Antwort.

Gerade hatte Sylvia die erste Wand geweißt, als es auch schon an der Wohnungstür klingelte. Nanu? Normalerweise ließ Anne sich reichlich Zeit, wenn es um Arbeit ging. Sylvia säuberte ihre Hände an den farbbeschmierten Jeans, so gut es eben ging, und öffnete die Wohnungstür. Doch draußen stand nicht Anne, sondern Karen.

»Oh, Sie?« Verblüfft sah Sylvia Karen an.

»Ich bin unmöglich. Verzeihen Sie mir?« fragte Karen zerknirscht.

»Nein«, Sylvia drehte sich um, ließ aber die Tür offen.

Karen nickte. »Sie ist wirklich sauer«, sagte sie zu sich selbst und ging hinter Sylvia her. »Ich entschuldige mich.« Karen hob eine Flasche Wein hoch und sah sich um. »Sie renovieren?«

»Sehen Sie sich vor, daß Sie sich nicht dreckig machen.«

»Ich helfe Ihnen«, bot Karen an.

»Sie brauchen mir nicht helfen«, erwiderte Sylvia immer noch verärgert.

»Haben Sie noch eine Rolle?« überging Karen die Ablehnung.

»Im Bad«, brummte Sylvia.

»Heißt das, Sie verzeihen mir?« Karen sah sie flehend an.

»Ich weiß noch nicht.« Sylvia nahm ihr die Flasche Wein ab und stellte sie in die Küche.

Karen ging lächelnd ins Bad. »Wo soll ich anfangen?« rief sie, während sie sich Eimer, Abstreichsieb und Rolle suchte.

»Warten Sie einen Moment.« Sylvia ging ins Schlafzimmer und kam mit einer ausgedienten Jeans und einem T-Shirt zurück. Sie drückte Karen beides in die Hand. »Ziehen Sie das an. Die Farbe läßt sich zwar nach Angaben des Herstellers herauswaschen. Aber sicher ist sicher.«

»Paßt«, verkündete Karen, als sie wenig später im Flur stand.

»Na, dann suchen Sie sich eine Wand im Arbeitszimmer aus«, rief Sylvia ihr über die Schulter zu.

»Welches wo ist?«

Sylvia deutete auf eine der Türen. Karen verschwand. Wenig später rief Karen aus dem Zimmer: »Außer daß mich mein schlechtes Gewissen plagte, wollte ich Sie zu einem Tennismatch überreden. Sagten Sie nicht, Sie spielen?«

»Ein wenig. Ich habe ein paar Jahre während meiner Schulzeit trainiert. Und man verlernt es ja nicht. Man rostet nur ein!«

»Also bestelle ich einen Platz für übermorgen? Zwanzig Uhr?« schlug Karen vor.

»Einverstanden.«

Plötzlich – ein dumpfer Aufprall aus dem Arbeitszimmer. Erschrocken lief Sylvia hinüber, um nachzusehen. Dann prustete sie los. Karen saß rittlings auf dem Fußboden, hielt die Malerrolle von sich gestreckt und Mozart lief aufgeregt gurrend um sie herum.

»Entschuldigen Sie«, gluckste Sylvia. Sie konnte sich kaum beruhigen. »Ich hätte Sie warnen müssen. Mozart hat die dumme Angewohnheit, sich in unmittelbarer Nähe von Füßen aufzuhalten und sich damit zwangsläufig in den Weg zu stellen.«

Jetzt krabbelte der kleine Kater auf Karens Schoß, drehte sich einmal um sich selbst und ließ sich fallen.

Karen hing die Malerrolle über den Rand des Farbeimers und streichelte den kleinen Kerl. Dieser genoß die ihm zuteil werdende Zuwendung mit einem wohlwollenden Schnurren. Plötzlich sprang er auf und lief mit erhobenem Schwanz in den Flur. Es hatte geläutet.

Karen rappelte sich auf. Sylvia ging die Tür öffnen. Kurz darauf erschien sie in Annes Begleitung wieder im Arbeitszimmer.

»Karen Candela – Anne Lorenz«, stellte sie die beiden einander vor. »Anne ist meine Kollegin und beste Freundin seit der Studienzeit.«

»Hallo, Anne«, begrüßte Karen sie.

»Hallo. Und woher kennen Sie Sylvia?« fragte Anne, neugierig wie immer.

»Wir arbeiten zusammen.«

»Du weißt schon, dieses Beraterprojekt«, erklärte Sylvia wie beiläufig.

»Ach, Sie sind das!« platzte Anne zu Sylvias Entsetzen heraus.

»Bitte?« fragte Karen verständnislos.

Sylvia hypnotisierte Anne mit ihren Augen.

»Ach – nichts«, winkte Anne ab. Und an Sylvia gewandt: »Entschuldige, ich komme mal wieder zu spät. Aber wie ich sehe, hast du dir ja anderweitig Unterstützung geholt.«

»Die Hilfe kam ganz zufällig.«

»Na, dann werde ich erst einmal für Getränke sorgen.« Anne verschwand in der Küche. Es klapperte und kurz darauf knallte ein

Korken. Anne kam mit drei Gläsern und der Flasche Wein wieder.

»Prost, Malermeisterin«, sagte sie dabei zu Sylvia und »Prost, Gesellin« in Richtung Karen. Karen lachte.

In den nächsten zwei Stunden quasselte Anne, wie es ihrem Wesen entsprach, fast ununterbrochen, während Sylvia und Karen die Arbeit taten. Flur und Arbeitszimmer strahlten anschließend in frischem Weiß.

Anne bot sich an, die Leitern in den Keller zu bringen. »Damit ich später sagen kann, ich habe geholfen«, grinste sie und verschwand.

Sylvia bedankte sich bei Karen für die Hilfe.

Karen stand ziemlich bekleckst vor Sylvia und grinste. »Wie werden Gesellen heutzutage eigentlich entlohnt?«

»Oh, da gibt es keine festen Tarife. Das ist Verhandlungssache«, erwiderte Sylvia schnippisch.

»Und wie stehen meine Chancen auf eine faire Vergütung?« wollte Karen wissen.

»Was stellen Sie sich denn vor?«

Karen legte den Kopf etwas zur Seite. Für einen kurzen, einen sehr kurzen Augenblick sagte ihr frecher Blick alles. Er war eine einzige Herausforderung. Es genügte, daß Sylvia knallrot wurde. Doch dann schien Karen sich zu besinnen.

»Nichts, was Sie nicht geben wollen«, erwiderte sie mit offenem Blick und seufzte ergeben. »Ach Sylvia. Manchmal ist ein Scherz einfach nur ein Scherz.«

»Vielleicht könnten Sie demnächst etwas weniger provozierend scherzen?« fragte Sylvia zaghaft. »Ich glaube, das würde helfen.« Sie faßte sich wieder. »Aber ich werde nicht riskieren, daß Sie herumlaufen und sagen, ich würde mich vor Bezahlung drücken.« Scheu küßte sie Karen auf den Mund. Die lächelte und gab sich zufrieden.

Anne kam die Treppe hinaufgepoltert und fiel wieder in den Flur. Um sich ihre Verlegenheit nicht anmerken zu lassen, schlug Sylvia vor: »Ich mache etwas zu essen. Ihr bleibt doch noch?«

Während Karen die Pinsel und Rollen auswusch, hantierten Sylvia und Anne in der Küche. Sie kochten Spaghetti Bolognese.

Als Karen in die Küche kam, schnupperte sie. »Mmh. Das riecht lecker.«

Ein paar Minuten später lobte sie mit vollem Mund die Köchinnen und verdrückte genüßlich eine große Portion der Nudeln.

»Eines läßt mir keine Ruhe!« Anne konnte ihre Neugier nicht zügeln. »Wie ist es Ihnen nur gelungen, und glauben Sie mir, wenn ich sage, es grenzt an ein Wunder, Sylvia zu überreden, auf eine Party zu gehen, wo sie keinen Menschen vorher kannte?«

»Du tust ja gerade so, als wäre ich ein hoffnungslos zurückgebliebenes Landei«, warf Sylvia mit einem verlegenen Blick auf Karen ein. »Außerdem kannte ich doch Karen bereits, und auch ihre Schwester.«

»Trotzdem.« Anne blieb, zu Sylvias Verdruß, hartnäckig an dem Thema haften. »Was ich alles während unseres Studiums versucht habe, dich von den Büchern weg unter Leute zu bringen . . .«

». . . und heute noch versuchst«, unterbrach Sylvia entnervt ihre Freundin. »Und das, was du versuchst, nennt man übrigens Verkuppeln.«

»Nun sagen Sie doch auch mal was«, wandte sich Anne an Karen. »Ist es nicht tragisch? Eine Frau wie Sylvia, und immer noch solo.«

»Anne, hör endlich auf damit.« Sylvia wurde das Gespräch sichtlich peinlich.

»Es gibt verschiedene Varianten des Glücks, Anne«, gab Karen lediglich zu bedenken. Sylvia stand abrupt auf und begann die Teller zusammenzuräumen. Anne sah sie verwundert an. Dann zuckte sie mit den Schultern und machte Anstalten, Karen Wein nachzuschenken.

»Ich bin mit dem Wagen da«, lehnte Karen jedoch ab. Kurz darauf verabschiedete sie sich. »Meine Damen, Sie waren mir eine angenehme Gesellschaft. Leider muß ich jetzt gehen.«

»Schade«, sagte Anne. Und als Sylvia zurück in die Küche kam, nachdem sie Karen zur Tür begleitet hatte: »Nette Person.«

»Ja«, bestätigte Sylvia.

»Warum warst du so distanziert ihr gegenüber?«

»Ich war doch nicht distanziert«, widersprach Sylvia.

»Vielleicht ist distanziert der falsche Ausdruck. Ich meine nur, du wirktest so . . . keine Ahnung, wie ich das beschreiben soll.«

»Ich war etwas verärgert, als sie kam. Wir hatten heute nachmittag einen Streit. Deshalb war sie eigentlich hier, sich zu entschuldigen.«

»Verärgert? Aber wegen eines Arbeitsstreites bist du doch niemals derart . . .«, Anne suchte nach den richtigen Worten, ». . . aus der Fassung.« Sie musterte Sylvia aufmerksam.

Sylvia wich dem Blick ihrer Freundin aus. »Es war mehr privat.«

Anne wartete, bis Sylvia sie wieder ansah. »Darf ich fragen, was es war?«

Sylvia winkte seufzend ab. »Das ist zu kompliziert.«

23.

Torsten stand zum Feierabend unangemeldet in Sylvias Büro. Sie sah erstaunt auf. Waren sie verabredet?

»Ich dachte mir, ich hole dich ab und wir gehen zusammen ins Kino.«

»Eigentlich ist mir nicht danach«, meinte Sylvia lustlos.

»Auch nicht, wenn ich Cola und Popcorn spendiere?« Das jungenhafte Funkeln in seinen Augen und der Gedanke an die Aufräumarbeiten, die sie nach der Renovierung zu Hause erwarteten, stimmten Sylvia um.

»Überredet«, gab sie nach. Seine gute Laune wirkte wieder einmal unwiderstehlich ansteckend.

Sie fuhren zu Sylvia, wo diese ihren Wagen stehenließ und in Torstens umstieg. Sie kauften an einer Tankstelle eine Zeitung und entschieden sich unter den diversen Angeboten der Kinoprogramme für den neusten James Bond. Der Film war ein typischer seiner Art: 007 rettet die Welt mit raffinierten technischen Tricks und unwiderstehlichem Charme, dem jede Frau, ob Freundin oder Feindin, erliegt.

Nach dem Kino schlug Torsten einen Restaurantbesuch vor. Während des Essens unterhielt er Sylvia gewohnt geistreich. Hin und wieder legte er seine Hand auf ihre. Sylvia ließ es zu. Als Torsten Sylvia schließlich vor ihrem Haus absetzte und sich verabschiedete, nahm er sie in seine Arme und küßte sie. Seine Lippen waren nicht so weich wie Karens, seine Zunge auf eine andere Art zärtlich.

Sylvia wartete gespannt auf eine Reaktion ihres Körpers. Vergeblich. Ihr Herz schlug in der gewohnten Gleichmäßigkeit. Sie spürte keine innere Aufwallung oder irgendeine andere Art von Erregung.

Torsten ließ sie los. »Du bist nicht sehr beeindruckt«, stellte er enttäuscht fest.

»Tut mir leid.« Das war ehrlich gemeint. Sylvia wünschte selbst, daß sie bei seinem Kuß mehr empfunden hätte. Es hätte ihr bestätigt, daß sie doch normal reagierte. Daß das Durcheinander ihrer Gefühle, wenn Karen sie berührte, nur auf die Konstellation Frau-Frau zurückzuführen war. Sylvia machte sich nichts vor. Nur deshalb war sie heute mit Torsten ausgegangen. Weil sie wußte, es würde genau das passieren, was eben passiert war. Nur war ihre Reaktion nicht die, die sie erhofft hatte.

»Könnte sich das noch ändern, wenn ich warte?« forschte Torsten.

»Nicht so sehr, daß es dir genügen würde«, erwiderte Sylvia ehrlich.

Er nickte. »Schade. Doch bevor ich mich zum lästigen Trottel entwickle, werde ich die Tatsache akzeptieren.«

»Du bist mir nicht lästig, und erst recht kein Trottel. Es ist nur so, daß ich dich nicht liebe.«

»Da bist du dir ganz sicher?«

»Ja, ich denke schon«, erwiderte Sylvia leise.

»Ich will dich nicht bedrängen, Sylvia. Wirklich nicht.« Seine Stimme klang ernst. »Es würde mir zwar eine ganze Ecke besser gehen, wenn du anders reagiert hättest. Aber damit mußte ich rechnen.«

Sylvia vermied bewußt tröstende Worte. Was sollte sie auch sagen?

»Ich möchte trotzdem nicht aufgeben«, sagte Torsten. Er küßte sie flüchtig auf die Wange. Dann ging er zu seinem Wagen. Sylvia sah ihm nach.

Deshalb fiel ihr nicht auf, daß in dem Daimler, keine fünf Meter entfernt, Miriam Winter saß und vor sich hin lächelte. Sie war sehr zufrieden mit dem Schnappschuß, den sie eben gemacht hatte. Die Einwegkamera, die eigentlich im Handschuhfach lag, um bei einem Unfall Fotos vom Unfallort machen zu können, erwies ihr jetzt einen guten Dienst. Miriam wußte, dieses Bild würde Karen ein für alle Mal von Sylvia heilen. Denn sie kannte Karens wunden Punkt. Karen hatte ihr voll Bitterkeit von Michaela erzählt und daß sie nicht noch einmal um eine Frau kämpfen würde, deren Unentschlossenheit und sinnlose Angst Karens Lebensfreude gleich mit zerstörte. Dieses Foto würde Karen beweisen, daß sie von ihrer Professorin nichts zu erwarten hatte! Die einfachsten Mittel waren doch immer noch die wirkungsvollsten. Miriam freute sich auf den Augenblick, da sie Karen das Bild präsentierte. Ihr ursprüngliches Vorhaben, mit Sylvia »zu reden« war hinfällig. Der Zufall hatte ihr weitaus besseres beschert.

Es klingelte an der Tür. Draußen standen Keller und Sachs.

»Dürfen wir hereinkommen?« fragte Keller.

»Bitte.« Karen führte die beiden ins Wohnzimmer.

Keller schaute sich demonstrativ um. »Ist Ihre Freundin nicht da?« Heute schien Keller der Wortführer zu sein. Eine Taktik von Sachs, um sie zu beobachten?

»Wie meinen Sie?« Karen verstand nicht.

»Frau Mehring. Ist sie nicht Ihre ständige Begleiterin? Haben Sie etwa keine Beziehung mit ihr?« Keller schoß seine Fragen wie Pfeile ab.

»Ich wüßte nicht, was Sie das angeht.«

Jetzt mischte sich Sachs ein. »Wir ermitteln in einem Mord. Da interessiert uns alles. Frau Mehring gibt Ihnen ein Alibi. Da ist es schon relevant, in was für einem Verhältnis Sie zueinander stehen. Sie sind doch lesbisch!?«

»Frau Mehring ist wohl eine Freundin. Aber wir haben keine sexuelle Beziehung«, erwiderte Karen völlig gelassen. »Wünschen Sie, informiert zu werden, sollte sich das ändern?« setzte sie spöttisch hinzu.

Sachs verzog keine Miene. »Wir haben durchaus Grund für diese Fragen. Ihr Alibi scheint uns nämlich recht zweifelhaft, nachdem wir herausgefunden haben, daß Drechsler kurz vor seinem Tod mit Ihnen telefonierte. Sie waren die letzte Person, mit der er gesprochen hat.«

»Mit Ausnahme seines Mörders, nehme ich an«, setzte Karen hinzu.

»Worum ging es in Ihrem Gespräch?«

Karen wußte, die Beamten würden ihr die Wahrheit nicht glauben: Daß er sie bat, ihn zu treffen, dann aber nicht kam. Das Treffen ja, das würden sie glauben, aber den Rest nicht.

»Drechsler hatte die Firma, wie Sie wissen, verlassen, weil er moralische Prinzipien verletzt und damit der Firma Schaden zugefügt hat. Er bat mich um Verzeihung. Sein Gewissen quälte ihn. Aber nicht so sehr, daß er mir seine Motive verriet.«

»Seltsam. Wir fanden in Drechslers Jacke einen Brief, gerichtet an Sie, ohne Adresse und Briefmarke, nur Ihr Name, also gedacht zur persönlichen Übergabe.«

»Nun sicher, weil er ihn mir geben wollte. Bei der nächsten Gelegenheit. Oder er trug ihn schon länger mit sich und hat sich nicht getraut, ihn mir zu geben.«

»Der Umschlag wurde noch nicht lange in der Manteltasche getragen. Dazu war er zu glatt, keine geknickten Ecken. Also sollte er wohl eher zur nächsten Gelegenheit übergeben werden. Sehr wahrscheinlich wollte Drechsler Ihnen den Brief am Abend seines Todes geben. Warum hätte er ihn sonst einstecken gehabt? Aber er kam nicht mehr dazu, weil er vorher erschossen wurde.« Keller fixierte Karen mit seinen Augen.

»Und Sie schließen daraus, daß ich seine Mörderin gewesen sein muß? Warum habe ich den Brief dann nicht an mich genommen?«

»Weil Sie nicht wußten, daß er ihn bei sich trug.«

Karen schüttelte den Kopf. Was sollte das alles? Sie hatte Drechsler an jenem Abend weder getroffen noch erschossen. Natürlich konnte sie das nicht beweisen. Aber was Keller vorbrachte, war auch ziemlich mager. Wollte er sie daraufhin etwa erneut verhaften? Was stand denn überhaupt in dem Brief? Karen wiederholte ihre Frage laut.

»Das wissen wir leider nicht. Wir fanden nur den Umschlag.«

Karen glaubte, sich verhört zu haben. Der ganze Aufmarsch war nichts weiter als eine Inszenierung, mit dem Ziel, sie in die Enge zu treiben! Der klägliche Versuch, sie einzuschüchtern, in der Hoffnung, daß sie sich verriet oder gar gestand. Nur daß sie da bei ihr an der falschen Adresse waren. Sie hatte nichts zu gestehen.

Wütend preßte Karen zwischen den Zähnen hervor: »Meine Herren, lassen Sie sich für folgende Gespräche bitte einen Termin von meinem Anwalt geben«, und wies sie zur Tür.

Dann rief sie Sylvia an, für den Fall, daß die beiden Beamten bei ihr ein ähnliches Programm durchziehen wollten. Es meldete sich jedoch nur der Anrufbeantworter. Karen hinterließ eine Nachricht.

Spät, gegen dreiundzwanzig Uhr, klingelte das Telefon. Es war Sylvia.

»Was ist passiert?« fragte Sylvia. Sie war in Gedanken noch beim Gespräch mit Torsten. Sein Geständnis war nicht überraschend gekommen. Ebenso sein Kuß – der wirkungslos blieb.

»Sachs und Keller waren da. Sie zweifeln Ihre Aussage zu meinem Alibi an«, erzählte Karen.

»Haben Sie einen Grund genannt?«

»Sie denken, wir haben ein Verhältnis«, berichtete Karen wahrheitsgetreu.

Sylvia schwieg einen Moment. »Was haben Sie daraufhin gesagt?«

»Das dem nicht so ist. Nur fürchte ich, daß sie mir nicht glaubten. Sie denken, ich habe Drechsler unmittelbar vor seinem Tod getroffen. Er hatte einen an mich gerichteten Brief in seiner Tasche, genauer gesagt nur den Umschlag. Daraus schließen sie, daß er sich mit mir treffen wollte, was ja auch stimmt.«

»Haben Sie das bestätigt?« fragte Sylvia entsetzt.

»Natürlich nicht. Niemals hätten sie mir abgenommen, daß wir zwar verabredet waren, aber das Treffen nicht zustande kam.«

»Gut.« Sylvia atmete hörbar auf. »Sollten die beiden bei mir auftauchen, bleibe ich natürlich bei meiner Aussage.«

»Sylvia, überlegen Sie sich das gut.«

»Da gibt es nichts zu überlegen.«

24.

»Sie haben gemogelt!« Karen war völlig außer Atem, als sie die Seiten wechselten. »Sie spielen weitaus besser als eine Gelegenheitsspielerin. Sie wollten mich bloß in Sicherheit wiegen.«

Sylvia lachte. »Aber es war nur eine ganz kleine Mogelei. Ich habe wirklich schon lange nicht mehr Tennis gespielt. Ich konnte nicht wissen, daß es noch so gut klappt. Wie steht es jetzt?«

»Vier beide. Aufschlag für mich.«

»Na, dann mal weiter.«

Karen schlug auf. Sylvia spielte den Return bis fast zur Grundlinie. Karen schlug den Ball in einer geraden Rückhand zurück. Dieser setzte kurz hinter der T-Linie in Sylvias Hälfte auf. Doch Sylvia gelang ein Konter. Stopball. Karen hatte keine Chance mehr heranzukommen.

»0:15«, schnaufte Karen anerkennend.

Sylvia nahm Karen in diesem Spiel den Aufschlag ab. Doch ihr aufkommendes Siegesgefühl wurde schnell gedämpft. Karen schaffte das Rebreak. Die beiden nachfolgenden Spiele gewann jedoch Sylvia, und am Ende konnte sie den Satz mit sieben zu fünf für sich verbuchen.

Beide ließen sich ermattet auf der Bank neben dem Netz nieder.

»Schaffen Sie noch einen zweiten Satz oder möchten Sie die Revanche auf später verschieben?« stichelte Sylvia.

»Ich glaube, fürs erste reicht es mir«, gab sich Karen geschlagen. »Ich hatte mir den Verlauf des Spieles etwas anders vorgestellt. Aber ich freue mich schon auf die Revanche. Wie wäre es nächste Woche?«

»Sie haben es aber eilig. Gönnen Sie mir doch den Genuß des Sieges.«

Sie gingen in den Umkleideraum, um zu duschen. Auf dem Weg dorthin wurde sich Sylvia schlagartig der prekären Lage bewußt, welche auf sie zukam. Zum Duschen zog man sich im allgemeinen aus! Sollte sie jetzt mit einer Ausrede zum Colaautomaten gehen? Karen würde sie natürlich durchschauen. Und was hinderte sie daran, wenn sie es darauf anlegte, zu warten? Und wenn Karen es nicht darauf anlegte, war es sowieso egal und sie machte sich nur lächerlich mit ihrer Flucht.

Während sie ihre durchschwitzten Sachen auszogen, versuchte sich Sylvia ihre Verlegenheit nicht anmerken zu lassen. Sie fühlte sich wie ein schüchternes Schulmädchen, das in der einsetzenden Pubertätsphase versucht, ihre wachsende Brust und ihre Schamhaare vor den anderen Mädchen zu verbergen, gleichzeitig aber neugierig deren Körper beäugt, natürlich heimlich. Und sie beäugte Karens Körper! Angefangen bei den athletischen Schultern, über die kleinen, festen Brüste, der Taille bis hin zum Haaransatz zwischen den Beinen und diese entlang.

»Ende der Vorstellung«, sagte Karen plötzlich, wickelte sich ein Handtuch um den Körper und ging zur Dusche.

Sylvia wurde feuerrot. Am liebsten wäre sie vor Scham in die Erde versunken. Sie wartete, bis Karen aus der Dusche zurückkam, und ging, ihr Badehandtuch über der Brust zusammenhaltend, verlegen an ihr vorbei.

»Trinken wir noch einen Kaffee?« fragte Karen, als Sylvia zurückkam. Sie war bereits fertig angezogen.

Sylvia stand in ihrem Badehandtuch gewickelt, tropfend da, sichtlich verlegen. Sie brachte irgendwie die Worte »Nichts gegen einzuwenden« zustande und traute sich kaum, Karen anzusehen. Die lehnte leger an einem der Schränke und grinste. Provokativ tastete sie Sylvia mit den Augen von oben bis unten ab. »Eigentlich wäre ich jetzt ja dran«, meinte sie, und es war überflüssig zu sagen, womit. Sylvia wußte nur zu gut, worauf Karen anspielte. »Aber keine Angst. Ich warte draußen.« Karen drückte sich vom Schrank ab und ging. Sylvia zog sich schnell an.

Den Kaffee tranken sie im benachbarten Restaurant. Sylvia schwieg. Sie wollte ihren peinlichen Fehltritt nicht noch durch eine unbeholfene Entschuldigung dramatisieren.

Karen schien der Vorfall eher zu amüsieren. »Sie sehen jetzt aber nicht wie eine strahlende Siegerin aus«, spöttelte sie.

Sylvia sah Karen unglücklich an. Na ja, aus ihrer Sicht war das Ganze sicher amüsant. »Sie wissen genau, daß mir das von eben sehr peinlich ist.«

Karen lachte herzhaft. »Sie brauchen keine Angst haben. Ich werde es niemandem erzählen. Ihr Ruf als sittsame, ehrwürdige Professorin wird keinen Schaden nehmen.«

Bei diesen Worten fiel Sylvia Miriams Anruf wieder ein. Ihre Drohung war unverhohlen haßerfüllt gewesen. Sylvia hatte weniger der Inhalt, als die Art und Weise erschreckt.

»Karen, trauen Sie Miriam zu, daß sie sich irgendwie an Ihnen für die Abweisung rächt – oder an Personen, die sie dafür mitverantwortlich macht?« Wenigstens war Miriams Drohung nun noch zu etwas nutze, wenn auch nur, um abzulenken.

Karen wurde hellhörig. »Was ist passiert?« forschte sie.

Sylvia erzählte von Miriams Anruf.

»Und das sagen Sie mir erst jetzt?« Karens Augen durchbohrten

Sylvia förmlich. »Wie lange ist das her?«

»Es war kurz vor Ihrem Unfall. Ich wollte Sie nicht damit behelligen.«

»Sollte sich so etwas wiederholen, sagen Sie es mir *sofort*!« forderte Karen eindringlich. »Sie kennen Miriam nicht. Sie kann sehr zielstrebig sein. Besonders, wenn sie etwas haben will, was ihr verweigert wird.«

»Das klingt ja wie in einem Horrorfilm.«

»Nun, so schlimm ist es zwar nicht. Aber trotzdem. Miriam verfolgt ihre Ziele unangenehm beharrlich. Kleine Gemeinheiten sind da nicht selten. Es gibt eigentlich nur eine Option, daß Miriam ihr Interesse an einer Sache verliert. Sie muß etwas finden, was sie noch mehr begehrt.«

»Und? Sehen Sie da irgend etwas?«

»Wenn ich das täte, hätte ich Miriam längst mit der Nase drauf gestoßen. Denn ich bin ihre Attacken wirklich leid.«

»Und nun?« fragte Sylvia ratlos.

»Ich werde mit Miriam reden und ihr klarmachen, daß jede Aktion gegen Sie mich in jedem Fall von ihr wegtreibt, statt näherbringt.«

»Ich wußte nicht, wie ich es Ihnen sagen sollte. Es war irgendwie zu absurd«, versuchte Sylvia ihre verspätete Offenheit zu entschuldigen.

»Schon gut. Ich mache Ihnen ja keinen Vorwurf«, winkte Karen müde ab.

Sylvias Handy klingelte. »Entschuldigung«, wandte sie sich an Karen. »Mehring«, meldete sie sich dann.

»Ist sie bei dir?« hörte Sylvia die Stimme ihres Vaters.

»Ja.«

»Bachmann ist verschwunden«, dröhnte es verärgert durch die Leitung. »Leider bevor er seine Aussage geändert hat. Wahrscheinlich hat Gregor ihm einen Flug ohne Rückkehr nach Brasilien verschafft. Jetzt stehen wir ganz schön dumm da.«

»Verdammt. Und nun?« fragte Sylvia besorgt.

»Du mußt es ihr schonend beibringen. Versuche sie aufzumuntern. Verschwundene Zeugen sind auch für die Verteidigung gut, denn man verschwindet schließlich nur, wenn es etwas zu verbergen gilt. Allerdings, das solltest du ihr aber besser nicht sagen, ist die Zugkraft dieses Argumentes abhängig davon, an welchen Richter man gerät.«

Werner Mehring räusperte sich umständlich.

»Das war noch nicht alles?« fragte Sylvia.

»Leider gibt es noch eine weitere schlechte Nachricht. Die Kripo hat einen – wen wundert's – mal wieder anonymen Hinweis auf das unterschlagene Geld bekommen. Bei einer Versicherung gibt es ein Aktiendepot auf Karens Namen. Darauf sind im Laufe der letzten drei Monate ungefähr eine viertel Million Euro eingegangen. Allerdings wurde das Geld schlecht angelegt und ist futsch.«

»Aber das macht doch gar keinen Sinn«, meinte Sylvia verwirrt.

»Es macht einen Sinn, wenn diese Spur fingiert wurde, um Karen zu belasten«, erklärte ihr Vater. »Spekulationen an der Börse als kostspieliges Hobby. Ein gutes Motiv für Unterschlagungen.«

»Verdammt«, fluchte Sylvia.

»Das kannst du laut sagen.«

Werner Mehring legte auf.

Sylvia sah Karen an.

»Schlechte Neuigkeiten?« vermutete die.

»Leider«, bestätigte Sylvia. Stockend erzählte sie.

»Ich glaube, ich muß jetzt dringend nach Hause. Sicher finde ich in meiner Hausapotheke eine Schachtel Schlaftabletten«, sagte Karen deutlich deprimiert und eine Spur blasser als sonst.

»So etwas dürfen Sie nicht einmal denken Karen!« Sylvia nahm Karens Hand und hielt sie fest. »Es wird sich alles aufklären.«

»Im Moment klärt sich gar nichts auf. Im Gegenteil. Alles wird von Tag zu Tag komplizierter.«

Sylvia war klar, damit meinte Karen nicht nur die Tatsache, daß sie unter Verdacht stand und ein Strafverfahren wie ein Damoklesschwert über ihr schwebte, sondern auch das ungeklärte Verhältnis zwischen ihnen beiden. Bedrückt schwieg sie. Und grübelte. Nicht über ihr Verhältnis zu Karen. Das hätte erfordert, daß sie sich ernsthaft mit ihren Empfindungen auseinandersetzen mußte. Sylvias Gedanken gingen ganz andere Wege, hervorragend geeignet, ihre Verdrängungstaktik in Sachen Gefühle zu unterstützen.

»Es muß doch irgend etwas geben, was Gregors krumme Geschäfte belegt: Kontoauszüge, eine Diskette über seine Transaktionen vielleicht«, überlegte sie laut.

»Schon möglich«, meinte Karen abwesend.

»Wenn man die fände, würde Sie das entlasten«, grübelte Sylvia weiter vor sich hin. In ihrem Kopf formte sich eine Idee.

»Natürlich. Aber das ist die Suche nach der berühmten Nadel im Heuhaufen. Wo wollen Sie anfangen?«

»In Gregors Wohnung natürlich«, erwiderte Sylvia.

»Und wie stellen Sie das an, ohne als Einbrecherin verhaftet zu werden?« wollte Karen wissen. Sie fragte nur pro forma und war mehr als überrascht, als Sylvia mit einem regelrechten Plan aufwartete.

»Wir lassen Gregor von Endrich beschatten. In einer günstigen Situation, also wenn absehbar ist, daß Gregor seine Wohnung für länger verläßt, gibt Endrich uns Bescheid. Er beobachtet Gregor weiter. Sollte Gregor sich auf den Weg nach Hause machen, informiert Endrich uns per Handy. Ganz einfach. So lange haben wir freie Bahn.«

Karen schüttelte nur den Kopf. »Jetzt sind Sie aber völlig durch den Wind«, sagte sie trocken. »Eine total verrückte Idee.«

Sylvia zuckte mit den Schultern. »In den letzten Tagen verläuft kaum noch etwas normal.«

25.

Sylvia meldete sich am Morgen in der Uni einfach krank. Sollte jemand dahinterkommen, daß sie gar nicht krank war – darauf kam es nun auch nicht mehr an!

Sie fuhr zu Endrich und trug ihm ihre Überlegungen vor.

»Was halten Sie von der Idee?« fragte Sylvia schließlich.

»Gar nichts. Mit dem Einbruch machen Sie sich strafbar. Die Wahrscheinlichkeit, daß Sie etwas finden, ist sehr gering. Und Ihr Vater lyncht Sie, wenn er davon erfährt.«

»Ich erzähle ihm nichts. Und Sie müssen das ja auch nicht tun. Kommen Sie, Endrich. Bis jetzt haben wir kaum etwas in der Hand. Und die Zeit läuft uns davon.«

Endrich seufzte. »Also gut, aber ich mache nur mit, wenn Frau Candela dem Ganzen zustimmt.«

»Frau Candela wird zustimmen. Überlassen Sie das mir. Übernehmen Sie nur Gregor.«

Sylvia stürmte in Karens Büro – und sah Miriam dort sitzen.

»Oh, guten Tag«, war alles, was Sylvia angesichts dieser unerwarteten Begegnung sagen konnte.

»Ihr kennt euch«, sagte Karen. »Miriam ist hier, weil wir uns um eine Übereinkunft bemühen. Wir wissen ja alle, worum es geht.«

Sylvia sah Karen an, daß sie bereits eine nervenaufreibende Diskussion mit Miriam hinter sich haben mußte.

Miriam nippte an ihrem Kaffee.

Karen goß auch für Sylvia eine Tasse ein. Dabei ließ sie unauffällig das Foto, das Miriam ihr vor ein paar Minuten unverhohlen triumphierend gezeigt hatte, in einer Mappe verschwinden.

»Ich habe Miriam gerade klargemacht, was ich in Zukunft von ihr erwarte«, erklärte Karen Sylvia.

Miriam stand jetzt auf. »Sie werden verstehen, daß ich darüber erst nachdenken muß«, zischte sie unverhohlen feindselig.

»Miriam!« Karen erhob warnend ihre Stimme.

»Schon gut. Ich werde dir diesen kleinen Gefallen tun.« Miriam war mit einemmal ganz zahm. »Es wird nicht lange dauern, dann hast du von dieser unbedeutenden Affäre genug. Ich kann warten.«

Sie stand auf und ging ohne zu grüßen hinaus.

Sylvia war einigermaßen verlegen, da ziemlich klar war, wen und vor allem was Miriam mit der »unbedeutenden Affäre« gemeint hatte.

»Entschuldigen Sie, Sylvia.« Karen fuhr sich müde mit der Hand durchs Haar. Das Gespräch mit Miriam war mehr als nur unangenehm gewesen. Zunächst hatte Miriam es wie immer mit Flehen versucht. Als sie merkte, daß sie damit keinen Erfolg haben würde, hatte sie ihr das Foto gezeigt. »Du verschwendest deine Energie, Karen. Sie ist wie Michaela«, triumphierte Miriam.

»Selbst wenn, gibt dir das nicht das Recht, dich einzumischen«, hatte Karen erwidert und versucht, sich die aufkommende Enttäuschung nicht anmerken zu lassen.

Karen gab sich einen Ruck. »Was gibt es denn, Sylvia?« fragte sie so gelassen wie möglich.

Sylvia überlegte, wie sie Karen ihren Vorschlag nahebringen konnte.

»Sie erinnern sich doch noch an unser Gespräch von gestern abend?« begann sie vorsichtig.

Karens Blick wanderte skeptisch zu Sylvia. »Sie denken doch nicht ernsthaft daran?«

Sylvia nickte. »Ich habe mit Endrich gesprochen. Er ist dabei, wenn Sie dabei sind.«

»Ich habe ihn für vernünftiger gehalten«, lautete Karens trockener Kommentar. »Und ich dachte, ich habe ziemlich deutlich zum Ausdruck gebracht, daß ich Ihre Idee für eine Schnapsidee halte.«

Sylvia nickte. »Das haben Sie, Karen. Aber Sie verschließen sich den Tatsachen.« Sie machte eine Pause. Wie konnte sie Karen nur klarmachen, daß die Idee zwar verrückt klang, aber immerhin die, wenn auch kleine Chance bot, etwas zur Entlastung in ihrem Fall zu finden? Bisher sah ja alles eher schlecht aus. *Nun, am besten, du fängst genau damit an!*

Sylvia holte tief Luft. »Karen. Bisher besteht Ihr Fall aus Indizien, die eher gegen als für Sie sprechen. Die Gutachten, Bachmanns Aussage, Drechslers Tod. Mein Vater ist gewiß ein sehr guter Anwalt, aber ohne einen einzigen entlastenden Beweis ist der ganze Fall stark davon abhängig, an welchen Richter Sie geraten.«

»Aber wer sagt denn, daß wir irgendeinen Beweis in Gregors Wohnung finden?« gab Karen ihrem Zweifel an dem ganzen Unternehmen Ausdruck. »Die Erfolgsaussicht ist nicht sehr hoch, Sylvia. Dafür das Risiko. Ein Einbruch ist eine Straftat, kein Räuber- und Gendarmspiel, für das Sie es zu halten scheinen.« Während Karen das sagte, konnte sie jedoch nicht umhin, sich einzugestehen, daß Sylvia so unrecht nicht hatte. Es stand wirklich nicht gut um ihren Fall.

»Natürlich weiß ich, daß ein Einbruch strafbar ist.« Sylvia sah Karen ernst an. »Aber Sie laufen Gefahr, verurteilt zu werden, Karen! Sie erinnern sich noch, wie es war, in Haft zu sitzen?«

Karen schluckte. »Wenn Sie mir Angst machen wollten, ist Ihnen das gelungen«, sagte sie mit belegter Stimme.

»Ich will Ihnen doch keine Angst machen, ich will Ihnen helfen!«

»Doch nicht so! Sie bringen sich ja in Teufels Küche, Sylvia!«

»Jetzt übertreiben Sie aber. Endrich wird Gregor die ganze Zeit über beobachten. Er warnt uns, sobald Gregor zurückkommt. Was soll schon passieren?«

»Haben Sie schon vergessen, wie Ihr Vater getobt hat, als Sie mir ein falsches Alibi gaben?« erinnerte Karen. »Was erst, wenn er davon erfährt?«

»Darüber mache ich mir nun wirklich die geringsten Sorgen«, winkte Sylvia ab. Dann lachte sie schnippisch. »In jedem Fall wird er uns verteidigen, wenn man uns erwischt.«

Karen schüttelte dennoch ablehnend den Kopf. »Ich brächte Sie in eine unmögliche Situation.«

Sylvia merkte, daß Karen sich nicht überzeugen ließ. »Gut, dann mache ich es eben allein«, sagte sie deshalb.

Karen sah Sylvia entsetzt an. »Das werden Sie nicht tun!«

»Wie wollen Sie es verhindern?«

Gemeinsam warteten sie in Karens Wohnung, daß Endrich anrufen würde. Der Videorecorder war startklar zur Aufnahme des TV-Programms, das man später im Falle eines Falles als Alibi angeben würde.

Kurz nach acht klingelte das Telefon. Karen nahm ab.

»Gregor hat vor fünf Minuten seine Wohnung mit einer Sporttasche verlassen«, meldete Endrich.

»Gut. Wir fahren los.«

»Warten Sie wie verabredet vor seinem Haus«, sagte Endrich noch und legte auf.

»Es ist soweit.« Karen sah Sylvia an.

Die nickte. »Na dann, auf geht's.«

Karen schaltete den Videorecorder an. Sie verließen das Haus.

Sylvia hatte einen Leihwagen besorgt, mit dem sie zu Gregors Wohnung fuhren. Ihre eigenen Autos standen jeweils gut sichtbar zu Hause.

Fünfzehn Minuten später parkte Sylvia den Wagen unweit des dreistöckigen Reihenhauses, in dem Gregor wohnte. Sie blieben sitzen und beobachteten die Straße.

Karens Handy klingelte. »Ja? ... Beim Squash. Wo? ... Okay.« Karen ließ das Handy sinken und drehte ihren Kopf zu Sylvia.

»Das heißt: dreißig Minuten Spielzeit, duschen, Rückfahrt – also haben wir mindestens eine Stunde.«

Sie sahen aus wie zwei zufällige Spaziergängerinnen, die vor der Eingangstür des Hauses stehenblieben. Sylvia warf einen Blick auf die Namensschilder.

»Er wohnt im Erdgeschoß. Gehen wir ums Haus nach hinten. Diese Wohnungen haben meist eine Terrassentür zum Garten.«

»Mir ist nach wie vor nicht wohl dabei«, gab Karen ihren Zweifeln Ausdruck.

»Es muß aber sein.« Sylvia blieb hartnäckig.

Das erste Hindernis bildete ein Drahtzaun. Sie beeilten sich, ihn zu überklettern, und liefen schnell über den Rasen hinter die schützende Hauswand. Sie orientierten sich.

»Das muß Gregors Wohnung sein«, sagte Karen leise und wies auf eine der Terrassen.

»Wie kommen Sie darauf?«

»Ich gehe davon aus, daß man seinen Wäscheständer nicht auf die Terrasse des Nachbarn stellt.« Karen griente. »Da hängt eine seiner Boxershorts.«

Sylvia verschluckte sich fast. »Woher wollen *Sie* das wissen?«

»Ich öffnete mal einen vermeintlichen Werbebrief, der an ihn gerichtet war. Darin befanden sich selbige Shorts und eine Nachricht, über deren Inhalt meine Scham mir zu schweigen gebietet. Außerdem – schauen Sie sich die andere Tür an. Dort kleben kleine Comicfiguren an den Scheiben. Da gibt es sicher Kinder. Das kann nicht Gregors Wohnung sein. Also gehen wir.«

»Moment noch.« Sylvia drückte Karen ein Paar Vinylhandschuhe in die Hand. »Ziehen Sie die an.«

Karen nahm die Handschuhe erstaunt entgegen. »Sie sind ja gut vorbereitet.«

»Das hoffe ich«, erwiderte Sylvia. Sie zog sich ebenfalls Handschuhe über.

Eine Minute später standen sie vor besagter Terrassentür.

»Wenn wir die Scheibe einschlagen, wird das einen höllischen Lärm in dieser Stille verursachen«, gab Karen leise zu bedenken.

»Aber nicht doch.« Triumphierend zog Sylvia einen Schlüsselbund aus ihrer Tasche hervor, welcher aber keiner war.

»Wo haben Sie das her?« Karen sah entgeistert auf die Dietriche.

»Von einem ehemaligen Klienten meines Vaters. Als Andenken und Versprechen, daß er sein Handwerk wechseln würde.«

»Und scheinbar haben Sie auch einen Schnellkurs bei diesem ehemaligen Klienten genommen«, stellte Karen fest, als sie Sylvia mit dem Bund hantieren sah.

»Sonst wäre es ja witzlos gewesen«, erwiderte Sylvia konzentriert.

In der nächsten Minute klackte das Schloß der Tür. Sylvia drückte die Türklinke hinunter: »Bitte einzutreten.«

Karen seufzte halb erleichtert, halb resigniert. Nun gab es kein Zurück mehr. Sie schlüpften in die Wohnung. Ein gespenstisches Halbdunkel nahm sie auf. Das Knarren des Holzfußbodens im Wohnzimmer schallte überlaut. Jeder ihrer Schritte ein erneutes Ächzen.

Karens Stimme ging automatisch in ein Flüstern über. »Wie konnte ich mich bloß von Ihnen zu diesem Unsinn überreden lassen. Als wenn ich nicht schon Schwierigkeiten genug hätte! Und Ihrer Karriere wird es auch nicht zuträglich sein, wenn man uns erwischt.«

»Dann schnattern Sie nicht so viel, sondern suchen Sie!« erwiderte Sylvia schnippisch und verschwand in einem der angrenzenden Zimmer. Karen sah sich um. Schließlich machte sie sich daran, im Wohnzimmer Schränke und Regale zu durchsuchen, öffnete Schubfächer. Sie fand Werbeprospekte, Rechnungen, Fotos. Nichts davon konnte sie mit den Unterschlagungen in Verbindung bringen oder schien ihr anderweitig irgendwie nützlich. Karen hob schließlich sogar die Polster der Couch und der Sessel hoch, fand darunter aber nur Chipskrümel und Erdnüsse. Sie ging ins nächste Zimmer. Das Schlafzimmer. Hier öffnete sie zielstrebig den Kleiderschrank, tastete zwischen der Wäsche. Ohne Ergebnis. Karen wandte sich zur Kommode, zog die Schubladen nacheinander vorsichtig auf. Auch hier nur Wäsche.

»Im Arbeitszimmer steht ein Laptop.«

Karen fuhr erschreckt herum. Hinter ihr stand Sylvia.

»Sind Sie wahnsinnig, sich so anzuschleichen?« flüsterte Karen nervös.

Sylvia kicherte. »Sie sind aber schreckhaft.« Ihr schien das Ganze Spaß zu machen. »Wir sollten es mal anschalten.«

»Was?«

»Den Laptop«, erinnerte Sylvia.

»Der Zugang ist sicher durch ein Paßwort geschützt«, dämpfte Karen Sylvias Euphorie.

»Einen Versuch ist es wert.« Sylvia verschwand so plötzlich, wie sie aufgetaucht war. Karen folgte ihr nach kurzem Zögern. Sie fand das Arbeitszimmer und Sylvia. Die stand über dem Laptop gebeugt und wartete. Das Betriebssystem startete, wurde aber kurz darauf unterbrochen.

»Verdammt! Sie haben recht. Es ist eine Paßworteingabe erforderlich.« Sylvia kratzte sich überm Ohr. »Da haben wir jetzt zwei Möglichkeiten. Entweder wir ziehen unverrichteter Dinge wieder ab – aber wir sind wohl nicht so weit gegangen, um jetzt aufzugeben –, oder wir nehmen das gute Stück einfach mit. Dann können wir die Festplatte später sichten.«

»Ohne Paßwort? Das macht wohl wenig Sinn«, meinte Karen.

Sylvia biß sich grüblerisch auf die Unterlippe. »Ich kenne da einen pfiffigen Informatikstudenten.«

Karen schüttelte nur den Kopf. »Ehemalige Einbrecher, Hacker . . . Sie haben ja einen schönen Umgang.«

Sylvia ließ sich nicht beirren. Sie suchte bereits das Netzteil. »Packen Sie die Disketten ein«, forderte sie Karen währenddessen auf.

Karen seufzte ergeben.

Zehn Minuten später saßen sie wieder im Auto. Karens Anspannung löste sich.

»War doch gar nicht so schlimm, oder?« witzelte Sylvia, als hätten sie eben einen Zahnarztbesuch hinter sich gebracht. Sie startete den Wagen.

»Wir bringen die Sachen gleich zu mir. Ich kümmere mich so schnell wie möglich um die Daten. Hoffentlich findet sich was.«

»Das ist nun aber wirklich zuviel, Sylvia«, protestierte Karen. »Ich kann Sie nicht auch noch mit dem Diebesgut belasten.«

»Wissen Sie etwas Besseres? Bei Ihnen kann jederzeit die Kripo mit einem Durchsuchungsbefehl auftauchen.«

»Ellen«, sagte Karen.

»Sie wollen ihr von dem Einbruch erzählen?«

»Sie verrät uns nicht.«

»Das weiß ich. Aber genau dadurch kann auch sie Ärger bekommen«, wandte Sylvia ein.

»Dann sagt sie eben, sie hat nicht gewußt, woher die Sachen sind.«

»Das wäre möglich.«

Karen griff nach ihrem Handy und gab Ellens Nummer ein. Sie ließ mehrmals läuten. »Scheint nicht zu Hause zu sein«, sagte sie schließlich.

»Tja, Schicksal«, kommentierte Sylvia.

»So, das hätten wir.« Sylvia schloß die Wohnungstür hinter sich. Karen legte den Laptop und die Disketten ab.

»Auf die Leistung haben wir uns einen Kognak verdient. Was meinen Sie?« Sylvia sah Karen fragend an.

»Ich nehme einen doppelten«, sagte die frustriert. Karen konnte die offensichtliche Zufriedenheit in Sylvias Stimme nicht nachvollziehen. »Gregor wird sein Laptop bald vermissen. Und er wird sich seinen Teil denken. Das ist Ihnen doch klar?«

Sylvia ging und kam mit zwei Gläsern wieder. Sie schenkte ein. »Bitte.«

Karen nahm das Glas. Sie trank einen kräftigen Schluck.

»Aber er kann nichts beweisen«, sagte Sylvia jetzt. Sie ging zum Fenster und sah hinaus. Sie trank einen Schluck aus ihrem Glas. Versonnen murmelte sie vor sich hin: »Ich hoffe nur, wir finden auf dem Laptop, was wir suchen. Irgend etwas.« Sie fühlte sich plötzlich abgespannt. Die Energie, die sie bis eben noch einen Einbruch hatte dirigieren lassen, war mit einemmal verpufft. Jetzt, da es überstanden war und sie hier stand, fragte Sylvia sich: Wie konntest du das tun? Und als einzige logische Schlußfolgerung fiel ihr ein: Du mußt verrückt sein!

Sylvia spürte Karen jetzt dicht hinter sich. »Sylvia, warum tun Sie das alles für mich?«

Sylvias Herz klopfte laut. So konnte man die Frage auch stellen! Sie drehte sich um – und sah sich Karen unmittelbar gegenüber. Verwirrt senkte Sylvia den Kopf.

»Wenn du nur genauso durchschaubar wie unvernünftig wärst«, sagte Karen kopfschüttelnd. In ihren Augen lag ein merkwürdiger Schimmer. Ihre Hand berührte zärtlich Sylvias Gesicht, hob sanft deren Kopf, so daß sie sich anschauten. Sylvias Blick war eine Mischung aus Ängstlichkeit und Wärme.

»Sylvia, ich werde aus dir einfach nicht schlau. Warum redest du nicht endlich mit mir?« Karens Stimme klang leise, aber eindringlich.

Sylvia seufzte tief. »Aber wie soll ich darüber reden, wenn ich nicht weiß, was ich empfinde.« Sie sah Karen hilflos an, suchte nach Worten. Wie konnte sie Karen am besten erklären, was in ihr vorging? Sie versuchte es. »Das Problem ist nicht, daß es zu dem einen und anderen Kuß gekommen ist, sondern daß ich nicht weiß, wie ich mich verhalten soll. Wenn ich entsetzt wäre über das, was geschehen ist, oder überglücklich, dann wäre es leicht. Aber meine Gefühle sind – chaotisch. In einem Moment möchte ich dich umarmen, und im nächsten schrecke ich davor zurück.«

»Das alles muß sehr verwirrend für dich sein.«

»Natürlich ist es das! Ich bin es nicht gewohnt, eine Frau zu begehren«, sagte Sylvia kläglich.

»Tust du das?«

»Ja«, gestand Sylvia, verwirrt über ihre eigenen Worte.

»Tja, auf dem Gebiet war ich wohl frühreif. Ich habe immer nur eine Frau gewollt«, meinte Karen ernst.

Sylvia zögerte. »Hast du . . . denkst du . . .« Sie brach ab.

»Ob ich schon daran gedacht habe, wie es wäre, mit dir zu schlafen? O ja, sehr oft.« Karens Stimme klang weich.

Sylvia errötete.

»Du brauchst nicht peinlich berührt zu sein. Du hast mich gefragt, und ich habe geantwortet. Hätte ich lügen sollen?«

»Vielleicht.« Sylvias Stimme war kaum zu vernehmen.

»Was denkst du jetzt?«

»Ich – ich weiß nicht. Ich bin sehr verwirrt – und geschmeichelt. Aber mehr verwirrt. Ich habe nicht gewußt, daß du so für mich empfindest.«

»Hast du nicht?« Karen sah Sylvia eindringlich an.

Sylvias Röte vertiefte sich um eine Nuance. Eingedenk der immer häufiger werdenden erotischen Spannungen zwischen ihnen konnte sie diese Behauptung nicht ernsthaft aufrechterhalten.

»Sylvia?«

Karens Umarmung war von jener behutsamen Zärtlichkeit, die Sylvia schon beim ersten Mal hatte regungslos verharren lassen. Falls sie einen Gedanken an Abwehr gehabt hatte, war er zunichte gemacht, ehe er ihr bewußt werden konnte. Ihr schwaches »Nein! Bitte nicht« kam ohne jede Überzeugung.

Karens Lippen berührten ihren Mund. Sie strichen sanft über Sylvias Wangen, liebkosten ihren Hals. Sylvia spürte überdeutlich Karens Verlangen. Und sie spürte, wie sie von diesem Verlangen mitgerissen wurde.

Karens Lippen fanden erneut Sylvias Mund. Mit fortwährendem vorsichtigen Tasten der Zunge öffnete Karen Sylvias Mund. Niemals hatte Sylvia so gefühlt wie in diesem Augenblick. Sie zitterte, klammerte sich an Karen, drängte ihr entgegen. Sylvias Erregung entlud sich in einer heftigen Erwiderung des Zungenspieles. Sie war nahe daran, alles um sich herum zu vergessen. Aber nur nahe dran! Ein jähes Erschrecken vor der eigenen unkontrollierten Leidenschaft durchfuhr Sylvia. Wohin führte das? Sylvias stieß Karen von sich.

»Nein!« Diesmal war ihre Forderung sehr bestimmt.

Karens fragender Blick ruhte auf Sylvia. Dann verzog sich ihr Gesicht zu einem bitteren Lächeln. Also doch! Der Mann auf dem Foto! »Verzeih«, flüsterte Karen.

Sylvia traten Tränen in die Augen. »Es ... es tut mir leid. Geh jetzt bitte.«

»Natürlich.« Als Karen schon an der Tür war, drehte sie sich noch einmal um. Enttäuscht sagte sie: »Ich werde dich in Zukunft nicht mehr mit meinen Gefühlen belästigen.«

26.

Und Karen hielt sich an ihre Worte. Sie rief Sylvia nur an, wenn es das Projekt betraf. Trafen sie sich, richtete Karen es möglichst so ein, daß Dritte anwesend waren. Sie vermied es, mit Sylvia allein zu sein. Ansonsten trat sie Sylvia gewohnt sicher entgegen. Daß sie sich hundeelend dabei fühlte, hätte niemand vermutet.

Außer Ellen. Vor ihr konnte Karen ihre Niedergeschlagenheit nicht verbergen. Karen bemühte sich auch nicht darum. Sie lehnte es jedoch ab, darüber zu sprechen. Ellen bohrte nicht weiter. Sie konnte sich ohnehin denken, daß Karens Tief mit Sylvia zusammenhing.

Karen konzentrierte sich auf das Alltägliche. Zumindest versuchte sie es krampfhaft. Dennoch konnte sie nicht verhindern, daß ihre Gedanken unentwegt zu Sylvia wanderten. Sie verstand sie einfach nicht! Mehr als einmal hatte Sylvias Verhalten darauf schließen lassen, daß sie an ihr, Karen, interessiert war. Sylvias offensichtliche Unsicherheit war dabei klar auf die ihr fehlende Erfahrung mit Frauen zurückzuführen. Karen war sich sicher gewesen, daß Sylvia, bei entsprechender Initiative, ihre Zurückhaltung aufgeben würde. Lange hatte sie gewartet, immer wieder einen Gang zurückgeschaltet. Sylvia war eine Frau, die eine solche Mühe wert war. Doch wie lange sollte das noch so weitergehen? Irgendwann kam der Punkt, wo sie sich albern vorkam, einer Frau hinterherzulaufen, die sie immer wieder zurückwies. Sylvia war eine Frau, die durchaus fähig war, Entscheidungen zu treffen. Und sie, Karen, wollte wissen, woran sie war. Nun, jetzt weißt du es. Dein Pech nur, daß es dir nicht gefällt, dachte sie grimmig. »Du dachtest, sie wäre in dich verliebt, ohne es wahrhaben zu wollen. Aber das hast du dir in deiner Eitelkeit nur eingeredet! Sie ist, was sie ist. Eine attraktive Frau, die Männer mag.«

Karen stieß mit Sylvia praktisch in der Eingangstür zu »Candela & Partner« zusammen.

»Hallo, Sylvia, welch unerwarteter Besuch«, grüßte Karen betont freundlich. Eine Freundlichkeit, die dazu geschaffen war, mehr Distanz herzustellen als eine direkte Abweisung. Sylvia versuchte den Stich, den ihr dies versetzte, zu ignorieren.

»Ich bin nur vorbeigekommen, um dir zu erzählen, was ich auf dem Laptop gefunden habe«, erklärte sie so ruhig wie möglich. »Leider ist die Ausbeute mehr als enttäuschend. Ich wollte dich damit nicht am Telefon konfrontieren.«

»Wie rücksichtsvoll.« Karens Zynismus war unüberhörbar. Sylvia ging darüber hinweg.

»Kurz und schlecht. Ich habe besagtem Informatikstudenten eine haarsträubende Geschichte über ein vergessenes Paßwort erzählt, und er schaffte es tatsächlich, das Programm zu knacken. Aber weder auf der Festplatte noch auf den Disketten gibt es eine Datei, die Hinweise auf irgendwelche Transaktionen von Geldern enthält.«

»Tja, da kann man nichts machen. Trotzdem danke.« Karen ging in Richtung ihres Wagens. »Sylvia, ich habe es wirklich eilig. Ich bin auf dem Weg nach Reinickendorf. Man hat falsche Träger geliefert, und ich muß das heute noch klären.« Karen entriegelte die Türen ihres Wagens.

Der abweisende Ton machte Sylvia wütend. Auch fand sie Karens Verhalten in den letzten Tagen unverständlich. Sicher, sie hatten eine Auseinandersetzung gehabt. Aber das war schließlich nicht das erste Mal. Um sich ihre Enttäuschung nicht anmerken zu lassen, griff Sylvia Karen ungewohnt aggressiv an: »Was ist los mit dir? Kannst du nicht mit einem einfachen Nein umgehen?«

Der Hieb saß. Karens Augen funkelten Sylvia wild an. »Lieber schlechte Manieren und wissen, was man nicht hat, als gute Absichten, aber nicht wissen, was man will.«

Karen sah, wie Sylvias Augen von aufsteigenden Tränen schwammen, und schämte sich. Im Grunde genommen war es nicht Sylvia, sondern ihre eigene Enttäuschung, mit der sie kämpfte.

»Hast du Zeit? Dann steig ein«, brummte sie unwirsch.

Sie fuhren durch den dichten Nachmittagsverkehr.

»Wäre ja auch zu einfach gewesen«, nahm Karen das Gespräch nun doch wieder auf. »Gregor hält natürlich seine Wohnung sauber. Schließlich ist er nicht dumm.«

»Gregor hat doch auch einen PC in der Firma. Vielleicht sind dort die gesuchten Informationen gespeichert. Es wäre bestimmt nicht schwierig . . .« Weiter kam Sylvia nicht. Das plötzliche Bremsen des Wagens drückte sie in den Sitz. Karen hielt mitten auf der Straße. Hinter ihnen hupte es. Sylvia sah Karen entsetzt an.

»Sylvia! Hör, was ich sage! N-E-I-N. Das heißt *nein.*« Ein beschwörender Blick folgte. »Ich hoffe, du kannst mit einem einfachen Nein umgehen!« setzte sie bissig hinzu.

»Es ist beruhigend zu wissen, daß du deinen Biß nicht verloren hast, wenn du ihn auch an die falsche Person verschwendest«, erwiderte Sylvia ebenso scharf. Sie riß die Tür auf und wollte aussteigen. Karen griff nach ihrem Arm und zog sie zurück.

»Sylvia! Gerade du solltest wissen, daß das Ganze kein Spiel ist. Es geht hier um eine Menge Geld. Das bedeutet ein hohes Risiko. Ich möchte nicht, daß du noch irgend etwas in dieser Sache unternimmst. Es ist zu gefährlich. Denk an den LKW auf der Baustelle!«

Sylvia war dermaßen erschrocken über Karens Ausbruch, daß sie sich nicht rührte. Karen ließ jetzt Sylvias Arm wieder los und fuhr weiter. Den Rest der Fahrt schwiegen sie beide.

Die Zulieferfirma saß in einem kleinen Büro in der Holzhauser Straße. Karen ging allein hinein. Es dauerte etwa zwanzig Minuten, bis sie wiederkam.

Genauso wortlos wie die Hinfahrt geendet hatte, verlief die Rückfahrt. Karen lenkte den Wagen durch die Straßen, konzentrierte sich ausschließlich auf den Verkehr.

Sylvia betrachtete Karens Profil. Ihr Gesicht war angespannt, der Blick müde. Im Moment zeugte nichts von der lebendigen, lebensfrohen Karen, die sie vor ein paar Wochen kennengelernt hatte. Sylvia tat es weh, sie so zu sehen.

Als Karen den Wagen schließlich vor dem Gebäude von »Candela & Partner« stoppte, blieb Sylvia abwartend sitzen.

»Wir sind zurück«, sagte Karen.

»Ja.« Sylvia rührte sich nicht. Zögerlich begann sie: »Karen, ich . . .«

»Ja?« fragte Karen kühl.

Sylvia nahm allen Mut zusammen. »Du weichst mir in letzter Zeit aus.«

»Ha! Wundert dich das? Und überhaupt. Dann ist es jetzt eben mal umgedreht.«

»Ich habe dich verletzt, nicht wahr?«

»Das ist dir aufgefallen?« fragte Karen bitter. »Weißt du was, Sylvia? Du hast wirklich ein Problem. Du bist die typische *Ich-weiß-nicht-was-ich-will-aber-das-mit-aller-Kraft*-Frau.«

»Du bist wütend auf mich.«

»Allerdings.«

»Benehme ich mich denn so unmöglich? Kannst du dir nicht vorstellen, daß ich unsicher bin?«

»O doch, das kann ich. Und ich möchte nicht länger der Grund dafür sein. Ich habe wohl zuviel erhofft. Ich dachte, du wärst eine Frau, die ihre Gefühle akzeptieren kann, statt sie zu verdrängen. Ich habe lange gebraucht, meinen Irrtum zu erkennen. Aber nun sehe ich klar. Wie gesagt, werde ich dich in Zukunft mit meinen Gefühlen verschonen. Es haben noch andere Väter schöne Töchter.«

Sylvia sah Karen traurig an. »Wirst du dich mir gegenüber in Zukunft so fremd verhalten wie die letzten Tage?« In ihren Augen schwammen wieder Tränen.

»Ich denke, so ist es am besten – für uns beide«, erwiderte Karen. Es tat ihr selbst weh, das zu sagen, zumal sie Sylvia, die wie ein Häufchen Unglück neben ihr saß, lieber in den Arm genommen hätte. Aber die Situation mußte geklärt werden.

»Das klingt endgültig«, flüsterte Sylvia.

»Das ist es«, sagte Karen.

»Sylvia!?«

Sylvia schreckte aus ihren Gedanken hoch und sah in Annes fragendes Gesicht.

»Wir sitzen jetzt seit einer guten Viertelstunde hier, und du hast kaum ein Wort gesagt. Du sitzt nur da, stocherst in deinem Kuchen herum und seufzt ab und zu vor dich hin.«

Sylvia blickte ihre Freundin schuldbewußt an und zuckte hilflos mit den Schultern.

»Was ist los mit dir?« forschte Anne.

»Wenn ich das wüßte.« Sylvia seufzte erneut.

Anne musterte Sylvia jetzt eindringlich. »Mein Gott! Du hast dich verliebt?« fragte sie ungläubig. »Klar! Was sonst sollte die sonst stets so kühle und sachliche Professorin aus der Fassung bringen. Endlich!«

»Anne, bitte, nicht so laut.«

Doch Anne interessierte nur eines. »Wer?«

»Du fragst wer, und ich weiß nicht einmal, ob überhaupt.«

»Du sprichst in Rätseln.«

»Es ist auch kompliziert.«

»Und wie ich dich kenne, gedenkst du, die Sache erst gründlich zu analysieren, statt einfach mal deinem Gefühl nachzugeben.«

»In Anbetracht der Tatsache, daß ich diese Gefühle für eine Frau empfinde – schon.«

In den Jahren ihrer Freundschaft hatte Sylvia Anne noch nie sprachlos erlebt. Anne starrte Sylvia an. Dann schluckte sie. »Das ist kein Witz, oder?«

»Siehst du mich lachen? Anne! Hilf mir. Du bist meine einzige Freundin! Ich weiß nicht, was ich machen soll.«

»Erzähle!« forderte Anne auf.

»Mit ihr ist alles so – anders. In ihrer Nähe fühle ich mich ... schwach und stark zugleich. Sie bringt mich dazu, völlig verrückte Sachen zu tun. Ich habe nur noch einen Wunsch: in ihrer Nähe zu sein.«

»Hast du sie geküßt?« fragte Anne.

»Eigentlich hat sie mich geküßt, aber das spielt wohl keine Rolle angesichts der Tatsache, daß ich weder den Willen noch die Kraft hatte, mich zu wehren. Anne, ich kenne mich mit meinem Gefühl überhaupt nicht mehr aus!«

»Also, ich kann ja nur von mir sprechen. Aber mich machen Frauen überhaupt nicht nervös, egal, wie attraktiv sie sind. Und davon ausgehend würde ich sagen, du bist verliebt. Also mein Rat – laß es einfach auf dich zukommen.«

»Ich wünschte, du hättest das nicht gesagt.«

»Aber Sylvia, was ist so schlimm daran?«

»Erinnerst du dich, wie du mir brühwarm die Liebesgeschichte unseres neuen Kollegen serviertest?«

»Ja, schon, aber das war doch nur Spaß, das weißt du doch. Ich bin nun mal 'ne Klatschbase. – Du denkst doch nicht, daß ich, mit dem, was du mir gerade erzählt hast, hausieren gehe?«

»Natürlich nicht. Aber stell dir vor, wie die lieben Kollegen reagieren, wenn sie erfahren, daß ich mit einer Frau ... So etwas läßt sich doch auf Dauer nicht verheimlichen.«

»Lebenslanges Zölibat scheint mir aber auch keine akzeptable Alternative«, meinte Anne. »Ist es diese Architektin?« fragte sie dann.

»Ja«, gab Sylvia zu.

Anne sah Sylvia jetzt beschwörend an. »Sylvia, vermassele es dir nicht!«

Sylvia seufzte ausgiebig. »Das kommt noch dazu. Ich fürchte, ich habe es schon vermasselt.«

»Zur Abwechslung mal etwas Positives«, sagte Werner Mehring, als er am frühen Abend Karen in ihrem Büro gegenübersaß. »Im Fall Drechsler hat man die Tatwaffe gefunden.«

»Aha. Und wo?« fragte Karen. Sie war nur halb bei der Sache. Das Gespräch mit Sylvia lastete auf ihrem Gemüt.

»In einem Fundament, etwas zehn Meter vom Fundort der Leiche entfernt, also ziemlich genau an der Stelle, von wo geschossen wurde. Der Täter hat die Waffe in ein gerade gegossenes Fundament geworfen. Der Lauf der Pistole war nicht ganz im Zement untergegangen und fiel einem der Bauarbeiter auf. Natürlich keine verwertbaren Fingerabdrücke mehr.«

»Und warum ist das positiv für mich?«

»Die Waffe gehörte Drechsler selbst. Das spricht für Sie. Denn auch wenn Drechsler nicht gerade ein Hüne war, wären sie wohl kaum in der Lage, ihn zu überwinden, die Waffe abzunehmen und dann auch noch zehn Meter weit zu kommen, bis Sie auf ihn schießen. Ich sehe keine echte Möglichkeit für die Kripo, Ihnen in dieser Sache noch weiter Schwierigkeiten zu machen. Ein Telefonat, ein Briefumschlag mit Ihrem Namen. Das reicht nicht für eine Anklage.«

»Und was ist mit der Theorie des engagierten Mörders?«

»Wie gesagt, es war Drechslers Waffe. Ein bezahlter Mörder hätte in jedem Fall eine eigene Waffe benutzt.«

»Da wird Sachs aber enttäuscht sein«, sagte Karen sarkastisch.

»Vielleicht auch nicht. Man hat eine neue Spur gefunden. Beim Überprüfen der Telefonnummern in Drechslers Memory stieß man auf eine Frau, eine gewisse Marianne Freiberg. Wie es aussieht, war Drechsler mit ihr vor fast dreißig Jahren mal liiert. Drechsler rief diese Frau fünf Tage vor seinem Tod an. Nach Frau Freibergs Erzählung wollte sich Drechsler mit ihr treffen, um über ihren gemeinsamen Sohn zu reden. Frau Freiberg war darüber sehr erstaunt, denn sie hat gar keinen Sohn, nur eine Tochter. Drechsler wollte das zuerst nicht glauben. Sie mußte es ihm mehrmals fest versichern. Schließlich bot sie ihm sogar an, zu ihr zu kommen und die Familienfotos einzusehen. Sie sagte, er war am Ende des Gespräches merkwürdig ruhig.«

»Drechsler dachte, er hätte einen unehelichen Sohn?«

»Ja. Jedenfalls ist dieser ominöse Sohn ziemlich tatverdächtig. Es sieht so aus, als habe der Drechsler erpreßt. Vielleicht gab es eine Auseinandersetzung zwischen den beiden. Eins ergab das andere. Wer weiß.«

»Drechslers Tot hat also gar nichts mit den Unterschlagungen in der Firma zu tun? Jemand wollte einfach Geld von ihm erpressen?«

»Durchaus möglich. Aber wie auch immer, in jedem Fall sind Sie in dieser Sache entlastet.«

»Das ist wirklich mal etwas Positives«, stellte Karen fest.

»Ja. Auch für meine unvernünftige Tochter. Damit spielt das falsche Alibi, das sie Ihnen gab, keine Rolle mehr.« Werner Mehring lächelte. »Sylvia muß sehr viel von Ihnen halten. Ich habe sie lange nicht mehr so beherzt für jemanden einstehen sehen. Darauf können Sie sich etwas einbilden.«

»Ich bin Sylvia auch sehr dankbar«, erwiderte Karen zurückhaltend.

»Und sonst? Kommen Sie in Ihrem gemeinsamen Projekt gut voran?« fragte Mehring eher nebenbei.

»Oh. Ja, ja. Geht sehr gut«, wich Karen unbestimmt aus.

Ihre Wortkargheit mutete Werner Mehring untypisch an. »Etwas nicht in Ordnung? Hatten Sie Streit miteinander?«

»Ein wenig.« Karen lächelte schief. »Kleines Mißverständnis.«

»Meine Tochter ist manchmal etwas – hart. Zu sich selbst, aber auch zu anderen. Sie müssen es ihr nachsehen.«

»Der Fehler lag vielleicht auch auf meiner Seite«, entgegnete Karen distanziert.

»Was soll's. Streit kommt, Streit vergeht. Hauptsache, der Einsatz hat sich gelohnt.« Werner Mehring war natürlich völlig ahnungslos, was die Ursache des Streits zwischen Karen und seiner Tochter betraf.

»Ja, wir sehen jetzt klarer«, sagte Karen nur. Sie wollte das Thema so schnell wie möglich beenden.

»Na also«, sagte Mehring mit seiner sonoren Stimme und lächelte.

»Wie geht es jetzt in meinem Fall weiter?« fragte Karen, wieder auf den Ausgangspunkt des Gespräches zurückkommend.

»Endrich überprüft die Versicherung, die Ihr Aktiendepot führt«, teilte Mehring ihr mit.

»Mein Aktiendepot?« wiederholte Karen, das »Mein« betonend.

»Sie wissen schon, was ich meine. Auf dem offiziellen Weg, erhielten wir natürlich dieselben Informationen wie die Beamten. Wir bemühen uns deshalb um andere Informationsquellen.«

»Was für andere Informationsquellen?« Karens Blick richtete sich fragend auf Mehring.

Der grinste. »Irgendwo in dieser Firma sitzt ein korrupter Mitarbeiter, der die falschen Daten in der Datenbank angelegt hat, nicht wahr? Aber das Schöne an Korruption ist, daß man einfach mitbieten kann. Es braucht jedoch etwas Zeit, die richtige Person zu finden.«

»Zeit, die wir nicht haben.«

»Das ist das Problem«, gab Mehring zu. »Aber Endrich tut, was er kann.«

Sylvia saß zu Hause auf ihrer Couch, kraulte Mozart und sinnierte. Annes Worte gingen ihr durch den Kopf.

». . . mich machen Frauen überhaupt nicht nervös, egal, wie attraktiv sie sind . . . laß es einfach auf dich zukommen . . .«

Sylvia seufzte. Fakt war, daß ihre Gefühle mehr als einmal mit ihr durchgegangen waren, wenn Karen sie berührte. *Wie erklärst du dir das?* Die Enttäuschung, die sie empfand, als sie sah, wie Miriam Karen küßte, kam ihr in Erinnerung. Und wenn sie ehrlich zu sich war, mußte sie zugeben: Sie war eifersüchtig gewesen! Und nun, da Karen auf Abstand ging, fühlte sie sich erbärmlich.

An diesem Punkt machte es wohl keinen Sinn mehr, sich vorzumachen, nicht das zu fühlen, was sie fühlte. Ja, sie war verliebt in Karen. Verliebt in eine Frau. Eine neue – zugegeben – nicht ganz gewöhnliche, aber auch nicht besonders welterschütternde Erkenntnis. Die allerdings sehr spät kam. Zu spät?

Sylvia konnte es nicht leugnen: Die Aussicht, Karen in nächster Zeit seltener zu treffen, und wenn, dann mit dieser fremden Distanz zwischen ihnen, behagte ihr ganz und gar nicht.

27.

Karen stand mit Ellen im Foyer des Theaters. Die Vorstellung, eine Aufführung des Musicals »My fair Lady«, war für eine zwanzigminütige Pause unterbrochen. Sie standen unter dem Eindruck einer bis dahin sehr gelungenen Inszenierung.

»Schau mal, da ist ja Sylvia.« Ellen deutete zur Bar. Karen folgte ihrer Geste. Sylvia stand dort, von der Gestalt ihres Begleiters, einem gutaussehenden Mann, um Haupteslänge überragt. Karen erkannte auf Anhieb den Mann vom Polaroid. Er und Sylvia plauderten ungezwungen miteinander.

Karen wandte ihren Blick sofort wieder ab. Sylvias Anblick, fein, grazil, zerbrechlich, neben diesem Mann, mit dem sie sich unübersehbar wohl fühlte, versetzte Karen einen Stich ins Herz.

»Laß uns rübergehen«, schlug Ellen vor.

»Lieber nicht. Wahrscheinlich stören wir bloß«, meinte Karen widerstrebend.

»Warum sollten wir stören? Na, ich gehe jedenfalls.« Damit setzte Ellen sich in Bewegung. Karen folgte ihr notgedrungen.

»Guten Abend, Sylvia«, grüßte Ellen.

Sylvia erwiderte die Begrüßung erfreut. »Hallo. Sie sind auch hier?«

»Wie man sieht.«

Ellen beäugte Sylvias Begleiter.

»Torsten Arndt«, stellte der sich vor.

»Ellen Candela, Karen Candela«, machte Sylvia bekannt.

»Freut mich.« Torsten lächelte. »Wie gefällt Ihnen das Stück?«

Ellen war begeistert. »Ich liebe dieses Musical. Ich finde es ungeheuer romantisch. Die anrührende Wandlung der Londoner Göre Eliza Doolittle zur selbstbewußten Frau. Daneben der unwissentlich, aber merklich verliebte Professor Higgens, seines Zeichens bekennender Junggeselle, nun im Zwiespalt zwischen seinen Anschauungen und seinen Gefühlen.«

»Eigentlich kaum zu verstehen, was Eliza zu diesem Stoffel hinzieht«, meinte Sylvia.

»Tja, wo die Liebe hinfällt, da setzt der Verstand aus«, kommentierte Torsten lächelnd.

»Hört, hört! Noch ein Romantiker«, stichelte Ellen.

»Warum nicht?« meinte Torsten. Karen entging nicht sein Blick auf Sylvia. *Er liebt sie.* Und Sylvia? Sie ließ nichts erkennen. Aber was hieß das schon?

Jetzt wandte sich Torsten an Karen. »Und wie ist Ihre Meinung?«

»Zum Musical oder zur Romantik?«

»Sowohl als auch.«

»Das Musical«, begann Karen kurz angebunden. »Gelungene Situationskomik und gleichermaßen ernsthafte Auseinandersetzung. Erweitert man die Betrachtungsweise, hat dieser Klassiker über Jahre hinweg nichts an Substanz verloren. Mit Problemen wie Standesunterschieden und Anderssein hat nicht nur die *Fair Lady* zu kämpfen.« Karen beobachtete Sylvia, während sie sprach. Die machte ein nachdenkliches Gesicht. »Und die Romantik«, setzte Karen trocken hinzu, »wird im allgemeinen überbewertet. Die Realität läßt selten so etwas zu.«

»Das hört sich ziemlich pessimistisch an«, meinte Torsten.

»Wollen Sie dem ernsthaft widersprechen?«

»Und wenn?«

»Dann sind Sie nicht ehrlich.«

Torsten zog verwundert die Augenbrauen hoch.

Im Foyer wurde es leerer. Man strebte zurück in den Saal. Ellen gab das Signal zum Aufbruch. »Es wird Zeit, wieder reinzugehen. Vielleicht sehen wir uns ja nachher noch.«

»Ja, das wäre schön«, erwiderte Sylvia.

Ellen und Karen gingen zurück zu ihren Plätzen. Ellen meinte spitz: »Du mußtest nun wieder stänkern.«

»Wieso? Was meinst du?«

»Nun, tu doch nicht so. Du warst ziemlich barsch zu ihm.«

»Ich war doch nicht barsch.«

»Wie nennst du es dann, wenn ein harmloses Gespräch quasi mit einem Ultimatum endet?«

Auf der Bühne erschien Alfred P. Doolittle und enthob Karen von der Antwort. Elizas Vater, gewöhnlicher Müllkutscher, Trinker und zu alledem moralisierender Heiratskandidat, genoß den letzten unabhängigen Abend seines Lebens. Er tat es mit fatalistischem Charme inmitten des Londoner Vorstadtpomps und heizte mitsamt dem großen Ballett und Chor dem Publikum ein. Anschließend zofften sich der Held und die Heldin – in bewährter Manier. Die Streithähne waren nicht weniger zivilisiert, nur weil sie sich einer zivilisierteren Sprache bedienten. Der Kampf endete damit, daß die ehemals kleine Göre als Dame ihren Lehrer belehrt und seine Methoden an ihm ausprobiert. Er bekommt die Praline vorgehalten, doch sie ißt sie.

Das Publikum bedankte sich bei den Darstellern mit anhaltendem Applaus und forderte sie so immer wieder auf die Bühne. Nach zehn Minuten klang der Beifallssturm langsam ab.

Ellen und Karen trafen Sylvia und Torsten an der Garderobe wieder. Er legte ihr gerade die Jacke über die Schultern. Sylvia schaute Karen an. Karens Blick verdüsterte sich. Vor ihrem inneren

Auge spulte sich eine Bildfolge ab: Sylvia steigt in den Wagen ihres Begleiters, er fährt sie nach Hause, die unvermeidliche Frage nach einer Tasse Kaffee zum Abschluß des Abends, eine intime Situation ... Karen verspürte plötzlich nur noch den Wunsch, sich irgendwo mit einem dreifachen Kognak zu trösten.

Sylvia wechselte ein paar leise Worte mit Torsten. Der nickte und ging in Richtung Ausgang.

»Ich glaube, ich muß mir noch unbedingt meine Nase pudern«, sagte Ellen und segelte in Richtung Toiletten davon.

Sylvia und Karen standen jetzt allein.

»Hast du einen Moment Zeit? Ich möchte gerne mit dir reden«, bat Sylvia leise.

»Du mußt nichts sagen, ich bin ja nicht blind«, wehrte Karen ab. »Tut mir leid, daß du meinetwegen so in Verwirrung warst. Geht es dir jetzt wieder besser? Wo du an den Platz zurückgefunden hast, der Frauen Sicherheit bietet? Die Seite eines Mannes?« Karens Stimme klang verbittert.

»Karen, laß mich doch erklären!« beschwor Sylvia. »Ich habe einen Fehler gemacht. Ich habe meine Gefühle für dich nicht zulassen wollen. Das war dumm. Ich habe dich zurückgestoßen, weil ich feige war. Du hast ja recht, wenn du mich dafür verachtest. Und ich verstehe, daß du dich zurückgezogen hast.« Sylvia zögerte. »Aber mir geht es schlecht ohne dich. Ich vermisse unsere Vertrautheit. Bitte ... gib mir noch eine Chance. Ich ... ich liebe dich.« Die Worte waren ungewohnt für Sylvia. Schon lange hatte sie sie nicht mehr ausgesprochen, und noch nie gegenüber einer Frau. Und noch nie hatte sie sich so hilflos dabei gefühlt. Sylvia stand vor Karen, wartete, daß sie etwas sagen würde.

Karen schüttelte den Kopf. »Sylvia, mach dir doch nichts vor. Du weißt nicht, was du willst. In fünf Minuten sitzt du mit deinem Torsten im Auto und wirst froh sein, daß ich auf deine unüberlegte Liebeserklärung nicht eingegangen bin. So war es immer. Erst ein mutiger Vorstoß, und dann der panische Rückzug.«

»Ich verstehe, daß du so denkst«, seufzte Sylvia.

»Wartet dein Begleiter nicht auf dich?« Karen wollte die Diskussion beenden.

»Du glaubst, ich habe etwas mit ihm? Wir sind nur Freunde.«

»O ja, das habe ich gesehen.«

»Gesehen? Wie meinst du das?« fragte Sylvia irritiert.

Karen biß sich auf die Zunge. Sie hatte nicht die Absicht, Sylvia etwas von dem Polaroid, das Miriam ihr gegeben hatte, zu erzählen. Wozu auch? Die Sache war ja wohl eindeutig!

»Merkst du nicht, wie er dich ansieht? Er liebt dich«, sagte sie statt dessen. Und schließlich war das nicht einmal gelogen.

»Aber ich liebe ihn nicht. Weil ich dich liebe. Karen, bitte!« flehte Sylvia.

Karen schüttelte gequält den Kopf. »Warum sagst du das? Wir wissen es doch beide besser!« Damit ging sie.

Sylvia sah ihr enttäuscht nach. Aber was hatte sie auch erwartet?

28.

Den Sonntag verbrachte Sylvia bei ihren Eltern. Von Ellen wußte sie, daß in zwei Tagen Karens Verhandlung vor Gericht beginnen sollte.

Sylvia saß mit ihrem Vater im Wohnzimmer und erkundigte sich – natürlich ganz nebenbei – nach dem Stand der Dinge.

»Hat Karen es dir nicht erzählt?« fragte Werner Mehring verwundert.

»Was erzählt?«

»Ich bin bei meinen Recherchen nach ähnlichen Fällen fündig geworden.«

»Was hast du gefunden?«

»Die Frage muß lauten: Wen hast du gefunden? – Ich lasse gerade eine Computeranalyse verschiedener Bilder durchlaufen, von denen ich glaube, daß sie ein und dieselbe Person zeigen. Darüber legen wir dann Gregors Bild. Bei Übereinstimmung sind wir einen kleinen Schritt weiter.«

»Inwiefern?«

»Bei der Person handelt es sich um einen Mann, der eine leitende Position in mehreren Architekturbüros innehatte. Drei an der Zahl. Die sind mittlerweile alle Konkurs gegangen, die ehemaligen Inhaber wegen Unterschlagung und Steuerhinterziehung verurteilt.«

Sylvia sprang erregt auf. »Das nennst du einen kleinen Schritt?

Wenn das wahr ist, ist doch klar, was vorgeht. Gregor nimmt professionell Firmen aus.«

»Das können wir nicht beweisen. Aber die Parallelität der Fälle wird den Richter in jedem Fall für unsere Theorie interessieren.«

»Das ist doch phantastisch«, freute sich Sylvia. »Zu schade, daß wir das nicht früher wußten. Dann hätten wir in seiner Wohnung nach entsprechenden Hinweisen . . .« Sylvia biß sich auf die Lippen. Wie hatte ihr das nur rausrutschen können?!

Knisternde Stille im Raum. Das zu Boden Fallen einer Stecknadel wäre in diesem Moment einer Explosion gleichgekommen.

»Das habt ihr nicht getan!« Sylvias Vater stand langsam auf. Ungläubig starrte er seine Tochter an. »Ihr seid nicht in Gregors Wohnung gewesen!?«

Sylvia war jetzt ziemlich kleinlaut. »Wir haben nach Beweisen gegen ihn gesucht. Es muß doch welche geben.«

»Ja – bist du denn jetzt vollends verrückt?« Werner Mehring wurde selten laut, aber nachdem, was er eben gehört hatte, fiel es ihm sichtlich schwer, beherrscht zu bleiben. »Ist dir klar, daß ich dich jetzt eigentlich anzeigen müßte?«

»Das kannst du nicht. Du würdest gegen die Interessen deiner Mandantin handeln. Das steht im Widerspruch zu deinem Anwaltskodex – oder wie ihr das nennt«, erwiderte Sylvia störrisch.

»Das ist aber auch der einzige Grund, warum ich es nicht tue!« rief Mehring aufgebracht. »Nicht auszudenken, welche Folgen es hat, wenn das rauskommt. Schon mal etwas von Glaubwürdigkeit gehört? Was meinst du – wie groß ist die gegenüber Leuten, die in fremden Wohnungen auf Raubzug gehen?«

»Aber . . .«

»Nichts aber!« unterbrach Mehring scharf. »Wir können nur hoffen, daß ihr clever genug wart, keine Spuren zu hinterlassen. Andernfalls . . .«

»Gregor hat keine Anzeige erstattet«, warf Sylvia ein.

»Bis jetzt! Aber er kann sich denken, wer dahintersteckt. Hoffen wir, daß er die Fragen der Polizei mehr fürchtet, als ihm die Tatsache, Karen noch weiter zu belasten, wert ist.«

Werner Mehring sah seine Tochter blaß werden.

Er senkte seine Stimme und meinte etwas milder: »Wie wäre es, wenn du in Zukunft mir die Sache überließest? Ich weiß, wie man so etwas macht. Im übrigen ist es eine goldene Regel des Handwerks, sich nie an einem Fall emotional zu beteiligen. Das weißt du doch. Ich verstehe ja, daß du ihr helfen willst, aber doch nicht so!«

Sylvia schaute hoch. In ihren Augen standen Tränen. Mehring sah seine Tochter betroffen an.

»Schon gut.« Er legte beruhigend seine Hand auf ihre Schulter. Was zur Folge hatte, daß Sylvia ihre angestauten Gefühle nicht länger unterdrücken konnte. Die Tränen kullerten nur so über ihre Wangen. »Ich hab's verpfuscht«, schluchzte sie.

»Na, na. Noch ist ja nichts verloren«, beschwichtigte ihr Vater.

»Ich meine nicht deinen Fall. Ich meine die Sache mit ihr«, sagte Sylvia kläglich und gestand: »Ich liebe Karen.«

Werner Mehring schwieg verblüfft. »Dieser Abend ist voller Überraschungen«, meinte er schließlich. »Und was ist zwischen euch passiert, daß du so am Boden zerstört bist?«

»Nichts. Na ja, fast nichts. Das ist es ja. Ich habe zu lange gezögert.«

»Und nun, da sie mit einer anderen Frau zusammen ist, bereust du es?«

»Ja. Nein«, schniefte Sylvia. »Sie ist nicht mit einer anderen zusammen. Aber durch mein ständiges Hin und Her habe ich sie verletzt. Einmal zuviel. Nun glaubt sie mir nicht mehr, daß ich sie liebe. Sie hält es für eine vorübergehende Phase.«

»Und? Ist es das?« fragte ihr Vater.

»Nein. Jedenfalls nicht, was sie betrifft.«

»Bist du dir sicher?«

Sylvia nickte. »Ich weiß nicht, ob ich nur Frauen mag. Aber ich weiß sicher, daß Karen diejenige ist, die ich liebe. Ich habe noch nie so für jemanden empfunden. Das klingt übertrieben, aber es ist so. Nur, sie läßt mich nicht mehr an sich heran.«

»Tja, das hört sich wirklich an, als wäre die Sache ziemlich verfahren.«

Sylvia schossen erneut die Tränen aus den Augen.

»Bis vor wenigen Wochen war ich noch zufrieden mit meinem Leben. Ich hatte meinen Job, meinen Kater, euch. Alles war in bester Ordnung. Und jetzt heule ich bei dem Gedanken, es könnte wieder so werden.«

Werner Mehring umarmte seine Tochter. »Deine Mutter hat

mir viermal einen Korb gegeben, bis ich sie das erste Mal überhaupt ausführen durfte. Glaube mir, wenn sie dich liebt, wird sich alles wieder einrenken.«

Sylvia schluchzte. »Und was, wenn nicht?«

29.

Die Verhandlung war öffentlich. Sylvia hatte auf einem der harten Stühle der Zuschauerplätze im Gerichtsaal Platz genommen. Karen saß kerzengerade auf dem Stuhl neben ihrem Anwalt. Werner Mehring stand jetzt auf und sprach zur Richterin und Staatsanwaltschaft: »Wir können beweisen, daß der unter so mysteriösen Umständen verschwundene Zeuge Frank Bachmann einige menschliche Schwächen hat, die seine Glaubwürdigkeit sehr in Frage stellen. Er ist ein sehr labiler Charakter und durch Spielschulden in arger finanzieller Not. Das macht ihn, da werden Sie mir bestimmt zustimmen, Herr Staatsanwalt, doch wohl sehr anfällig für kriminelle Beschaffung, wozu auch bezahlte Falschaussagen zählen. Seine Zeugenaussage, zu der wir ihn nicht mehr befragen können, ist also sehr zweifelhaft.« Den letzten Satz sprach Werner Mehring mit erhobener Stimme. »Und wenn ich das hinzufügen darf, mit der Tatsache seiner Spielschulden konfrontiert, hatte Bachmann sich in einem Gespräch mit mir bereits selbst widerrufen.«

»Der Herr Rechtsanwalt wird doch wohl nicht erwarten, daß wir seiner Aussage hier Beweiskraft anrechnen«, warf der Staatsanwalt kopfschüttelnd ein.

»Wenn Sie dazu nicht bereit sind, bitte ich Sie, mir eine einfache Frage zu beantworten. Warum hat sich denn der Zeuge entfernt, wenn er ein so rechtschaffener, glaubwürdiger Bürger ist? Ich werde Ihnen sagen, warum. Jemand, und zwar er selbst oder sein Auftraggeber, hat befürchtet, daß er sich während der Befragung in Widersprüche verwickelt. In Widersprüche der Art, daß seine Lügen erkannt werden.«

Der Staatsanwalt winkte ungeduldig ab. »Frau Richterin, das sind doch alles nur Spekulationen! Es geht hier nicht darum, die Motive des Zeugen zu ergründen, sondern um die Straftat der Angeklagten.«

»Das sehe ich nicht ganz so, Herr Staatsanwalt. Ich teile die Auffassung des Herrn Rechtsanwaltes in dem Punkt, daß, wenn er dem Zeugen eine Abhängigkeit nachweisen kann, durchaus dessen Aussage aus den Voruntersuchungen angezweifelt werden muß.«

»Sehr richtig.« Werner Mehring nutzte die Gunst des Augenblicks und brachte seine Verteidigung auf den Punkt. »Es handelt sich im hier verhandelten Fall nämlich nicht um eine Straftat meiner Mandantin, sondern um eine Verschwörung gegen sie. Einer sehr geschickt durchgeführten Verschwörung. So geschickt, meine Damen und Herren, daß sogar der Herr Staatsanwalt und die ermittelnde Behörde dieser aufgesessen sind.«

Ein Raunen ging durch die Zuhörer. Man erwartete gespannt die Erwiderung des Staatsanwaltes.

»Das ist eine unhaltbare Behauptung. Wir haben Beweise, die Frau Candela eindeutig als aktive Beteiligte am Betrug und an der Steuerhinterziehung überführen.«

Der Staatsanwalt brachte nun die Sprache auf die gefälschten Gutachten. Hier sah es nicht so gut für Karen aus. Ihre Unterschriften waren ausschlaggebend für die Beweisführung. Ein graphologisches Gutachten bestätigte die Echtheit der Unterschriften.

»Die Akribie des Herrn Staatsanwaltes ist lobenswert. Wir haben jedoch nie bestritten, daß die Unterschriften unter den Gutachten von Frau Candela stammen«, sagte Werner Mehring gelassen. »Wir bestreiten allerdings die betrügerische Absicht, die der Staatsanwalt Frau Candela unterstellt. Frau Candela unterschrieb lediglich vertrauensvoll die Gutachten, die ihr von ihrem Mitarbeiter vorgelegt wurden. – Eine Frage an Sie, Herr Staatsanwalt: Führen Sie jede Recherche zu Ihren Fällen persönlich durch?«

Widerwillig kam die Antwort. »Natürlich nicht.«

»Oder prüfen Sie die Ihnen vorgelegten Ermittlungsergebnisse alle noch einmal nach?«

»Sie wissen ebenso gut wie ich, daß das nicht möglich ist.«

»Ich weiß es. Und ich verlange ja auch nicht, daß Sie es tun. Sie sind es, der meiner Mandantin nicht zugesteht, daß sie sich auf die Zuarbeit ihrer Mitarbeiter stützt.«

»Frau Candela ist die Geschäftsführerin. Sie muß wissen, was sie unterschreibt. Wenn sie es nicht weiß, ist es ihre Pflicht, das zu prüfen.«

»Das ist wahr. Frau Candela war nachlässig.«

»Und wie erklären Sie, daß Frau Candela Inhaberin eines kostspieligen, weil wenig Gewinn bringenden Aktiedepots ist? Woher kommen die Einlagen dafür?«

»Das ist eine gute Frage. Ich würde sagen, vom wirklichen Betrüger. Er hat das Depot im Namen meiner Mandantin angelegt, um diese zu belasten«, erklärte Werner Mehring ruhig.

»Können Sie das beweisen?« fragte der Staatsanwalt stoisch.

»Noch nicht. Aber in Kürze.«

»Dann steht Ihre Theorie auf sehr wackligen Beinen.«

Die Verhandlung setzte sich noch eine Stunde mit solcher Art Für und Wider fort. Dann wurde dem Antrag Werner Mehrings auf eine Unterbrechung für die Dauer von drei Tagen entsprochen. Allerdings mit der Auflage, innerhalb dieser drei Tage die versprochenen Beweise beizubringen.

30.

Karen hatte Ellens Drängen nachgegeben und war zur Vernissage in die Galerie gekommen. Auch wenn ihr der Sinn eigentlich gar nicht nach Menschen stand, etwas Ablenkung vom Prozeß würde ihr guttun.

»Du siehst deprimiert aus«, begrüßte Ellen ihre Schwester.

»Es geht mir gut! Es ist nett von dir, daß du dich sorgst, aber es ist völlig überflüssig.« Karen küßte Ellen auf die Wange.

»Na klar«, meinte Ellen leichthin. »Es wäre doch gelacht, wenn du dich von so ein paar unbedeutenden Kleinigkeiten unterkriegen lassen würdest. Ein Prozeß, eine enttäuschte Liebe. Was ist das schon? – Da kommt sie übrigens.«

»Wer?«

»Eine der unbedeutenden Kleinigkeiten: Sylvia.«

»Was? Wieso . . .?« Karen brachte ihren Satz nicht zu Ende.

»Na, ich habe sie eingeladen«, beantwortete Ellen die unausgesprochene Frage.

Jetzt hatte Sylvia die beiden entdeckt und kam zu ihnen.

»Schön, daß Sie kommen konnten. Ich freue mich«, begrüßte Ellen Sylvia herzlich.

»Ich freue mich, daß Sie mich eingeladen haben. Danke«, erwiderte Sylvia und lächelte dann Karen zu. Karen beschränkte sich auf ein reserviertes Nicken mit dem Kopf. Ellen entschuldigte sich diskret und überließ die beiden einander.

Sylvia war aufgeregt. Als Ellen sie gestern anrief und zur Ausstellungseröffnung einlud, sagte sie sofort zu. Auch ohne daß Ellen es erwähnte, war ihr klar, daß Karen hier sein würde. Zumindest hoffte Sylvia es.

Aufwendig hatte sie heute ihre Haare frisiert und anschließend besonders sorgfältig die Garderobe ausgesucht. Schließlich stand sie prüfend vor dem Spiegel. Das Ergebnis konnte sich sehen lassen.

Doch das verringerte nicht die Nervosität, die Sylvia jetzt verspürte, da sie Karen gegenüberstand. Sie wußte, jetzt war noch einmal die Gelegenheit, miteinander zu reden. Und sie wollte diese Gelegenheit nutzen.

»Wie geht es dir?« eröffnete Sylvia unbeholfen das Gespräch.

»Was glaubst du?« erwiderte Karen kurz angebunden.

»Karen, ich . . .« Sylvia unterbrach sich beim Anblick von Karens Augen, die sie lediglich kühl und unpersönlich betrachteten. Eine unsichtbare Wand.

»Ich vermisse dich so«, brach es aus Sylvia hervor. Es war wohl die Quintessenz all ihrer Empfindungen, die sie in diesem einen Satz zu beschreiben versuchte.

Karens Gesicht blieb unbewegt. Sie erinnerte sich nur allzu gut an Sylvias schroffe Abweisung nach ihrem letzten Kuß. Sylvia vermißte sie? Ja, dachte Karen bitter, im Moment vielleicht. Doch wie lange würde ihre Sinneswandlung anhalten? Eine Woche, einen Monat? Karen erwiderte kein Wort.

Sylvia registrierte verzweifelt Karens Ablehnung. Ihr kam ein Gedanke. Sie erinnerte sich an den Abend im Theater. Karen war ungewöhnlich aggressiv gegen Torsten gewesen. Und sie dachte offensichtlich . . .

»Ist es wegen Torsten?« wollte Sylvia wissen. »Er ist wirklich nur ein guter Freund für mich.«

Karens Gesicht verschloß sich. »Ich will das nicht wissen, Sylvia.«

»Aber ich will, daß du es weißt. Da ist nichts! Gut, ich habe Torsten geküßt. Ich hatte, ehrlich gesagt, gehofft, ich würde etwas empfinden. Aber das habe ich nicht. Es war ein unsinniger Versuch ...«, Sylvia suchte nach Worten, »... normal zu bleiben? Ich kann es nicht erklären.«

Karens Blick ruhte auf Sylvia. War das wahr? Gab es eine so einfache und harmlose Erklärung für das Foto? Von dem Sylvia immerhin nicht wissen konnte, daß es existierte. Aber selbst wenn es so war. Das änderte nichts an der Situation im Ganzen. Sylvia war nun einmal ihrer Selbst nicht sicher. Früher oder später würde sie anfangen, ihr die Hand zu entziehen, wenn sie danach griff, ihren Küssen sanft aber bestimmt auszuweichen, sich unaufhaltsam zurückzuziehen und ihr schließlich den Todesstoß versetzen, indem sie ihr leise vorschlug: *»Laß uns gute Freundinnen bleiben«*. Und man würde sich in einem schmerzlichen Prozeß langsam, aber sicher voneinander entfernen. Dann schon lieber jetzt und gleich, und vor allem rigoros.

»Was kann ich tun, damit du mir glaubst?« fragte Sylvia verzweifelt.

»Du kannst nichts tun«, erwiderte Karen. Damit drehte sie sich um und ließ Sylvia stehen.

Ellen kam zurück. Sylvias Gesicht sprach Bände.

»Ist wohl nicht so gut gelaufen«, stellte Ellen fest. Dabei legte sie ihren Arm um Sylvia und küßte sie tröstend auf die Wange. Sylvias Blick folgte Karen.

»Ich habe sie sehr verletzt. Auch wenn es nicht in meiner Absicht lag«, seufzte Sylvia.

»Wenn dir wirklich an Karen liegt, mußt du hartnäckig sein. Laß dich von ihrer Bärbeißigkeit nicht täuschen. Sie ist sonst nicht so.«

Sylvia lächelte traurig. »O doch, das ist sie durchaus. Aber das ist eine der Seiten, die ich an ihr mag.«

31.

»**W**o sind Sie? In München?« Werner Mehring sprach laut. Die Handyverbindung war sehr schlecht. »Na egal, Hauptsache, Sie haben die Beweise. Phantastisch Endrich! Setzen Sie sich ins nächste Flugzeug nach Berlin und kommen Sie zurück. Hüten Sie die Unterlagen wie Ihren Augapfel! Die Verhandlung beginnt heute um vierzehn Uhr. Sie müssen also vom Flugplatz direkt zum Gericht fahren. Sehen Sie zu, daß Sie es rechtzeitig schaffen. Sonst muß Frau Candela es ausbaden.«

Sylvia saß wieder unter den Zuschauern und folgte aufmerksam der Verhandlung. Werner Mehring sprach gelassen. Doch seine Ruhe täuschte. Er wartete auf Endrichs Eintreffen. Ohne die Papiere, die dieser mitbringen sollte, fehlten nach wie vor die Beweise in Karens Verteidigung.

Zwar gaben die durchgeführten Computeranalysen Gewißheit, daß Gregor auch in anderen Architekturbüros gearbeitet hatte und diese – was für ein merkwürdiger Zufall – unterdessen alle Konkurs waren. Konkurs auf Grund von Unterschlagungen! Aber das bewies nichts. Im Moment galt es also Zeit zu gewinnen.

»Die Staatsanwaltschaft ignoriert die Kenntnis, daß es keine klaren Belege dafür gibt, daß Frau Candela die Gutachten selbst erstellt oder Gelder aus der Firma abgezogen hat. Man hat lediglich Indizien angehäuft.«

»Darüber kann man geteilter Meinung sein«, erwiderte der Staatsanwalt. »Und Ihre Darstellung, Herr Anwalt, stützt sich bis dato ja auch nicht gerade auf ein Fundament an Beweisen. Sie lassen hier eine Verschwörungstheorie entstehen, die ziemlich abenteuerlich klingt.« Die Stimme des Staatsanwaltes klang ironisch.

»Meine Herren«, mahnte die Richterin ungeduldig. »So kommen wir doch nicht weiter.«

Werner Mehring nickte, ließ sich aber in seinen langatmigen Ausführungen nicht beirren. »Frau Candela ist unschuldig. Sie soll hier geopfert werden. Und der Mann im Hintergrund, der wirkliche Täter, kann sich in Ruhe absetzen und auf seinem Gewinn ausruhen.«

»Beweise, Herr Verteidiger, liefern Sie Beweise!« warf der Staatsanwalt ein.

»Das werde ich, das werde ich.« Werner Mehring machte eine bedeutungsvolle Pause. »Die Staatsanwaltschaft will herausgefunden haben, daß meiner Mandantin ein kostspieliges Aktiendepot gehört, welches der Grund dafür ist, daß sie die Unterschlagungen durchführte. Aber: Der Tag, an dem Frau Candela in den Kundenstamm der depotführenden Versicherung aufgenommen wurde, liegt weit nach der ersten eingetragenen Transaktion. Da Geschäfte an der Börse, wie Sie mir sicher zustimmen werden, tagesnah ausgeführt werden, muß ich die Frage in den Raum stellen, wie das möglich ist.«

Unruhe entstand im Saal. Die Richterin sah sich gezwungen, zur Ordnung zu rufen. Dann wendete sie sich an Werner Mehring: »Was heißt das konkret?«

»Dieses Aktiendepot wurde im Nachhinein angelegt, und zwar um das fehlende Motiv für die Unterschlagungen zu liefern. Die dort aufgezeigten Verluste existieren real nicht.«

»Ich sage noch einmal: Beweise, Herr Verteidiger, Beweise«, meldete sich der Staatsanwalt.

»Auf dem Weg von München hierher ist ein privater Ermittler mit Unterlagen, die meine Ausführungen belegen. Unter anderem zeigen sie, daß die Unterschrift unter dem Kontoeröffnungsvertrag des Depots gefälscht ist. Ich bitte deshalb um eine erneute Pause.«

»Schon wieder eine Verzögerung seitens der Verteidigung? Wie lange wollen Sie dieses Spiel noch treiben?«

»Das ist kein Spiel, Herr Staatsanwalt. Es geht um die Wahrheitsfindung.«

Die Richterin griff ein. »Ich gestehe der Verteidigung noch eine Stunde zu«, setzte sie fest. »Wenn bis dahin Ihr Mann nicht eingetroffen ist, bin ich geneigt, der Theorie des Staatsanwaltes zuzustimmen. Sie ist meiner Meinung nach nicht so schwach, wie die Verteidigung hier darstellt.«

Vor dem Gerichtssaal standen sie zunächst schweigend zusammen.

»Was, wenn Endrich nicht kommt?« sprach Karen schließlich selbst die Befürchtung aller aus.

Sylvia suchte gespannt die Gesichter der im Gebäude neu Ankommenden ab. »Verdammt! Warum ruft er nicht wenigstens an? Er hat doch ein Handy.«

»Im Flugzeug ist der Betrieb von Handys verboten«, sagte Karen.

»Und wenn er noch im Flugzeug sitzt, kommt er auf keinen Fall mehr rechtzeitig«, stellte Mehring folgerichtig fest.

»Und nun, Herr Anwalt?« fragte Karen nervös.

»Nur die Ruhe. Der Staatsanwalt steht mit seiner Theorie nicht besser da als wir.«

»Aber die Richterin glaubt seiner Version.«

»Auf Glauben kann sie kein Urteil aufbauen. Sie muß sich an Fakten halten«, beruhigte er Karen.

Sylvia schaute auf die Uhr. »Noch zehn Minuten«, sagte sie.

Werner Mehring wählte zum x-ten Mal Endrichs Handynummer.

»Immer noch die Mailbox«, fluchte er.

Sylvia sah zu Karen. Ihre Blicke trafen sich. Karen, nach wie vor mit kühler Distanz in den Augen, Sylvia voller Sorge.

»Und was ist, wenn du noch einmal die Sprache auf Bachmann bringst?« wandte Sylvia sich an ihren Vater. »Der Richterin schien sein Nichterscheinen auch merkwürdig.«

»Die Staatsanwaltschaft wird berechtigterweise Einspruch erheben, wenn ich dieses Thema erneut behandle. Aber in meinem Schlußwort werde ich darauf zurückkommen.«

»Wie stehen die Chancen?« wollte Karen wissen.

Mehring sah sie ernst an. »Im Moment nicht so gut. Aber keine Angst. Im Falle einer Verurteilung legen wir sofort Berufung ein. Und im Berufungsverfahren haben wir dann die Beweise, die wir brauchen.«

»Was nützt mir das? Bis zur Rehabilitierung wird mein Ruf in der Branche soweit diskreditiert sein, daß ich keinen einzigen Auftrag mehr bekomme. Die meisten meiner Kunden sind jetzt schon, gelinde gesagt, zurückhaltend. Sie warten mit der Auftragsvergabe oder gehen gleich auf Nummer Sicher und wechseln das Architekturbüro. Nach einer Verurteilung werden auch noch die letzten Kunden abspringen.«

Werner Mehring nickte betrübt. »Ja, ich weiß. Es ist fatal.«

»Fatal ist nicht der richtige Ausdruck. Ich würde eher sagen, es ist die Katastrophe schlechthin.«

»Warum die Aufregung«, hörten sie plötzlich jemanden neben sich fragen. Alle drei drehten sich wie verabredet in die Richtung des Fragenden.

»Endrich!« rief Mehring laut und erleichtert. »Mann, das wurde aber auch Zeit!«

Nach der Verhandlungspause konnte Werner Mehring in aller Ruhe seine Trümpfe ausspielen.

»Hier ein Gutachterschreiben, welches die Unterschrift des Depotvertrages mit einer Schriftprobe Frau Candelas vergleicht. Ergebnis: keine Übereinstimmung. Die Staatsanwaltschaft kann natürlich gerne ein eigenes Gutachten erstellen lassen.« Werner Mehring reichte der Richterin triumphierend die Kopie des Vertrages und das Gutachten. »Ich bitte um Aufnahme der Dokumente als Beweismaterial.«

»Antrag angenommen.«

Werner Mehring wandte sich jetzt dem Staatsanwalt zu. »Fassen wir zusammen. Ein zweifelhafter Zeuge und das Aktiendepot als falsche Spur. Beides läßt nur einen Zweck erkennen, nämlich den, meine Mandantin zu belasten. Hinzu kommt, daß die ganze Sache durch einen anonymen Hinweis, der bei der Kripo einging, überhaupt erst ins Rollen kam. Für mich kommt hier nur ein Schluß in Frage: Verschwörung, Komplott, Intrige – wie immer man es bezeichnen will.«

Mehring setzte eine bedeutungsvolle Pause, bevor er fortfuhr: »Und wir haben auch einen begründeten Verdacht, wer hinter alldem steckt. Wir wendeten uns mit diesem Verdacht an die Behörde, wurden bis dato aber leider konsequent ignoriert.«

»Bitte, teilen Sie mir Ihre Erkenntnisse mit«, forderte die Richterin ihn auf.

»Der stellvertretende Geschäftsführer, Ralf Gregor, dem Frau Candela vertraute, benutzte die Firma ›Candela & Partner‹ zu den Zwecken, die meiner Mandantin vorgeworfen werden. Ich wage die Behauptung, daß der anonyme Hinweis, der die Polizei einschaltete, von niemand anderem als Ralf Gregor selbst kam. Er fühlte sich ertappt, als Frau Candela plötzlich einen Privatdetektiv engagierte, um gewissen Unregelmäßigkeiten in ihrer Firma auf den Grund zu gehen. Er gedachte durch seine anonyme Anzeige, Frau Candela aus der Firma zu eliminieren, die er bereits mit Hilfe des Hauptbuchhalters in den Konkurs lenkte. Nachdem ihm dieser Konkurs gelungen wäre, wollte er sich zurückziehen. Denn diese Nummer hat er nicht zum ersten Mal durchgezogen!« Werner Mehring schlenderte bewußt langsam zu seinem Tisch zurück.

»Ich habe Zeitungsausschnitte, Gerichtsberichte und Fotos von drei weiteren Fällen, die dem meiner Mandantin sehr ähnlich sind. Ich kann beweisen, daß Gregor in den betroffenen Firmen eine verantwortungsvolle Position innehatte, ebenso wie bei ›Candela & Partner‹.« Jetzt zog Mehring das Dossier aus seiner Mappe.

»Herr Staatsanwalt?« wandte sich die Richterin fragend an den Vertreter der Anklage.

Der zuckte nur mit den Schultern. Werner Mehring setzte nun den I-Punkt auf seine Ausführungen: »Das sind wohl sehr eindeutige Fakten. Fakten, welche die Staatsanwaltschaft nicht abtun kann. Diese Fakten sollten genügen, die Anklage gegen Frau Candela fallenzulassen und die Untersuchungen in den hier aufgezeigten Richtungen auszudehnen. Ich übergebe der Staatsanwaltschaft gerne die Ergebnisse meiner Recherchen, die darauf deuten, daß Gregor sowohl in diesem Fall als auch in anderen seine Fäden zog.«

Werner Mehring ging zurück an seinen Platz. Er lächelte Karen gewinnend zu.

Die Richterin übernahm das Wort. »Herr Staatsanwalt?« wiederholte sie. »Sie können nicht leugnen, daß die Verteidigung die Eckpfeiler Ihrer Theorie soeben zum Einstürzen brachte.«

»Ja. Es sieht so aus«, gab dieser zu. »Eine völlig neue Sachlage.«

»Wollen Sie Ihre Anklage unter diesen Bedingungen aufrechterhalten?«

»Immerhin sind da noch die gefälschten Gutachten«, wandte er ein. »Und Frau Candela ist als Inhaberin der Firma verantwortlich für das, was sie zeichnet.«

Die Richterin nickte. »Wenn die Staatsanwaltschaft keine weiteren Argumente hat?« Sie sah fragend zum Staatsanwalt. »Dann machen wir es kurz. Auch wenn Frau Candela es klar versäumt hat, ihre Kontrollpflicht auszuüben, und sie somit eine Mitverantwortung an den Unterschlagungen trägt, ist ihr jedoch kein betrügerischer Vorsatz nachzuweisen. Frau Candela wird deshalb zu einer Geldstrafe von dreißig Tagessätzen á zweihundertfünfzig Euro verurteilt. Die Staatsanwaltschaft wird aufgefordert, die Ermittlungen wieder aufzunehmen.«

»Na also«, brummte Werner Mehring zufrieden.

»Danke«, sagte Karen. »Das kann ich nie wieder gutmachen.«

Werner Mehring lachte. »Doch, indem Sie meine Rechnung bezahlen.«

Sie umarmten sich. »Und vielleicht hätte ich da noch etwas anderes, eine Bitte«, meinte Mehring.

Karen sah Mehring fragend an.

»Ich weiß, es geht mich nichts an«, begann er ungewohnt zögerlich. »Andererseits ist Sylvia meine Tochter, und eine ziemlich gute. Ich weiß, irgend etwas zwischen euch beiden ist schiefgelaufen. Sie sagt, sie ist schuld. – Sie könnten darüber nachdenken, ob Sie ihr verzeihen.« Er nickte ihr aufmunternd zu.

Karen sah ihren Anwalt mehr als erstaunt an. »Sylvia hat mit Ihnen über uns gesprochen?«

»Stört Sie das?« wollte Mehring wissen.

»Nein, nein. Aber was hat sie erzählt?«

»Sie weiß, daß sie mehr als einen Fehler gemacht hat. Aber eines ist klar. Sie liebt Sie. Und sie ist ziemlich verzweifelt.«

Karen schloß für einen Moment die Augen.

»Wissen Sie«, sagte sie dann, »Sylvia ist die Königin des Rückzuges. Und irgendwann ist es einfach einmal zuviel.«

»Ich verstehe. Nun ja, vielleicht sollten Sie ihr zugute halten, daß die Situation neu für sie war.«

»Das habe ich.«

»Lieben Sie Sylvia?«

»Ja, das tue ich.«

»Und Sylvia liebt Sie. Ich weiß, die Dinge sind nicht so einfach. Aber sie sind auch nicht immer so kompliziert, wie wir sie machen.« Werner Mehring stand auf. »Wir hören ganz sicher noch voneinander.«

Karen nickte. »Und nochmals danke.«

32.

Gregor war von dem Moment an von der Bildfläche verschwunden, da der Prozeß beendet war. Die Fahndung lief seit Tagen. Karen versuchte ihrer Verärgerung über die bisher ergebnislose Suche der Polizei nicht Oberhand gewinnen zu lassen. Was nützte es schon? Wahrscheinlich saß Gregor längst irgendwo im Ausland und erfreute sich des luxuriösen Lebens, das er sich dank ihres Geldes leisten konnte. Sie mußte sich wohl oder übel damit abfinden.

Doch dann überraschte Mehring mit einem Anruf: »Gregor wurde Opfer eines Verkehrsunfalls. Die Beamten am Unfallort haben ihn anhand des Fahndungsfotos erkannt. Er liegt jetzt schwer verletzt im Krankenhaus. Natürlich bewacht.«

»Wo ist das passiert?«

»Hier in Berlin. Gregor hielt sich scheinbar die ganze Zeit in der Stadt auf. Im Unfallbericht steht, er wurde angefahren. Aber ich habe läuten hören, das Ganze glich mehr dem deutlichen Versuch, ihn zu überrollen.«

»Ein Mordanschlag?«

»Das vermutet man.«

»Das verstehe, wer will«, meinte Karen verwirrt.

»Nun ja, sicher hat er sich im Laufe der Zeit mehr als einen Feind gemacht. Ich bleibe am Ball.« Mehring verabschiedete sich.

Kaum hatte Karen aufgelegt, klingelte das Telefon erneut. Ellen war dran und lud Karen zum Abendessen ein.

»Ich habe eigentlich zu tun«, versuchte Karen auszuweichen.

»Dann tu es morgen.«

»Gibt es einen besonderen Anlaß?«

»Laß dich überraschen.«

Als Karen das Lokal betrat, winkte Ellen ihr zu. Noch bevor Karen ihrer Schwester die Neuigkeit über Gregors unerwartetes Wiederauftauchen berichten konnte, entschuldigte Ellen sich.

»Ich muß mal kurz für kleine Mädchen«, meinte sie, kaum daß Karen saß, und verschwand in Richtung Toiletten. Als Karen jetzt hochsah, stand Sylvia vor ihr.

»Das habt ihr euch fein ausgedacht«, kommentierte Karen die offensichtliche Absprache trocken.

Sylvia setzte sich. Da sie nicht wußte, wie lange Karen so friedlich sitzenblieb, kam sie gleich zur Sache.

»Ich möchte, daß du mir endlich die Möglichkeit gibst, dir zu erklären, was ich empfinde.«

»Ich lege keinen Wert auf eine Erklärung, die morgen schon wieder hinfällig sein wird«, wehrte Karen ab.

»Ich verstehe ja, daß du sauer bist. Ich habe dich immer wieder zurückgewiesen. Und plötzlich komme ich an und sage dir, daß ich dich brauche. Denkst du, ich spiele mit dir?«

»Genau das denke ich.«

Sylvia wollte Karen unterbrechen. Doch die sprach unbeirrt weiter. »Nein, Sylvia, nicht bewußt! Das weiß ich. Jetzt, in diesem Moment, bist du überzeugt, daß du es ernst meinst. Aber bald wirst du dich deiner sogenannten Schwäche zu mir schämen oder dir deiner Selbst nicht sicher genug sein, was auf dasselbe hinausläuft.«

»Dich deiner schämen? Bist du verrückt? – Du mißverstehst das Ganze! Erinnerst du dich, was du einmal zu mir gesagt hast, als ich dich fragte, welchen Traumtyp du mir empfiehlst? Du sagtest, ich soll in mich hineinhören. Das habe ich getan. Aber ich habe nicht das gehört, was ich erwartete. Das hat mich irritiert. Willst du mir das vorwerfen?«

»Nein, das ist nicht der springende Punkt«, sagte Karen.

»Sondern?«

»Es wird dich immer wieder irritieren. Ich glaube nicht, daß deine Gefühle für mich anhalten, wenn die erste Aufregung vorbei ist. Es wird dir auffallen, daß es trotz unserer offenen Gesellschaft ungleich schwieriger ist, eine Beziehung mit einer Frau zu führen als mit einem Mann. Die Menschen sehen dich von einem Augenblick zum nächsten mit ganz anderen Augen. Eine Frau, die nicht an Männern interessiert ist!? Für Männer wirst du damit zur Konkurrenz, für Frauen eine, mit der man plötzlich über nichts mehr reden kann. Worüber auch – denken sie. Familie? Lesben und Schwule sind doch Exoten! Die haben mit Familie nichts am Hut. Kinderwunsch? Dito. Mode? Kleiden sich Lesben nicht wie Männer? Und apropos – Männer. Na, zu diesem Thema werden sie dich zuallerletzt befragen. Wann und wo hättest du dir eine Meinung über die bilden sollen? Dein Freundeskreis wird sich auf diese Weise nicht gerade erweitern. Deine Karriere ist als Frau schon schwer genug, aber als Lesbe kannst du dich gleich von der Vorstellung verabschieden, daß es noch irgendwie weitergeht. Und wenn dir all das irgendwann klar wird, wirst du gehen. Und ich bleibe zurück. Davor habe ich zu große Angst.«

Sylvia schüttelte den Kopf. »Die Angst vor einer Trennung kann ich dir nicht nehmen, Karen. Aber wenn, werden die Gründe andere sein. Ich weiß, daß ich noch nie für jemanden so empfunden habe wie für dich. Und ich fühle mich stark und sicher genug für eine Beziehung mit dir.«

Karen trommelte nervös mit den Fingern auf der Tischplatte. So gerne wie sie Sylvia glauben wollte – ihre Erfahrungen sprachen eher dagegen.

»Tut mir leid«, erwiderte sie. Dann stand sie auf und ging.

Ellen kam wieder. Der Kellner sah pikiert zu ihnen herüber. Der andauernde Wechsel der Damen an dem Tisch irritierte ihn merklich.

»Und?« fragte Ellen.

»Ich fürchte, ich war nicht überzeugend genug.«

Sylvia gab Ellen das Gespräch wieder. Ellen verstand. Sie erzählte Sylvia von Michaela. Sylvia begann zu ahnen, was in Karen vorging. Es war nicht nur ihre fortwährende erschrockene Ablehnung, die Karen verletzt hatte. Hinzukam eine vertrackte Duplizität der Ereignisse Karens Erfahrung mit Michaela betreffend. Und deshalb schottete sie sich ab.

»Ich hätte eben eher auf meine innere Stimme hören sollen«, stellte Sylvia deprimiert fest.

»Ah, ich dachte mir, daß du noch kommst«, begrüßte Karen ihre Schwester. »Dir ist wohl klar, daß wir beide ein Hühnchen miteinander zu rupfen haben.«

Ellen ließ sich im Wohnzimmer auf die Couch fallen.

»Ich verstehe kein Wort«, erwiderte sie unschuldig. Nach dem Essen mit Sylvia wollte sie nun sehen, in welcher Verfassung Karen war.

Karen, uneins mit sich, ob sie Ellen böse sein sollte oder nicht, setzte sich ihr gegenüber.

Vor einer Stunde, als Karen das Restaurant verlassen hatte, war sie ziemlich aufgewühlt gewesen. Der instinktiven Abwehr gegenüber Sylvias Worten war jedoch bald Nachdenken gefolgt. Immerhin meinte es Sylvia wohl doch ernst, sonst würde sie sich nicht immer wieder um sie, Karen, bemühen.

Deshalb lag in Karens Worten jetzt weniger Vorwurf, als ursprünglich beabsichtigt. »Du hast dich mit Sylvia gegen mich verschworen.«

Ellen grinste. »Wir haben uns nicht gegen dich verschworen, sondern für dich«, korrigierte sie. »Und während Sylvia aus mir unerfindlichen Gründen deine Launen erträgt, bin ich gekommen, um dir etwas klarzumachen, Schwesterchen.«

»Und das wäre?«

»Ich an Sylvias Stelle hätte längst die Geduld mit dir verloren.«

»Na hör mal, ich . . .« Karen wollte erwidern, daß Sylvia ja wohl ihre Geduld auch nicht gerade wenig strapaziert hatte und nun plötzlich, nach ihrer Kehrtwendung, nicht erwarten konnte, daß sie fröhlich singend in ihre Arme fiel.

»Laß mich ausreden«, unterbrach Ellen sie, beugte sich vor und sah Karen ernst an. »Erst machst du Sylvia an. Zugegeben, sie hat dir das Leben schwergemacht. Und es ist auch verständlich, daß du dich von ihr zurückgezogen hast. Sylvia wollte nichts von dir. Aber jetzt stehen die Dinge anders. Und du könntest euch beiden wirklich eine Menge Zeit sparen, wenn du dich nicht so mimosenhaft anstellen würdest. Das paßt doch gar nicht zu dir!«

Karen stand wortlos auf und holte das Foto, das Miriam ihr gegeben hatte. Sie zeigte es Ellen. »Das ist ja wohl eindeutig.«

»Ja, ja, ich weiß. Dieser Torsten liegt dir schwer im Magen. Verstehe ich auch. Trotzdem. Sylvia hat dir doch gesagt, daß da nichts ist. Woher hast du das Bild überhaupt?«

»Miriam.«

»Ich fasse es ja wohl nicht!« rief Ellen aufgebracht. »Und deshalb dieses ganze Theater? Genau das wollte Miriam damit erreichen.«

»Darum geht es nicht«, machte Karen ihre Position klar. »Sondern um die Tatsache, daß Sylvia eben nicht so sicher ist, wie sie mir glauben machen will. Und was ich zuletzt brauche, ist eine neue zermürbende Beziehung. Da ich nicht weiß, woran ich mit Sylvia bin, ziehe ich die einzige mir mögliche Konsequenz. Ich verzichte. Sobald die Arbeit am Projekt beendet ist, trennen sich unsere Wege wieder.«

33.

Sachs betrat, heute einmal nicht in Begleitung seiner beiden Kollegen, unangemeldet Karens Büro.

»Würden Sie mir ein wenig Ihrer Zeit opfern?« fragte er freundlich. Seitdem im Prozeß zu Karens Gunsten entschieden wurde, waren die Beamten ihr gegenüber wesentlich zuvorkommender. Es plagte sie zwar kein schlechtes Gewissen, schließlich hatten sie nur ihre Arbeit gemacht – dennoch.

Karen nickte. »Kommen Sie herein«, forderte sie ihn auf. »Was kann ich für Sie tun?«

»Mir noch ein paar weitere Fragen beantworten. Alles, was mit dem Betrugsfall zu tun hat, ist mittlerweile durch meine Kollegen relativ klar ermittelt. Aber wir sind in dem Mordfall bisher nicht weitergekommen.«

Karen mußte sich auf die Lippen beißen, um Sachs nicht ins Wort zu fallen. Es war ja wohl weder Holzners noch Kellers Verdienst, daß die wahren Zusammenhänge der Unterschlagungen geklärt werden konnten.

Sachs sprach weiter. »Gregor behauptet natürlich, Drechsler nicht getötet zu haben. Wir gehen davon aus, daß er es getan hat. Unsere Ermittlungen konzentrieren sich jetzt darauf, den Tathergang zu rekonstruieren. Das ist für die Anklage von großer Bedeutung. War es ein geplanter Mord, eine Tötung im Affekt oder gar ein Unfall? Wir wissen bis jetzt Folgendes: Gregor hat sich bei Drechsler als dessen unehelicher Sohn ausgegeben . . .«

»Wie bitte!?« unterbrach Karen.

»Wir fanden in Drechslers Haus eine, wie wir jetzt wissen, gefälschte Geburtsurkunde, die Drechsler glauben lassen sollte, daß Gregor der Sohn einer gewissen Marianne Freiberg sei. Drechsler hatte mit dieser Frau vor seiner Ehe eine Beziehung. Von Frau Freiberg wissen wir aber, daß sie keinen Sohn hat.«

»So hat Gregor also Drechslers Vertrauen erschlichen! Und so konnte er seines Schweigens sicher sein. Denn als Drechsler merkte, daß Gregor Unterschlagungen beging, konnte er seinen gerade erst gefundenen *Sohn* nicht verraten. Vielleicht bat Drechsler Gregor, oder forderte es sogar, daß dieser sofort mit der Sache aufhörte. Natürlich vergebens. Schließlich wußte Drechsler keinen anderen Ausweg, als sich mir anzuvertrauen, allerdings ohne Gregor dabei zu erwähnen.«

»Gut denkbar, daß es so war. Wie groß muß dann Drechslers Wut gewesen sein, als ihm klar wurde, daß er betrogen worden war. Gregor hat praktisch seine Existenz zerstört! Trauen Sie Drechsler zu, daß er Gregor töten wollte?«

»Und im Handgemenge dann selbst getötet wurde?«

»Vorstellbar.«

»Drechsler war immer ein besonnener Mann. Aber unter den gegebenen Umständen kann wohl auch der Besonnenste eine Kurzschlußhandlung begehen. Wer will das sagen? Ich halte es jedoch für wahrscheinlicher, daß Gregor Drechsler aus dem Weg haben wollte. Drechsler war zum damaligen Zeitpunkt der einzige Mitwisser, also eine Gefahr für Gregor. Und er hat diese Gefahr eliminiert.«

»Die Verteidigung wird vorbringen, daß es von Betrug und Erpressung ein weiter Weg ist zum vorsätzlich geplanten Mord«, gab Sachs zu bedenken. »Gregors Philosophie, wird man sagen, entspräche es, unterzutauchen und sich eine neue Identität zulegen. Das ist seine Art, sich aus der Affäre zu ziehen.« Sachs sah Karen an.

»Und was ist mit seiner offenen Drohung gegen mich und dem merkwürdigen *Unfall* auf der Baustelle? Sie erinnern sich an Frau Mehrings Aussage?«

»Das Problem ist, selbst wenn Sie und Frau Mehring die Drohung bezeugen, für Gregors Beteiligung an dem Unfall gibt es keine Beweise. Im Grunde genommen können wir Gregor auch den Mord nicht wirklich beweisen. Es gibt keine Fingerabdrücke, keine Zeugen, nur Indizien.«

»Das heißt, mit einem guten Anwalt kann Gregor der Mordanklage entgehen und bekommt nur ein paar Jahre wegen Betrugs.«

»So sieht es im Moment aus«, bestätigte Sachs.

Die Cafeteria der Universität war wie immer von einem Stimmengewirr, vergleichbar dem Summen eines Bienenstockes, ausgefüllt. Hinzu gesellte sich ein munteres Klirren von Tassen, Tellern und Besteck. Sylvia saß mit Anne an einem der kleinen Tische mitten im Raum.

»Ich weiß nicht, was ich machen soll«, sagte Sylvia ratlos. »Meine Worte prallen an Karen ab. Manchmal denke ich, sie gefällt sich in der Rolle der Leidenden. Ich habe ihr nun schon mehrmals deutlich gesagt, daß ich sie vermisse, daß ich sie liebe, daß ich noch nie für jemanden so empfunden habe. Aber sie bleibt stur. Wo ist ihre Coolness, ihre Souveränität?«

»Na ja, in Gefühlssachen stellen wir uns wohl alle nicht besonders cool oder vernünftig an«, wandte Anne ein. »Ich erinnere mich, daß du noch vor kurzem ziemlich verwirrt vor mir gesessen und versucht hast, deine Gefühle für diese Frau zu verdrängen.«

»Ja, ja«, erwiderte Sylvia ungeduldig. »Ich weiß, daß ich an der Situation nicht unschuldig bin. Aber wie lange soll ich noch warten, bis Karen ihr Schneckenhaus wieder verläßt?«

»Ich will dich ja nicht noch mehr runterziehen. Aber wer sagt dir, daß sie es überhaupt tut?«

Sylvia verlor alle Farbe im Gesicht. »Du meinst . . .«

Anne zuckte mit den Schultern. Mit einem Blick auf die Uhr sagte sie: »Tut mir leid. Ich muß los.«

Sylvia besann sich seufzend der etwa zwanzig Hausarbeiten des vierten Semesters, die sich auf ihrem Schreibtisch stapelten, und stand ebenfalls auf. Sie ging in ihr Büro. Doch noch ehe sie zur ersten Arbeit greifen konnte, klingelte das Telefon. Sylvia nahm ab.

Reeder meldete sich. Was er erzählte, hörte sich für Sylvia zunächst sehr verworren an. Es war von »neuen Umständen« im Kießling-Projekt die Rede, »größter Brisanz« und »Priorität von Kundenwünschen«. Wenn Sylvia ihn richtig verstand, wollte man von Seiten Kießlings einige Änderungen im Projekt durchgeführt haben, ziemlich umfangreiche sogar.

Im Widerspruch zu dem, was Reeder sagte, stand das, wie er es sagte. Reeder schien nicht im geringsten verärgert. Im Gegenteil, er wirkte erfreut.

»Ich schicke Ihnen in diesem Moment eine Kopie der Änderungswünsche per Fax. Schauen Sie sich alles genau an und besprechen Sie mit Frau Candela die notwendigen Schritte. Ihr habe ich das Fax vor fünfzehn Minuten zugesandt«, sagte Reeder jetzt.

Sylvia sah auf das Papier, das gerade aus dem Fax kam.

»Das bedeutet vorläufiger Baustop und Überarbeitung der Pläne. Ist allen klar, was das kostet? An Geld und an Zeit! Und was ist mit dem Termin?« fragte Sylvia aufgebracht.

»Machen Sie sich da mal keine Sorgen. Ich habe das geklärt. Der Termin wird natürlich geändert.«

»Mit einemmal?« wunderte Sylvia sich.

»In der Geschäftsleitung bei Kießling gab es einen Führungswechsel. Und in solchen Fällen ist es nicht unüblich, daß der Nachfolger, um sich zu profilieren, die Entscheidungen seines Vorgängers anzweifelt oder sogar negiert. Das ist Politik.« Er lachte und verabschiedete sich.

Sylvia legte auf. Und alles fügt sich von selbst, dachte sie kopfschüttelnd. Für die Mercura löste sich so auf wundervolle Art die prekäre Terminsituation. Es würde einen Änderungsauftrag geben, einen, in dem man keine Vertragsstrafe akzeptieren würde. Reeders Fröhlichkeit war mehr als verständlich.

Doch wenn Sylvia genauer darüber nachdachte, so schlecht war das Ganze auch für sie nicht. Sie würde nun wieder intensiver an dem Projekt arbeiten – zusammen mit Karen. Vielleicht taute Karen dabei ja etwas auf. Sylvia hoffte es.

34.

Auf dem Papier waren die Modifikationen am Kießling-Projekt relativ schnell gemacht. Karen und Sylvia saßen bereits eine Woche später im Flugzeug nach München, um die Pläne dem neuen Geschäftsführer vorzulegen.

Karen las Zeitung. Sylvia schlief. Zumindest versuchte sie es.

Die letzte Woche war für beide hektisch gewesen, voll mit Arbeit. Und obwohl ihr Umgang miteinander wieder vertrauter wurde, blieb das Verhältnis doch getrübt. Es waren feine Nuancen, die den Unterschied ausmachten, geschuldet dem Wissen über die Gefühle, die man voreinander verbarg. Während Sylvia wartete, daß Karen ihre Zurückhaltung aufgab, stand Karen zwischen Baum und Borke, weil sie spürte, daß sie einerseits genau das wollte, andererseits ihre Zweifel nicht überwinden konnte. Sie glaubte nicht, daß Sylvias Unsicherheit sich nun ins Gegenteil verkehrt haben sollte und sie bereit war, sich ihren Gefühlen auch in letzter Konsequenz hinzugeben. Sie sagte zwar, sie liebte sie, aber würde Sylvia bei einer körperlichen Annäherung nicht erneut einen Rückzieher machen? Da Karen nicht noch einmal zurückgestoßen werden wollte, beschloß sie, alles so zu belassen, wie es war.

Karen weckte Sylvia, als das Flugzeug zur Landung ansetzte. Sylvia sah Karen benommen an. Sie war wohl doch etwas eingenickt. Entschuldigend sagte sie: »Ich bin heute nicht sehr unterhaltend.«

Karen lächelte leicht. »Nein.«

»Ich mache es auf dem Rückflug wieder gut«, versprach Sylvia.

Vom Münchner Flughafen nahmen sie ein Taxi und fuhren direkt zu Kießling. Der neue Geschäftsführer, Schröder, nahm sie in Empfang. Schon auf den ersten Blick erkannte Sylvia, daß dieser hochgewachsene, drahtige Typ mit kohlrabenschwarzem, gestyltem Haar über und über von sich selbst überzeugt war.

»Hatten Sie einen angenehmen Flug?« fragte Schröder, während er sie in den Besprechungsraum führte. Dort erwarteten sie drei weitere Herren. Zwei von ihnen kannten Karen und Sylvia aus dem letzten Meeting.

Die bisherigen Baupläne waren an den Wänden ausgehängt. Ein Overheadprojektor stand, an einen PC angeschlossen, bereit für die Vorführung der neuen Pläne. Die Sekretärin brachte Kaffee und Gebäck herein, während man sich einander vorstellte. Nach einem einleitenden Geplänkel kam man schnell zur Sache.

Bereits während Karens Präsentation der neuen Entwürfe stieß Sylvia Schröders Art und Weise mehrmals unangenehm auf. Er unterbrach Karen mitten im Satz und ohne Entschuldigung. Zwar waren seine Einwürfe präzise durchdacht, sein Ton jedoch ruppig, beinahe flegelhaft. Die Blicke, die Sylvia hin und wieder mit Karen austauschte, bestätigten ihren Eindruck. Karen fiel es sichtlich schwer, Schröders Art zu übergehen.

Nach fast drei Stunden Präsentation, Erörterungen und Korrekturen unterbrach man schließlich die Besprechung und verschob die Fortführung auf den nächsten Tag.

Schröder bedankte sich bei Karen und Sylvia. »Ich möchte Sie sehr gerne zu einem Abendessen einladen, wenn Sie nichts anderes vorhaben.«

Karen sah Sylvia fragend an. Sylvia blickte wenig begeistert drein, nickte aber. Was half es. Schröder war der Auftraggeber, und er würde ziemlich sicher unfair reagieren, wenn sie ablehnten. Um wenigstens die Möglichkeit offenzuhalten, sich schnell und komplikationslos zu verabschieden, sagte Sylvia: »Aber weiter als bis in unser Hotelrestaurant schaffe ich es heute nicht mehr. Ich glaube, der Flug ist mir nicht bekommen.« Dämliche Ausrede! Aber Schröder schien das nicht aufzufallen.

»Dann sehen wir uns um neunzehn Uhr?« fragte Schröder.

»In Ordnung.«

In ihrem Hotel angekommen, checkten Karen und Sylvia sich ein. »Zimmer 312 und 313.« Die Hotelangestellte reichte ihnen die Schlüssel. »Frühstück gibt es von sieben bis neun Uhr im Restaurant. Zu Ihren Zimmern geht es den Gang nach rechts und dann die Treppe hinauf.«

»Ich werde erst mal duschen«, meinte Karen, während sie den Gang entlanggingen. »Und dann bereite ich mich seelisch und moralisch auf den Abend vor. Ich kann mir sehr gut vorstellen, wie der verlaufen wird – als Selbstdarstellung der besonderen Art.«

»Und wie sieht eine solche Vorbereitung aus?« fragte Sylvia. »Vielleicht möchte ich ja auch davon Gebrauch machen.«

»Ich rufe den Hotelarzt und verlange Morphium. Das soll eine betäubende Wirkung haben. Vielleicht kann man Schröder auf die Weise ertragen, ohne daß einem schlecht wird.«

Sylvia kicherte. »Willst du ihm das Morphium ins Essen mischen? Denn wenn du es selbst nimmst, läufst du Gefahr, ohne Überdosis nicht die gewünschte Wirkung zu erzielen.«

Zwanzig vor sieben, also viel zu früh, klopfte Sylvia an Karens Zimmertür. Karen öffnete.

»Ist es schon soweit?« fragte sie und schaute auf ihre Uhr.

»Ich wußte nichts mit mir anzufangen«, gestand Sylvia.

»Komm herein.« Karen trat zur Seite. »Ich bin gleich fertig. Möchtest du währenddessen etwas trinken? Im Kühlschrank stehen ein paar Piccoloflaschen.«

Karen verschwand im Bad.

Sylvia öffnete den Kühlschrank, nahm eine der Flaschen heraus und füllte zwei Gläser halbvoll.

Karen kam zurück. Sylvia reichte ihr ein Glas. »Zur Stärkung«, sagte sie.

»Danke.«

Während Sylvia trank, ruhten ihre Augen auf Karen. »Ich würde den Abend viel lieber mit dir allein verbringen«, gestand sie leise.

Karen lächelte zurückhaltend. »Die Vorstellung ist mir auch angenehmer als die an Schröders Gesellschaft«, konnte sie nicht umhin zuzugeben.

Sylvia stellte ihr Glas ab. Dann nahm sie Karen auch das ihre aus der Hand und trat dicht an sie heran. Zärtlich streichelte Sylvia

Karens Wange.

»Ich ... ich werde nicht aufgeben«, flüsterte sie. »Dafür bist du mir zu wichtig. Ich werde dir meine Gefühle zeigen, so lange, bis du nicht anders kannst, als mir zu vertrauen. Glaubst du, daß du das irgendwann hinkriegen könntest?«

Sylvias Lippen berührten vorsichtig die Karens. Es war das erste Mal, daß sie von sich aus derart auf Karen zukam. In Karen kämpfte einmal mehr der innere Drang, ihre Abwehr aufzugeben, mit dem Verstand. Letzterer gebot ihr sich zurückzuhalten. Das Klingeln des Telefons kam daher nicht so ungelegen. Karen nahm ab.

»Herr Schröder wartet in der Halle. Wir sollten gehen«, sagte sie nur, als sie auflegte.

Schröder erwartete sie und führte sie zum Tisch.

Noch während des Aperitifs wurde Sylvia klar: Der Mann unterteilte Frauen in zwei Kategorien: Die, die ihm sofort verfielen, und die, die ihm erst nach anfänglichem Widerstand verfielen. Erstere langweilten ihn sehr, letztere waren, je nach Art und Ausdauer des Widerstandes, interessant. In ihnen glaubte er zwei zumindest interessante Exemplare, vielleicht sogar sehr interessante, vor sich zu haben. Schröders Narzißmus wirkte lächerlich. Ein Blick zu Karen sagte Sylvia alles. »Wenn ich nicht schon lesbisch wäre, spätestens jetzt würde ich es werden«, stand in deren Augen geschrieben.

Zwei Stunden später saßen Karen und Sylvia kichernd und feixend in der Hotelbar bei einem Manhattan.

»Ich bin keine Männerhasserin, nur weil ich lesbisch bin«, sagte Karen und hob beschwörend die Hand. »Aber Typen wie Schröder sind mir von Natur aus unsympathisch. Ein solcher Chauvi! Er ist von seiner eigenen Aura völlig benebelt. Das Abendessen war eine Tortur. Na ja, wenigstens bin ich satt geworden.« Karens Stimme war leicht vom Alkohol gezeichnet.

Sylvia lächelte, teils belustigt, teils besorgt. Karen hatte schon zwei Gläser Wein zum Essen getrunken. Jetzt trank sie bereits den dritten Cocktail. Das war bestimmt eine ungesunde Mischung.

»Karen, geht es dir gut?« fragte sie deshalb.

»Es geht mir prima. Ich bin lediglich – ein wenig betrunken.«

»Ein wenig sehr«, sagte Sylvia lachend.

»Jjjja.«

»Komm, ich bringe dich auf dein Zimmer.« Sylvia wollte Karen unter den Arm fassen. Doch Karen wehrte ab.

»Nicht jetzt schon. Du wolltest doch den Abend mit mir allein verbringen. Also, jetzt sind wir allein.« Karen rückte provokativ an Sylvia heran.

»Allein?« Sylvia sah sich grinsend um. »Wir sitzen an einer gutbesuchten Bar. Und, nebenbei gesagt, du rutschst gleich vom Hocker.«

»Ja«, gab Karen zu. »Und mir ist schlecht«, bekannte sie plötzlich kläglich.

»O je.«

Sylvia bezahlte die Drinks und hakte Karen unter. »Geht es so?«

»Schwindelig«, murmelte Karen.

Sylvia führte Karen langsam durch die Bar und die Treppe hoch. Im Zimmer plumpste Karen nur noch aufs Bett.

Und nun? Sylvia überlegte. Sie konnte Karen nicht einfach so liegenlassen. Sie mußte ihr wenigstens die Schuhe und den Blazer ausziehen. Als sie das zustande gebracht hatte, stupste sie Karen kräftig an den Schultern.

»Karen! Zieh bitte die Hose aus.«

Karen murmelte etwas, das Sylvia nicht verstand. Doch sie knöpfte die Hose auf, stemmte sich hoch, zottelte am Bund und strampelte schließlich mit den Beinen, um sich so dem Wust an ihren Füßen zu entledigen. Sylvia half, indem sie an den Hosenbeinen zog. Dann knöpfte sie Karens Bluse auf. Karen trug darunter nur ein dünnes Seidenhemd, keinen BH. Sylvia rollte Karen von einer Seite auf die andere und hatte schließlich die Bluse in der Hand.

Karen zog die Decke zu sich heran, schlug ein Bein darüber und drehte sich auf die Seite. Im nächsten Moment schlief sie auch schon.

Sylvia legte lächelnd Karens Sachen zusammen. Ein Gedanke blitzte in ihr auf. Eine völlig absurde Idee, wie sie sich selbst schalt. *Du mußt verrückt sein!* Aber der Gedanke saß fest: Karen würde morgen früh wahrscheinlich einen Blackout haben. Zumindest einen kleinen Filmriß. Was wäre, wenn . . .

Sylvia zog sich aus. Vorsichtig legte sie sich neben Karen und schob sich zu ihr unter die Decke.

35.

In Karens Kopf summte es, als befände sich darin ein ganzer Bienenschwarm. Eine der Cocktailkirschen gestern abend war wohl schlecht, dachte sie zerknirscht.

Sie wollte ihre Hand zum Kopf heben, um sich die Schläfen zu reiben, stieß jedoch statt dessen mit dem Ellenbogen irgendwo an. Sie fluchte leise. Hotelbetten! Eng und unbequem! Doch dann stutzte sie. Sie war an etwas Weiches gestoßen! Eine Wand oder Bettkante wäre hart. Woran war sie gestoßen?

Karen hob vorsichtig den Kopf – und starrte entgeistert auf Sylvias nackte Schultern sowie deren Rücken, der sich unter der Bettdecke verlor. Was bedeutete das? Ein kleiner Kobold in Karen antwortete: Na, so viele Möglichkeiten gibt es da wohl nicht. Ihr habt wohl kaum »Mensch ärgere dich nicht« gespielt.

Jetzt drehte sich Sylvia auf die andere Seite, und Karen konnte in ihr entspanntes Gesicht sehen. Zumindest scheint sie keine Alpträume zu haben, dachte Karen. Sie stand leise auf und ging ins Bad. Zum ersten Mal in ihrem Leben tat sich Karen die Folter an, kalt zu duschen. Sie brauchte so schnell wie möglich einen klaren Kopf. Der Wasserstrahl prasselte in ihr Gesicht.

Als sie, in ein Badehandtuch gewickelt, wieder in das Zimmer trat, saß Sylvia, eingehüllt in der Decke, hellwach im Bett.

»Guten Morgen.« Karen fühlte, wie Röte in ihr Gesicht stieg.

»Guten Morgen.« Sylvia lächelte nicht minder verlegen.

Pause. Karen räusperte sich umständlich. Sie wußte nicht, wie sie beginnen sollte. »Hast du gut geschlafen?« fragte sie vorsichtig.

»Ja, sehr gut«, erwiderte Sylvia leise.

Gut! Wenigstens ist sie nicht sauer, dachte Karen. Fluchtgedanken scheinen sie auch nicht zu treiben.

Karen bemühte sich krampfhaft, irgendwelche Erinnerungen an den letzten Abend auszugraben. Doch der Faden verlor sich immer wieder in der Hotelbar.

Zögernd ging sie zu Sylvia, setzte sich aufs Bett. »Sylvia, es ist mir wirklich megapeinlich, aber ich ... ich erinnere mich nicht, was passiert ist. Andererseits ...«, Karen biß sich auf die Lippe, »andererseits ist die Situation wohl ziemlich eindeutig.«

Sylvia mußte sich ein Grinsen verkneifen. Karen befand sich

mächtig in der Bredouille.

»Verdammt!« Karen sprang auf und lief im Zimmer auf und ab. »Wie konnte das passieren?«

Dann kam sie zurück und setzte sich erneut neben Sylvia. »Entschuldige. Es ist schließlich nicht deine Schuld. Zumindest gehe ich davon aus . . . Was . . . Wie ist es denn passiert?«

Sylvia spielte einen Moment mit dem Gedanken, Karen die Wahrheit zu sagen. Daß gar nichts passiert war, daß sie ihr einen Streich gespielt hatte. Einen ziemlich schlechten. Aber dann fürchtete sie sich vor Karens Reaktion. Was, wenn sie wütend wurde, sich ihr wieder verschloß? Jetzt, wo Karen glaubte, sie hätten miteinander geschlafen, gab es keinen Grund mehr für sie, an ihr zu zweifeln. Nicht, wenn sie Karen jetzt zeigte, daß sie diese Nacht nicht bereute.

Stockend begann Sylvia zu erzählen. »Ich habe dich von der Hotelbar auf dein Zimmer gebracht und dich ins Bett verfrachtet. Als ich gehen wollte, hast du mich festgehalten und wolltest partout nicht loslassen, bis ich dir einen Gutenachtkuß gebe. Ich tat es. Da hast du mich zu dir hinuntergezogen.« Sylvia hielt inne.

»Und . . . weiter?« fragte Karen, der die Schilderung der vermeintlichen Verführung sichtlich unbehaglich war.

»Deine Hände waren sehr bestimmend. Du . . .« Sylvias Stocken in der Stimme war jetzt nicht mehr gespielt. Sie errötete, als sie sagte: ». . . hast meine Hose geöffnet und unter meinen Slip gefaßt . . . mich gestreichelt . . .«

Karen sprang erneut auf. Und an all das konnte sie sich nicht erinnern!? Das war ja wirklich grotesk. »Warum hast du dich nicht losgerissen?!« Was fragte sie da für einen Unsinn?

»Du warst ziemlich energisch . . .«, verteidigte Sylvia sich. Und dann fügte sie hinzu: »Außerdem wollte ich gar nicht weg.«

Karen setzte sich wieder. Sie wurde ruhiger, streichelte sanft Sylvias Wange und versuchte das Gehörte zu verarbeiten. Sie hatte Sylvia also bedrängt. Diesmal war diese jedoch nicht zurückgeschreckt. Sie hatten miteinander geschlafen. Und auch jetzt, am Morgen danach, saß Sylvia hier ohne die geringsten Anzeichen von Reue. Lächelte sie an. Das war doch wohl nicht mißzuverstehen! Karen strich sanft über Sylvias Wange. Ihr Kuß, zärtlich und sehr intensiv, ließ Sylvia wohlig seufzen. Schließlich flüsterte Karen leise in Sylvias Ohr: »Ich würde den Abend gerne wiederholen, wenn ich mich besser auf die Sache konzentrieren kann.«

Sylvia durchfuhr es siedendheiß. »Das wäre schön«, flüsterte sie, langte nach ihrer Bluse, streifte sie sich über und schlüpfte an Karen vorbei ins Bad.

Unter der Dusche versuchte Sylvia ihre aufgewühlten Gefühle wieder unter Kontrolle zu bekommen. Vergebens. Und ihr blieb nur festzustellen: »Da hast du dich jetzt aber ganz schön übernommen, meine Liebe!«

Während der heutigen Besprechung bei Kießling gelang es Sylvia nicht, sich zu konzentrieren. Sie konnte nicht verhindern, daß sie errötete, wenn Karens Blick sie traf. Karen hatte natürlich ihre eigene Erklärung für Sylvias Verfassung und übernahm es, Schröder und seinen Mitarbeitern auch den Rest der Änderungen in den Plänen auseinanderzusetzen. Dabei drückte sie aufs Tempo, denn ihr Rückflug nach Berlin ging um sechzehn Uhr. Karen wollte den Abend gern mit Sylvia in einer vertrauten Umgebung verbringen.

Im Flugzeug fragte sie dennoch: »Möchtest du heute abend lieber allein sein?« Ihr fiel auf, wie anhaltend nervös und verkrampft Sylvia war. Bereute sie die vergangene Nacht bereits?

»Nein«, versicherte Sylvia hastig. Und um allen Mißverständnissen vorzubeugen, fügte sie leise hinzu: »Ich möchte bei dir sein.«

In ihrer Wohnung nahm Karen Sylvia die Reisetasche ab, verfrachtete sie zusammen mit ihrer eigenen in einen Schrank.

»Was möchtest du trinken?« fragte sie.

»Nichts.«

»Ich mixe uns trotzdem was«, sagte Karen.

Sylvias Nervosität wuchs. Sie wußte, was jetzt kommen würde, und wollte unbedingt vermeiden, daß Karen ihren Trick von heute morgen durchschaute. Es ist alles in Ordnung, sagte Sylvia sich immer wieder. Es wird nichts Welterschütterndes passieren. Du bist nur nervös, weil du schon ziemlich lange aus der Übung bist. Aber es ist schließlich nicht total neu für dich, abgesehen von der Tatsache, daß es noch nie eine Frau war, aber so groß kann der Unterschied ja nicht sein. Entspann dich! Doch damit wollte es nicht so recht klappen.

Karen reichte Sylvia jetzt ein Glas.

»Ein kleiner Cocktail wird nicht schaden«, sagte sie lächelnd. »Es entspannt.«

Sylvia errötete prompt.

Karen nippte an ihrem Glas. »Du bist nervös«, stellte sie fest, denn Sylvias anhaltende Verlegenheit irritierte sie.

»Und das wird sich auch nicht ändern, solange du mich so anschaust«, erwiderte Sylvia mit leiser Stimme.

Karen grinste. »Ach so, ich bin also schuld daran?«

»Wer sonst?«

»Dann muß ich mich wohl entschuldigen.«

Karen nahm Sylvia in den Arm. Die Berührung ihrer Lippen rief in Sylvia das bekannte beunruhigende Kribbeln hervor. Doch jetzt, da sie sich nicht mehr um das Warum sorgte, ließ sie sich davontragen, genoß die Unruhe. Zwar war sie immer noch nervös, dachte jedoch nicht daran aufzuhören.

Karen löste sich plötzlich sanft von Sylvia. »Auf die Gefahr hin, unromantisch zu klingen, ein bequemes Bett ist sicher besser für unsere Zwecke geeignet als der harte Fußboden.«

»Ich finde das klingt durchaus nicht unromantisch«, meinte Sylvia.

Im Schlafzimmer nahm Karen Sylvia erneut in die Arme und küßte sie. Heute war Karen nicht so vorsichtig wie sonst. Sylvia konnte deutlich deren Erregung spüren.

Obwohl Sylvia sich nach nichts anderem sehnte, als Karens Körper zu erforschen, berührte sie ihn immer noch sehr schüchtern.

»Dafür, daß wir es nicht das erste Mal machen, bist du sehr zaghaft«, flüsterte Karen. Sylvia spürte Karens Hände ihren Rücken entlangfahren. Dann waren sie plötzlich unter ihrer Bluse.

»Ich . . . ich bin noch nicht so vertraut damit«, stotterte Sylvia.

»Ich bin nicht zerbrechlich, Sylvia.«

»Ja«, hauchte die atemlos.

Karen nahm jetzt Sylvias Gesicht in beide Hände. Zärtlich strich sie mit dem rechten Daumen über Sylvias Wange. Sylvia senkte die Augenlider. Karen lächelte. Ein warmes Gefühl durchflutete sie. Sylvia war zu süß in ihrer Verlegenheit. Karen küßte sie erneut. Sylvias Lippen waren weich, ihre Erwiderung jedoch immer noch scheu. Warum nur?

Mit einemmal fuhr es Karen eiskalt den Rücken entlang. Blitzartig wurde ihr klar, daß Sylvia sie heute morgen angeschwindelt hatte. Sie hatten gestern nicht miteinander geschlafen. Sylvia hatte sich das alles nur ausgedacht, um . . . ja, warum zum Teufel? Karen hielt inne.

»Was ist?« fragte Sylvia, die Karens Zögern bemerkte.

Karen forschte in Sylvias Augen. Sie waren klar und durchsichtig. In ihnen schimmerte Verlangen, sehnsüchtiges Warten.

»Nichts«, flüsterte Karen. Sie wollte jetzt nicht weiter nachdenken. Sie wollte nur eines: Die Frau, die sie in ihren Armen hielt, auf die sie so lange gewartet hatte und die sie mit ihren Ausflüchten immer wieder zur Verzweiflung getrieben hatte.

Vorsichtig ließ Karen ihre Hände über Sylvias Rücken zu den Hüften gleiten und begann von dort aus deren Bluse zu öffnen, einen Knopf nach dem anderen. Dann wanderten Karens Hände zu Sylvias Schultern. Langsam streifte sie die Bluse von Sylvias Körper. Sylvia erschauerte, als ihr Karen den BH auszog.

»Erzähl mir noch mal, was ich gestern abend getan habe«, bat Karen leise an Sylvias Ohr. »Ich habe dich also zu mir aufs Bett gezogen?«

»Ja.«

Karen zog Sylvia in dem Augenblick hinunter, da diese antwortete, und lag nun, sich mit einem Ellenbogen abstützend, über Sylvia. Sylvia spürte Karens Blick auf ihrem nackten Oberkörper ruhen.

»Ich habe deine Hose geöffnet?«

»Ja.« Sylvias Stimme zitterte. Karen hatte offenbar vor, genauer auf ihre Schilderung des gestrigen Abends einzugehen.

Karen öffnete jetzt mit der freien Hand Knopf und Reißverschluß von Sylvias Hose.

». . . und dir in den Slip gefaßt«, flüsterte Karen direkt neben Sylvias Ohr. Langsam schob sie ihre Hand hinunter. Sie hielt sich genau an Sylvias Worte.

Den Reiz genießend, setzte sie ihr Spiel fort. »Ich habe dich gestreichelt . . .« Karens Hand griff vorsichtig in Sylvias gekräuselte kurze Haare, und ihre Finger begannen langsam die feuchte Mitte zu massieren.

Sylvia schloß die Augen. Ihr Atem flog. »Du hast den Gutenachtkuß vergessen«, flüsterte sie erregt.

»Oh? Soll ich noch mal von vorn anfangen?« fragte Karen leise, während ihre Finger nach und nach mehr Druck ausübten.

Sylvia begann nun ihrerseits Karens Hemd aufzuknöpfen, riß es ihr förmlich aus der Hose. Erhitzt preßte sie sich an Karen. Karen löste sich vorsichtig und glitt mit dem Mund hinunter zu Sylvias Brüsten. Zärtlich küßte sie abwechselnd erst die eine, dann die andere Brustwarze, leckte sie. Dabei hörten ihre Finger keinen Moment auf, Sylvias Mitte zu massieren.

Sylvia atmete zunehmend schneller. Die Leidenschaft brach unkontrolliert über sie herein. Völlig aufgelöst lag sie stöhnend in Karens Händen. Sie war unfähig, sich noch länger zu beherrschen, rief flehend Karens Namen und krallte ihre Finger in das Laken. »Bitte Karen, ich halte es nicht länger aus.«

Sylvia spürte, wie ihre ganze Hitze dort zusammenlief, wo Karen sie liebkoste. Sie bäumte sich auf, fühlte die heiße Welle der Erlösung und gleichzeitig das Verlangen, Karen zu dem zu führen, was sie ihr gerade geschenkt hatte.

Karen genoß Sylvias vorsichtiges Tasten, ihr behutsames Forschen. Nachdem Sylvia Karen Hose und Slip abgestreift hatte, glitt ihre Hand zwischen Karens Schenkel, streichelte sie an den Innenseiten. Gleichzeitig übersäte sie Karens Bauch mit Küssen. Sylvia suchte und fand Karens empfindlichsten Punkt. Sie hörte, wie Karen seufzend aufstöhnte, und blickte gebannt in ihre Augen. Sie offenbarten ihr, daß das Zentrum von Karens derzeitiger Lust und Peinigung in ihren Händen lag. Karen atmete schneller. Ihr Körper spannte sich und vollführte rhythmische Bewegungen. Karens Hände schlangen sich fest um sie, ihre Finger gruben sich beinah in Sylvias Schulter ein. Sylvia spürte, daß sie Karen die Lust gab, die sie selbst kurz zuvor von ihr empfangen hatte. Sie fühlte sich förmlich berauscht von der Macht, die sie über Karens Körper besaß. Und sie spielte damit, bis Karen wohlig erschöpft in sich zusammenfiel. Sylvia wußte, sie brauchte jetzt nichts mehr tun, als sich langsam zurückzuziehen.

Karen rollte sich nah an Sylvia heran. »Du hast heute morgen im Hotel eine ziemliche Show vor mir abgezogen.«

Sylvia sah Karen fassungslos an. »Das wußtest du?«

»Nicht sofort.«

»Wann hast du es gemerkt?«

»Das sage ich dir nicht.« Karen grinste frech. »Warum hast du das getan?« fragte sie jetzt leise. »Du wußtest, wo das hinführen würde.«

»Deshalb habe ich es ja getan«, erwiderte Sylvia weich.

»Nur deshalb?«

»Und wegen dem, was jetzt kommen wird.« Sylvia strich sanft mit einem Finger über Karens Schulter.

»Was meinst du damit?« Karen tat unwissend.

»Kannst du es dir nicht denken?«

»Ich möchte es hören.«

»Ich wußte nicht, daß du so altmodisch bist.« Sylvia grinste.

»In dieser Beziehung bin ich es«, gestand Karen. »Also?«

Sylvia grinste. »Ich werde die Architektin meines derzeitigen Projektes mehr an mich binden. Das verspricht eine reizvolle Zusammenarbeit zu werden.«

Karen verzog ihr Gesicht zu einer Grimasse und wandte Sylvia demonstrativ den Rücken zu. Sylvia drehte sie wieder zu sich herum. »Diese Frau hat es geschafft, daß ich mich in sie verliebt habe. Keine Ahnung, wieso. Und es hat mir nicht gefallen zuzusehen, wie sie sich von mir entfernt.« Sylvia küßte Karen auf die Nase. »Also tu das bitte nie wieder.«

36.

Sylvia mußte sich zusammenreißen, nicht fortwährend auf die Uhr zu schauen, während sie, mehr instinktiv als aktiv, zu den Studenten sprach.

Ihre Gedanken waren bei Karen und dem Wochenende, welches hinter ihnen lag. Und eigentlich wünschte sie sich nur eines: Karen anzurufen und ihre Stimme zu hören. Die Minuten bis zur Mittagspause kamen Sylvia wie eine Ewigkeit vor.

Zwölf Uhr fünfzehn. Endlich! Rascheln, Stühleklappern, Füßescharren. Der Strom der Zuhörer strömte dem Ausgang zu. Sylvia nahm ihre Tasche und ging eilig in ihr Büro. Wie eine Süchtige griff sie zum Telefon, wartete mit angehaltenem Atem. Es knackte in der Leitung, und am anderen Ende meldete sich Karen. »Candela.«

Sylvia stellte sich vor, wie Karen in ihrem Sessel hinterm Schreibtisch saß. Souverän, konzentriert, ernst.

»Hallo«, grüßte Sylvia zaghaft.

»Sylvia?« Karens Stimme wurde weich.

»Störe ich?«

»Nein, natürlich nicht.«

Jetzt kam Sylvia sich albern vor. »Ich wollte nur – wissen, was du gerade machst.« Sie brach unsicher ab.

Es erschien Sylvia wie eine Ewigkeit, bis Karen antwortete. »Ich vermisse dich auch. Es fällt mir schwer, vernünftig zu sein und nicht einfach zu dir zu kommen.«

Sylvia sog die Worte in sich auf. Ich liebe diese Frau, war alles, woran sie in diesem Augenblick denken konnte.

»Sylvia?«

»Ja?«

»Ist alles in Ordnung? Geht es dir gut?«

»O ja. – Karen?«

»Hm.«

»Ich bin – so aufgekratzt«, gestand Sylvia. »Ich freue mich wie ein Kind auf heute abend, auf dich.«

»Ich muß dich warnen.« Karens Stimme klang ungewohnt dunkel. Ihre Erregung war deutlich spürbar. »Ich glaube, ich werde ziemlich unbeherrscht über dich herfallen.«

»Auch wenn ich dir sage, daß ich deinetwegen mein Mittagessen habe ausfallen lassen und völlig ausgehungert bin?«

»Kein Problem, ich werde dich eben ins Schlafzimmer tragen.«

»Willst du damit sagen, du scheust dich nicht, über eine total entkräftete Frau herzufallen?« Sylvia tat entsetzt.

»Ich fürchte, diese Kleinigkeit würde ich in meiner Gier übersehen«, gab Karen zu.

»Bist du dir sicher, daß mit dir alles in Ordnung ist?« gluckste Sylvia. »Wann kannst du heute Schluß machen? Ich könnte dich abholen«, schlug sie vor.

»Ich weiß noch nicht so genau. Sagen wir um acht?«

»In Ordnung«, stimmte Sylvia zu.

»Ich freue mich«, sagte Karen warm.

Sylvia legte auf. Verrückt! dachte sie. Absolut unvernünftig. Und unbeschreiblich phantastisch! Sie schaute zur Uhr und seufzte. Bis acht Uhr war es nur leider noch viel zu lange hin.

Karen lächelte, als sie auflegte. Noch im selben Moment klingelte das Telefon erneut. »Du scheinst es wirklich nicht erwarten zu können, Schatz«, sagte Karen belustigt in der Annahme, Sylvia sei am anderen Ende.

»Äh, wie bitte?« Das war Sachs Stimme.

Karen räusperte sich. »Oh, Sie sind es. Ich dachte, es sei jemand anderes.«

»Das nehme ich an«, feixte Sachs.

»Was kann ich für Sie tun?« fragte Karen.

»Ich habe eine schlechte Nachricht für Sie.« Seine Stimme wurde ernst.

»Ich glaube, ich bin heute immun dagegen«, erwiderte Karen gutgelaunt. »Also, schießen Sie los.«

»Gregor ist aus dem Krankenhaus getürmt«, teilte Sachs ihr mit.

Karen schwieg betroffen. »Wie konnte das denn passieren?« fragte sie, nun doch außer Fassung. »Ich dachte, er sei bewacht worden.«

»Er hat einen kleinen Brand in seinem Zimmer gelegt. Den hereinstürmenden Beamten hat er kurzerhand niedergeschlagen. Das Krankenhauspersonal brachte den vermeintlich vom Qualm ohnmächtigen Beamten sofort in den nächsten Behandlungsraum. Gregor ist während des entstandenen Getümmels verschwunden«, erzählte Sachs merklich verärgert. »Ich würde gerne einen Beamten zu Ihrer Sicherheit schicken«, fügte er anschließend hinzu.

»Warum sollte Gregor ausgerechnet zu mir kommen?« fragte Karen verständnislos. »Er weiß, daß er von mir keine Hilfe zu erwarten hat.«

»Er braucht einen Fluchtwagen und Bargeld. Zu sich nach Hause kann er nicht, also sind Sie eine mögliche Alternative für ihn. Er wird Sie nicht bitten, er wird sich einfach nehmen, was er braucht«, erklärte Sachs.

»Also, da ist es doch einfacher und sicherer für ihn, sich ein beliebiges Auto von der Straße zu knacken und, entschuldigen Sie, eine wehrlose Oma auszurauben«, erwiderte Karen.

»Da haben Sie durchaus recht«, meinte Sachs. »Es wäre ja auch nur zu Ihrer eigenen Sicherheit.«

»Danke, daß Sie sich bemühen. Aber ich denke, es ist nicht nötig, solchen Aufwand zu betreiben«, lehnte Karen bestimmt ab. Erstens war sie wirklich der Überzeugung, daß Sachs übertrieb, und zweitens wollte sie sich den aussichtsreichen Abend mit Sylvia nicht durch die Anwesenheit eines Beamten verderben lassen.

»Also gut«, lenkte Sachs ein. »Aber seien Sie vorsichtig! Und wenn irgend etwas ist, rufen Sie mich bitte an.«

»Das werde ich tun«, versprach Karen. »War's das?«

»Ja«, sagte Sachs.

Karen legte auf. Für einen Moment überlegte sie, ob es nicht doch besser wäre, Sachs Vorschlag zuzustimmen. Doch dann verwarf sie den Gedanken und wandte sich wieder ihrer Arbeit zu. Sie freute sich auf den Abend mit Sylvia.

Viertel nach vier beendete Sylvia ihre Vorlesung mit den Worten: »An dieser Stelle werden wir beim nächsten Mal fortfahren. Danke für Ihre Aufmerksamkeit.« Das Auditorium bedankte sich mit dem üblichen Klopfen. Sylvia ging in ihr Büro. Noch gute dreieinhalb Stunden, bis sie Karen sehen würde.

Auf Sylvias Schreibtisch lag ein neuer Stapel von Klausurarbeiten, die durchgesehen werden mußten. Das sah dann allerdings so aus, daß sie irgendwelche Figuren auf die Schreibtischunterlage malte, mit dem Stift in ihren Fingern spielte und verträumt aus dem Fenster sah. Auf diese Weise korrigierte sie gerade mal drei Arbeiten in anderthalb Stunden. Keine Glanzleistung, dachte Sylvia unbekümmert. Es quälten sie nicht die geringsten Gewissensbisse ob dieser uneffektiven Quote. Sie packte zusammen. Sie mußte nach Hause und Mozart füttern, bevor sie zu Karen fuhr.

Es war zehn vor halb acht, als sie vor »Candela & Partner« zum Halten kam. Viel zu zeitig.

»Ich bin zu früh«, sagte sie deshalb schuldbewußt, als sie Karens Büro betrat.

»Ein wenig«, erwiderte Karen lächelnd. »Aber das macht nichts. Ich kann ebensogut morgen weitermachen.«

»Ich warte gern. Ich möchte nicht, daß du meinetwegen . . .«

Karen ging auf Sylvia zu und legte ihr einen Finger auf den Mund.

Sylvia konnte nicht widerstehen. Ihre Lippen öffneten sich und liebkosten ihn. Dann nahm Sylvia Karens Hand und legte sie auf ihre Wange.

Karen ließ ihre andere Hand zu Sylvias Nacken wandern, zog deren Kopf zu sich. Als sie sich wieder lösten, schaute Karen Sylvia zärtlich an. »Du bist so wahnsinnig wohltuend«, sagte sie. »Ich fürchte, ich bin dir total verfallen.«

»Das ist gut. Denn ich möchte dich pausenlos in meiner Nähe haben.« Sylvia küßte Karen zärtlich.

»Ich wußte ja gar nicht, daß du so besitzergreifend bist«, scherzte Karen. Sie strich mit ihrer Hand über Sylvias Gesicht. Sylvia schloß die Augen und genoß Karens Liebkosungen. Es dauerte ein paar Minuten, bis sie sich soweit unter Kontrolle hatten, daß sie für die Heimfahrt bereit waren.

In Karens Wohnung angekommen, schob diese Sylvia in Richtung Wohnzimmer. Dabei zupfte sie verspielt an Sylvias Bluse. Sylvia drehte sich um und küßte Karen.

»Du bist unersättlich«, sagte sie lachend, entzog sich Karen und stopfte die Bluse zurück in die Hose.

»Ich mußte ja auch ziemlich lange auf dich warten. Und ich meine damit nicht heute«, erwiderte Karen vorwurfsvoll.

»Woran du, zumindest teilweise, selbst schuld warst«, erinnerte Sylvia, während sie jetzt ihrerseits mit Karens Haar spielte.

»Das stimmt«, gab Karen reumütig zu.

»Eigentlich hast du eine Bestrafung verdient«, meinte Sylvia verschmitzt.

Karen verschloß Sylvias Mund mit einem langen Kuß. »Wenn du mich bestrafst, verweigere ich mehr davon«, drohte sie leise.

Sylvia schnalzte ein paarmal kurz hintereinander mit der Zunge. Vorwurfsvoll schüttelte sie den Kopf. »Erst Verführung, und nun auch noch Erpressung. Was für ein Abgrund tut sich mir da auf.«

»Man bekommt am ehesten, was man braucht, wenn man es sich einfach nimmt«, meinte Karen verführerisch lächelnd, zog Sylvia erneut in ihre Arme und küßte sie.

»Damit sprecht ihr mir direkt aus der Seele«, tönte es da plötzlich hinter ihnen. Sie fuhren auseinander. Die Stimme war ihnen beiden nur zu bekannt. Gregor lehnte gelassen in der Tür zum Wohnzimmer, hielt Karens Wohnungsschlüssel hoch und grinste. »Den hast du draußen steckenlassen.«

Karen fluchte in sich hinein. Verdammt! Sie mußte wirklich den Verstand verloren haben! Sachs hatte sie doch gewarnt. Wie konnte sie da so unvorsichtig sein?

»Je später der Abend, desto unerwünschter die Gäste.« Sie ging in Richtung Telefon.

Gregor war jedoch schneller. Mit einem langen Schritt kam er Karen zuvor und legte seine Hand auf den Apparat. »Entschuldige, Karen. Ich würde es vorziehen, wenn wir unter uns blieben«, sagte er. »Um es gleich vorwegzunehmen: Wenn eine von euch beiden die Polizei ruft, wegläuft oder irgendeinen anderen Trick versucht, würde im selben Augenblick die andere die Leidtragende sein.«

Karen blieb augenblicklich stehen. Dann ging sie zu Sylvia zurück und legte ihr beruhigend die Hand auf den Arm. »Was willst du?« wandte sie sich an Gregor.

»Du mußt mir einen Gefallen tun«, sagte er lächelnd, als ginge es darum, ihm lediglich fünf Euro zu leihen.

Karen wartete. Gleichzeitig schimpfte sie erneut innerlich auf sich selbst, daß sie Sachs' Warnung auf die leichte Schulter genommen hatte. Doch jetzt war es zu spät.

»Wie du dir ja denken kannst, möchte ich diese Gegend so schnell wie möglich verlassen«, meinte Gregor nun. »Allerdings habe ich noch eine mir sehr wichtige Verabredung.«

»Dann wäre es doch besser, du gehst zur selbigen, statt uns zu belästigen«, schlug Karen abweisend vor.

»Tja, was soll ich dir sagen, genau das habe ich bereits versucht. Im Ergebnis dessen landete ich im Krankenhaus, denn die betreffende Dame fuhr mich ziemlich rabiat über den Haufen«, erzählte Gregor im Plauderton.

»Dann ist das Verlangen nach dieser Verabredung wohl eher einseitig«, stellte Karen mit beißender Stimme fest.

»Ich muß aber darauf bestehen, denn sie schuldet mir eine beträchtliche Summe Geld«, erklärte Gregor daraufhin.

Karen wurde es jetzt zuviel. »Was soll das Ganze? Du sprichst in Rätseln.«

»Nun, meine liebe Ex-Chefin, dann werde ich dich mal aufklären, was an dem Abend, als Drechsler starb, wirklich passierte. – Ja, ich habe mich mit ihm getroffen. Und er war ganz schön in Rage.«

»Wohl kaum zu verdenken, wenn man bedenkt, daß du ihm den unehelichen Sohn vorgespielt und sein Vertrauen mißbraucht hast.«

»Das weißt du?« Gregor war für einen Moment irritiert. »Hat er es dir doch erzählt?«

Karen ließ ihn in dem Glauben. »Und die Kripo kennt die Hintergründe ebenfalls.«

»Jemanden für seinen Vater zu halten, ist kein Verbrechen. Daraus kann mir niemand einen Strick drehen«, wehrte Gregor gelassen ab.

»Du vergißt die gefälschte Geburtsurkunde«, erinnerte Karen.

»Hat lange gedauert, bis der alte Trottel hinter den Schwindel gekommen ist«, erwiderte Gregor geringschätzig.

»Und er drohte dir, dich anzuzeigen«, stellte Karen fest.

»Ja«, bestätigte Gregor. »Ich erklärte ihm, daß er dann selbst ziemlich dumm dastehen würde. Schien ihm die Sache aber wert zu sein.«

»Also hast du ihn erschossen«, meinte Karen.

»Nein, meine Liebe, auch wenn das allen am besten in den Kram passen würde. Es bleibt dabei: Ich habe Drechsler nicht erschossen.« Gregor machte eine effektvolle Pause. »Während ich nämlich überlegte, wie ich ihn noch für eine kurze Zeit hinhalten könnte, um meinen Abgang zu organisieren, wurde es etwas handgreiflich zwischen uns. Plötzlich fiel ein Schuß, und Drechsler sackte vor mir zusammen. Der entsetzte Aufschrei einer Frau. Dann ein zweiter Schuß. Die Kugel sauste dicht an meinem Kopf vorbei. Ich warf mich hin, nahm Deckung hinter einer Mauer. Dann hörte ich eilige Schritte, kroch vor und sah sie weglaufen – Margret Drechsler.«

»Drechslers Frau?« Karen sah Gregor ungläubig an.

»Tja, Karen, so ist es. Die Drechsler hat ihren Mann erschossen.« Er zuckte mit den Schultern.

»Das glaube ich nicht«, erwiderte Karen.

»Brauchst du nicht. Es war aber so.«

»Warum hast du es dann nicht der Polizei erzählt?«

»Na, die Frage beantwortet sich doch von selbst. Die Polizei hätte die näheren Umstände ermittelt. Damit wäre man mir sehr wahrscheinlich auf die Schliche gekommen. Und du weißt doch selbst am besten, daß ich dir die Unterschlagungen anhängen wollte. Daß das nun leider nicht geklappt hat, ist eine andere Sache. Na, jedenfalls zog ich es deshalb vor, ich bin nun mal durch und durch Geschäftsmann, Frau Drechsler ein Agreement anzubieten. Hunderttausend Euro für mein Schweigen. Dieses Geld ist wohl nicht zuviel verlangt dafür, daß ich ihr jede Menge Ärger mit der Polizei erspare. Allerdings ist Frau Drechsler nicht sehr dankbar, wie ihre rüde Fahrweise zeigt.« Gregor wirkte jetzt etwas sauer.

»Und was willst du nun von mir?« fragte Karen, die immer noch nicht glaubte, was Gregor erzählte.

»Du wirst statt meiner zu der Drechsler gehen und das Geld holen. Was denn sonst?« sagte er. »Und denk daran, daß ich deine Freundin hier habe, an der dir ja wohl sehr viel liegt, wenn ich das richtig mitbekommen habe.«

Karen hörte fassungslos, was Gregor da forderte. »Das werde ich nicht tun«, sagte sie spontan.

»O doch. Weil, wenn du es nicht machst, deine Freundin, die nette Professorin hier, einen ziemlich bösen Unfall haben wird. Oh, nicht heute und morgen, aber vielleicht übermorgen, oder nächste Woche. Vielleicht erst in einem Jahr. Ich habe Zeit. Ihr werdet nicht wissen, wann es soweit ist. Eine ziemlich unangenehme Art zu leben, in ständiger Angst vor einem Unglücksfall.«

Karen sah Sylvia an und dann Gregor. »Du bist ein Widerling.«

»Aber ein reicher«, erwiderte er gelassen.

»Wer garantiert uns, daß du anschließend Ruhe gibst und verschwindest?« wollte Karen wissen.

»Keine Angst. Ich habe meine Möglichkeiten hier ausgeschöpft. Plane eine etwas weitere Reise. Aber dazu brauche ich das Geld.«

»Warum nimmst du nicht das, was du schon in der Schweiz hast?«

»Das läuft mir nicht weg. Fürs erste ziehe ich den Direktflug Berlin-Rio vor.« Er machte eine Pause, bevor er in weniger nonchalantem Ton fortfuhr: »Also los jetzt. Ich habe nicht ewig Zeit. Ich erwarte dich in zwei Stunden wieder hier. Mit dem Geld!«

»Hunderttausend hat man nicht mal eben zu Hause. Frau Drechsler wird da keine Ausnahme sein«, gab Sylvia zu bedenken.

»Also, in dem Punkt kann ich Sie beruhigen.« Gregor lächelte wieder. »Frau Drechsler hat heute mittag hunderttausend Euro von der Bank geholt. Ich habe auch bei ihr meine Überredungskunst angewandt.« Sein Lächeln wurde breiter. »Sie erwartet mich praktisch. – Nur, ich werde nicht kommen, sondern mein Bote. Ich bin auch ein vorsichtiger Widerling.«

Karen verfluchte sich selbst, während sie zum Haus der Drechslers fuhr. Viel zu leichtsinnig hatte sie Sachs' Warnung in den Wind geschlagen. Statt dessen sogar noch Sylvia in Gefahr gebracht. Was, wenn Gregor ihr etwas antat?

Karen stoppte den Wagen. Das Haus lag dunkel vor ihr. Kein Laut war zu hören. Die Ruhe und die Dunkelheit ließen den Eindruck entstehen, als wäre hier alles seit Jahren unbewohnt. Aber es mußte jemand da sein.

Karen stieg aus dem Wagen und ging zur Eingangstür. Die Klingel schrillte überlaut in der Stille. Nichts rührte sich. Karen wartete. Nach einer Minute klingelte sie erneut. Niemand öffnete. Aber sie konnte nicht unverrichteter Dinge wieder umkehren!

Sie ging zum Fenster und schaute durch. Nichts. Sie kletterte kurzentschlossen über den kleinen Gartenzaun und ging um das Haus.

»Frau Candela?«

Karen schreckte herum. Sachs stand hinter ihr.

»Was machen Sie denn hier?« fragte Karen.

»Dasselbe wollte ich Sie gerade fragen.«

»Ich ... ich wollte Frau Drechsler besuchen.« In Karens Kopf wirbelten die Gedanken. Sie mußte Sachs loswerden.

»Und dazu klettern Sie über den Zaun?«

»Vorn hat niemand aufgemacht. Ich dachte, ich schau mal nach.«

»Ist wohl sehr dringend, Ihr Besuch?«

Karen schwieg. Sachs wartete. Dann räusperte er sich. »Frau Drechsler hat heute eine sehr hohe Summe bei ihrer Bank abgehoben. Deshalb bin ich hier. Ich denke, daß das mit Gregors Flucht zusammenhängt. Ich habe die ganze Zeit überlegt, warum Frau Drechsler Gregor Geld geben sollte. Und jetzt tauchen Sie hier auf. Was hat das nun wieder zu bedeuten? Erklären Sie mir das. Ich verstehe es nicht.«

Erklären? Das war genau das, was sie nicht tun konnte. Auf gar keinem Fall. Jedenfalls nicht die Wahrheit. Karen überlegte fieberhaft. Wie konnte sie Sachs' Mißtrauen beseitigten und ihn dann noch einsehen lassen, daß seine Anwesenheit hier völlig überflüssig war?

»Frau Drechslers Sohn hat mich angerufen«, begann Karen mit möglichst überzeugender Stimme zu erklären. »Er kennt mich durch sein Praktikum in meiner Firma. Er befürchtet, seine Mutter ist durch die Ereignisse der letzten Wochen nervlich sehr angeschlagen, um nicht zu sagen geistig verwirrt. Sie erzähle immer etwas von einem ... einem Anruf. Ihr Mann sei entführt worden. Die Entführer haben angeblich verlangt, daß sie mir heute abend das Lösegeld übergibt. Ich solle es dann in ein Schließfach am Hauptbahnhof legen und den Schlüssel an eine Postfachadresse senden.« Karen wartete einen Moment, um die Wirkung ihrer Worte auf Sachs zu ergründen. Dann fuhr sie fort: »Deshalb bin ich gekommen. Ich wollte mit Frau Drechsler reden, versuchen, sie zu beruhigen.«

»Mir schien Frau Drechsler bis dato eher gefaßt«, sagte Sachs nachdenklich.

Karen suchte verzweifelt nach einer Erwiderung. Zum Glück erinnerte sie sich an einen kürzlich gelesenen Zeitungsartikel. »Posttraumatisches Syndrom, Schock nach dem Schock«, erwiderte sie schnell.

Sachs nickte daraufhin. »Möglich wäre es schon.«

»Das erklärt zumindest, warum sie das Geld von der Bank geholt hat«, meinte Karen. »Was denken Sie?«

»Ja. Ist eine einleuchtende Erklärung. Aber wenn man Sie erwartet, warum macht dann keiner auf?« fragte Sachs.

Karen zuckte mit den Schultern. »Ich versuche es einfach noch einmal«, schlug sie vor. »Vielleicht haben sie es nicht gehört.«

»In Ordnung. Ich warte hier«, sagte Sachs.

»Das ist doch nicht nötig. So wie der Sohn den Zustand seiner Mutter schilderte, braucht sie höchstens einen Arzt, keinen Kriminalisten«, versuchte Karen Sachs abzuwimmeln.

»Sie vergessen Gregor. Es ist nicht ausgeschlossen, daß er hier auftaucht. Ich habe da so eine Ahnung.«

»Warum sollte er das tun? Es wäre doch wohl klüger, wenn er so schnell wie möglich untertaucht.«

»Sie haben recht. Und trotzdem ...« Sachs war nicht dazu zu bringen, zu seinem Wagen zu gehen.

»Also gut«, gab Karen nach. Sie wollte nicht Sachs' Mißtrauen wecken, indem sie zu sehr auf sein Verschwinden bestand. »Ich werde dann noch einmal klingeln.« Karen ging zurück zur Haustür.

Bitte macht auf, flehte sie inbrünstig, während sie klingelte. Doch wieder tat sich nichts. Karen wurde unruhig. Sylvia war in Gefahr! Sie mußte etwas unternehmen! Karen klopfte. »Frau Drechsler?! Herr Drechsler! Hier ist Karen Candela. Bitte öffnen Sie!« rief sie dabei. Es mußte jemand im Haus sein. Schließlich wurde Gregor erwartet. Da hörte sie Geräusche hinter der Tür. Es wurde geöffnet.

»Frau Candela?« Überrascht sah Frau Drechsler auf die junge Frau.

»Guten Abend, Frau Drechsler. Ich muß etwas sehr Wichtiges mit Ihnen besprechen. Darf ich hereinkommen?« fragte Karen. Sie sprach sehr leise, damit Sachs sie nicht hören konnte.

»Im Moment ist es leider sehr ungünstig. Ich . . . ich habe . . .«

»Gregor wird nicht kommen«, unterbrach Karen sie schnell. Sie trat rigoros in den Flur. »Es dauert etwas, Ihnen das zu erklären.«

Frau Drechsler schloß hinter Karen die Tür. »Woher wissen Sie?« fragte sie erschrocken.

»Gregor hält meine Freundin fest. Er erpreßt uns. Ich soll Geld von Ihnen abholen, hunderttausend Euro! Wenn ich nicht in –«, Karen schaute auf die Uhr, »– nun, noch einer Stunde zurück bin, droht er mit Gewalt.«

Schweigen entstand.

»Sie fragen gar nicht, wofür das Geld ist?« fragte Margret Drechsler.

Karen räusperte sich. »Gregor hat mir eine Geschichte erzählt. Eine, die ich nicht glaube!« betonte Karen. »Ich halte sie schlicht für eine Lüge. Deshalb sehe ich auch keine Veranlassung, diese haarsträubende Geschichte vor irgendwem zu wiederholen.«

»Und wenn es wahr wäre?« Margret Drechsler sah Karen offen an.

»Davon kann ich wirklich nicht ausgehen. Die Geschichte eines Betrügers! Viel wahrscheinlicher ist, daß er Ihnen ebenso mit Gewalt droht wie mir. Nur, daß er von mir als Gegenleistung nicht Geld, sondern Hilfe für seine verbrecherische Erpressung verlangt, da er ja weiß, daß bei mir kein Geld mehr zu holen ist.«

»Ist das Ihr Ernst?«

»Ich weiß es nicht. Aber ich habe jetzt auch ganz andere Sorgen.« Margret Drechsler begann plötzlich zu schluchzen. Und dann redete sie sich ihre Last von der Seele: »Zuerst hat Gregor sich an meinen Mann herangemacht. Er zog die Freundschaftsnummer ab, tat auf Kumpel, drängte sich in unsere Familie. Eines Tages eröffnete Gregor meinem Mann, daß er sein unehelicher Sohn sei. Aus seiner Beziehung mit einer gewissen Marianne Freiberg. Ich habe es nur zufällig mitangehört. Mein Mann verheimlichte mir das Gespräch. Er war also in dem Glauben, daß ich nichts wußte. Aber selbst wenn ich nichts gewußt hätte, wäre mir die Veränderung an meinem Mann aufgefallen. Sein anfänglicher Schock, später die häufigen gemeinsamen Abende, die er mit Gregor zubrachte. Angeblich Arbeitstreffen! Aber es waren natürlich mehr Herrenabende. Irgendwann wurde die Beziehung zwischen den Männern jedoch durch etwas gestört. Zunächst äußerte sich das nur in kleinen Streits, doch mein Mann wurde zunehmend gereizter, regelrecht nervös. Er war immer schlechter auf Gregor zu sprechen und veränderte sich völlig. Früher war er stets ein ruhiger, gerechter Mann. Jetzt wurde er zum eigenbrötlerischen Zyniker – dank Gregor! Immer, wenn ich meinen Mann auf sein verändertes Verhalten ansprach, gab es Streit. Ich begann Gregor zu hassen – und zu fürchten, weil er einen so unheilvollen Einfluß auf meinen Mann hatte. Ich weiß heute, daß ich einen großen Fehler gemacht habe, weil ich meinen Mann nicht wenigstens von der Last seines angeblichen Geheimnisses befreit habe. Daß Gregor gar nicht sein Sohn war, hat er ja erst viel später herausgefunden. Ich mache mir Vorwürfe, jeden Tag und jede Nacht.«

»Das dürfen Sie nicht. Glauben Sie mir, Sie tragen nicht die geringste Schuld an dem, was passiert ist.«

»Aber vielleicht wäre alles anders gekommen, wenn ich meinem Mann rechtzeitig zur Rede gestellt hätte. Später kam ich einfach nicht mehr an ihn heran.« Tränen liefen über ihr Gesicht. »Dann, an diesem Abend, ging mein Mann außer Haus. Er verabschiedete sich mit den Worten: *Wenn ich wiederkomme, ist alles wieder gut.* Ich bekam Panik. Was hatte das zu bedeuten? Warum ich die Pistole meines Mannes aus der Schreibtischschublade nahm und einsteckte, weiß ich nicht. Ich tat es instinktiv. Ich folgte ihm bis zur Baustelle. Dort traf er sich mit Gregor. Sie stritten sich. Gregor begann meinen Mann zu ohrfeigen und zu schubsen. Er fiel hin. Gregor beugte sich über ihn. Ich hatte wahnsinnige Angst um meinen Mann. Ich wollte ihn doch nur schützen. In dem Moment, als ich schoß, hob Gregor meinen Mann mit einem kräftigen Ruck wieder hoch. Mein Mann sank zu Boden. Zuerst dachte ich, Gregor hätte ihm seine Faust in den Magen gerammt. Ich schoß ein zweites Mal, verfehlte Gregor erneut. Mein Mann lag immer noch regungslos am Boden. Und mit einemmal wurde mir klar, daß mein Mann nicht von Gregors Faust, sondern von meiner Kugel getroffen worden war. Ich lief zu meinem Mann. Seine Augen waren geöffnet und blickten mich starr an. Er war tot. Ich hatte ihn getötet! Ich weiß nicht mehr, was ich dann getan habe. Vermutlich lief ich davon, ließ irgendwo auf dem Weg zum Wagen die Waffe fallen, fuhr in Trance nach Hause.«

»Haben Sie mit irgend jemandem darüber gesprochen?« fragte Karen.

Margret Drechsler schüttelte langsam den Kopf. »Nein. Ich lief ratlos im Haus auf und ab. Was sollte ich tun? Zur Polizei gehen? Niemand würde mir glauben, daß es ein Unfall war. Mein Mann hat erst vor kurzem eine Lebensversicherung auf mich abgeschlossen. Sicher ein ernstzunehmendes Motiv in den Augen der Polizei. Und dann noch die Streits in der letzten Zeit. Das ist ja nicht verborgen geblieben. Also ging ich nicht zur Polizei.«

»Wann begann Gregor Sie zu erpressen?«

»Kurz nach den Befragungen der Polizei.«

Karen sah die Frau voller Mitgefühl an. Gregor hatte mit seinen Manipulationen das Leben der Familie Drechsler gründlich zerstört. Sie, Karen, hatte nur finanziellen Schaden erlitten. Drechslers hatten in Gregors Spiel einen höheren Preis bezahlen müssen. Und es gab nicht einmal einem Paragraphen, der Gregor für diese Manipulationen verantwortlich machte. Für die Folgen würde ihn auch kein Gericht belangen. Sollte sie das Unglück der Familie noch vergrößern, indem sie Margret Drechsler anzeigte? Ja, es wäre ihre gesellschaftliche Pflicht. Aber was war mit der menschlichen Pflicht? Der Tot Drechslers war ein Unfall gewesen. Und die Frau war mit ihrem Gewissen genug geplagt. »Wie gesagt. Ich gehe davon aus, daß Gregor Sie unter Androhung von Gewalt bedroht und erpreßt hat! So wie er mich erpreßt, das Geld von Ihnen zu holen. Und ich weiß nicht, unter welchen Umständen Ihr Mann starb«, wiederholte Karen eindringlich.

Margret Drechsler schluchzte.

»Schon gut.« Karen gab ihr Zeit sich zu beruhigen. In der Zwischenzeit überlegte sie, wie sie mit dem Geld an Sachs vorbeikam, der draußen herumschlich. Langsam formte sich in ihrem Kopf ein Plan. Sie wandte sich an Margret Drechsler, die sich wieder im Griff zu haben schien. »Sie müssen mir jetzt helfen, meine Freundin zu retten.«

»Wenn ich kann«, erwiderte die leise.

Karen erklärte ihr die Lage. »Draußen ist ein Kriminalkommissar. Er weiß, daß Sie heute Geld von der Bank abgeholt haben, sehr viel Geld. Ich habe ihm erzählt, Ihr Sohn hätte mich angerufen, weil Sie sich in einem verwirrten Geisteszustand befinden. Sie glauben, Ihr Mann ist entführt worden und das Geld, das sie heute von der Bank geholt haben, ist Lösegeld für den vermeintlichen Entführer. Wir gehen jetzt zusammen zu meinem Auto. Sie klammern sich an den Koffer. Das sieht dann so aus, als seien Sie in Ihrer Verwirrung der Meinung, Sie dürften das Lösegeld nicht aus den Händen lassen. Ich sage, ich hätte Sie nicht beruhigen können. Ich gebe Sachs zu verstehen, daß ich Sie unter dem Vorwand zur Übergabestelle zu fahren, ins Krankenhaus lotse. Ich hoffe, daß er uns das abnimmt«, meinte Karen.

»Ich werde meine Rolle so überzeugend wie möglich spielen«, versicherte Margret Drechsler.

»Sie steigen dann unterwegs aus. Ich fahre weiter zu mir und gebe Gregor das Geld. Und dann hoffen wir, daß diese ganze Geschichte endlich ein Ende hat.«

»Ein Ende?« fragte Margret Drechsler. Und Karen wußte nur zu gut, was in ihr vorging.

Sie waren an Sachs ohne Probleme vorbeigekommen. Margret Drechsler stieg drei Straßen weiter aus. Karen fuhr zügig nach Hause. Die zwei Stunden waren fast um.

Gregor lümmelte im Sessel. Karen sah sich um. »Wo ist Sylvia?« fragte sie drohend.

»Ich habe sie im Bad eingesperrt. So konnte sie nicht auf dumme

Gedanken kommen. Ihr beide seid mir, die eine wie die andere, schon oft genug in die Quere gekommen«, erwiderte er.

Karen streckte die Hand aus. »Den Schlüssel«, forderte sie.

»Das Geld?« fragte er zurück.

Karen stellte den Aktenkoffer ab. Gregor warf ihr den Schlüssel zu, und Karen lief zum Bad. Ein Blick auf Sylvia verriet Karen, daß alles in Ordnung war.

Sie gingen beide zurück ins Wohnzimmer.

»Und nun verschwinde!« sagte Karen.

»Aber gern. Und nichts für ungut. Man muß schließlich sehen, wo man bleibt.« Gregor verschwand im Flur.

»Nicht so schnell, junger Mann!« Das war Sachs' Stimme. »Da wären noch einige Sachen zu klären, bevor Sie gehen können – in drei bis zehn Jahren!«

Karen und Sylvia sahen sich an.

»Also wirklich, Karen, das nehme ich dir übel«, meinte Gregor im Plauderton, während er ins Wohnzimmer zurückkam, begleitet von Sachs. »Wir hatten doch eine Vereinbarung.«

»Geben Sie nicht Frau Candela die Schuld«, meinte Sachs. »Sie hat alles versucht mich abzuschütteln. Aber«, er zuckte scheinbar bedauernd mit den Schultern, »gegen berufsbedingte Neugier ist kein Kraut gewachsen.«

Gregor grinste Sachs an. Dann stieß er ihn urplötzlich zur Seite und rannte durch den Flur hinaus.

»Scheiße«, fluchte Sachs und rannte hinterher.

Karen nahm Sylvia in die Arme. »Wie geht es dir?«

»Vom ersten Schreck mal abgesehen, ganz gut soweit.« Sylvia lächelte. »Zumindest wird es mit dir nie langweilig.«

Sachs kam zurück. Außer Atem meinte er: »Er ist mir entwischt. Aber weit kommt der nicht. Ich habe das Kennzeichen und eine Beschreibung des Wagens. Die Fahndung läuft bereits. Ich muß los.«

Sylvia und Karen waren jetzt endlich allein.

»Das war ein Abend«, sagte Karen. Sie setzte sich erschöpft und erzählte Sylvia nun, was Margret Drechsler ihr vor einer knappen Stunde offenbart hatte.

»Das ist ja schrecklich«, sagte Sylvia, als sie die Geschichte in ihrer ganzen Tragik hörte. »Ich kann verstehen, daß du Sachs nichts davon erzählt hast.«

»Die Frau ist wahrlich schon genug gestraft.«

»Ja, das ist sie. Aber Gregor wird nicht so denken, wenn er gefaßt wird. Sicher wird er Margret Drechsler belasten«, meinte Sylvia.

»Ja. Und dann wird man sie erneut vernehmen«, stellte Karen fest. »Das verkraftet sie garantiert nicht.«

»Sieht ganz so aus, als bräuchte sie Hilfe. Einen guten Rechtsbeistand.« Sylvia sah Karen an. »Da sie dir alles erzählt hat, vielleicht solltest du ihr einen Vorschlag machen.«

Karen nickte und ging zum Telefon.

37.

»Hallo, die Damen.« Werner Mehring betrat das Büro. Karen und Sylvia unterbrachen ihre Arbeit. Erwartungsvoll sahen sie ihm entgegen. »Ich komme, ein paar Neuigkeiten zu überbringen.«

»Gute, wollen wir hoffen«, sagte Karen.

»Wie geht es dem besten Anwalt der Welt?« Sylvia ging zu ihrem Vater und küßte ihn auf die Wange.

»Danke. Und wie geht es der klügsten Tochter der Welt?« fragte er zurück.

»Bestens«, kam es prompt. Und das war eher untertrieben. Genaugenommen fühlte Sylvia sich mehr als phantastisch. Frau Stahmann war wie immer ein Muster an Schnelligkeit und brachte Kaffee herein. Während Karen eingoß, begann Mehring zu erzählen.

»Frau Drechsler hat mit ihrer, wenn auch späten Selbstanzeige das einzig Richtige getan. Die Staatsanwaltschaft glaubt ihr, daß sie ihren Mann vor Gregor schützen wollte. Trotzdem, die Anklage wird auf Totschlag lauten. Ich werde auf Selbstschutz plädieren. Das Urteil wird in Anbetracht der Umstände sicher milde ausfallen. Vielleicht wird es sogar eine Bewährung.«

»Ich hoffe es«, sagte Karen.

Mehring fuhr fort. »Für Gregor sieht es jetzt schlecht aus. Zu den Anklagepunkten Betrug und räuberische Erpressung in mehreren Fällen gesellen sich Brandstiftung und versuchter Totschlag. Dumm von ihm, vor Zeugen den Anschlag auf Karen zuzugeben. Das reicht sicher für ein paar Jahre.«

»Hört sich gut an«, meinte Karen. »Wenn man ihn nur erst erwischt. Vielleicht besteht ja dann eine Chance, an das gestohlene Geld heranzukommen.«

»Die beste Nachricht habe ich mir bis zum Schluß aufgehoben. Gregor ist verhaftet. Er wurde an einer Autobahntankstelle gestellt.« Werner Mehring erhob sich wieder. »Tja, ich habe noch einen Termin am Gericht. Danke für den Kaffee, aber ich muß schon wieder los. Ich wollte nur die Neuigkeiten überbringen.«

»Danke, daß Sie sich die Mühe gemacht haben, selbst vorbeizukommen«, sagte Karen.

»Das war keine Mühe, sondern Eigennutz. Ich wollte mal wieder meine Tochter sehen, die ja in letzter Zeit für Besuche bei uns keine Zeit mehr hat.« Er zwinkerte den beiden zu und ging.

»Noch einen Kaffee?« Sylvia sah Karen fragend an.

»Warum nicht.« Karen lächelte. »Die Arbeit läuft ja nicht weg.«

»Wie bitte?« Sylvia tat entsetzt. »Diese Worte aus deinem Munde! Bist du krank?«

Karen sah sie vorwurfsvoll an. »Du meinst liebeskrank! Mach dich nur lustig über mich.«

»Aber nein, wie kommst du darauf?« fragte Sylvia schnippisch. Sie stand auf und lächelte zu Karen hinunter. »Ich bin ja froh, wenn du endlich mal vernünftig wirst.«

»Ich kann mir nicht denken, was vernünftiger wäre, als dich zu lieben«, erwiderte Karen zärtlich, während sie sich erhob und nach Sylvias Hand griff, damit Sylvia ihr nicht entkommen konnte. »Und es tut mir verdammt gut. Auch wenn ich damit ziemlich viel Unordnung in dein Leben gebracht habe.« Sie küßte Sylvia innig.

»Ja, verdammt viel Unruhe«, bestätigte Sylvia, nachdem sie wieder zu Atem kam. »Zumal du so unheimlich starrköpfig sein kannst. Aber ich liebe dich genauso, wie du bist.«

»Und wie bin ich?«

»Weich, warm und aufregend«, flüsterte Sylvia Karen ins Ohr.

»Was hältst du davon, wenn wir zusammenziehen?« fragte Karen wie aus heiterem Himmel.

Sylvia blinzelte sie irritiert an. »Bist du dir sicher? Ich meine ... sag jetzt nichts Unbedachtes.«

»Das ist durchaus nicht unbedacht.«

»Du stehst aber noch ziemlich unter Streß. Die letzten Wochen waren doch ganz schön viel. Ich meine – später redest du dich wegen Unzurechnungsfähigkeit heraus«, sagte Sylvia halb im Ernst, halb im Spaß.

Karen kicherte vor sich hin. »Du bekommst wohl kalte Füße? Es scheint, es ist dir zu offiziell, wenn wir zusammenleben.«

»Ist das eine Art Antrag?«

»Ja.« Karen sah Sylvia ernst an.

»Ich warne dich, ich bin sehr empfänglich für deine Anträge.«

»Das hoffe ich. Also? Wie lautet deine Antwort?«

Sylvia zog Karen zu sich und küßte sie.

»Ich denke, ich werte das als Zustimmung«, raunte Karen heiser.

ENDE

Weitere Titel der édition el!es

Tala Storm: Der lange Weg I

Liebesfantasy

Cay-La erwacht eines Morgens ohne Erinnerung. Sie schließt sich zunächst der schönen Kallisto an, doch als die eine Kriegerin töten will, wechselt Cay-La die Seiten. Zusammen mit der Kriegerin und ihrer Gefährtin versucht sie ihre Vergangenheit zu erfahren, die Erinnerung an sich selbst wiederzufinden. Eine nicht ungefährliche Reise ins Reich der Amazonen beginnt, denn der Zorn Kallistos begleitet sie ...

Ruth Gogoll: Ostereier

Erotischer Liebesroman

Eine Geschichte um Ostereier? Nein, eine Liebesgeschichte. Die Begegnung in einem Supermarkt kurz vor Ostern – ist sie Zufall oder Schicksal? Befördert der Einkauf von Obst und Gemüse die Liebe – oder hindert er sie an ihrer Erfüllung? Und was ist mit der geheimnisvollen Bemerkung, mit der alles begann? Das alles sind Fragen, denen sich die beiden Protagonistinnen stellen müssen. Werden sie eine Lösung finden?

Jessica Mountain: Der Mond scheint nur für dich

Liebesroman

Die Malerin Kara malt bevorzugt morgens oder abends: Wenn es nicht mehr hell ist und der Mond scheint. Sie liebt den Mond, ihren stummen Begleiter durch die Jahre. Doch als sie Ginny kennenlernt, ändert sich alles – und der strahlende Mond wird Zeuge einer wachsenden Liebe ...

Victoria Pearl: Sag's mit Rosen

Erotischer Liebesroman

Blümchen heißt das alte Wohnmobil, mit dem Jessie herumfährt und geradeheraus Frauen anbaggert. Leonie ist von dieser Masche nicht begeistert, doch sie kann sich Jessies Charme nicht entziehen. Eine gemeinsame Reise in dem engen Gefährt bleibt nicht ohne Folgen, aber Leonie befürchtet die baldige Trennung; wie wird Jessie sich entscheiden?

Ruth Gogoll: Eine Insel für zwei

Erotischer Liebesroman

Neunzehn Jahre alt und auf der Suche nach der großen Liebe: Das ist Andy, als sie Danielle kennenlernt, Besitzerin einer Werbeagentur. Danielle hält Liebe für eine Illusion. Sie lädt Andy zu einer Reise durch die Ägäis ein, doch fordert dafür einen hohen Preis.
Andy läßt sich darauf ein, weil sie Danielle liebt und hofft, daß Danielle auch lernen wird zu lieben. Fast scheint es, als hätte Andys Liebe eine Chance, doch da geschieht etwas Unvorhergesehenes ...

Ruth Gogoll: Tizianrot

Erotischer Liebesroman

Tanita schwärmt unsterblich für ihre Mathematiklehrerin Diana. Nach Tanitas Abitur verlieren sie sich aus den Augen. Zufällig treffen sie sich Monate später wieder, und die Überraschung ist perfekt, als sich herausstellt, daß auch Diana Interesse an Tanita hat. Schnell kommen sie sich näher, die Erfüllung aller Träume scheint nah, doch da tauchen unerwartete Schwierigkeiten auf.

Alexandra Liebert: Der Schlüssel zum Glück

Liebesgeschichten

Geschichten rund um das Verlieben: Ob gewollt oder ungewollt, überraschend oder nicht – Alexandra Liebert versteht es, ihre Heldinnen in kleinen, unbeschwerten Geschichten auf spannende Art zusammenzubringen. Da sucht Cathy nur nach einem Job und findet die Liebe, Lisa sucht erholsame Ferien in San Francisco – und findet die Liebe, Carmen und Maria haben sich mit dem Auto verfahren, suchen den richtigen Weg und finden: die Liebe.
Sie wollen jetzt wissen, wer noch alles die Liebe findet? Und welche Hürden dabei zu überwinden sind? Wir haben da einen kleinen Tip für Sie: Kaufen Sie doch einfach dieses Buch ...

Alexandra Liebert: Träume aus der Ferne

Liebesgeschichten

Geschichten rund um das Verlieben: »Viele Wege führen nach Rom, aber keiner führt an den Geschichten von Alexandra Liebert vorbei – wenn frau romantische Liebesgeschichten schätzt. In ihrer ganz eigenen, feinfühligen Art beschreibt die Autorin das Suchen und schließlich auch das Finden der Liebe, die verschiedene Gesichter haben kann und darum auch auf unterschiedlichen Wegen erkämpft, erwartet oder erkannt werden will.« (Victoria Pearl)

Julia Arden: Das Lächeln in deinen Augen

Roman

Beate sieht in Cornelia Mertens, ihrer neuen Chefin, zunächst nur das, was alle sehen: die kühle, distanzierte Geschäftsfrau. Liebe ist etwas für Träumer – aus dieser ihrer Meinung macht Cornelia kein Geheimnis.
Nach und nach lernt Beate aber eine ganz andere Seite an Cornelia kennen. Cornelia überrascht sie mit unerwarteter Fürsorge, Verständnis und einer seltsamen Mischung aus Heiterkeit und Ernst. Also doch harte Schale, weicher Kern? fragt sich Beate. Ist das äußere Erscheinungsbild nur Fassade für all die, die sich nicht die Mühe machen dahinterzuschauen? Oder sind Sanftmut und Charme nur Trick, Teil eines Planes? Nämlich dem, sie zu verführen? Letzteres wäre fatal für Beate, denn so oder so – sie hat sich in Cornelia verliebt.

Julia Arden: Laß mich in dein Herz

Liebesroman

Vor vier Jahren verlor Andrea ihre Lebensgefährtin Maren durch einen Autounfall. Seitdem lebt sie ausschließlich für ihren Beruf als Richterin, bis Gina in ihr Leben tritt und ihre Gefühle durcheinanderbringt. Aber sie will keine Beziehung eingehen, ihr Herz hängt nach wie vor an Maren. Also versucht sie Gina zu vergessen, doch dann kommt es zu einem unverhofften Wiedersehen – und Andrea braucht Ginas Hilfe, weil der Beruf sie in Gefahr bringt . . .

Victoria Pearl: Sonnenaufgang in deinen Armen

Erotischer Liebesroman

Luisa lernt in der Firma, in der sie arbeitet, Ingeborg kennen und fühlt sich sofort zu ihr hingezogen. Sie verläßt den Mann, mit dem sie seit sechs Jahren zusammenlebt, und versucht sich Ingeborg vorsichtig zu nähern. Ingeborg jedoch lehnt dies stets schroff ab. Als das Chorsingen sie beide ins Schweizerische Bergell verschlägt – gemeinsames Hotelzimmer mit Doppelbett – schlägt Luisas Stunde: Kann sie Ingeborgs Zuneigung gewinnen?

Kingsley Stevens: Liebe mich

Erotischer Liebesroman

Amy Flanagan und Morgan Holdsworth treffen sich, als Amy versucht einen Großauftrag von Morgan, Eigentümerin eines Kosmetikkonzerns, für die Werbeagentur zu erhalten, für die Amy arbeitet. Obwohl Amy Geschäft und Privates auseinanderhalten will, verliebt sie sich in Morgan. Sie beginnen eine Affäre, doch Morgan scheint wenig Interesse an einer Vertiefung ihrer Beziehung zu haben, während Amy sich wünscht, Morgan näherkommen zu können.

Behrens – Spors – Doll:
Mia
Liebe mit Umwegen
In heißem Wüstensand

Liebesgeschichten

MIA

Wie sag' ich's meiner Lehrerin? Mia ist verliebt, aber sie traut sich nicht. Ist die Angebetete nun lesbisch oder nicht? Könnte sie die Gefühle erwidern? Janina Behrens gelingt es, diese Schülerin/Lehrerin-Geschichte auf humorvolle Weise darzustellen.

LIEBE MIT UMWEGEN

Was passiert, wenn die vermeintlich Richtige doch die Falsche ist? Wenn die Falsche am Ende die Richtige ist? Irrungen und Wirrungen der Liebe werden von Julia Spors schließlich entwirrt.

IN HEIßEM WÜSTENSAND

Eine Agypten-Reise von den Eltern geschenkt – kann das gutgehen? Widerwillig tritt Connie die Reise an, die mit einigen Schwierigkeiten und Hindernissen beginnt. Doch unter afrikanischer Sonne sieht vieles dann ganz anders aus, und aus geliebten Menschen können plötzlich geliebte Menschen werden ...

Trix Niederhauser: Halt mich fest

Liebesroman

Wie sag ich's meinen Eltern? Früher oder später kommt jede Lesbe an diesen Punkt, auch Chris, die rockende Gitarristin mit Hang zu Unfällen. Tina tritt in ihr Leben, und alles ist anders: Das Coming-out, die verschollen geglaubte Großmutter, die Ex mit dem dritten Auge und vieles mehr machen der Heldin das Leben schwer. Tapfer erträgt sie die putzende Mutter, den pubertierenden Neffen und den schweigenden Vater. Nur daß Tina rothaarige Frauen küßt, macht ihr zu schaffen ...

Ruth Gogoll: Taxi nach Paris

Der lesbische Erotikbestseller

Sie begegnet ihrer Traumfrau, aber viel zu schnell landen beide im Bett – während sie sich verliebt hat, geht die andere nur ihrem Gewerbe nach. Jedoch sie ist sich sicher, das Herz der Angebeteten erobern zu können. Wird die Liebe stärker sein als die Zerreißproben und die beiden Frauen in der Stadt des Lichts zusammenführen?

Augenblicke der Liebe

Erotische Geschichten

Bereits seit dem Jahre 2001 besteht auf der Internetseite der édition el!es die Möglichkeit, jeden Monat eine neue »Erotische Geschichte des Monats« zu lesen. Diese Geschichten werden in der Reihe »Augenblicke der Liebe« in loser Folge veröffentlicht.

Kay Rivers: Küsse voller Zärtlichkeit

Roman

Michelle Carver hat als Managerin von Disney World in Florida einen anstrengenden Job. Für ein Privatleben hat sie kaum Zeit, deshalb beschränkt sie sich auf gelegentliche Affären. Liebe kommt in ihrem Wortschatz nicht vor.
Cindy Claybourne ist Studentin und hat einen Ferienjob in Disney World. Sie merkt, daß sie sich zu Michelle hingezogen fühlt, daß sie hinter ihre harte Schale schauen möchte. Aber Michelle läßt das nicht so einfach zu. Doch Cindy gibt nicht auf und kämpft für ihre Liebe zu Michelle. Wird Michelle endlich einsehen, daß Cindy die richtige für sie ist?

Melissa Good: Sturm im Paradies

Liebesroman

Melissa Good, Drehbuchautorin verschiedener Episoden der beliebten TV-Serie »Xena – Die Kriegerprinzessin«, bei el!es!
Firmen aufkaufen und ohne Rücksicht auf Verluste sanieren – Dar Roberts, Vizepräsidentin einer großen Gesellschaft, liebt ihren Job und erledigt ihn gründlich. Bei einem kleinen Unternehmen trifft sie jedoch auf unerwarteten Widerstand: Kerry Stuart, die junge Leiterin der Supportabteilung, kämpft engagiert für die Erhaltung der Arbeitsplätze. Gleichzeitig fühlt Kerry sich angezogen von dieser großen, starken, dunkelhaarigen Frau, in der mehr zu schlummern scheint als kalter Geschäftssinn. Zaghaft kommen sich die beiden näher ...

Diana Lee: Die Geliebte der Wölfin

Die lesbische Robin Hood

Die schöne Lady Gwendolyn wird auf dem nächtlichen Heimweg überfallen. Rettung naht in Gestalt der attraktiven Ritterin Sir Blaidd, die in geheimer Mission eine Verschwörung gegen die Königin aufdecken soll. Gwendolyn verliert ihr Herz an die tapfere Heldin, gemeinsam versuchen sie nun mit ihren Freunden den Verschwörern zuvorzukommen. Doch die Feinde sind mächtig, mittels dunkler Rituale versuchen sie, ihre Kräfte zum entscheidenden Schlag zu bündeln. Auch Gwendolyn gerät in Gefahr. Kann Sir Blaidd sie mit ihrem Mut und ihrem geschickten Schwert aus der tödlichen Falle befreien?

Shari J. Berman: Hawaiianische Träume

Liebesroman

Die attraktive Freddie hofft, bei einem Urlaub auf Hawaii ihren Ex-Mann endlich zu vergessen. Unter dem Sternenhimmel der Südsee läßt sie ihr altes Leben hinter sich. Hals über Kopf stürzt sie sich in eine heftige Liebesbeziehung mit der Fotografin Stephanie. Doch nach dem ersten Liebestaumel drohen Zweifel und Konflikte: Freddie hat Probleme mit ihrem Coming-out und weiß nicht, ob sie ihre lesbische Liebe leben kann und will. Und trotz allem Verständnis für die Geliebte stößt auch Stephanie irgendwann an die Grenzen ihrer Geduld . . .

Ruth Gogoll: Ich liebe dich

Erotischer Liebesroman

Ira ist eigentlich viel zu schön, um Bankmanagerin zu sein, und Elisabeth will nur eine Hypothek von ihr: Da schlägt die Liebe zu wie ein Blitz. Zuerst einmal erscheint Elisabeths Liebe aussichtslos, doch dann ergibt sich eine unverhoffte Begegnung, und bald sind die beiden ein Paar. Doch das Schicksal hält noch etliche Schläge für sie bereit. Piet, Iras ehemalige Lebensgefährtin, taucht plötzlich wieder auf. Und Ira erhält unerwartet eine berufliche Chance, die sie nicht ablehnen will. Die räumliche Entfernung schürt die ohnehin vorhandene Eifersucht noch.

Sarah Dreher: Solitaire und Brahms

Liebesroman

»Wenn eine Frau, die Frauen liebt, keine Frau ist, wer dann?«
Beruflich erfolgreich, allgemein beliebt und frisch verlobt, wehrt sich Shelby dennoch gegen das traditionelle Rollenverhalten einer gehorsamen Ehefrau, in das ihre Umwelt sie drängen will. Als sie merkt, wieviel ihre neue Nachbarin Fran ihr bedeutet, beginnt sie die Puzzleteile in ihrem Leben endlich neu zu ordnen.
Sarah Dreher zeichnet in ihrem persönlichsten Roman ein einfühlsames, humorvolles und zugleich schmerzhaft realistisches Bild der sechziger Jahre, aus der Zeit vor Stonewall und Gay Pride, als eine »richtige Frau« sich nicht gegen gesellschaftliche Erwartungen auflehnen, geschweige denn in eine andere Frau verlieben durfte.

Kingsley Stevens: Sündige Episoden (Band 1)

Erotische Geschichten

Der *Reigen* von Arthur Schnitzler wurde schon oft adaptiert, und nun liefert die Autorin Kingsley Stevens eine lesbische Variante: Ineinander verwobene Geschichten, leidenschaftlich und lustvoll, in denen es nur um »das Eine« geht. Die **Sündigen Episoden** sind das wohl frivolste el!es-Buch, das es je gab.